Oetinger

Paul Maar, 1937 in Schweinfurt geboren, ist einer der erfolgreichsten und vielseitigsten deutschen Kinder- und Jugendbuchautoren, zugleich virtuoser Wortkünstler und phantasievoller Erzähler. Zu seinen erfolgreichsten Figuren gehört das Sams, mit dem er sein junges Publikum in Büchern und auf der Kinoleinwand begeistert. Aber auch so beliebte Kinderhelden wie Lippel, Herr Bello, das kleine Känguru und jüngst der Galimat wurden von Paul Maar erschaffen. Der Autor hat viele bedeutende literarische Ehren erhalten, u. a. den Deutschen Jugendliteraturpreis für sein Gesamtwerk, den Friedrich-Rückert-Preis und den E.T.A.-Hoffmann-Preis.

PAUL MAAR

EIN SAMS ZU VIEL

Verlag Friedrich Oetinger · Hamburg

Alles vom Sams
Eine Woche voller Samstage
Am Samstag kam das Sams zurück
Neue Punkte für das Sams
Ein Sams für Martin Taschenbier
Sams in Gefahr
Onkel Alwin und das Sams
Sams im Glück

Bei Oetinger sind alle Sams-Bücher auch als Hörbuch auf CD und die Kinofilme als DVD erschienen. Die samsigsten Sprüche sind in dem Geschenkbüchlein »Da bin ich gespannt wie ein Gummiband« versammelt.

Die Geschichte basiert auf einer Idee aus dem gleichnamigen Theaterstück, das in Zusammenarbeit von Paul Maar und Christian Schidlowsky im Verlag für Kindertheater erschienen ist.

MIX
Papier aus verantwortungsvollen Quellen
FSC® C110508

Einband und Innenillustrationen von Paul Maar
Satz: Sabine Conrad, Rosbach
Druck und Bindung: Westermann Druck Zwickau GmbH
Printed 2015/II
ISBN 978-3-7891-4298-7

www.oetinger.de
www.dassams.de

Wenn Herr Taschenbier erzählt …

Manche von euch kennen das Sams und seinen Papa Taschenbier vielleicht schon. Dann wissen sie, dass Herr Taschenbier seit mehr als dreißig Jahren verheiratet ist. Die Taschenbiers haben einen erwachsenen Sohn namens Martin, der mit seiner Frau Tina in Australien lebt. Und da Martin und

Tina eine Tochter haben, Betty, ist Herr Taschenbier sogar schon Großvater.
Manchmal, zu Weihnachten oder bei Geburtstagen, kommen Martin, Tina und Betty aus Australien, und die ganze Familie Taschenbier feiert zusammen mit dem Sams. Bei dieser Gelegenheit erzählt Herr Taschenbier gerne von einer der aufregendsten Wochen, die er erlebt hat.
Damals war er noch jung und wohnte als Mieter bei Frau Rotkohl.
Frau Rotkohl ist inzwischen auch schon lange verheiratet, und zwar mit Herrn Mon. Sie wollte bisher nicht, dass Herr Taschenbier diese Geschichte auch anderen als seiner Familie erzählt. Es war ihr ganz einfach zu peinlich.
Doch kürzlich, während der Feier zu ihrem sechzigsten Geburtstag, sagte sie zu Herrn Taschenbier: »Ach, warum soll die Geschichte ewig geheim bleiben! Muss das sein? Nein, muss es nicht. Der Autor Maar darf sie gerne erzählen, wenn er das will!«
Und hier ist also die Geschichte, so wie sie sich damals, vor dreißig Jahren, zugetragen hat.

Herr Taschenbier und das Sams

Herr Taschenbier ist ein freundlicher, höflicher und bescheidener Mann. Er wohnt bei Frau Rotkohl. Dort hat er ein Zimmer gemietet. Er hat es nicht leicht mit seiner Vermieterin. Denn Frau Rotkohl ist ziemlich streng und schimpft schon bei der geringsten Kleinigkeit.

Herr Taschenbier wohnt da aber nicht allein. Seit einiger Zeit ist nämlich das Sams bei ihm. Herr Taschenbier hat das Sams an einem Samstag auf

der Straße getroffen. Dort saß es am Boden, und viele Menschen standen drum herum.
Sie wunderten sich über das seltsame Wesen.
Es war klein wie ein Kind, hatte rote Haare, eine Nase, die aussah wie eine Steckdose, und viele blaue Punkte im Gesicht.

Und da Herr Taschenbier als Einziger wusste, dass dieses unbekannte Wesen nur ein Sams sein konnte, blieb das Sams bei Herrn Taschenbier und sagte »Papa« zu ihm.
Herr Taschenbier kaufte dem Sams einen Taucheranzug und eine Hängematte, in der es jetzt schläft.

Das Geheimnis der blauen Punkte

Erst glaubte Herr Taschenbier, die blauen Punkte im Sams-Gesicht wären farbige Sommersprossen. Dann aber entdeckte er, dass es Wunschpunkte waren. Immer wenn er sich etwas wünschte, ging es in Erfüllung.

Leider merkte er das erst sehr spät, nachdem schon viele Wünsche verschwendet waren. Er hatte nämlich oft zum Sams gesagt: »Ich wünsche, dass du dich hinsetzt!«

Oder: »Ich wünsche, dass du leise bist!«

Manchmal auch: »Ich wünsche, dass du mich noch ein bisschen schlafen lässt!«

So verbrauchte er die meisten Wunschpunkte, ohne

zu ahnen, dass er sich viel bessere Wünsche hätte erfüllen können.
Aber mit dem letzten blauen Wunschpunkt, den Herr Taschenbier hinter dem linken Ohr des Sams entdeckte, hat er dann gewünscht: »Ich wünsche, dass das Sams immer bei mir bleibt.«

Essgewohnheiten

Das Sams isst gerne Würstchen.
Am liebsten hätte es Würstchen zum Frühstück, Würstchen zum Mittagessen, zum Abendbrot, als Vorspeise, als Nachtisch und eine letzte kleine Wurst vor dem Schlafengehen.

Ganz im Gegensatz zu Herrn Taschenbier.
Der isst zum Frühstück Vollkornbrot mit Marmelade, zum Mittagessen Gemüse und Salat und zum Abendessen am liebsten Kartoffeln mit Kräuterquark.
Kein Wunder, dass das Sams manchmal Würstchen aus Frau Rotkohls Kühlschrank stiehlt.
Die isst nämlich genauso gerne Würstchen wie das Sams.

Herrn Taschenbiers Geburtstag

Es war Sonntagmorgen, fünf nach halb neun.
Das Sams war gerade aufgewacht, wickelte sich aus seiner Hängematte, schlich zu Taschenbiers Bett und beugte sich zu ihm hinunter.
Herr Taschenbier schlief noch tief und fest.
Das Sams murmelte: »Heute hat Papa Geburtstag. Außerdem hat er eine Woche Urlaub, wenn nicht sogar sieben Tage. Da darf er ein bisschen länger schlafen, pennen, meinetwegen auch schlummern. Ich bin so leise wie eine Meise! Sogar so leise wie eine leise Meise.«
Dann fiel ihm ein, dass Meisen nicht gerade still sind, auch wenn es sich gut reimt.
Deswegen verbesserte es sich, schon ein wenig lauter:

»Ich bin still wie ein Wurm
nach einem Sturm.«

Kurz darauf hatte es seinen Vorsatz ganz vergessen, beugte sich hinunter und sang ziemlich laut in Herrn Taschenbiers Ohr:

»Schlaf, Papa, träume fein!
Die Rotkohl ist ein Stachelschwein.
Du darfst heut lange pennen,
musst nicht zur Arbeit rennen.
Schlaf, Papa, schlaf!«

»Sams, du bist vielleicht witzig!«, sagte Herr Taschenbier gähnend und reckte sich in seinem Kissen. »Singst ein Schlaflied so laut, dass jeder aufwacht!«

»Doch nicht jeder. Nur du, Papa«, sagte das Sams. »Herzlichen Glückwunsch zum Geburtstag!«

»Vielen Dank«, sagte Herr Taschenbier. Er stand auf und zog seinen Morgenmantel an.

Das Sams sagte: »Ich hab auch ein Geschenk für dich, Papa!«
»Ein Geschenk?«, fragte Herr Taschenbier. »Da bin ich aber gespannt.«
Das Sams kam zu ihm und umarmte ihn.
»Papa, du weißt doch, dass ein Sams normalerweise nur eine Woche lang bei seinem Menschen bleiben darf?«
»Ja, das weiß ich«, antwortete Herr Taschenbier.
»Und weißt du auch noch, wieso ich bei dir bleiben kann?«, fragte das Sams weiter. »Und zwar für immer?«
Herr Taschenbier nickte. »Ja klar, das hab ich mir doch gewünscht. Mit dem allerletzten Wunschpunkt. Dem hinter deinem linken Ohr.«
Das Sams lachte. »Und jetzt guck mal hinter mein rechtes Ohr!« Es drehte den Kopf so, dass Herr Taschenbier hinter das rechte Ohr gucken konnte.
Herr Taschenbier rief überrascht: »Da ist ja tatsächlich noch ein Wunschpunkt!«
»Nicht so laut, Papa!«, warnte das Sams. »Die olle Rotkohl muss das gar nicht wissen.

Diesen blauen Punkt da oben
hab ich für dich aufgehoben.

Das ist mein allerhöchstbestes, ganz und gar persönliches Geburtstagsgeschenk.«
Herr Taschenbier war begeistert. »Ich weiß auch schon, was ich mir wünsche, nämlich …«
»Halt, Papa! Nicht wünschen!«, rief das Sams. »Überleg dir gut, was du dir wünschst. Diesmal ist es wirklich der allerletzte Wunschpunkt.«
»Na gut, ich werd's mir erst mal überlegen«, sagte Herr Taschenbier. Er strich dem Sams über die roten Stachelhaare. »Danke für dieses schöne Geschenk!«

Ein Würstchen-Streit

»Ich geh mal ein bisschen vor die Tür«, sagte das Sams nach einer Weile.
»Meinetwegen«, sagte Herr Taschenbier. »Aber geh nicht wieder an Frau Rotkohls Kühlschrank! Ich will an meinem Geburtstag nicht schon wieder Ärger mit ihr bekommen.«
»Ich verspreche, dass ich nicht zum Kühlschrank gehe«, sagte das Sams. »Weil ich nämlich zum Kühlschrank schleiche!«
Bevor Herr Taschenbier protestieren konnte, war es schon aus dem Zimmer geschlüpft.
Gleich darauf stand das Sams in Frau Rotkohls Küche und öffnete den Kühlschrank. Mannomann, waren da viele Würstchen! Voller Begeisterung fing es an zu singen:

»Die Kühlschranktür ist aufgemacht,
wo mich ein Würstchen lieb anlacht.
Es kann die Kälte nicht vertragen
und will in meinen warmen Magen!«

Das war ein Fehler.
Denn Frau Rotkohl hatte den Gesang gehört. Sie stürzte in die Küche, riss dem Sams ein Würstchen aus der linken Hand und schrie: »Sofort legst du die Würstchen zurück!«
Das Sams dachte nicht daran und rannte mit einer Wurst in der rechten Hand vor ihr davon, immer um den Tisch herum.
Frau Rotkohl rief wütend: »Taschenbier!« Und noch einmal: »Taschenbier, holen Sie sofort dieses Sams da weg!«
Herr Taschenbier kam im Morgenmantel aus seinem Zimmer.
»Was ist denn jetzt schon wieder los?«
Das Sams rief lachend:

»Die Rotkohl schimpft so grässlich laut,
denn ich hab ihr die Wurst geklaut!«

Frau Rotkohl rief: »Da hören Sie es, Taschenbier! Dieses Sams gibt selber zu, dass es mich bestohlen hat! Sagen Sie ihm, dass es sofort die Wurst zurückgeben soll!«
»Sams, bitte, gib Frau Rotkohl die Wurst zurück!«, sagte Herr Taschenbier. »Ich kann Streit so früh am Morgen nicht vertragen.«
»Bitte schön! Wenn du meinst, Papa«, sagte das Sams, biss ganz schnell die halbe Wurst ab, kaute mit vollem Mund und nuschelte:

»Leider war in zwei Sekunden
das halbe Würstchen wegverschwunden.
Doch zu Rotkohls großem Glück
blieb diese Hälfte noch zurück.«

Damit hielt es Frau Rotkohl die andere Hälfte hin.
»Hören Sie, Taschenbier, ich kann Ihnen und Ihrem unverschämten Sams auf der Stelle kündigen«, rief Frau Rotkohl. »Und das werde ich auch, wenn das so weitergeht!«
»Entschuldigen Sie, Frau Rotkohl. Es soll nicht wieder vorkommen«, sagte Herr Taschenbier.
»Das will ich Ihnen auch geraten haben«,

schimpfte sie. »Nehmen Sie sich ein Beispiel an Ihrem Freund!«
»Sie meinen Herrn Mon?«, fragte er.
»Genau den. Der hat seine Tiere im Griff«, sagte sie.
»Aber hören Sie mal, Frau Rotkohl! Das Sams ist doch kein Tier«, sagte er empört. »Es ist ein ganz liebenswürdiges Wesen. Jedenfalls meistens.«
»Ich meinte ja nur, dass Herr Mon seine Tiere bestens erzogen hat«, sagte sie. »Im Gegensatz zu Ihrem unerzogenen Sams.«
Das Sams lachte und sang:

»Ja, das Sams ist ungelogen
bei der Rotkohl ungezogen.
Wenn man ihr ein Würstchen klaut,
schimpft die Rotkohl richtig laut.
Zu Pa und mir sagt sie dann immer:
›Ich schmeiß euch raus aus eurem Zimmer!‹
Das ist noch niemals nicht passiert,
weil sie die Miete gern kassiert.«

»Du wirst gleich sehen, wie schnell ich euch kündige und aus dem Zimmer schmeiße! Du musst nur so weitermachen!«, rief Frau Rotkohl.
Herr Taschenbier sagte streng: »Sams, du hörst sofort auf mit diesen dummen Versen und gehst leise und ganz schnell in unser Zimmer!«
»Ich geh ja schon ganz ohne Ton«, sagte das Sams und ging übertrieben leise, auf Zehenspitzen, in Taschenbiers Zimmer.
»So eine Unverschämtheit!«, schimpfte Frau Rotkohl und knallte ihre Zimmertür hinter sich zu.

Ein Geburtstags-Besuch

Eine halbe Stunde später klingelte es. Frau Rotkohl und Herr Taschenbier eilten fast gleichzeitig zur Wohnungstür, um zu öffnen. Draußen stand Herr Mon.

»Ach, das Klingeln galt Ihnen. Schade!«, sagte Frau Rotkohl zu Herrn Taschenbier und ging zurück in ihr Zimmer.

»Einen schönen guten Morgen, Frau Rotkohl«, rief Herr Mon ihr nach.

Herr Mon war ein Freund von Herrn Taschenbier. Genauer gesagt, war er sein einziger und bester Freund. Die beiden kannten sich schon seit ihrer Schulzeit.

Herr Mon liebte Tiere. Seine Wohnung und sein Garten glichen einem kleinen Zoo. Er besaß nicht nur einen australischen Wombat, zehn Schneehasen, einen Hamster, drei Meerschweinchen und ein Mauswiesel, sondern auch einen besonders sprachbegabten Papagei, Herrn Kules.
Herr Mon nahm jetzt zwei Vogelkäfige auf, die er zum Klingeln vor der Tür abgestellt hatte, und kam, in jeder Hand einen Käfig, hinter Herrn Taschenbier her in dessen Zimmer.

»Einen schönen guten Tag, Taschenbier. Und herzlichen Glückwunsch! Wunderst du dich, dass ich vorbeikomme? Nein, das tust du nicht«, sagte Herr Mon. »Du hast bestimmt damit gerechnet, dass dich dein Freund an deinem Geburtstag besucht.«
»Stimmt«, sagte Herr Taschenbier. »Guten Tag, Mon.«
»Hallo, Onkel Mon«, begrüßte das Sams ihn.
»Hallo, Herr Kules.«

»Herr Kules, Herr Kules«, kreischte der Papagei aus seinem Käfig.
»Hallo, Sams«, grüßte Herr Mon zurück. »Und weißt du, Taschenbier, was ich dir wünsche?«, fragte er dann weiter.
»Ich schätze: das Allerbeste«, sagte Herr Taschenbier.
»Ganz genau«, bestätigte Herr Mon. »Gut geraten, Taschenbier!«
Obwohl sie die besten Freunde waren, nannten sich die beiden immer noch so, wie sie sich während ihrer Schulzeit angesprochen hatten, nämlich Taschenbier und Mon.
»Darfst du dein Geburtstagsgeschenk jetzt anschauen? Ja, das darfst du«, sagte Herr Mon.
»Geburtstagsgeschenk?«, fragte das Sams und hüpfte gleich aus seiner Hängematte. »Wo hast du es denn?«
»Unter diesem Tuch«, sagte Herr Mon und zeigte auf einen der beiden Käfige. Feierlich zog er das Tuch beiseite. Im Käfig saß ein großer, weißer Vogel.
»Dieser Kakadu ist mein Geschenk«, sagte er dabei. »Der soll nun dir gehören. Freust du dich?«

»Ich weiß nicht so recht«, sagte Herr Taschenbier. »Ich freue mich schon. Aber Frau Rotkohl mag keine Tiere in der Wohnung.«

»Werde ich mit ihr darüber sprechen? Ja, das werde ich«, sagte Herr Mon. »Du wirst sehen, Kakadus erlaubt sie.«

Das Sams war zum Käfig gegangen und betrachtete den Vogel aus der Nähe.

»Der Kakadu hat gerade gekackert!«, meldete es und fing gleich an zu singen:

»Papagei und Kakadu
kackern beide immerzu.
Kakagei und Papagu,
Kapagei und Pakagu!«

»Ist dein Sams mal wieder sehr frech?«, fragte Herr Mon. »Ja, das ist es.«
»Das ist es, ist es«, bestätigte Herr Kules krächzend.
Herr Mon legte Herrn Taschenbier die Hand auf die Schulter und sagte leise: »Besser, du schickst dein Sams jetzt mal nach draußen. Ich muss dir nämlich etwas anvertrauen. Ein Gespräch unter Erwachsenen. Da würde dieses Sams mit seinen albernen Sprüchen nur stören.«
Das Sams hatte alles gehört. »Bitte, Papa, lass mich dabei sein!«, sagte es schnell. »Ich bin auch ganz still. Versprochen!«
»Na gut«, sagte Herr Taschenbier zum Sams.
Und zu Herrn Mon: »Das Sams platzt sonst vor Neugier. Sobald es frech wird, schicke ich es weg.«
»Taschenbier, ich muss dir was gestehen. Sonst platzt auch mein Herz«, fing Herr Mon an.
»Das kenne ich. Mein Anzug ist auch schon mal

geplatzt«, erzählte das Sams. »Guck mal, hier! Da ist nämlich die Naht …«

Ein strenger Blick von Herrn Taschenbier genügte, und es hörte auf zu plappern.

»Um es gleich rundheraus und direkt zu sagen, Taschenbier«, fuhr Herr Mon fort, »ich habe mich verliebt.«

»In ein neues Tier?«, fragte Herr Taschenbier lächelnd. »Was ist es diesmal? Ein Nachtaffe? Oder ein Tagfalter?«

»Nein, nein«, sagte Herr Mon. »Ich rede von einer Frau. Sie ist vielleicht nicht wunderschön, aber vom Aussehen her ziemlich ansprechend. Ja. Und stark. Oh ja, das ist sie. Und sie kann Ordnung halten.«

»Wie schön«, sagte Herr Taschenbier.

»Sie hat einen festen Willen. Und sie sagt geradeheraus, was sie denkt. Ja, das tut sie.«

»Das scheint ja ein Wunder von einer Frau zu sein«, sagte Herr Taschenbier.

»Wann lernen wir sie denn kennen?«, fragte das Sams.

»Ihr kennt sie besser als ich«, sagte Herr Mon. »Es ist Frau Rotkohl.«

»Die olle Rotkohl?«, rief das Sams.

»Frau Rotkohl?«, rief Herr Taschenbier und musste sich vor Überraschung erst mal setzen. »Ist das dein Ernst?«

»Ja, mein vollster Ernst«, versicherte Herr Mon.

»Seit wann seid ihr denn verliebt?«, fragte Herr Taschenbier.

»Du meinst, sie ist auch in mich verliebt?«, fragte Herr Mon aufgeregt.

»Ach, sie weiß noch gar nichts davon?«, sagte Herr Taschenbier.

Herr Mon schüttelte den Kopf. »Kann ich ihr das

einfach so sagen? Nein, kann ich nicht. Du musst mir helfen.«

»Mach ich gerne. Kein Problem!«, sagte das Sams gleich.

»Du hältst dich da raus!«, befahl Herr Taschenbier.

»Nein, Mon, das musst du ihr selber sagen. Mach es wie sie: Sag einfach geraderaus, was du denkst.«

»Soll ich das? Ja, das sollte ich wirklich«, sagte Herr Mon. Er ging entschlossen über den Flur und klopfte an Frau Rotkohls Wohnzimmertür.

Herr Mon redet in Beispielen

»Was gibt es denn schon wieder, Herr Taschenbier«, sagte Frau Rotkohl unwillig, während sie die Tür öffnete. »Ach, Sie sind's, Herr Mon! Kommen Sie doch rein!«

Herr Mon folgte ihr zögernd ins Zimmer.

»Ja, wie soll ich es jetzt sagen …«, fing er an.

»So, wie Sie's denken: einfach geradeaus«, antwortete sie.

Herr Mon atmete tief durch. »Ich fürchte, so ganz geraderaus kann ich das nicht. Ich versuche es mit einem schönen Beispiel.«

»Ich bin auf Ihr Beispiel sehr gespannt, lieber Herr Mon«, sagte Frau Rotkohl.

»Haben Sie schon mal gesehen, wie zwei Tauben miteinander schnäbeln, wenn sie sich mögen?«, begann er. »Und jetzt stellen Sie sich vor …«

»Hören Sie bitte auf, von Tauben zu sprechen!«, unterbrach sie ihn. »Diese Biester! Ich kann gar nicht so schnell hinter ihnen herputzen, wie sie die Terrasse voll... Na, Sie wissen schon, was ich meine.«

»Ich muss wohl anders anfangen. Ja, das muss ich«, sagte Herr Mon. »Stellen Sie sich eine wunderschöne Blume vor!«

»Eine Geranie?«, fragte sie.

»Meinetwegen eine Geranie«, fing Herr Mon an. »Und jetzt summt ein kleines Bienchen heran ...«

»Gehen Sie mir weg mit Bienen!«, rief sie. »Gegen die Biester bin ich allergisch. Letzten Sommer sitze ich auf meiner Terrasse. Gerade hatte ich den Taubendreck weggekratzt, da kommt eines von Ihren Bienchen angesummt und sticht mich in die Hand.

Die ist gleich angeschwollen und war größer als ein Boxhandschuh!«
»Nach meiner Erfahrung stechen Bienen nur, wenn man nach ihnen schlägt«, sagte Herr Mon.
»Das habe ich auch«, sagte sie. »Soll ich etwa ruhig warten, bis ich gestochen werde?«
»Aber Bienen sind doch Nutztiere. Ja, das sind sie. Sie schenken uns Honig«, sagte Herr Mon.
»Honig?«, fragte sie. »Was wollen Sie mir mit alldem eigentlich sagen?«
Herr Mon stammelte: »Ich wollte … ich will … ach, nichts. Gar nichts!«
Mit hochrotem Kopf rannte er aus ihrem Zimmer.

»Aber lieber Herr Mon, jetzt warten Sie doch!«, rief sie hinter ihm her.
Er achtete nicht darauf, sondern stürzte in Taschenbiers Zimmer. Dort nahm er den Käfig von Herrn Kules auf, rief: »Wiedersehen, Taschenbier!«, und war kurz darauf verschwunden.

Frau Rotkohl stand in der offenen Wohnzimmertür und starrte kopfschüttelnd hinter ihm her.
Das Sams sang:

»Frau Rotkohl, die ist ganz entsetzt:
Herr Mon ist aus der Tür gewetzt.
Da ist die Rotkohl selber schuld.
Es fehlt ihr einfach an Geduld.«

»Halt deinen frechen Mund!«, rief sie.
Herr Taschenbier bat: »Sams, hör auf damit! Komm ins Zimmer!«
Das Sams dachte nicht daran und sang:

»Wenn Frau Rotkohl sauer schaut,
sieht sie aus wie Sauerkraut!«

»Das ist die Höhe! Du unverschämtes Biest, du!«, schrie Frau Rotkohl. »Dir sollte man den Mund verbieten. Einsperren sollte man dich. Am besten in den Keller – und nie mehr rauslassen!«
Herr Taschenbier schüttelte den Kopf.
»Also, Frau Rotkohl! Das geht zu weit!«
»Zu weit?«, wiederholte Frau Rotkohl. »Taschen-

bier, wenn Sie nicht in der Lage sind, Ihr Sams zu erziehen, dann stecken Sie's eben in ein Kinderheim!«
Damit ging sie in ihr Wohnzimmer zurück.
Herr Taschenbier rief ihr nach: »Sie haben doch gar keine Ahnung, wie so ein Sams ist! Was soll ich denn machen?«
Frau Rotkohl streckte den Kopf aus ihrer Tür.
»Sie müssen sich eben mal durchsetzen und nicht so ein Weichling sein!«
Herr Taschenbier rief wütend: »So, ein Weichling bin ich? Na, Ihnen wünsche ich, dass *Sie* auch mal ein Sams haben. Dann würden Sie schon sehen! Es ist nicht immer einfach mit einem Sams!«
Damit ging er zurück in sein Zimmer und knallte die Tür hinter sich zu.

Die große Überraschung

In ihrem Zimmer schimpfte Frau Rotkohl weiter vor sich hin.

»Dieser Taschenbier hat einfach keine Ahnung von Erziehung. Kein Wunder! Ein alleinerziehender Mann, das kann ja gar nicht gut gehen. Ich würde diesem Sams-Lümmel schon Manieren beibringen! Ich …«

Mitten im Satz hörte sie auf zu reden und lauschte.

Irgendwo im Zimmer war ein leises Wimmern zu hören.

Wo kam das her?

Sie ging zum Tisch, hob die Tischdecke ein wenig hoch und sagte: »Das darf doch wohl nicht wahr sein!« Dann fing sie an zu schreien: »Taschenbier! Ta-schen-bier!!«

Einen derart lauten Aufschrei hatte Herr Taschenbier noch nie von ihr gehört.
Er kam auch gleich in Frau Rotkohls Zimmer und fragte: »Frau Rotkohl, haben Sie nach mir gerufen?«
Sie sagte drohend: »Taschenbier, holen Sie sofort Ihr Sams aus meiner Wohnung, oder ich kündige Ihnen auf der Stelle!«
»Mein Sams?«, fragte Herr Taschenbier. »Weshalb soll es denn bei Ihnen sein?«
»Ja, was weiß ich denn?«, sagte Frau Rotkohl. »Keine Ahnung, wie es hier schon wieder reingekommen ist. Wahrscheinlich durch die offene Terrassentür.«
Er schüttelte den Kopf. »Ich glaube, Sie täuschen sich. Wo ist es denn, mein Sams?«
Frau Rotkohl schlug die Tischdecke zurück.

»Na, ist das etwa kein Sams?!«
Und tatsächlich: Unter dem Tisch saß das Sams.
Nun war Herr Taschenbier wirklich ärgerlich.
»Das darf doch nicht wahr sein!«, schimpfte er.
»Willst du hier bei Frau Rotkohl unter dem Tisch Verstecken spielen? Komm sofort mit mir hinüber!«
Energisch beugte er sich zum Sams hinunter, um es hochzuziehen. Aber das Sams klammerte sich an die Beine von Frau Rotkohl.
»Sams, was soll das?« Herr Taschenbier war verblüfft. »Hast du plötzlich Angst vor mir?«
Frau Rotkohl befahl: »Lass gefälligst meine Füße los!«
Das Sams begann zu weinen und wimmerte: »Mama Rotkohl!«
»Mama Rotkohl?«, wiederholte Herr Taschenbier. »Wie kann das sein?«
Ihm kam ein Verdacht. Was hatte er vorhin gesagt?

Ihnen wünsche ich, dass Sie auch mal ein Sams haben.

Das war ein Wunsch gewesen!

»Augenblick!«, rief er Frau Rotkohl zu, während er zur Tür rannte. »Ich muss mal schnell in mein Zimmer schauen.«

Das Rotkohl-Sams

»Was heißt hier *Mama Rotkohl*?! Willst du mich veräppeln?«, sagte Frau Rotkohl, nachdem Herr Taschenbier losgerannt war. »Warte nur, ich bring dir schon Manieren bei!«

»Nein, Mama, nicht schimpfen!«, bat das Sams.

Da kehrte Taschenbier schon wieder zurück.

»Das … das ist nicht mein Sams!«, rief er atemlos. »Mein Sams liegt drüben in der Hängematte. Kommen Sie mit, wenn Sie es nicht glauben!«

»Was sind denn das schon wieder für Ausreden!«, sagte Frau Rotkohl, ging aber mit ihm in sein Zimmer.

Das andere Sams blickte sich inzwischen um. Auf dem Tisch stand der Teller mit Würstchen, die Frau Rotkohl vor dem Taschenbier-Sams gerettet hatte.

Das Sams krabbelte darauf zu, nahm sich eine Wurst und biss hinein. Mit einem angewiderten »Bäh!« spuckte es den Bissen wieder aus und schleuderte das Würstchen durchs Zimmer.
In dem Moment kam Frau Rotkohl zurück, und mit ihr Herr Taschenbier.
»Es scheint sich hier tatsächlich um ein zweites Sams zu handeln«, sagte er. »Dass mein Sams drüben bei mir ist, haben Sie ja gesehen.«
Kopfschüttelnd setzte sich Frau Rotkohl in ihren Lieblingssessel.
»Sie haben recht. Aber wer oder was ist dann dieses hier?«

Das Sams kletterte zu ihr auf den Schoß und kuschelte sich an sie.
»Mama, ich hab so Hunger«, sagte es dabei.
»Hunger, Hunger, Mama!«
Wie unter Schock stand Frau Rotkohl auf, holte den Teller mit den Würstchen und reichte ihn dem Sams.
Das verzog angewidert sein Gesicht und sagte nur:
»Bäh!«
Frau Rotkohl fragte erstaunt: »Bäh? Ein Sams liebt doch Würstchen!«
Das Sams schüttelte den Kopf.
»Mag ich nicht.«
Sie fragte: »Was magst du dann? Schinken?«
»Bäh!«, machte das Sams.
»Vielleicht Fleischsalat?«, fragte sie weiter.
»Bäh!«
»Leberkäse?«, schlug Herr Taschenbier vor.
Aber er bekam nur wieder ein angeekeltes »Bäh« zur Antwort.
»Rindersteak?«, fragte sie.
»Bäh!«
»Schweinebraten!«
»Bääääähhhhh!«

»Was zum Kuckuck willst du denn dann?«, fragte sie.

»Das sag ich dir gerne, Mama:

Frischen Salat, grünen Spinat
und vom Kürbis die Kerne
mag ich sehr gerne.
Haferflocken schmecken fein.
Es können auch mal Kräuter sein.«

»Es mag zwar keine Würstchen, aber es reimt wie mein Sams«, stellte Herr Taschenbier fest.

»Du bist Vegetarier?«, fragte sie.

Das Wort schien ihr Sams nicht zu kennen.

»Weg?«, fragte es. »Weg geh?«

»Ve-ge-tarier!«, wiederholte Frau Rotkohl.

Das Sams senkte den Kopf. »Weg geh? Ich soll weg?«, schluchzte es.

»Nein, das hast du falsch verstanden«, sagte sie. »Jetzt hör doch auf zu weinen, bitte!«

Sie fing an, das Sams zu streicheln. Ziemlich unbeholfen. Schließlich hatte sie keine Erfahrung mit Kindern. Und mit sanften, weinenden Samsen schon gar nicht.

»Also gut. Ich gehe jetzt und kaufe dir einen Salat. Und eine Packung von irgendwelchen Körnern«, sagte sie. »Du sollst ja nicht verhungern. Aber dann verschwindest du wieder, so schnell wie du gekommen bist. Verstanden?«

»Meine Mama sagt, dass ich verschwinden soll«, jammerte ihr Sams. »Ich will aber noch hierbleiben.«

»Dann bleib meinetwegen noch ein bisschen hier, bevor du dann aber bitte schön gehst«, sagte sie entnervt. »Und hör bitte auf zu weinen! Das ist ja nicht auszuhalten. Ich gehe jetzt einkaufen. Körner und Grünzeug. Bin gleich zurück!«

»Danke, Mama! Du bist so lieb«, sagte das Sams.

»So lieb?«, wiederholte Frau Rotkohl. Sie blickte zu Herrn Taschenbier. »So etwas würde ich gerne mal von Ihrem Sams hören! Da müsste ich aber lange warten.«

Zusammen mit ihm ging sie aus dem Zimmer.
»Schon merkwürdig, dass so ein Sams-Wesen jetzt auch bei mir ist«, sagte sie dabei. »Wie das wohl weitergeht?«
»Tja, ich musste mich auch erst an mein Sams gewöhnen, Frau Rotkohl«, sagte er. »Sie werden bestimmt noch viel Freude mit ihm haben.«

Das doppelte Sams

Herrn Taschenbiers Sams war währenddessen drüben aus dem Fenster geklettert, dann um das Haus herumgegangen und kam nun neugierig durch die offene Terrassentür in Frau Rotkohls Zimmer.

»Tatsächlich: ein zweites Sams!«, rief es.

Das Rotkohl-Sams wich unsicher ein paar Schritte zurück.

Taschenbiers Sams schüttelte den Kopf.

»He, Sams, was ist denn los mit dir? Hast du etwa Angst vor mir?«

Frau Rotkohls Sams wich noch weiter zurück.

Da lachte das Sams und reimte:

»Jetzt hör mir doch mal endlich zu,
ich bin ein Sams genau wie du!«

»Nein, bist du nicht«, sagte das Rotkohl-Sams.
»Und wieso nicht?«, fragte das Sams.
»Du hast ja gar keine blauen Punkte im Gesicht!«, antwortete das Rotkohl-Sams.
»Ach, *das* meinst du!«, sagte das Sams. »Die hatte ich auch mal! Aber mein Papa hat sie längst weggewünscht. Verrate der Rotkohl bloß nicht, dass das Wunschpunkte sind!«

»Warum soll ich das meiner Mama nicht verraten?«, fragte das Rotkohl-Sams.
»Weil sie Samse doppel-dumm-doof findet«, sagte das Sams. »Wenn sie weiß, dass das Wunschpunkte sind, wünscht sie dich bestimmt weg!« Leise fügte es hinzu: »Und mich auch!«
»Danke, dass du mir das gesagt hast«, lispelte das Rotkohl-Sams. »Du bist so lieb! Ganz arg lieb!«

»So lieb!«, äffte Taschenbiers Sams das andere nach. »Du bist vielleicht ein Schleimer!«
»Was ist denn ein Schleimer?«, fragte das Rotkohl-Sams.
»Genau das Gegenteil von mir«, sagte das Sams und ging aus dem Zimmer.

Eifersucht

Herr Taschenbier war in seinem Zimmer, als das Sams hereinkam.
»Wo bist du gewesen?«, fragte er.
»Ich war im Rotkohl-Zimmer und hab mir das neue Sams angeschaut«, sagte es.
»Wie oft habe ich dir schon gesagt, dass du nicht einfach in fremde Zimmer gehen sollst!«, sagte Herr Taschenbier.
»Hmm, bestimmt schon acht oder neun Mal«, sagte das Sams. »Es kann aber auch zehn Mal gewesen sein, wenn nicht sogar drei Mal. Außerdem war es kein fremdes Zimmer, weil ich es schon kenne.

Nicht die Zimmer, die wir kennen,
darf man fremde Zimmer nennen.«

»Mach keine dummen Witze. Du weißt genau, was ich damit meine«, sagte Herr Taschenbier.
»Und weißt du, was *ich* meine?«, fragte das Sams.
»Nein, was denn?«
»Ich meine, dass du den letzten Wunschpunkt einfach verschleudert hast!« Es schüttelte mürrisch den Kopf. »Herzlichen Glückwunsch!«
»Glückwunsch wozu?«, fragte Herr Taschenbier.
»Dass es jetzt so ein niedliches, süßes, liebes Sams gibt!«, sagte das Sams. Es ahmte das Lispeln des anderen nach.
»Jetzt bist du aber gemein«, sagte Herr Taschenbier.
»Ach ja? Du hättest wohl auch lieber so ein niedliches, nettes Sams?«, fragte das Sams.
»Ein nettes Sams? Manchmal schon«, sagte Herr Taschenbier. »Und heute ganz besonders.«
»Du bist ober-über-gemein!«, rief das Sams. »Wenn du mich nicht so haben willst, wie ich bin, kann ich ja auf den Dachboden gehen und für immer dort bleiben! Dann wirst du schon sehen, wie du dich langweilst ohne mich.«
Damit nahm es seine Hängematte unter den Arm und marschierte aus dem Zimmer.
Herr Taschenbier rief ihm nach: »Sams, sei doch

nicht gleich eingeschnappt! Musst du dich wirklich jedes Mal auf dem Dachboden einsperren, wenn du beleidigt bist?«
Keine Antwort!
»Oh Mann! Das kann jetzt wieder dauern!«, sagte Herr Taschenbier und schloss die Tür.

Frau Rotkohls Wünsche

Am nächsten Morgen saß Frau Rotkohl gerade am Tisch und las die Tageszeitung, als ihr Sams von der Terrasse hereinkam, einen Blumentopf in der Hand.

»Schmeckt lecker, Mama«, sagte es und biss kräftig zu.

»Was machst du mit meinen Geranien!«, rief Frau Rotkohl.

»Essen!«, sagte das Sams mit vollem Mund. »Diese Gremanien hast du übergut gepflegt und immer höchst bestens gegossen, das sieht man gleich. Du bist eine tolle Blumenpflege-Mama!«

»Danke«, sagte Frau Rotkohl. »Trotzdem kannst du nicht einfach meine Blumen fressen!«

»Doch, das kann ich«, versicherte das Sams. »Ich mag Blumen. Die auf deinem Kleid sind auch sehr schön. Das steht dir ausgezeichnet!«
»Ja, findest du?«, fragte Frau Rotkohl und blickte an ihrem geblümten Kleid hinunter.
»Das trage ich schon seit einem Jahr, und es passt immer noch. Die meisten alten Kleider sind mir zu eng. Manchmal wünsche ich mir, dass ich noch die gleiche Figur hätte wie vor fünf Jahren.«

»Das wünschst du dir?«, fragte ihr Sams.
»Schön!«
Kurz darauf rief Frau Rotkohl: »Was ist denn mit meinem Kleid passiert? Das ist ja auf einmal viel zu weit!«
»Das hast du dir doch gewünscht!«, sagte das Sams.
»Merkwürdig«, murmelte Frau Rotkohl, während sie an sich hinuntersah. »Sehr, sehr merkwürdig!«

Herr Taschenbier stand zur gleichen Zeit an der Tür, die zum Dachboden führte.
Er klopfte.
»Hallo, Sams? Bist du immer noch beleidigt?«
Die Tür flog auf, und das Sams streckte seinen Kopf heraus.
»Ja, bin ich!« Damit knallte es die Tür wieder zu.
Herr Taschenbier rief durch die Tür: »Wie schade. Dann muss ich die Reste von meinem Geburtstagskuchen ganz alleine aufessen.«
Wieder flog die Tür auf, und das Sams streckte seinen Kopf heraus.
»Nein, musst du nicht!« Damit knallte es die Tür wieder zu.
»Und wie soll das gehen? Muss ich mit dem Kuchen zu dir auf den Dachboden kommen?«, fragte Herr Taschenbier.
»Nein! Kannst ja mit dem *netten* Sams feiern! Das du *manchmal lieber hättest*«, sagte das Sams.
Diesmal ließ es die Tür offen und blickte seinen Papa herausfordernd an.
Herr Taschenbier seufzte. »Es tut mir leid, Sams, dass ich das gestern so gesagt habe.

Aber ich verstehe gar nicht, warum du dich so anstellst. Du weißt doch: Ein Sams kommt an einem Samstag und muss am nächsten Samstag wieder gehen. *Die* eine Woche wirst du es doch mit dem anderen Sams aushalten?«

»Das neue Sams ist aber an einem Sonntag gekommen«, sagte das Sams. »Deshalb muss es bestimmt überhaupt nicht mehr gehen!«

»Wäre das so schlimm?«, fragte Herr Taschenbier. »Freu dich doch! Jetzt hast du endlich einen Spielkameraden, der so ist wie du.«

»Aha, *du* willst also nicht mehr mit mir spielen!«, rief das Sams und knallte die Tür wieder zu.

Herr Taschenbier rief durch die Tür: »Sei doch nicht schon wieder eingeschnappt!«

Von drinnen kam keine Antwort.
Herr Taschenbier wartete, aber die Tür blieb verschlossen.
Langsam wurde er wütend.
Er klopfte an die Tür und rief: »Na gut! Dann geh ich wirklich mit dem anderen Sams meinen Kuchen essen. Das ist wenigstens nicht so schnell beleidigt!«
Kaum war Herr Taschenbier die Treppe hinabgestiegen, öffnete sich die Bodentür, das Sams schaute heraus und fragte: »Papa?« Und noch einmal: »Papa!«
Aber das hörte Herr Taschenbier schon nicht mehr.
Also ging das Sams langsam zurück und legte sich in seine Hängematte.

Versöhnung

Das Sams lag in seiner Hängematte und lauschte. Aber von unten war nichts zu hören.

Es langweilte sich. Es wackelte mit den Füßen. Es kratzte sich am Kopf. Es bohrte mit dem Finger im Ohr. Es drehte sich auf den Bauch, dann mal auf die eine, mal auf die andere Seite. Es versuchte sogar, in der Hängematte einen Kopfstand zu machen.

Aber die Zeit schien überhaupt nicht zu vergehen.

»Langweilig, längerweilig, über-ober-längstweilig!«, murmelte es.

Da hörte es, wie jemand die Treppe hochkam.

Es hüpfte aus der Hängematte, rannte zur Tür, riss sie auf und rief: »Du, Papa …«

Aber es war nur Frau Rotkohl, die mit einem

Wäschekorb in den Händen schnaufend die Stufen hochstieg.

»Ach, die olle Rotkohl«, sagte das Sams enttäuscht.

»Für dich immer noch *Frau* Rotkohl!«, sagte sie, während sie Wäsche zum Trocknen über eine Leine legte.

Das Sams überlegte.

»Liebe Frau Rotkohl«, fing es dann an.

Sie war ganz überrascht über diese höfliche Anrede.

»Ja?«, sagte sie.

»So ein Sams kann ganz schön nervig sein, oder?«, fragte das Sams.

Sie nickte. »Ja, manche Samse schon!«

»Und manchmal wünscht man sich doch, dass man das Sams wieder loswird, oder?«, fragte das Sams weiter.

Frau Rotkohl lachte. »Ja, dein Papa wünscht sich das ganz bestimmt!«

Das Sams ließ sich nicht beirren. »Frau Rotkohl, wenn du dich mal über dein Sams ärgerst, weil es vielleicht was Schlimmes angestellt hat …«

»Wieso sollte ich mich ärgern? Es ist doch ganz lieb«, sagte sie.

»Ich meine ja nur, wenn es dich mal ärgert. Verstehst du: *wenn!* Dann sagst du einfach: ›Ich wünsche, dass mein Sams für immer verschwindet.‹ Hast du das in deinem Kopf kapiert, verstanden und begriffen?«
»Da wünsche ich mir eher, dass du Frechdachs verschwindest«, sagte Frau Rotkohl.
»Wie gut, dass das andere Sams diesen Wunsch nicht gehört hat«, sagte das Sams leise. »Da hätte sich mein Papa sehr gewundert, wenn ich plötzlich verschwunden wäre. Ich werde mal wieder zu ihm nach unten gehen, damit er merkt, dass es mich noch gibt.«
»Was murmelst du da?«, fragte Frau Rotkohl. »War das etwa wieder eine deiner Frechheiten?«
»Wenn es eine Frechheit gewesen wäre, hätte ich sie laut gesagt«, antwortete das Sams. »Frechheiten müssen nämlich ausgesprochen laut ausgesprochen werden.«
Das Rotkohl-Sams rief von unten aus der Wohnung: »Mama Rotkohl! Mama Rotkohl, wo bleibst du denn so lange!«
Frau Rotkohl rief zurück: »Ich komme schon, mein Schatz!«

Das Sams verzog das Gesicht. »Mein Schmatzi-Schatzi!«
»Mach dich nur lustig!«, sagte Frau Rotkohl. »Dich würde selbst dein Papa Taschenbier niemals *Schatz* nennen, du freches, ungezogenes Ding!«
»Ich will auch niemals nicht ein Schmatzi-Schatzi sein!«, sagte das Sams, während es seine Hängematte abrollte, sie unter den Arm nahm und hinter Frau Rotkohl die Treppe hinunterstieg.

»Hallo Papa, da bin ich wieder«, sagte es, als es kurze Zeit später darauf in Taschenbiers Zimmer kam.
»Wie schön!«, sagte Herr Taschenbier. »Ich bin gerade beim Mittagessen. Du kannst dich gleich dazusetzen.«
»Du isst ein Würstchen?«, fragte das Sams verblüfft.
Herr Taschenbier schüttelte den Kopf.
»Nein, nein. Ich habe gehofft, dass mein Sams heute wiederkommt. Länger als eine Nacht hast du es noch nie auf dem Dachboden ausgehalten. Genau deswegen habe ich dir ein Begrüßungs-Würstchen gekauft.«

»Da freue ich mich, Papa!«, rief das Sams und fing gleich an zu singen:

»Ich freue mich
ganz fürchterlich!
Und dieses Würstchen freut sich auch
auf meinen leeren, warmen Bauch.«

»Es freut mich, dass du dich so über das Würstchen freust!«, sagte Herr Taschenbier. »Frau Rotkohls Sams würde es wahrscheinlich aus dem Fenster spucken.«

»Fängst du schon wieder mit diesem dumm-doofen

Rotkohl-Sams an?«, fragte das Sams. »Du willst wohl lieber mit dem anderen Sams zu Mittag essen, ja? Weil ihr euch dann den grasgrünen Salat teilen könnt.«

»He, sei doch nicht gleich wieder beleidigt!«, rief Herr Taschenbier. »Natürlich esse ich lieber mit dir!«

»Wirklich?«, fragte das Sams.

»Wirklich!«, versicherte Herr Taschenbier.

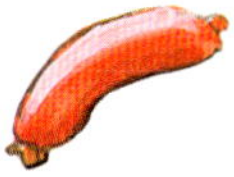

Ein Fernseh-Unfall

Auch am nächsten Morgen hatte Frau Rotkohl allen Grund, sich zu wundern. Wie gewöhnlich saß sie vor dem Fernsehgerät und schaute sich eine Familienserie an. Ihr Sams saß neben ihr auf dem Boden, mampfte Karotten und schaute auch zu.
»Das sind ziemlich kleine Leute«, stellte es fest.
»Wo ist da eigentlich die Tür?«
»Welche Tür?«, fragte Frau Rotkohl.
»Na, wo die kleinen Menschen in diese Kiste gehen«, erklärte das Sams ihr.
Frau Rotkohl lachte. »Du Dummerchen! Das ist doch ein Fernseher«, sagte sie. »Das sind nur Bilder auf der Mattscheibe. Meistens kommt auch nur Schrott!«
»Warum hast du die Bilder dann an?«, fragte ihr Sams.

»Ich weiß auch nicht. Wahrscheinlich aus Gewohnheit. Man sitzt davor und will es eigentlich gar nicht. Manchmal wünsche ich mir, diese Kiste würde einfach ihren Geist aufgeben.«

»Was ist denn *Geist aufgeben*?«, wollte das Sams wissen.

»Kaputtgehen«, übersetzte sie ihm.

»Ach, *das* wünschst du dir«, sagte das Sams.

Im selben Augenblick gab es einen Knall. Bild und Ton waren weg, und hinten aus dem Fernsehgerät stieg ein Rauchwölkchen auf.

»Herr Taschenbier!«, rief Frau Rotkohl alarmiert. »Kommen Sie schnell! Helfen Sie! Mein Fernseher raucht! Taschenbier!«

Herr Taschenbier kam ins Zimmer gestürzt, das Sams hinter ihm her.
Er besah sich kurz den Schaden und zog den Stecker aus der Buchse.
Das Gerät hörte sofort auf zu rauchen.
»Frau Rotkohl, in deinem Haus herrscht doch Rauchverbot. Warum darf dann dein Fernseher rauchen?«, fragte das Sams grinsend.
»Mach dich nur über das Unglück anderer Menschen lustig!«, rief Frau Rotkohl.
»Unglück? Na ja«, sagte Herr Taschenbier. »Sie müssen nur den Kundendienst benachrichtigen, und spätestens in einer Woche läuft Ihr Fernseher wieder.«
»Eine Woche? Das ist ja schrecklich!«, jammerte Frau Rotkohl.
Ihr Sams blickte sie erschrocken an.
»Aber du hast es doch gewünscht, Mama!«, sagte es. »Es tut mir leid, ganz über-ober-leid!«
»Schön, dass du mich tröstest«, sagte Frau Rotkohl, und zu Herrn Taschenbier: »Mein Sams hat dieselben Redensarten wie Ihres: *über-ober-leid!* Trotzdem könnte sich Ihr Sams ein Beispiel an meinem nehmen.«

»Dieses Sams soll sich lieber ein Beispiel an mir nehmen«, sagte das Sams.

»Ich gebe es ihm gerne,
aus der Nähe, aus der Ferne.
Für diesen ach so lieben Streber
bin ich gern ein Beispielgeber.«

Frau Rotkohl ging nicht darauf ein, sondern fragte Herrn Taschenbier: »Oder würde Ihr Sams jemals sagen, dass ihm irgendetwas leidtut?«
»Wahrscheinlich nicht«, gab Herr Taschenbier zu. »Jedenfalls nicht so schnell.«
»Genau!«, sagte Frau Rotkohl. »Ihr Sams ist einfach nur unverschämt und rotzfrech!«
»Findest du mich auch rotzfrech, Mama?«, fragte das Rotkohl-Sams.
»Aber nein«, sagte Frau Rotkohl. »Es wäre ja auch noch schöner, wenn jetzt *zwei* freche Samse hier im Haus herumtoben würden!«
»Du fändest das noch schöner, Mama?«, fragte ihr Sams erstaunt. »Wünschst du es dir?«
»Nein, das wünscht sie nicht!«, rief Herr Taschenbier schnell.

Frau Rotkohl seufzte. »So erfreulich es ist, dass dieses Sams so anders ist als Ihres: Wieso musste es ausgerechnet zu mir kommen?«

Herr Taschenbier, der sehr genau wusste, weshalb das Sams zu ihr gekommen war, antwortete nicht darauf und sagte nur: »Ja, dann gehen wir mal wieder!« Er nahm sein Sams an der Hand und ging mit ihm in sein Zimmer.

Dort fragte das Sams gleich: »Papa, warum hast du gesagt: Nein, das wünscht sie nicht?«

Herr Taschenbier zögerte ein bisschen. Er wusste, was das Sams meinte. Schließlich sagte er: »Na ja, das wäre doch über-ober-nervig, um mit dir zu sprechen, wenn wirklich zwei Samse wie du hier in der Wohnung herumtoben und Frau Rotkohls Kühlschrank plündern würden. Findest du nicht?«

»Du findest es also gut, dass Frau Rotkohls Sams so brav ist?«, fragte das Sams weiter.

»Na ja, für Frau Rotkohl ist es bestimmt besser so«, versuchte sich Herr Taschenbier herauszureden.

»Ich kapiere schon!«, rief das Sams. »Du hättest also auch lieber ein Schatzi-Schmatzi-Sams wie das von der ollen Rotkohl! Dann kann ich ja gehen!«

»Aber nein, Sams! Bitte versteh mich nicht falsch!

Für mich bist du das liebste Sams«, sagte Herr Taschenbier schnell. »Du bist witzig und ... und ...«
»Witzig und was noch?«, fragte das Sams.
»Jedenfalls habe ich mich an dich gewöhnt und möchte nie mehr ohne mein Sams sein«, sagte er.
»Wirklich, Papa?«, fragte das Sams.
»Wirklich!«, sagte Herr Taschenbier und nahm sein Sams in den Arm.
»Na gut. Dann bleibe ich hier«, beschloss das Sams und fing gleich an zu singen:

»Das Sams, es bleibt für immer hier,
bei seinem Papa Taschenbier.

Frau Rotkohl, die schimpft gern herum.
Das Sams von ihr ist ober-dumm,
ist ober-super-dämlich-dumm,
ist super-ober-dämlich-dumm,
ist super-dämlich-doof und dumm!«

»Dumm kann man das andere Sams eigentlich nicht nennen«, sagte Herr Taschenbier. »Nur weil es nicht so frech und vorlaut ist wie du.«

»Siehst du, jetzt verteidigst du schon wieder das Schatzi-Schmatzi-Schnucki-Sams!«, rief das Sams. Es legte sich in seine Hängematte, wandte Herrn Taschenbier den Rücken zu und sprach den halben Nachmittag kein einziges Wort mehr mit ihm.

Die Punkte sind weg

Am späten Nachmittag klingelte es an der Wohnungstür. Frau Rotkohl öffnete. Herr Mon stand draußen, den Käfig mit Herrn Kules in der Hand.
»Ach, Sie sind es, Herr Mon«, rief Frau Rotkohl. »Wie schön! Warum haben Sie mich vorgestern so hastig verlassen?«
Herr Mon zuckte nur die Schultern.
»Kommen Sie doch auf ein Tässchen Kaffee vorbei, wenn Sie Ihren Freund begrüßt haben, ja?«, sagte sie.
Herr Mon nickte und ging in Taschenbiers Zimmer. Dort stellte er den Käfig mit Herrn Kules auf den Tisch. Dann schaute er nach dem Kakadu. Der saß in seinem Käfig auf der Stange und blickte Herrn Mon mit schief gehaltenem Kopf an.

»Taschenbier, hast du dem Vogel Wasser gegeben?«, fragte er. »Ja, das hast du. Sehr gut.«
»Das Wasser hat er von mir gekriegt«, sagte das Sams. »Und auch das Vogelfutter.«
»Sehr gut«, lobte Herr Mon noch einmal. Er wandte sich an Herrn Taschenbier. »Frau Rotkohl hat mich eingeladen. Ich soll zu ihr hinüberkommen, wenn ich dich begrüßt habe. Was soll ich ihr nur sagen? *Wie* soll ich es ihr sagen?«
Herr Taschenbier überlegte. »Vielleicht lädst du sie zu einem Spaziergang ein?«
»Während des Laufens läuft die Unterhaltung«, sagte das Sams.
»Eine gute Idee.« Herr Mon strahlte. »Ich könnte mit ihr in den Zoo gehen und die Tiere füttern.«
»Doch nicht in den Zoo! Du weißt doch, sie mag keine Tiere«, sagte Herr Taschenbier.
»Das ist affenschade«, sagte Herr Mon.
»Am besten, du erwähnst kein einziges Tier!«
Herr Mon nickte. »Ein guter Rat! Taschenbier, du bist ein schlauer Fuchs!«
»Keine Tiere!«, wiederholte Herr Taschenbier leicht entnervt.

»Ich dummer Esel«, entschuldigte sich Herr Mon. »Wird nicht mehr vorkommen!«
»Ja, das war saublöd«, sagte das Sams und grinste.
»Dann auf, mit Löwenmut!«, rief Herr Mon entschlossen und ging aus der Tür.

Frau Rotkohl sagte währenddessen drüben im Zimmer zu ihrem Sams: »Herr Mon wird vielleicht gleich mal bei mir vorbeischauen. Das würde mich freuen.«
»Wer ist denn Herr Mon?«, fragte ihr Sams.
»Ein Freund von Herrn Taschenbier«, antwortete sie. »Wir beide, Herr Mon und ich, wir haben uns neulich sehr nett über Bienen und Tauben ausgetauscht.« Sie betrachtete ihr Sams. »Wieso hast du eigentlich diese unschönen blauen Punkte im Gesicht? Das frage ich mich schon die ganze Zeit. Hast du mit Tinte gespritzt?«
»Tinte? Nein, natürlich nicht, Mama!«, rief ihr Sams lachend.
»Ich finde, du solltest dir das Gesicht mal ganz gründlich waschen, bevor Herr Mon hier hereinkommt und dich womöglich sieht. Diese hässlichen Punkte müssen weg!«

»Aber nein, Mama«, protestierte das Sams. »Die brauchst du doch noch!«
»Unsinn! Wozu soll ich Punkte brauchen?«, sagte Frau Rotkohl streng. »Du gehst jetzt ins Bad, wäschst dich und kommst ohne Punkte im Gesicht wieder raus. Das wünsche ich mir!«
»So ein dumm-doofer Wunsch«, murmelte das Sams, während es ins Bad ging.
Nach kurzer Zeit kam es schon wieder heraus. »Fertig! Kein Punkt mehr im Gesicht. Leider«, sagte es.
»Na, das ging ja schnell«, sagte Frau Rotkohl zufrieden. »Hast du dich auch hinter den Ohren gewaschen?«
»Ja, gewaschen schon«, sagte ihr Sams. »Aber die Ohren gehören nicht zum Gesicht!

Deshalb gehen Punkte hinter den Ohren
beim Waschen niemals nicht verloren!«

Leise fügte es hinzu: »Verloren gehen sie nur beim Wünschen.«

Nach einer Weile klopfte Herr Mon tatsächlich an Frau Rotkohls Tür.
Sie eilte hin und öffnete.
»Darf ich Ihnen einen kleinen Besuch abstatten?«, fragte er. »Oh, haben Sie eine Diätkur gemacht? Sie sind ja schlank wie ein Reh ... äh ... ich wollte sagen: wie eine Tanne!«
»Danke, Herr Mon.«, sagte sie. »Kommen Sie herein! Darf ich Ihnen einen Kaffee anbieten?«
»Da sage ich nicht Nein«, antwortete Herr Mon und folgte ihr ins Zimmer.
Dort wartete eine Überraschung auf ihn.
Auf dem Boden, neben Frau Rotkohls Lieblingssessel, saß das Sams.
»Nanu? Habe ich dich nicht gerade bei deinem Papa im Zimmer gesehen? Ja, das habe ich«, sagte er. »Und du sitzt ganz friedlich bei Frau Rotkohl? Sie hat nichts dagegen?«
»Ich bin den ganzen Tag da«, sagte das Sams.
»Aber nur vorübergehend«, rief Frau Rotkohl schnell. Sie wollte nicht gern verraten, dass auch sie nun ein Sams hatte. Ausgerechnet sie, die vor Herrn Mon immer so über Taschenbiers Sams geschimpft hatte.

Zum Sams sagte sie: »Sams, ich wünsche, dass du mal ein bisschen spazieren gehst und uns allein lässt!«
»Wunschverschwendung!«, seufzte das Sams und griff sich hinters linke Ohr.
Herr Mon räusperte sich. »Ich muss Sie um etwas bitten, liebe Frau Rotkohl. Ich habe meinem Freund Taschenbier einen Kakadu geschenkt. Darf er den in seinem Zimmer behalten?«
»Nein, leider kann ich da keine Ausnahme machen«, antwortete sie. »Ich wünsche keine Tiere in der Wohnung. Das weiß Herr Taschenbier ganz genau.«

»So, das wünscht meine Mama? Na gut, dann ist der letzte Punkt auch weg!«, murmelte das Sams und ging aus der Tür.
»Sollten wir vielleicht auch ein wenig spazieren gehen? Ja, das sollten wir«, sagte Herr Mon.
»Sie meinen: wir beide?«, fragte Frau Rotkohl.
»Warum nicht? Das Wetter ist schön«, sagte Herr Mon. »Ein taubenblauer … äh … kornblumenblauer Himmel und weiße Schäfchenwolken!«
»Ein schöner Vorschlag«, sagte sie. »Aber wollten wir nicht erst mal zusammen Kaffee trinken?«
»Ja, das wollten wir«, sagte er.

Die Vögel sind verschwunden

Es dauerte eine ganze Weile, bis Herr Mon bestens gelaunt wieder zu Taschenbier in dessen Zimmer kam.

»Ich denke, du bist spazieren gegangen!«, sagte er erstaunt, als er das Sams dort in der Hängematte liegen sah.

»Wieso spazieren?«, fragte das Sams.

Herr Mon antwortete nicht, sondern starrte entsetzt auf die beiden Käfige, die auf dem Tisch standen. Sie waren leer. Er rannte zum offenen Fenster und schloss es schnell.

»Zu spät!«, rief er dabei. »Sams, was hast du gemacht!«

»Was soll ich denn gemacht haben?«, fragte das Sams.

»Die Vögel sind weg! Wer soll sie denn freigelassen

haben, wenn nicht du!«, rief Herr Mon. »Herr Kules kommt bestimmt zurück. Aber der Kakadu! Der kennt sich noch nicht aus! Ist der jetzt ein für alle Mal weg? Ja, das ist er!«

Das Sams kam aus seiner Hängematte und beguckte sich die leeren Käfige. »Die Vögel sind weg!«, sagte es verwundert.

»Das sag ich doch!«, rief Herr Mon. »Warum machst du so was?«

»Das war ich nicht«, sagte das Sams.

Herr Taschenbier, der ein kleines Mittagsschläfchen gemacht hatte, richtete sich im Bett auf.

»Was ist los?«, fragte er gähnend.

»Dein Sams hat die beiden Vögel freigelassen«, sagte Herr Mon. »Und nun sind sie weg!«

»Sams, so was kannst du doch nicht tun!«, rief Herr Taschenbier. »Was hast du dir dabei gedacht?!«

»Ich war es niemals nimmer nicht!«, versicherte das Sams.

»Willst du etwa behaupten, *ich* hätte sie fliegen lassen?«, fragte Herr Taschenbier.

»Nein, will ich nicht«, sagte das Sams.

»Aha! Und wer war es dann? Irgendjemand muss es ja gewesen sein. Außer uns beiden war niemand

hier im Zimmer. Du solltest dich schämen!«, sagte er.
»Ja, das solltest du!«, bestätigte Herr Mon wütend.
»Ich war es aber nicht!« Das Sams schrie nun. »Ich war es niemals nicht! Hab ich doch schon gesagt.«
»Ich bin enttäuscht von dir«, sagte Herr Mon. »Ja, das bin ich.«
»Und ich erst«, sagte Herr Taschenbier. »Dass das Sams manchmal frech ist, daran hab ich mich gewöhnt. Aber dass mein Sams so unverschämt lügt, hätte ich niemals gedacht.«
»Ach ja? Und jetzt willst du bestimmt sagen, dass das andere, liebe, brave, nette Sams nicht lügt?«
»Lenk nicht ab!«, sagte Herr Taschenbier streng.
»Gib endlich zu, dass du es warst, und entschuldige dich bei Herrn Mon.«
»Was für ein anderes Sams?«, fragte Herr Mon.
»Hat Frau Rotkohl es dir nicht erzählt?«, fragte Herr Taschenbier. »Du warst doch lange drüben bei ihr.«
»Was erzählt?«, fragte Herr Mon zurück.
»Dass sie jetzt auch ein Sams hat«, sagte Herr Taschenbier.
»So ist das!«, rief Herr Mon. »Deswegen also war das Sams bei Frau Rotkohl so nett und freundlich

und ist auch gleich spazieren gegangen, als sie das vorschlug.«

»Vielleicht hat ja das nette, freundliche Sams von der ollen Rotkohl die Vögelchen fliegen lassen?«, sagte das Sams.

»So ein Unsinn! Dazu müsste es ja in mein Zimmer gekommen sein«, sagte Herr Taschenbier. »Gib endlich zu, dass du es warst!«

»Nein«, sagte das Sams.

»Nein? Nur *nein*?«, wiederholte Herr Taschenbier enttäuscht. »Sams, ich will dich heute nicht mehr sehen! Zur Strafe gehst du auf den Dachboden und kommst erst wieder, wenn du bereit bist, dich bei Herrn Mon zu entschuldigen!«

Statt einer Antwort streckte das Sams den beiden die Zunge heraus und machte »Bäh!«. Dann ging es mit seiner Hängematte aus dem Zimmer.

Draußen kam Frau Rotkohl auf es zu.

»Na, Schatz, schon zurück? War dein Spaziergang schön?«

»Nein, der Spaziergang war saudumm-doof und über-ober-übel«, antwortete das Sams.

»Aber weshalb denn?«, fragte Frau Rotkohl.
»Weil ich das Sams von Papa Taschenbier bin und nicht dein Schatzi!«, sagte das Sams.
»Ach so«, sagte sie. »Ihr seht aber auch völlig gleich aus. Da kann man euch schon mal verwechseln.«
Das Sams überlegte. »Dein Sams ist also spazieren gegangen?«, fragte es.
»Ja. Kaum hatte ich gewünscht, dass es ein bisschen nach draußen geht und mich mit Herrn Mon alleine lässt, ist es schon aus der Tür marschiert.«
»Aus der Tür ist es marschiert? Na, das ist aber so was von nett! Geradezu sensationell«, sagte das Sams.
»Du musst gar nicht so spöttisch sein«, sagte Frau Rotkohl. »Dich hätte man wahrscheinlich aus dem Zimmer raustragen müssen. Weil du so neugierig bist und immer mithören willst, was die Erwachsenen reden.«
»Na gut. Dann werde ich jetzt ganz nett aus der Tür marschieren«, sagte das Sams. »Weil ich nämlich auch spazieren gehe.«
Es knüllte die Hängematte zusammen, warf sie auf die Treppe und ging aus der Haustür.

Ein Spaziergang mit Folgen

Das Sams musste gar nicht weit gehen, da kam ihm schon das andere Sams entgegen. Es hatte ein paar Löwenzahn-Blätter in der Hand und biss gerade die Blattspitzen ab.
»He, Sams, wo willst du denn hin?«, fragte das Taschenbier-Sams.
Das Rotkohl-Sams blieb stehen. Es kaute, schluckte erst alles hinunter und antwortete dann: »Ich geh heim zu meiner Mama.«
»Warum denn so über-ober-schnell?«, fragte das Sams. »Komm doch ein bisschen mit!«
»Wohin denn?«, fragte das Rotkohl-Sams.

»In die Stadt!«
»Aber wir sind doch schon in der Stadt«, sagte das Rotkohl-Sams.
»Ich meine: in die Innenstadt«, erklärte ihm das Sams. »Dahin, wo ganz viel los ist.«
»Da ist was los? Ist das nicht gefährlich?«, fragte das Rotkohl-Sams.
»Ach was! Die Innenstadt ist niemals nicht gefährlich«, beruhigte das Taschenbier-Sams das andere. »Sie ist … interessant!«
»Interessant wie ein Elefant?«, fragte das Rotkohl-Sams grinsend.
»Interessant wie ein Elefant und ein Gummiband«, reimte das Sams.
»Interessant wie ein Elefant und ein Gummiband und ein Haufen Sand!«, reimte das Rotkohl-Sams weiter.
Das Sams vergaß ganz, dass es ja eigentlich wütend auf Frau Rotkohls Sams war, und machte begeistert bei dem Reim-Wettbewerb mit.
»Interessant wie ein Elefant und ein Gummiband und ein Haufen Sand und ein Flaschenpfand!«
Das Rotkohl-Sams fing jetzt sogar an, seine Reime zu singen: »Interessant wie ein Elefant und

ein Gummiband und ein Haufen Sand und ein Flaschenpfand und ein Diamant!«
Taschenbiers Sams gingen langsam die Reime aus. Es musste ein wenig nachdenken, bevor es sang: »Interessant wie ein Elefant und ein Gummiband und ein Haufen Sand und ein Flaschenpfand und ein Diamant und ein Wal am Strand.« Es schaute das Rotkohl-Sams triumphierend an. »Mehr fällt dir bestimmt auch nicht ein!«
»Da täuschst du dich aber!«, sagte das Rotkohl-Sams und begann so laut zu singen, dass einige Leute stehen blieben und die beiden Samse neugierig betrachteten.
»Interessant wie ein Elefant und ein Gummiband

und ein Haufen Sand und ein Flaschenpfand
und ein Diamant und ein Wal am Strand und eine
Wand aus Schmand.«

»Na gut, du hast gewonnen!«, sagte das Sams. »Komm mit, du Reim- und Schleimkünstler!« Es legte den Arm um die Schultern des anderen und ging mit ihm die Straße entlang.

Dann fiel ihm wieder ein, dass es das Rotkohl-Sams doch gar nicht leiden konnte. Und dass es ihm einen bösen Streich spielen wollte.

Es nahm seinen Arm schnell wieder zurück.

Fast tat es ihm leid, wenn es an seinen Plan dachte. Aber nun waren sie schon mal gemeinsam unterwegs. Und es musste sein! Frau Rotkohl sollte merken, dass ihr Schatzi nicht nur liebenswürdig und süß und brav war!

»Was machen wir eigentlich in der Innenstadt?«, fragte das Rotkohl-Sams nach einer Weile.

»Wir gehen ins Kaufhaus«, antwortete das Sams.

Frau Rotkohls Sams fing gleich wieder an zu reimen. Es schien bester Laune zu sein.

»Kaufhaus, Spitzmaus, Blattlaus!« Dann fragte es: »Was ist das eigentlich, ein Kaufhaus?«

»Da kann man Körner und Kerne holen und

Haferflocken, Spinat und grünen Salat. Was isst du denn am liebsten?«
»Am liebsten Kürbiskerne«, sagte das Rotkohl-Sams.
»Davon gibt's da drinnen bestimmt mehr als genug«, sagte das Sams. »Komm, da ist der Eingang. Wir gehen rein!«
Taschenbiers Sams war nicht zum ersten Mal in diesem Kaufhaus. Hier hatte ihm Papa Taschenbier einen dehnbaren Taucheranzug gekauft, nachdem die Stoffanzüge alle geplatzt waren. Deshalb musste es nicht so staunen wie jetzt das Rotkohl-Sams. Das guckte sich begeistert um.
»So viele Lichter, obwohl es doch noch ganz hell ist! Und wie das alles glitzerglänzt!«
»Ja, ja, es glänzt«, sagte das Sams. Es nahm das andere Sams an der Hand und ging mit ihm zur Lebensmittel-Abteilung.
»Hier darf man sich nehmen, was einem gefällt«, sagte es. »Sieh mal, da ist ein ganzes Regal voll mit Müsli, Kernen und Körnern!«
»Danke, Sams«, sagte das andere, nahm sich eine Packung Sonnenblumenkerne aus dem Regal und war schon dabei, sie aufzureißen.

»Halt, nein!«, rief das Sams. »Die Sachen darf man erst zu Hause essen, nicht hier! Du musst sie mitnehmen!«
»Ach so!«, sagte das andere Sams. »Aber wie soll ich die Sachen alle mitnehmen, ich habe doch nur zwei Hände!«
»Zieh einfach den Reißverschluss von deinem Taucheranzug auf, und steck dir rein, so viel du tragen kannst«, schlug das Sams vor.
»Danke. Das mache ich«, sagte das andere Sams und stopfte sich so viel in den Anzug, dass sich der Reißverschluss gar nicht mehr zuziehen ließ.

»Ich hole mir noch ein Würstchen und gehe dann schon mal vor«, sagte das Sams. »Du weißt ja, wo der Ausgang ist. Ich warte draußen auf dich.«
Es ließ das Rotkohl-Sams stehen und ging zur Fleischtheke.
Dort bestellte es: »Ein Würstchen bitte!«
»Zum Hier-Essen?«, fragte die Verkäuferin.

»Um es hier zu essen, zu verspeisen, wenn nicht sogar, um es hinunterzuschlucken«, sagte das Sams.
Die Verkäuferin reichte ihm ein Würstchen über die Verkaufstheke.
»Die Wurst ist ja weiß«, sagte das Sams.
»Das ist bei Weißwürsten meistens der Fall«, sagte die Verkäuferin lachend.
»Wollen wir tauschen?«, fragte das Sams.
»Tauschen? Wie denn?«, fragte sie.
»Ich gebe dir die weiße Wurst, und du gibst mir dafür ein rosa Würstchen«, schlug das Sams vor.
Sie sagte: »Meinetwegen!«, nahm die Weißwurst zurück und reichte dem Sams ein Wiener Würstchen.
»Danke«, sagte das Sams und biss hinein.
»He, du musst die Wurst doch erst bezahlen!«, rief sie.
»Wieso?«, fragte das Sams.
»Wieso!«, wiederholte sie. »Weil man eine Wurst erst zahlt, bevor sie einem gehört.«
»Aber wir haben doch getauscht«, sagte das Sams.
»Für diese rosa Wurst habe ich dir meine weiße gegeben.«
»Aber die weiße hast du nicht gezahlt!«, sagte sie.

»Wieso sollte ich sie zahlen? Ich hab sie ja nicht gegessen, sondern dir zurückgegeben«, sagte das Sams, drehte sich um und ging.
Die Verkäuferin schüttelte den Kopf und dachte nach: Irgendetwas an der Rechnung stimmte nicht. Aber ehe sie darauf kam, war das Sams schon zum Ausgang gelaufen.
Dort wartete es auf das Rotkohl-Sams. Es ahnte, was bald geschehen würde. Und es kam auch genau so, wie es sich das vorgestellt hatte.
Als das andere Sams mit überdickem Bauch an der Kasse vorbeimarschiert war, kam ein Mann hinter ihm her. Wahrscheinlich der Ladendetektiv.

Er rief: »He, Junge, bleib mal stehen!«
»Ich bin kein Junge, ich bin ein Sams!«, sagte das Rotkohl-Sams freundlich.
»Ja, ja. Was hast du denn da in deinem Anzug?«, fragte der Mann.
»Im Anzug? Da habe ich eine Tüte Müsli, drei Tüten Rosinen, eine Packung Nüsse, eine Mandarine und zwei Tüten Sonnenblumenkerne«, erzählte das Rotkohl-Sams stolz.
»So, Sonnenblumenkerne!«, wiederholte der Mann.
»Ja, weil es keine Kürbiskerne gab«, sagte das Rotkohl-Sams. »Oder weißt du, wo welche sind?«
»Jetzt werd nicht auch noch frech! Was willst du mit den ganzen Sachen machen?«, fragte der Mann.
»Sachen machen! Du kannst ja auch reimen!«, freute sich das Sams. »Sachen machen, Drachen lachen, Wachen krachen! Jetzt du!«
»Ein so unverschämtes Kind habe ich noch nie beim Klauen erwischt«, sagte der Mann. »Wie heißt du, und wo wohnst du?«
»Ich heiße Sams und wohne bei Mama Rotkohl«, sagte das Rotkohl-Sams.

»Ist *Sams* dein Vorname?«, fragte der Mann.
»Ja«, sagte das Sams.
»Und dein Nachname?«
»Ja«, sagte das Sams noch einmal.
»Was heißt: *Ja?*«, fragte der Mann.
»Mein Nachname ist es auch«, erklärte das Sams ihm.
»Du wohnst also bei deiner Mama, und die heißt Rotkohl?«, fragte der Mann weiter.
»Hab ich dir doch schon gesagt!«
»Und wo wohnt deine Mama?«, fragte er.
»Im selben Haus wie Herr Taschenbier und das andere Sams«, sagte das Rotkohl-Sams. Es blickte sich um. »Wo ist es überhaupt?«
»Wer *es?*«, fragte der Mann.
»Na, das andere Sams«, sagte es. »Ach, da ist es ja.« Es wandte sich an das Taschenbier-Sams, das jetzt zum Ausgang kam. »Weißt du, was der Mann will?«
»Ich denke, er will deine Adresse«, sagte das Taschenbier-Sams.
Der Mann blickte staunend zwischen den beiden hin und her. »Seid ihr Zwillinge?«, fragte er. »Ihr seht euch so ähnlich wie ein Ei dem anderen!«

»Was für einem anderen?«, fragte das Rotkohl-Sams.
»Dem anderen Ei«, sagte der Mann unwillig. Er wandte sich an das Taschenbier-Sams. »Kannst du mir die Adresse von diesem Ladendieb hier sagen? Oder den genauen Namen von seiner Mutter? Heißt die tatsächlich Rotkohl?«
»Ja«, antwortete es. »Annemarie Rotkohl.«
»Kannst du mir auch ihre Telefonnummer geben?«, fragte der Mann.
»Nein, kann ich nicht«, sagte das Sams. »Weil ich sie nämlich nicht weiß. Sie steht aber bestimmt im Telefan, Telefun, Telefonbuch. Tschüs!«
Es wandte sich zum Gehen.
»He, warte!«, rief das Rotkohl-Sams.
»Ich komm doch mit!«
»Von wegen!«, sagte der Mann und fasste es am Kragen. »Du bleibst hier,

bis deine Mama dich abholt und deine Einkäufe bezahlt.«

Wenig später kam das Sams beim Haus an und klingelte.
Frau Rotkohl öffnete die Tür und sagte gleich: »Wo bist du so lange gewesen, Schatz? Ich habe mir fast schon Sorgen gemacht.«
»Ich bin nicht dein Schatzi-Schmatzi«, sagte das

Sams. »Weil ich nämlich das Taschenbier-Sams bin.«
»Weißt du, wo mein Sams ist?«, fragte sie. »Hast du es unterwegs gesehen?«
»Dein Sams ist noch im Kaufhaus«, antwortete das Sams.
»Was sucht mein Sams denn in einem Kaufhaus?«, fragte sie.
»Kürbiskerne«, sagte das Sams. »Es gab aber keine.«
»Und dann?«, fragte sie weiter.
»Und dann musste es leider Sonnenblumenkerne nehmen«, sagte das Sams und ging einfach an ihr vorbei. Es schnappte sich die Hängematte, die immer noch auf der Treppe lag, und verzog sich auf den Dachboden.

Herr Kules ist zurück

Herr Mon saß immer noch bei seinem Freund Taschenbier im Zimmer.
Eine Weile hatten sie sich unterhalten und von alten Zeiten erzählt. Aber Herr Taschenbier war immer stiller geworden und hatte schließlich gar nichts mehr gesagt.
»Taschenbier, machst du einen bedrückten Eindruck? Ja, und ob!«, sagte Herr Mon. »Bereust du es, dass du so streng mit deinem Sams ...«
Mitten im Satz hörte er auf zu sprechen. Ein großer, bunter Vogel hatte sich draußen aufs Fensterbrett gesetzt.
Herr Mon sprang auf und öffnete das Fenster. »Herr Kules!«, rief er. »Du bist wieder da!«
Der Papagei flog ungeschickt und ein bisschen wackelig ins Zimmer und setzte sich gleich auf

die Schulter von Herrn Mon.
Der streichelte ihm liebevoll über die Federn.
»Braver Herr Kules!«
»Herr Kules, Herr Kules«, wiederholte der Papagei und knabberte vorsichtig an Herrn Mons Ohr.
»Schade, dass du deinen Kumpel, den Kakadu, nicht mitgebracht hast«, sagte Herr Mon. »Wo ist der?«
»Kakadu, Kakadu«, wiederholte der Papagei. Er flatterte von Herrn Mons Schulter auf und flog schnell aus dem Fenster.
»Herr Kules, sollst du schon wieder abhauen? Nein, das sollst du nicht!«, rief Herr Mon hinter ihm her.
»Vielleicht sucht er ja den Kakadu?«, sagte Herr Taschenbier.
»Meinst du?«, fragte Herr Mon. »Dann wäre Herr Kules der klügste Papagei weit und breit.«
Herr Taschenbier sollte recht behalten.
Wenig später kam Herr Kules ins Zimmer zurückgeflogen, und hinter ihm der Kakadu.

Herr Taschenbier schloss schnell das Fenster.
»Seid ihr wieder da, ihr Ausreißer? Ja, da seid ihr!«, sagte Herr Mon begeistert. »Leider muss ich euch beide wieder in eure Käfige stecken. Frau Rotkohl hat gesagt, sie wünscht keine Tiere im Haus. Na ja, Taschenbier: Dann muss ich dein Geschenk wieder mitnehmen. Du kannst den Kakadu ab und zu bei mir besuchen. Bring ihm immer Vogelkörner mit, dann freut er sich jedes Mal, wenn du kommst!«
Herr Mon beugte sich über den Kakadu-Käfig und stutzte. »Ist das merkwürdig? Ja, das ist es!«, rief er.
»Was denn?«, fragte Herr Taschenbier.
»Die Käfigtür ist fest verschlossen«, sagte Herr Mon.
»Na und?«, fragte Herr Taschenbier.
»Wenn dein Sams den Kakadu freigelassen hätte: Glaubst du, es hätte danach die Käfigtür so sorgfältig geschlossen? Nein, das hätte es ganz bestimmt nicht.«
Er untersuchte den zweiten Käfig.
»Auch zu und fest verriegelt!«, rief er.
Nun wurde Herr Taschenbier hellhörig. »Sag bitte noch mal, was Frau Rotkohl zu dir gesagt hat!«
»Wieso willst du das so genau wissen?«, fragte Herr

Mon und überlegte. »Hmm … Sie hat gesagt, dass sie keine Tiere im Haus wünscht.«
»Sie hat gesagt, dass sie es *wünscht*?« Herr Taschenbier wurde ganz aufgeregt. »Mon, wir waren furchtbar ungerecht zum Sams!«
»Wieso?«, fragte Herr Mon noch einmal.
»Es war ein *Wunsch*, Mon! Verstehst du? Ihr Sams hat doch Wunschpunkte. Frau Rotkohl hat die beiden Vögel weggewünscht. Und wir haben mein armes Sams zu Unrecht verdächtigt. Kein Wunder, dass es beleidigt war. Ich gehe sofort auf den Dachboden und entschuldige mich bei ihm!«

Und wirklich stand Herr Taschenbier keine drei Minuten später oben vor dem Sams.
Es lag nicht in seiner Hängematte, sondern saß mit angezogenen Knien am Boden.
Schuldbewusst blickte es zu Herrn Taschenbier auf.
»Ich weiß, es war nicht

richtig, Papa Taschenbier. Es tut mir leid. Wirklich! Ich hätte das andere Sams nicht …«
Herr Taschenbier hörte gar nicht hin.
»Dir muss es doch nicht leidtun, Sams! *Mir* tut es leid. Mir!« Er zog das Sams vom Boden hoch und umarmte es. »Herr Mon und ich waren sehr ungerecht. Du hast die Vögel gar nicht freigelassen!«
»Ach, das meinst du!«, sagte das Sams erleichtert. »Ist nicht schlimm, dass du das gedacht hast.« Sehr, sehr leise fügte es hinzu: »Und ich war sicher, dass du mit mir schimpfst, weil ich das Rotkohl-Sams reingelegt habe.«
Gemeinsam gingen sie die Treppe hinunter.
Als sie an Frau Rotkohls Tür vorbeikamen, hörten sie, dass drinnen das Telefon klingelte.
Das Sams blieb stehen.
»Jetzt rufen sie bei ihr an«, sagte es schuldbewusst. »Das war eine ober-über-dumm-dämliche Idee von mir.«
»Komm mit ins Zimmer«, sagte Herr Taschenbier. »Was gehen uns die Anrufe von Frau Rotkohl an? Herr Mon will sich bestimmt auch bei dir entschuldigen.«
Und wirklich schüttelte Herr Mon dem Sams

gleich die Hand und sagte: »Will ich mich bei dir entschuldigen? Ja, das will ich. Wir waren sehr ungerecht.«

»Habe ich das schon verziehen, entschuldigt und vergeben, wenn nicht sogar vergessen? Ja, das habe ich!«, sagte das Sams.

»Du bist das netteste Sams weit und breit. Ja, das bist du«, sagte Herr Mon.

»Netter als das von Frau Rotkohl?«, fragte das Sams.

Herr Taschenbier nickte. »Für mich warst du schon immer das liebste Sams der Welt!«

Zum ersten Mal in dieser Woche fühlte sich das Sams wieder gemocht. Und doch konnte es sich nicht freuen. Das schlechte Gewissen bedrückte es.

Es hatte zeigen wollen, dass auch das andere Sams nicht immer nur lieb war. Frau Rotkohl sollte sich auch mal über ihr Sams ärgern. Dann würden sie und Papa Taschenbier nicht immer nur das Rotkohl-Sams loben und auf das Taschenbier-Sams schimpfen. Das war der Plan gewesen.
Aber nun fand Herr Mon, es sei das netteste Sams weit und breit. Und sein Papa fand sogar, dass es das liebste Sams überhaupt war.
Es hätte das andere Sams also gar nicht so täuschen, beschwindeln und reinlegen müssen!
Aber nun war es zu spät. Warum nur war es auf diese dämliche Idee gekommen?
Das andere Sams tat ihm leid.
Wie es dem wohl im Kaufhaus ging?

Frau Rotkohl in Verlegenheit

In ihrem Zimmer nahm Frau Rotkohl den Hörer ab.
»Hier Rotkohl!«
Eine Männerstimme dröhnte so laut aus dem Hörer, dass sie ihn ein Stück weit von ihrem Ohr weghielt.
»Frau Rotkohl! Wenn Sie nicht wollen, dass Sie Ihr Kind bei der Polizei abholen müssen, dann kommen Sie auf der Stelle zum Kaufhaus Krone. Und bringen Sie Ihren Geldbeutel mit! Haben Sie mich verstanden?«
Frau Rotkohl rief: »Was soll das? Wer sind Sie überhaupt? Ich habe gar kein Kind!«
»So? Und wer ist dann dieser Sams, der behauptet, Sie seien seine Mama?«, fragte der Mann.
»Sams?«, rief Frau Rotkohl aufgeregt. »Sagten Sie *Sams*? Um Himmels willen: Was hat es denn getan?«

»Es? Er!«, sagte der Mann. »Dieser Sams hat die halbe Lebensmittel-Abteilung leer gestohlen. Ein Wunder, dass überhaupt noch was da ist!«
Das war zwar eine Riesenübertreibung. Aber sie jagte Frau Rotkohl einen mächtigen Schrecken ein.
»Das muss das freche Sams von Herrn Taschenbier sein. Mein Sams würde so was nie tun«, sagte sie. »Warten Sie bitte einen Moment. Ich kläre das sofort!«
Mit dem Telefon in der Hand ging sie zu Taschenbiers Zimmer und klopfte.
Das Sams öffnete.
»Ja, was ist?«
»Hat sich schon erledigt!«, sagte sie und ging in ihr Zimmer zurück.

Dort fragte sie ins Telefon:
»Und Sie sind ganz sicher, dass mein Sams dieser Dieb ist?«
»Sie können ihn ja selber fragen«, sagte die Telefonstimme. »Moment mal!«
Anscheinend gab er den Hörer weiter. Nach kurzer Zeit meldete sich ihr Sams: »Mama Rotkohl! Der

Mann da hält mich fest und lässt mich niemals nicht gehen. Und die super-über-leckeren Esssachen hat er mir einfach abgenommen und will sie nicht hergeben.«

»Gib mir mal wieder diesen Mann!«, befahl Frau Rotkohl.

»Wie soll ich dir den Mann geben?«, fragte ihr Sams unsicher. »Du bist ja nicht da.«

»Den Hörer sollst du ihm geben, den Telefonhörer!«, rief Frau Rotkohl ärgerlich.

»Und? Was ist?«, fragte der Mann gleich darauf. »Kommen Sie jetzt oder nicht?«

»Ja, ich komme. Das ist mir ja so was von peinlich!«, sagte Frau Rotkohl. »Was bin ich dem Kaufhaus denn schuldig?«

»54 Euro und 23 Cent für die gestohlenen Sachen. Und zwanzig Euro extra. Macht 74 Euro. Die 23 Cent lasse ich Ihnen nach«, sagte der Mann.

»Wieso denn zwanzig Euro extra?«, fragte Frau Rotkohl.

»Jeder Diebstahl wird bei uns mit einer Strafe von zwanzig Euro belegt«, sagte er. »Wenn Sie die nicht zahlen wollen, können wir den Fall auch der Polizei übergeben.«

»Nein, nein, tun Sie das nicht! Ich hatte noch nie in meinem Leben mit der Polizei zu tun. Ich komme auf der Stelle!«

Sie nahm ihre Geldbörse und stürzte aus dem Haus.

Während sie den ganzen Weg rannte, wiederholte sie immer wieder: »Das ist mir so peinlich. So peinlich! Hoffentlich erkennt mich niemand im Kaufhaus! Frau Rotkohl, die einen Dieb auslösen muss. Einen Dieb, der *Mama* zu ihr sagt! Das wäre ja so peinlich, so was von peinlich!«

»Da bist du ja endlich, Mama«, sagte ihr Sams, als es sie durch den Eingang kommen sah.

Frau Rotkohl antwortete ihm nicht. Ganz schnell zahlte sie die geforderte Summe, nahm die Plastiktüte mit den gestohlenen Sachen und rannte fast aus dem Kaufhaus. Das Sams lief hinter ihr her.

»Du, Mama ...«, fing es an.

Aber sie ließ es nicht zu Wort kommen.
»Ich bin so was von enttäuscht von dir!«, sagte sie. »Bringst mich in eine derartige Verlegenheit! Ein Ladendieb! Du bist ja schlimmer als das Taschenbier-Sams! Viel, viel schlimmer!«
Eine Nachbarin kam ihnen entgegen.
Frau Rotkohl wechselte schnell die Straßenseite und zog das Sams mit sich.
Die Nachbarin blieb stehen und starrte neugierig auf das Sams. Sie rief über die Straße: »Tag, Frau Rotkohl! Sie haben Besuch, wie man sieht?«
»Ja, ja«, sagte Frau Rotkohl hastig und ging weiter.
»Mama, ich ...«, fing ihr Sams wieder an.
»Kein Wort!«, rief sie. »Ich will nichts von dir hören. Versuch nicht, irgendwelche Ausreden zu erfinden!«
»Aber, Mama ...«
Frau Rotkohl blickte es streng an. »Hast du nicht gehört? Kein Wort!«

So gingen die beiden stumm den Weg zum Haus zurück.
Im Hausflur sagte Frau Rotkohl: »Herr Taschenbier schickt sein Sams zur Strafe immer auf den Dachboden, wenn es etwas angestellt hat. Genau das mach ich jetzt mit dir. Du gehst sofort hoch und kommst erst wieder, wenn ich dich rufe! Bis dahin kannst du darüber nachdenken, ob man seine *Mama* so blamieren darf!«
Mit gesenktem Kopf stieg ihr Sams ganz langsam die Treppe hoch und verschwand oben hinter der Tür.

Herr Mon klopfte wenig später an Frau Rotkohls Tür.
»Ja?«, sagte sie, während sie öffnete. »Ach, Sie sind es, Herr Mon!«
»Geht es Ihnen nicht gut?«, fragte Herr Mon. »Sie sehen angespannt aus. Und Sie sind blass wie der Bauch einer Blessgans, wenn ich das so sagen darf.«
»Kein schöner Vergleich! Ich habe mich gerade furchtbar über mein Sams aufgeregt. Am liebsten würde ich es wegschicken. Ich weiß nur nicht, wie, und auch nicht, wohin«, sagte sie.
»Was hat es denn getan?«, fragte Herr Mon.
»Es hat mich furchtbar in Verlegenheit gebracht«, sagte sie. »Mehr will ich gar nicht darüber sagen. Mir wäre mehr nach Ablenkung. Wir wollten doch spazieren gehen?«
»Ja, das wollten wir«, sagte Herr Mon glücklich.
»Darf ich Ihnen meinen Arm reichen?«
Als sie an Herrn Taschenbiers Zimmer vorbeigingen, rief Herr Mon durch die geschlossene Tür:
»Wiedersehen, Taschenbier! Wiedersehen, Sams! Frau Rotkohl und ich gehen ein wenig spazieren. Ja, das tun wir!«

Herr Taschenbier hörte von drinnen, wie die Wohnungstür ins Schloss fiel.
»Na, das klappt ja bestens. Mon und Rotkohl gehen spazieren«, sagte er. Er setzte sich in seinen Sessel und nahm die Zeitung zur Hand.
Das Sams ging unruhig im Zimmer auf und ab, lauschte an der Tür, öffnete sie einen Spalt und schaute hinaus.
Herr Taschenbier blickte von der Zeitung auf und schüttelte den Kopf.
»Warum guckst du eigentlich immer wieder aus der Tür?«, fragte er. »Das macht mich ganz nervös. Suchst du irgendetwas da draußen?«
»Nein«, sagte das Sams.
»Dann setz dich endlich hin. Oder leg dich in deine Hängematte!«, sagte er.
»Die habe ich auf dem Dachboden gelassen«, sagte das Sams. »Ich geh mal hoch und hole sie.«

Samse sollten zusammenhalten

Frau Rotkohls Sams saß oben auf dem blanken Boden. Es hatte den Kopf in die Hände gestützt, als das Taschenbier-Sams bei ihm ankam.
»Warum liegst du nicht in der Hängematte?«, fragte Sams. »Du darfst sie gern benutzen.«
Das andere Sams antwortete nicht auf die Frage, sondern sagte schniefend: »Meine Mama mag mich nicht mehr.«
»Ist doch nicht so schlimm«, sagte das Sams. »Mich mag deine Mama auch nicht.«
»Aber dein Papa mag dich!«, sagte das Rotkohl-Sams.
»Dich auch«, sagte das Sams. »Ich hab sogar gedacht, er mag dich mehr als mich.«
»Weißt du, warum meine Mama mich nicht mehr mag?«, fragte das Rotkohl-Sams.

»Na ja … weil du die Sachen im Kaufhaus gestohlen hast«, sagte das Sams.
»Was ist *gestohlen*?«, fragte das Rotkohl-Sams.
»Du hast sie mitgenommen, ohne zu bezahlen. Man muss die Sachen bezahlen, bevor man geht, verstehst du?«, sagte das Sams.
»Aber du hast doch gesagt, man darf sie sich nehmen. Nur nicht alles gleich aufmachen, hast du gesagt!«
»Ja, das war ein bisschen gelogen«, gab das Sams zu. »Aber wirklich nur ein kleines bisschen. Man darf die Sachen ja auch nehmen. Man muss sie halt nur danach bezahlen. Verstehst du?«
»*Ein bisschen gelogen?* Das war ganz arg über-ober-schlimm gelogen!«, schimpfte das Rotkohl-Sams. »Du hast mich reingelegt. Das hast du mit Absicht getan!«
»Es tut mir leid«, sagte das Sams.
»Du gibst es also zu?« Das Rotkohl-Sams sprang vom Boden auf. Es packte das Taschenbier-Sams an den Schultern und schüttelte es.
Das Sams trat einen Schritt zurück und versuchte, das Rotkohl-Sams abzuschütteln. »Ja, ich gebe es zu! Und es tut mir wirklich leid!«

Das Rotkohl-Sams hielt es weiter fest. »Du gemeines Sams!«, rief es. »Du bist an allem schuld! Das sag ich meiner Mama! Jetzt gleich. Dann mag sie mich bestimmt wieder.«
»Nein, das sagst du ihr nicht!«, rief das Sams. »Samse petzen nicht!«
»Was ist *petzen*?«, fragte das andere Sams.
»Sie verraten niemals nicht ein anderes Sams«,

behauptete das Sams. »Samse halten immer zusammen.«

»Pfff«, machte das Rotkohl-Sams. »Und warum hast du mich dann so reingelegt?«

»Das war doch nicht direkt reingelegt«, redete sich das Sams heraus. »War nur ein Spaß!«

»Gut, dann verrate ich jetzt meiner Mama, was du für einen Spaß gemacht hast«, sagte das andere Sams. »Dann kündigt sie dir und deinem Papa Taschenbier und wirft euch raus. Geschieht dir ganz recht!«

»Bitte nicht!«, rief das Sams.

Aber das Rotkohl-Sams kletterte schon die Treppe hinunter.

Das Sams rannte hinter ihm her.

Es hatte ja mitbekommen, dass Frau Rotkohl mit Herrn Mon spazieren gegangen war. Ihm kam eine Idee.

Frau Rotkohls Sams stürmte ins Wohnzimmer und rief dabei: »Mama Rotkohl! Ich bin gar nicht schuld. Das Sams von Herrn Taschenbier hat mich reingelegt!«

Das Sams blieb in der offenen Tür stehen.

»Deine Mama ist gar nicht in der Wohnung!«

»Wo ist sie denn?«, fragte das Rotkohl-Sams.
»Das sag ich dir bestimmt nicht, du Petze!«, sagte das Sams und rannte zur Kellertreppe. Dort rief es so laut, wie es konnte, hinunter: »Frau Rotkohl, bitte bleib unten im Keller! Bitte!«
»Ha, jetzt hast du dich verraten!«, sagte das Rotkohl-Sams und rannte so schnell die Kellertreppe hinunter, dass es fast hinfiel. Schon während des Laufens rief es: »Mama, weißt du, was das böse Sams von Taschenbier mit mir gemacht hat?«
»Geh bloß nicht in den Keller, du Petze!«, rief das Sams.
»Mach ich aber«, sagte das Rotkohl-Sams und ging durch die Kellertür.
»Na gut, wenn du unbedingt willst!«, sagte das Sams. Es sprang vor und knallte die Tür hinter dem Rotkohl-Sams zu. Dann schloss es sie zweimal ab und schob auch noch den Riegel vor.
Das Rotkohl-Sams verstand schnell, dass es wieder reingelegt worden war. Aber die Kellertür bestand aus dickem Holz.

Man hörte sein Schimpfen schon auf halber Treppe nicht mehr.
Das Sams überlegte: Was aber würde geschehen, wenn Frau Rotkohl von ihrem Spaziergang mit Herrn Mon zurückkam? Bestimmt würde sie ihr Sams bald vom Dachboden zurückholen.
Ganz schnell stieg es die Treppe zum Dachboden hoch. Es legte sich in seine Hängematte und wartete ab.
Kurze Zeit darauf wurde die Wohnungstür geöffnet. Frau Rotkohl und Herr Mon kamen zurück.
»Nehmen Sie schon mal im Wohnzimmer Platz, Herr Mon«, sagte Frau Rotkohl unten im Flur. »Ich komme gleich nach. Ich muss nur erst nach meinem Sams sehen.«
»Ist das eine gute Idee? Ja, eine sehr gute«, hörte das Sams Herrn Mon sagen.
Gleich darauf streckte Frau Rotkohl den Kopf durch die Bodentür.
»Anton … ich meine, Herr Mon … war so nett, ein gutes Wort für dich einzulegen«, sagte sie. »Er findet, ich soll nicht länger böse mit dir sein.«
»Ich bin nicht dein Schmatzi-Schatzi-Sams«, sagte das Sams.

»Ach, du bist das Taschenbier-Sams?«, sagte sie. »Und wo ist meines?«

»Weg!«, antwortete das Sams.

»Weg? Aber wohin denn?«, fragte sie.

»Es war ganz traurig, weil du es auf den Dachboden verbannt hast. Es hat gesagt: ›Wenn meine Mama mich nicht mehr mag, geh ich lieber.‹ Und dann ist es wirklich gegangen«, schwindelte das Sams.

»Aber das hab ich doch nicht so gemeint«, sagte Frau Rotkohl. »Um Himmels willen, wo mag es jetzt wohl sein?«

»Ich kann es ja suchen, aufspüren, wenn nicht sogar finden«, bot das Sams ihr an.

»Das wäre wirklich lieb«, sagte sie. »Das hätte ich nicht von dir gedacht.«

»Ja, ja, schon gut!«, sagte das Sams und ging schnell aus der Wohnung.

»Das hätte ich nicht von Taschenbiers Sams gedacht«, sagte Frau Rotkohl im Wohnzimmer noch einmal zu Herrn Mon. »Es hat sich angeboten, mein Sams zu suchen.«

»Ist das freundlich von ihm? Ja, das ist es«, musste auch Herr Mon zugeben.

Sams spielt Sams

Das Sams ging viermal um das Haus herum. Erst danach kam es durch die offene Haustür wieder herein und klingelte an der Wohnungstür.
Frau Rotkohl öffnete.
»Na, hast du mein Sams gesehen?«, fragte sie gleich.
Das Sams bemühte sich, ganz freundlich zu schauen, und lispelte mit hoher Stimme: »Mama Rotkohl, ich bin es doch. Ich bin dein liebes Sams!«
»Und ich dachte, du wärst das Taschenbier-Sams«, sagte sie. »Komm schnell herein, Schatz!«
»Mama, das andere Sams hat erzählt, du bist nicht mehr böse mit mir. Deshalb bin ich wiedergekommen«, sagte das Sams.
»Wo warst du denn?«, fragte sie.

»Ich bin auf einen Baum gestiegen, weil ich so sehr traurig war. Und dann kam ich nicht mehr herunter«, lispelte das Sams. »Das Taschenbier-Sams hat mir beim Absteigen geholfen.«
»Das war aber sehr nett von Taschenbiers Sams. Ich bin ganz erleichtert, dass du wieder hier bist. Das müssen wir gleich Herrn Mon erzählen. Er sitzt im Wohnzimmer bei einer Tasse Kaffee«, sagte sie. »Wir haben wunderschöne Kräuter vom Spaziergang mitgebracht. Herr Mon kennt sich nicht nur mit Tieren aus, sondern auch mit Pflanzen.«
Sie zeigte dem Sams auch gleich, was sie mitgebracht hatten. »Das da ist Bärlauch, das ist Löwenzahn, das ist Schafgarbe, und das hier ist Hasenklee. Dann etwas Kuhschelle und ein paar Gänseblümchen. Freust du dich?« Sie drückte dem Sams einen ganzen Kräuterstrauß in die Hand. »Beiß ruhig richtig fest zu! Das ist alles für dich.«
Das Sams musste sich sehr überwinden. Kräuter! Aber was sollte es tun, wenn es sich nicht verraten wollte? Es versuchte sich vorzustellen, dass es ein Würstchen in der Hand hielt, und biss tapfer hinein. Es würgte, schluckte mühsam und bekam kaum den ersten Bissen hinunter.

»Du weinst ja«, sagte Frau Rotkohl.
»Ja … vor Rührung. Weil du so lieb zu mir bist, Mama«, sagte das Sams.
»Herr Mon, mein Sams ist ganz gerührt, weil es so schöne Kräuter bekommt!«, rief sie. »Eigentlich müsste es sich bei *Ihnen* bedanken.«
»Das soll es ruhig. Ja, das darf es«, sagte Herr Mon. »Komm her, Sams! Ich habe nämlich noch eine Überraschung für dich!« Er zog aus seiner Jackentasche ein kleines Sträußchen hervor.
»Katzenminze!«, sagte er dabei. »Die wollte ich eigentlich Annemarie schenken. Man kann daraus nämlich Tee kochen. Aber weil es dir so gut schmeckt, schenke ich die Katzenminze dir. Ist bestimmt sehr aromatisch!«

Damit drückte er dem Sams den kleinen Strauß in die Hand.
»Äh … eigentlich bin ich schon satt«, sagte das Sams.

»Ein paar kleine Blättchen gehen immer noch in den Bauch«, sagte Herr Mon fröhlich. »Nur zu! Na, siehst du!«

Was blieb dem Sams anderes übrig? Es musste auch dieses Sträußchen hinunterwürgen.

Ein Würstchen für das Sams

»Na, hat es dir geschmeckt, Schatz?«, fragte Frau Rotkohl, als das Sams endlich auch die Katzenminze hinuntergewürgt hatte.
»War das gut? Ja, das war es«, sagte Herr Mon zufrieden.
Das Sams sagte lieber nichts.
Frau Rotkohl fragte: »Was ist eigentlich mit dem Taschenbier-Sams? Wo hast du es gelassen?«
»Das … das …« Das Sams musste kurz nachdenken. »Das ist bei Papa Taschen… äh … ich meine, bei Herrn Taschenbier durchs offene Fenster geklettert.«
»Typisch!«, sagte sie. »Kann wohl keine Tür benutzen! Na ja, immerhin hat es dich vom Baum geholt. Dafür hat es eine Belohnung verdient.«

Sie ging zum Kühlschrank und holte ein Würstchen heraus. Das legte sie auf einen Teller und drückte ihn dem Sams in die Hand. »Bring das Würstchen dem Taschenbier-Sams als Dankeschön«, sagte sie dabei.

Das Sams blickte auf das Würstchen. Es konnte sich kaum zurückhalten, gleich hineinzubeißen.

»Was ist? Warum gehst du nicht?«, fragte Frau Rotkohl.

»Ich geh ja schon, Mama«, sagte das Sams und rannte mit dem Wurstteller in Taschenbiers Zimmer.

»Ich dachte, du wolltest nur deine Hängematte vom Dachboden holen«, sagte Herr Taschenbier, als es hereingestürmt war. »Wieso kommst du erst jetzt? Und ohne Hängematte?«

»Ohne Hängematte, aber mit Würstchen«, sagte das Sams zufrieden und wollte schon hineinbeißen. Da nahm ihm Herr Taschenbier das Würstchen schnell vom Teller.

»Du hast ja schon wieder eine Wurst geklaut«, schimpfte er. »Wenn du so weitermachst, werden wir uns ein anderes Zimmer suchen müssen. Frau Rotkohl kündigt uns wirklich!«

»Papa, gib mir sofort-schnell die Wurst zurück!«,

sagte das Sams. »Frau Rotkohl hat sie mir nämlich geschenkt.«
»Red nicht solchen Unsinn! Frau Rotkohl würde nie irgendwelche Würstchen verschenken. Und an dich schon gar nicht!«, sagte er.
»Ich kann es dir ja beweisen«, sagte das Sams.
Es öffnete die Tür, ging ein paar Schritte in den Flur und rief: »Frau Rotkohl! Kannst du mal rauskommen?«
Frau Rotkohl öffnete ihre Tür und fragte: »Was gibt es denn, Schatzi?«
»Ich bin nicht dein Schatzi. Ich bin das Taschenbier-Sams«, sagte das Sams.
»Ach so«, sagte sie. »Und was möchtest du von mir?«
»Mein Papa Taschenbier glaubt nicht, dass du mir eine Wurst geschenkt hast!«
»Doch, doch, Herr Taschenbier«, rief sie. »Ausnahmsweise!«
Sie sah sich um. »Aber wo bleibt mein Sams?«
»Ich ... ich schicke es gleich zu dir!«, versicherte das Sams. Es zog sich wieder zurück in Taschenbiers Zimmer und rief von drinnen laut: »Sams, du sollst wieder zu deiner Mama kommen!«

»Was soll das? Mit wem sprichst du?«, fragte Herr Taschenbier.

»Ich hab aus dem Fenster gerufen, dass das andere Sams zu seiner Mama kommen soll. Es ist nämlich draußen vor dem Haus«, behauptete das Sams. Es nahm die Wurst vom Teller und aß sie genüsslich auf.

Dann sagte es: »Papa, ich bring der Rotkohl den Teller zurück!«

»Wie aufmerksam!«, sagte Herr Taschenbier. »So hilfsbereit kenne ich dich gar nicht.«

»So kennt mich die Rotkohl auch nicht«, murmelte das Sams und ging, ohne anzuklopfen, in Frau Rotkohls Wohnzimmer.

»Na, hat sich das andere Sams gefreut, Schatzi?«, fragte sie.

»Ja, sehr«, lispelte das Sams. »Es hat gesagt, ich soll mich bei meiner Mama bedanken. Außerdem soll ich dir ausrichten: Wenn du noch mehr Würstchen übrig hast, darf ich sie dem Sams gerne vorbeibringen, bevor sie schlecht werden.«

»Kann wohl nicht genug kriegen, das Taschenbier-Sams«, sagte sie.

»Ist das so schlimm? Du magst doch auch gerne Würstchen, liebste Mama«, sagte das Sams unschuldig.

Herr Taschenbier rief aus seiner Tür: »Sams, wo bleibst du denn? So lange kann es doch nicht dauern, einen Teller zurückzugeben!«

Frau Rotkohl lachte. »Herr Taschenbier, jetzt verwechseln Sie aber unsere Samse! *Mein* Sams hat mir den Teller gebracht!«

Herr Taschenbier kam aus der Tür. »Was reden Sie da?«, fragte er. »Ich werde doch mein Sams erkennen.«

»Wollen Sie damit sagen, dass ich meines nicht erkenne?«, rief sie.

Herr Mon mischte sich ein. »Annemarie … ich wollte sagen: Frau Rotkohl … Sie hat recht! Ja, das hat sie.«

Herr Taschenbier kam nun über den Flur.

»Sams, jetzt sag doch Frau Rotkohl, dass du zu mir gehörst!«

»Unsinn! Sag sofort Herrn Taschenbier, dass du mein Sams bist!«, befahl sie.
»Ja, Mama Rotkohl«, lispelte das Sams leise. Es schaffte es nicht, Herrn Taschenbier dabei ins Gesicht zu sehen.
»Na, da hören Sie es!«, rief Frau Rotkohl.
In diesem Moment klingelte es an der Wohnungstür.

Ein Rauswurf

Frau Rotkohl ging zur Tür und öffnete. Draußen stand ein Sams.

»Na also! Geben Sie schon zu, dass Sie unrecht haben«, rief sie triumphierend Herrn Taschenbier zu. »Da steht nämlich Ihr Sams!«

Zum Sams sagte sie: »Geh gleich zu deinem Papa Taschenbier, der wartet schon auf dich!«

Das Sams gab keine Antwort. Es ging auf das Taschenbier-Sams zu und schüttelte es. »Du über-ober-gemeines Sams hast mich in den Keller eingesperrt!«

Frau Rotkohl fragte: »Wie bitte? Was soll mein Schatz gemacht haben?«

»Aber Mama! Das bin doch ich! *Ich* bin dein Schatz!«, rief das Rotkohl-Sams. »Und das da, das ober-gemeine Sams vom Taschenbier, das

hat mir gesagt, ich soll die Sachen im Kaufhaus mitnehmen, und dann hat es mich in den Keller geschubst und abgeschlossen. Darin war es ganz fürchterlich finster!«

Frau Rotkohl blickte verwirrt von einem Sams zum anderen.

»Ist das wahr?«, fragte sie.

Taschenbiers Sams druckste herum. »Ja. Ein bisschen. Ein kleines bisschen.«

Herr Taschenbier fragte: »Sams, was heißt das?«
»So finster ist der Keller doch gar nicht«, verteidigte sich das Sams. »Er hat doch ein Fenster!«
»Aber nur ein ganz kleines! Da musste ich mich durchquetschen!«, rief das Rotkohl-Sams.
Langsam begriff Frau Rotkohl. »Du gemeines Sams hast mich getäuscht! Du hast mir vorgespielt, du wärst mein kleiner Schatz! Dabei hast du mein Sams in den finsteren Keller gesperrt, du Biest!«
Sie stürmte wütend auf das Sams zu. Da stellte sich ihr Herr Taschenbier in den Weg.
»Aber Frau Rotkohl!«, rief er.
»Taschenbier, Sie verteidigen auch noch diesen Verbrecher?«, schrie sie. »Sie sind gekündigt! Fristlos gekündigt!« In ihrer Wut rannte sie in Taschenbiers Zimmer und fing an, seine Sachen einfach vor die Tür zu werfen. »Packen Sie Ihre Koffer! Sofort! Ich will Sie hier nicht mehr sehen!«, rief sie.
»Aber Annemarie!«, rief Herr Mon. »Annemarie, sollst du so streng zu meinem Freund sein? Nein, sollst du nicht!«
Sie hörte nicht auf ihn, nahm ihr Sams an der Hand, ging mit ihm ins Zimmer und knallte die Tür hinter sich zu.

Zwei Samse sind eines zu viel

Herr Taschenbier fragte aufgebracht: »Sams, stimmt es wirklich, dass du das andere Sams in den Keller gesperrt hast?«
»Ja, schon«, gab das Sams zögernd zu. »Aber ich wollte doch nur ...«
»Sams! So was ist ganz gemein! Und zwar egal, aus welchem Grund du es getan hast.« Er ließ es stehen und ging in sein Zimmer.
»Papa, was machst du jetzt?«, rief das Sams.
»Packen!«, rief er von drinnen zurück. »Wir müssen raus.«
Das Sams setzte sich im Flur auf den Boden.
»Was hab ich nur gemacht!«, sagte es. »Wo sollen wir denn jetzt wohnen? Es ist schlimm schrecklich. Über-ober-schrecklich! Und alles meine Schuld! Nein, mein Papa muss hier bleiben dürfen.«

Langsam stand es auf und klopfte an Frau Rotkohls Tür.
»Was ist denn noch?«, fragte Frau Rotkohl unwillig.
»Frau Rotkohl, wenn ich gehe … ich meine, ganz und für immer weggehe … dann darf mein Papa doch hier wohnen bleiben, oder?«, fragte es.
»Das meinst du doch nicht im Ernst«, sagte sie.
»Doch, Frau Rotkohl. Bitte!«, sagte es.
»Dein Papa bleibt hier sowieso nicht wohnen ohne dich, wie ich ihn kenne«, sagte sie. »War eine nette Idee von dir. Traut man dir gar nicht zu. Trotzdem: Zwei Samse sind einfach eines zu viel.«
Damit schloss sie ihre Tür.

Das Sams ging langsam zurück in Taschenbiers Zimmer.
»Papa«, fing es an.
»Was ist?«, fragte Herr Taschenbier mürrisch.
»Darf ich dir helfen?«
»Nein, lass mich bitte in Ruhe packen«, antwortete er.
»Ich darf dir nicht helfen?«, fragte es.
»Nein«, sagte Herr Taschenbier kurz und warf ein paar Wäschestücke in einen Koffer.
Traurig stieg das Sams zum Dachboden hoch und setzte sich dort auf den Boden.

Sams-Regel zweihundertsiebenunddreißig

Nachdem das Sams eine ganze Weile auf dem Boden gesessen und vor sich hin gestarrt hatte, hörte es, wie jemand die Treppe heraufkam. Die Tür öffnete sich, und herein kam das andere Sams. Es stemmte die Hände in die Hüften und fragte: »Warum hast du mich eigentlich in den Keller gesperrt?«

Das Sams blickte zu ihm hoch. »Damit du mich nicht bei Frau Rotkohl verpetzen kannst. Sonst hätte sie meinen Papa und mich rausgeschmissen.«

»Das macht meine Mama jetzt sowieso. Wenn du mich nicht eingesperrt hättest, könntet ihr vielleicht wohnen bleiben«, sagte das Rotkohl-Sams.

»Ich finde es ja auch doppel-dumm, dass ich dich eingesperrt habe«, sagte das Sams. »Noch einmal würde ich das niemals nicht mehr machen.«

»Weißt du, was ich alles aushalten musste da unten?«, fragte das andere Sams.

»Was denn?«, fragte das Sams.

»Erst hat mich eine Spinne gebissen.«

»Das wollte ich nicht!«

»Dann ist eine Ratte auf mich draufgesprungen!«, sagte das Rotkohl-Sams.

»Ehrlich?«, fragte das Sams. »Das tut mir leid, wirklich!«

»Und dann kam noch ein riesiges Krokodil!«, behauptete das Rotkohl-Sams.

»Echt? Und was hast du dann gemacht?«

»Ich hab ihm einen Sack Kartoffeln in den Rachen gesteckt«, erzählte das Rotkohl-Sams grinsend.

»Rachen gesteckt, Sachen verdreckt!«
»Rachen gesteckt, Sachen verdreckt, Drachen versteckt«, reimte das Sams weiter.
»Rachen gesteckt, Sachen verdreckt, Drachen versteckt, Wachen geweckt«, dichtete das Rotkohl-Sams. »Mehr Reime weißt du bestimmt auch nicht!«
»Stimmt«, sagte das Sams.
»Warum warst du nur so gemein zu mir?«, fragte das Rotkohl-Sams noch mal.
»Weil alle dich viel netter fanden als mich. Niemand hat sich mehr um mich gekümmert«, sagte das Sams. »Und das wäre auch so weitergegangen. Ich wusste ja, dass du für immer bleibst.«
»Wieso für immer?«, fragte das Rotkohl-Sams.
»Na, weil du doch ein Sonntags-Sams bist.«
»Du hast wohl niemals nicht, wenn nicht sogar

keinesfalls, in das Sams-Regel-Buch geschaut, was?«, fragte das Rotkohl-Sams.
»Nein, hab ich nicht. Was steht denn da drin?«
»Sams-Regel zweihundertsiebenunddreißig:

Wünscht man ein Sams am Sonntag her,
bleibt es drei Tage und keinen Tag mehr.«

»Drei Tage? Dann musst du ja heute schon wieder gehen«, sagte das Sams.
»Stimmt genauestens genau. Eigentlich schade!«, sagte das Rotkohl-Sams.
»Ja, fast ziemlich schade«, sagte das Sams. »Das mit dem Einsperren und mit dem Kaufhaus war also doppel-dumm-doof von mir. Ich hätte nur ein paar Tage warten müssen. Aber jetzt ist es zu spät. Und ich war so gemein zu dir!«

»Ja, ja. Du hast dich ja schon entschuldigt«, sagte das Rotkohl-Sams. »Ist schon vergessen.«

»Schon vergessen, Mohn gefressen«, reimte das Sams.

»Schon vergessen, Mohn gefressen, Lohn besessen«, sagte das Rotkohl-Sams.

»Du hast wieder gewonnen«, sagte das Sams. »Mehr Reime weiß ich auch nicht.«

Aber das war geschwindelt. Es wollte dem anderen Sams einfach eine Freude machen. Obwohl ihm noch »Herrn Mon erpressen« und »Ton gemessen« eingefallen war.

Ein Heiratsantrag

Herr Mon saß mit Frau Rotkohl am Kaffeetisch. Sie hatte sich inzwischen schon wieder beruhigt und lächelte Herrn Mon zu.
»Schön, dass Ihnen mein Kuchen schmeckt«, sagte sie und stutzte. »Jetzt habe ich es schon wieder vergessen! Ich darf ja ›Anton‹ und ›du‹ sagen.«
»Und ob du das darfst, Annemarie«, sagte er glücklich. Er zog einen Zettel aus der Jackentasche. »Ich habe einen Brief geschrieben. An dich. Den wollte ich dir eigentlich längst vorlesen. Weil ich nicht weiß, wie ich es dir sagen soll. Aber Taschenbier hat gesagt, ich darf keine Tiere erwähnen. Ja, das hat er. Und es kommen leider einige Tiere vor.«
»Lies den Brief bitte trotzdem vor«, bat sie. »Wenn *du* Tiere erwähnst, klingt es einfach bezaubernd.«

»Na gut.« Herr Mon faltete den Zettel auf und las stockend vor. »Annemarie, ich muss Ihnen etwas gestehen: Für mich sind Sie die liebste Frau, die ich mir vorstellen kann. Ich bewundere alles an Ihnen. Sie haben Augen wie eine Hirschkuh! Ihr Hals ist wie der von einem Schwan! Ihre Beine: wie von einem Kamel!«

»Na, hör mal, Anton, wie von einem Kamel?«, sagte sie.

»Hast du dir schon mal die Beine von einem Kamel genau angesehen? Nein, hast du nicht. Voller Kraft und Eleganz!«

»Anton, das ist der schönste Brief, den ich je bekommen habe«, sagte sie.

»Wirklich?«, sagte Herr Mon. »Soll ich es wagen, dich etwas zu fragen? Ja, das sollte ich. Wir kennen uns ja schon lange. Schon, seitdem mein Freund Taschenbier bei dir wohnt. Deshalb frage ich ganz direkt und geraderaus: Annemarie, würdest du mich heiraten?«

»Kommt das jetzt überraschend? Ja, das kommt es«, sagte sie. »Aber ich antworte mal so: Ich werde deinen Antrag nicht ablehnen. Ich brauche nur noch einen Tag Bedenkzeit. Das schickt sich so.«

»Sollst du Bedenkzeit haben? Ja, das sollst du!«, rief Herr Mon.
»Und da du mich mit deinem Brief so glücklich gemacht hast, will ich deinen Freund nicht unglücklich machen!« Sie rief aus dem Zimmer:
»Herr Taschenbier, kommen Sie mal bitte herüber?«
Kurz darauf erschien Herr Taschenbier im Türrahmen.
»Ja, was ist?«, fragte er.
»Taschenbier, das mit der Kündigung vergessen wir. Und Ihr Sams muss auch nicht allein weggehen.«
»Allein weggehen?«, fragte er.
In dem Moment kamen die beiden Samse Arm in Arm hinzu.

»Du wolltest weg, Sams?«, fragte er. »Ist das wahr?«
»Ja«, antwortete Frau Rotkohl. »Es hat mir ganz im Ernst angeboten: Es geht für immer weg, wenn sein Papa bleiben darf.«
Herr Taschenbier nahm sein Sams in den Arm. »Du glaubst doch nicht, dass ich ohne dich hier wohnen bleibe!«
»Papa, ich hab über-ober-großen, dumm-dämlichen Mist gemacht«, sagte das Sams. »Magst du mich überhaupt noch?«
»Natürlich, Sams. Ich mag dich genau so, wie du bist«, versicherte Herr Taschenbier.
Das Rotkohl-Sams rief: »Jetzt seid doch mal bitte still!«
»Natürlich, mein Schatz«, sagte Frau Rotkohl.
»Und was passiert jetzt?«
»Ich sag es euch gereimt«, sagte das Rotkohl-Sams. »So fällt es mir leichter:

Seid doch bitte kurz mal still,
weil ich euch was sagen will.
Ich sage ›Tschüs‹, nicht ›Wiedersehn‹,
denn ich muss für immer gehen.«

Frau Rotkohl fragte: »Was soll das heißen, *für immer gehen?*«
»Ich bin doch ein Sonntags-Sams«, versuchte das Sams ihr zu erklären.
»Sonntags-Sams?«, fragte sie ratlos.
»Ja, Sams-Regel zweihundertnochwas«, sagte Taschenbiers Sams eifrig:

»Kommt ein Sams am Sonntag daher,
bleibt es drei Tage und keinen Tag mehr!«

»Du musst jetzt gehen?«, fragte Frau Rotkohl.
»Wirklich?«
»Wirklich«, bestätigte ihr Sams.
»Und ich hatte gerade angefangen, mich an dich zu gewöhnen«, sagte sie.
»Sei nicht traurig, Mama. Du hast ja jetzt den Herrn Mon.« Es kroch unter die Tischdecke, unter der es beim ersten Mal erschienen war.

»Ja, den hast du, Annemarie«, sagte Herr Mon.
Frau Rotkohl ging zum Tisch und schlug die Decke zurück. Ihr Sams war verschwunden.
»Schade«, sagte sie. »Es ist weg. Tatsächlich verschwunden.«
»Frau Rotkohl, du hast doch selber gesagt: Zwei Samse sind einfach eines zu viel!«, tröstete das Sams sie. »Und ich verspreche dir: Ich klaue nie mehr deine Würstchen!«
»Unter diesen Umständen könnte ich mich glatt an dich gewöhnen«, sagte sie.
»Ja, das könntest du«, sagte Herr Mon.
Das Sams lachte. »Ich bin auch nicht mehr frech und sage niemals nicht:

Die Rotkohl, die schaut ganz verliebt,
weil Mon ihr gleich ein Küsschen gibt!
Sie macht dabei die Augen zu
wie ein verliebtes Känguru.
Dann blickt sie hoch zur Zimmerdecke,
wird rot wie eine Purpurschnecke,
sagt zitternd wie ein Zitteraal:
›Ach, Anton, küsse mich noch mal!‹«

»Sams! Fängst du schon wieder mit deinen Frechheiten an!«, mahnte Herr Taschenbier.

»Nein, ich höre damit auf«, sagte das Sams.

»Jetzt ist
Ende!«

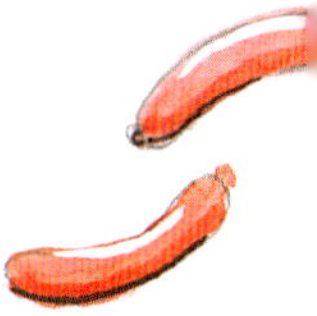

Wunschpunkt-Alarm!
Jede Menge Abenteuer mit dem Sams

Band 1
ISBN 978-3-7891-1952-1

Band 3
ISBN 978-3-7891-4204-8

Band 7
ISBN 978-3-7891-4290-1

ISBN 978-3-7891-2425-9

ISBN 978-3-7891-2426-6

ISBN 978-3-8373-0507-4

Illustrationen von Paul Maar

Oetinger

Alles vom Sams findest du auf:
www.dassams.de und www.oetinger.de

DE ULTIEM

BRETT POPPLEWELL

DE ULTIEME BUITENSTAANDER

HET ONWAAR-SCHIJNLIJKE VERHAAL VAN EEN WILDE SUPERATLEET

VERTAALD DOOR GRETSKE DE HAAN

2023 Prometheus Amsterdam

Geautoriseerde vertaling van de Engelstalige editie getiteld *Outsider. An Old Man, a Mountain, and the Search for a Hidden Past* door Brett Popplewell, in Canada uitgegeven door Collins, een imprint van HarperCollins Canada. Deze Nederlandse vertaling is gepubliceerd in samenwerking met Marianne Schönbach Literary Agency bv, CookeMcDermid Agency Inc. en Rick Broadhead & Associates Inc.

Oorspronkelijke titel *Outsider. An Old Man, a Mountain, and the Search for a Hidden Past*

Omslagontwerp Jan van Zomeren
Omslagbeelden Brett Popplewell en Cliff Fenner/Whistler Museum
Foto auteur Jenn Lawrence
Lithografie afbeeldingen BFC, Bert van der Horst, Amersfoort
Typografie Perfect Service
www.uitgeverijprometheus.nl
ISBN 978 90 446 5366 3

Voor Marie,
die vanaf een ziekenhuisbed meeluisterde bij
het hardop doornemen van de eerste bladzijden van deze
tekst en die bij me bleef tot en met de laatste versie.

INHOUD

OPMERKINGEN VAN DE AUTEUR

Men kan genoegen putten uit het vernemen van de simpele waarheid, en men kan genoegen putten uit de les dat de waarheid niet simpel is.

WAYNE C. BOOTH

Al wat hier volgt is waargebeurd, of zo dicht bij de waarheid als ik het kon vastleggen. Ik schrijf deze woorden aan een bureau dat bezaaid ligt met dossiers en correspondentie in meerdere talen. Overal liggen oude foto's, krantenknipsels en dagboeken vol met de innerlijke gedachten en methodische hanenpoten van een gecompliceerde kluizenaar. Uit de dagboeken stijgt een geur van kampvuur op die zich in mijn werkkamer verspreidt – een herinnering aan die ene dag, niet zo lang geleden, dat een oude man mij de verhalen van zijn leven toevertrouwde om vervolgens weer het bos in te rennen. Ik ben geen detective of psycholoog, maar in dit boek probeer ik de rol van beide te vervullen. Veel van de mensen die centraal staan in dit boek leven niet meer. Sommigen hebben voor hun overlijden uitvoerig met mij gesproken; anderen lieten sporen achter van gedachten, herinneringen en belangrijke details die ik heb opgevist uit interviews met mensen aan wie ze hun verhalen toevertrouwd hadden en uit archiefonderzoek in Noorwegen, Zweden, Duitsland en Canada. Gesprekken en gebeurtenissen zijn gereconstrueerd uit herinneringen, vaak oud en ongetwijfeld vervaagd, vereenvoudigd en vervormd door de tijd. Ik hoop dat ik in deze tekst geen overdreven betekenis heb toegekend aan ervaringen die niet van grote betekenis waren.

Ik heb een overkoepelende verhaallijn aangebracht over de uiteenlopende levens van Dag Aabye heen, in mijn zoektocht naar oorzaak, gevolg en uiteindelijk inzicht in de man die anders niet goed begrepen zou worden. Dag is de primaire bron van wat hier volgt. Waar mogelijk heb ik details van zijn leven gestaafd aan de hand van andere bronnen. Soms hadden deze bronnen een andere kijk op en andere interpretaties van wat er gebeurd was en waarom. In de gevallen waar Dags waarheid verschilde van die van anderen of die van mij, heb ik geprobeerd de discrepantie nauwkeurig en integer te benaderen.

Brett Popplewell
2023

WOORD VOORAF

Oude mensen hebben ook superhelden nodig.

DAG AABYE

De laatste van de übermenschen rent door de nacht, alleen. Hij heeft geen identiteitsbewijs, maar draagt de littekens op zijn gezicht, handen en lichaam die het verhaal vertellen van een tachtigjarige strijd om te overleven aan de rand van de samenleving. Hij zat bijna vijftig jaar uitgehongerd en verlaten vast in een vreemd land, niet in staat of van zins om terug te keren naar de plaats die hem gevormd had. Verwekt in oorlog, is hij een bejaarde, verminkte overlevende van een duistere tijd. En toch is hij naïef.

Wanneer hij langs de met sneeuw bedekte hemlock (Canadese den), sparren- en dennenbomen rent, is de gloed van zijn hoofdlamp het enige licht. Het geluid van bevroren modder die knerpt onder zijn voeten verdwijnt wanneer hij de rand van een ravijn nadert. Zijn sporen zijn niet de enige hier, maar wel het enige levensteken van een mens. Hij zet zijn voeten stevig in de sneeuw naast de pootafdrukken van een bergleeuwin die over deze helling rondsluipt. Hij weet dat zij daar is. Hij heeft haar ogen gezien die hem tijdens het hardlopen vanuit de schaduw gadesloegen. Maar de argeloze geest kent geen angst. Zelfs niet als dat wel zou moeten.

Met kromme vingers, bebloede armen, een verbrijzelde schouder, gebroken tanden, gehavende hielen – de oude man blijft zijn lichaam met iedere stap voortstuwen. Hij reikt naar de boomstronk van een esp in sluimertoestand, sluit zijn klauw van een hand eromheen en gebruikt hem om zijn lichaam van de rand van de rots vandaan te katapulteren. En dan omhoog, waarbij hij opnieuw bij het spoor van de bergleeuwin uitkomt, op weg naar een bevroren waterval die maar weinigen ooit hebben gezien. Voor de mensen die hem gezien hebben, roept de combinatie van zijn leeftijd met zijn versleten bergschoenen, handschoenen en jas met overal ducttapereparaties een beeld van kwetsbaarheid op. Zijn gezicht, dat verscholen gaat achter een berijpte baard, is gebarsten en verweerd door decennia van kou en zon. Met zijn langharige en onverzorgde uiterlijk ziet hij er ongeveer uit als een oude man die sinds het begin van de eenentwintigste eeuw in een schoolbus heeft gewoond die geparkeerd staat in het woud. En toch zit er in dat ouder wordende lichaam een kracht die ervoor zorgt dat hem niks overkomt.

Hij stapt op een met sneeuw bedekte boomstam die lang geleden over een snelstromende beek gevallen is. Hij strekt zijn armen uit als een koorddanser wanneer hij de boomstam gebruikt als een natuurlijke brug die hem over de beek leidt. En dan omhoog naar de bron van het kolkende water: een tien meter hoge waterval die op de rotsen slaat waarna hij langs de kanten bevriest. Dan strekt hij zijn arm uit en tikt de rotswand naast de waterval aan en checkt hij zijn tijd op zijn horloge, waarmee hij deze loopsessie heeft geklokt. Het was 48 minuten geleden dat hij midden in de nacht zijn kamp verliet om water te gaan halen.

Hij steekt zijn hand in het wild stromende water, brengt hem naar zijn gezicht en drinkt. Daarna keert hij terug naar het kamp dat hij voor de bewoonde wereld verborgen weet te houden sinds hij besloot te verdwijnen in deze wouden en te rennen, eindeloos, zowel weg van de dood als ernaartoe.

In zijn latere jaren werd hij door de mensen bekeken met een mengeling van verbijstering, medelijden en bewondering, als hij zijn schuilplaats in het bos verliet en in zijn versleten kleding langs een slingerende bergweg puffend terug de beschaafde wereld in rende voor voedsel, drinken of een telefoongesprek. Voor mensen die nog nooit van hem gehoord hadden, was hij een vreemd uitziende outcast die rook naar kampvuur en dagen oud zweet. Maar voor wie bekend was met zijn verhaal, was hij een menselijke curiositeit. Later, als hij weer uit zicht verdween, vertelden ze dan dat ze de mythische bergman hadden gezien die in zijn eentje buiten bereik van de beschaving leefde. Voor hen was hij als een bigfoot, ongrijpbaar en wild. Moeilijk te vinden en nog moeilijker te vangen, hoewel hij maar langzaam bewoog en jarenlang de Okanagan Valley in en uit liep.

Volgens de verhalen die over hem verteld werden was hij de beste skiër ooit geweest; een playboystuntman voor James Bond; een nomade en een hedendaagse Noorman die de hele wereld bereisde over land en zee. Ze zeiden dat hij uit helikopters was gesprongen, lawines had veroorzaakt – alleen maar om ze op de ski's voor te blijven – en in zweefvlucht over de rotsen had gevlogen, voordat iemand anders dat soort dingen deed. Ooit aangekondigd als de eerste extreme skiër ter wereld was hij nu een van de oudste ultramarathonlopers ter wereld, een deelnemer die rende met een rugzak op vol gekookte aardappelen – die hij gedurende de race consumeerde voor de energie – en die een bovennatuurlijk vermogen had zijn lichaam naarmate hij ouder werd steeds verder te pushen. Sommige mensen zeiden dat hij in het bos was verdwenen omdat hij miljoenen dollars had verloren. Anderen zeiden dat hij zijn fortuin had weggegeven om zijn leven in afzondering te leiden en dat hij liever met beren communiceerde dan met mensen.

Al die verhalen waren enigszins waar, maar er waren ook delen van zijn leven die niemand kon invullen, met name aan het begin ervan. De mensen die hem goed hadden gekend hadden nooit geweten waar hij vandaan kwam. Hij was altijd al een enigma, zelfs voor zijn familie in Noorwegen. Voor hen was hij slechts een geheimzinnige jongen die zomaar op een dag midden in de oorlog verscheen op een boerderij. Zelfs zijn Canadese ex-vrouw, die meer dan twintig jaar geprobeerd had hem te begrijpen, had nooit het gevoel dat ze echt wist wie hij was. Hij had in totaal vier kinderen, maar hij kende slechts drie van hen en sprak maar met één. Hij had veel geliefdes gehad door de jaren, maar iedereen die ooit dicht bij hem was gekomen zou hem uiteindelijk weer verlaten of door hem verlaten worden. Het was gemakkelijk om van hem te houden, maar moeilijk om met hem te leven en nog moeilijker om hem te begrijpen. De vele wendingen in zijn leven maakten zijn verhaal te onwaarschijnlijk om te geloven, zelfs voor zijn kinderen. En toch, op een bepaalde manier, was hij zo natuurlijk en authentiek als het bos waarin hij leefde.

Als hij geconfronteerd werd met vragen over zijn afkomst, op dagen dat hij weer eens afdaalde uit het bos en naar een bar rende en daar de aandacht trok van een nieuwsgierige onbekende, dan zei de oude man bar weinig en beweerde hij in een zacht, niet te plaatsen Europees accent: 'Ik werd in gevangenschap geboren. In de natuur werd ik vrij.'

De waarheid was echter nog veel duisterder dan hij liet blijken.

De volledige waarheid achter zijn afstamming was bewust verborgen gehouden, en het weinige wat hij wist, werd zelden besproken. Hij was een wees uit een verre oorlog wiens verhaal terugging tot de diepe duisternis van 9 april 1940 – vier maanden voor zijn conceptie.

Die ochtend in april kwam er op de Noordzee een dikke mist opzetten, een dekmantel vormend voor de masten en periscopen van de Duitse marinevloot die zich in de duisternis een weg door de golven baande. De toekomstige vaders van ontelbare Noorse kinderen zaten in die mist, samen met de overweldigende macht van Adolf Hitlers marine.

Voor de Duitse soldaten aan boord van deze vaartuigen was het een nobel avontuur, noodzakelijk vanwege Britse pogingen om het vaderland af te snijden van het ijzererts dat het nodig had om te overleven. Maar voor de bevelhebbers die de Duitse invasie vanuit Berlijn leidden, was het ijzererts slechts één element dat zij uit Noorwegen wilden halen. Ze waren uit op noords bloed. In het kader van een verzonnen mythologische connectie tussen het Derde Rijk en de oude Noormannen zou uiteindelijk ook Heinrich Himmler de soldaten naar het noorden volgen. Als hoofd van de SS had Himmler een perverse strategie voor de lange termijn ontwikkeld om de Duitse bevolking te laten toenemen met wat hij beschouwde als de zuiverste arische genen.

Net na vieren op die ochtend in april dacht een 64-jarige Noorse kolonel die gestationeerd was in een 85 jaar oud fort aan de rand van Oslofjord iets te zien bewegen in de zoeklichten die door de mist schenen. Op dat moment was de koudste winter uit de Europese geschiedenis net voorbij en kon Birger Eriksen nog steeds zijn adem zien. Hij zou gezworen hebben dat er een scheepsmast door de duisternis gleed.

Binnen enkele uren waren de Noorse koning en zijn regering uit Oslo gevlucht en naar het noorden vertrokken. Nog voordat de ochtend voorbij was, werd Oslo gebombardeerd door stuka-duikbommenwerpers en kwamen parachutisten rond de stad en in de bossen en velden daarbuiten neer. Halverwege de middag liepen er al Duitse soldaten door de straten en gingen naziofficieren aan wal vanaf de oorlogsschepen in de haven. De officieren hielden toezicht bij het inzetten van de 10.000 soldaten die de stad overspoelden en nog eens 290.000

die verder trokken naar de heuvels, velden en fjorden van het Noorse platteland.

Buiten de hoofdstad veranderde Noorwegen in een actieve oorlogszone, met Britse en Franse expeditielegers die zich verzamelden in het noorden om het aangevallen koninkrijk van Haakon VII en zijn regering overeind te houden. Gedurende 62 dagen vonden er op het Noorse platteland bloedige aanvallen en tegenaanvallen plaats tussen de Duitsers en de geallieerden. Vervolgens vluchtten koning Haakon en zijn enige zoon op 7 juni naar Engeland. Drie dagen later capituleerde wat er nog over was van de Noorse strijdkrachten. Toen begon de totale bezetting van Noorwegen door de Duitsers, en terwijl de zomerzon lange schaduwen wierp over de poolstad verspreidde een bezettingsmacht zich over het land. Het was echter in Oslo dat de belangrijkste hoofdtroepen van de Gestapo, de geheime dienst van de nazi's, hun hoofdkwartier opzetten, om de Noorse bevolking op één lijn te krijgen met de nazidoctrine en de mythe van een eeuwenoude band tussen de noordse en Germaanse volkeren te bestendigen.

Door de effectiviteit van de nazipropagandamachine waren de leden van de SS ervan overtuigd dat het hun burgertaak was om te paren met noordse vrouwen met een geschikte achtergrond, die in Oslo ruimschoots beschikbaar waren. Hoewel de Duitse regering het de militairen officieel verbood met vrouwen in bezet gebied te trouwen, werd het actief gedoogd, sterker nog, aangemoedigd dat Noorse vrouwen werden bezwangerd door SS-officieren. Dit concept werd door een leuze van de SS als volgt samengevat: 'Na de overwinning op het slagveld komt de overwinning in de wieg.' Het vormen van de koppels ging even systematisch als gepassioneerd; potentiële moeders werden doorgelicht, hun raszuiverheid werd gedocumenteerd en hun geschiktheid vastgesteld. Maar zelfs het naziregime, dat toch bekendstond om het documenteren van zo veel aspecten van het leven dat ze controleerden, kon niet voorspellen hoeveel kinderen er geboren zouden worden. Nauwelijks zes maanden na het begin van de bezetting werd het vooruitzicht van een babyboom in de nasleep van de invasie openlijk besproken door de hoge nazifunctionarissen. Een centrale rol in deze discussies werd gespeeld door Heinrich Himmler, die door Hitler was aangesteld als leider van het Reichskommissariat für die Festigung deutschen Volkstums. Onderdeel van zijn mandaat was het toezicht houden op het programma dat hij zelf had opgezet: Lebensborn e.V. – 'bron van het leven'. In wezen was Lebensborn een door de staat gesteund genootschap van nazileiders die eropuit waren een superieur ras te creëren en het dalende geboortecijfer in Duitsland op te krikken.

Met de pseudowetenschap van de eugenetica achter zich richtten de nazi's zich met hun Lebensborn-programma op het systematisch screenen van jonge vrouwen en verleenden ze financiële steun aan de vrouwen die kinderen baarden van de SS-officieren. Himmler was niet alleen de meest uitgesproken voorstander van het programma, de hele operatie vond onder zijn persoonlijke regie plaats. Mede daarom vloog Himmler negen maanden na de invasie naar Noorwegen. Dat was in januari 1941, en kort na zijn vertrek verschenen er in Noorwegen twaalf Lebensborn-centra, inclusief kraamklinieken, kindertehuizen en tehuizen voor aanstaande moeders.

Volgens de officiële cijfers werden er in Noorwegen dat jaar binnen Lebensborn zevenhonderd kinderen geboren, de eerste van een geschatte achtduizend kinderen die in het kader van het programma werden geregistreerd. Voordat de oorlog voorbij was werden er nog eens vierduizend Noorse baby's van Duitse soldaten geboren. Sommige als gevolg van verkrachting, andere van korte relaties. Veel van hen werden geadopteerd door welwillende gezinnen. Soms werd de naam van de vader van het geboortebewijs of de doopakte veranderd of weggelaten. Dit werd soms gedaan om de kinderen te beschermen. En ook de moeders. Noorwegen was als land dan wel overwonnen, het verzet beschouwde slapen met de vijand als een misdaad. De vrouwen werden door het Lebensborn-programma beschermd en financieel ondersteund en ondergebracht in goed ingerichte hotels, waar ze werden afgeschermd van de woede van de Noorse samenleving. Maar als de kinderen eenmaal geboren waren, werden de behoeftes van de moeders ondergeschikt aan die van de kinderen. Geheime overeenkomsten en propaganda deden hun werk, en de meeste alleenstaande moeders, geïsoleerd van en verstoten door hun familie en de gemeenschap, werden gedwongen om hun kind af te staan ter meerdere eer en glorie van het Rijk. De meeste moeders kozen ervoor hun kinderen borstvoeding te geven tot ze een jaar oud waren, er ondertussen voor wakend zich niet te veel te hechten aan een kind dat ze weer los moesten laten. Grofweg 250 kinderen werden aangemerkt als de 'zuiversten van de zuiversten' en werden naar Duitsland gestuurd. De kinderen die bestempeld werden als op één na de zuiverste werden geplaatst bij geschikte Noorse gezinnen die achter de Duitse zaak stonden. Anderen bleven achter in een door de staat gesteund vagevuur, gedwongen de oorlog opgesloten in een weeshuis uit te zitten.

Op 15 mei 1941 werd een jongetje geboren met blond haar en blauwe ogen, het kind van een ongehuwde moeder die in een hotel in Oslo verbleef. Zijn naam was Erik. De eerste dagen van zijn leven woonde de jongen bij zijn moeder in een appartement in een deel van de stad dat het epicentrum van het bestuur van de nazipartij in Noorwegen was geworden. Op een dag, voordat hij zeven maanden oud was, bracht zijn moeder hem in doeken gewikkeld naar een weeshuis dat naast een gevangenis stond waar de vijanden van de bezetting werden gemarteld en vermoord. Op straat passeerde ze soldaten in uniform, terwijl ze zich een weg baande naar het tehuis. Daar liet ze hem achter.

Toen begon de zoektocht naar nieuwe ouders en een nieuwe naam.

1

DE MAN OP DE BERG

De tijd doet er het meest toe wanneer de tijd begint te dringen.

DAG AABYE

Wat heeft de tijd veel invloed op ons.

Ik was een 32-jarige workaholic toen ik gebiologeerd en geïnspireerd raakte door een oudere man die op een berg woonde en de grenzen opzocht van zowel de menselijke geest als het lichaam. Ik was fulltimeschrijver voor een tijdschrift, gelukkig getrouwd en leefde de droom van de *urban millennial* in de binnenstad van Toronto. Ik profileerde mezelf, zoals zo veel jonge journalisten, aan de hand van de verhalen die ik vertelde, ervan overtuigd dat de woorden die ik schreef er net zoveel toe deden als alle andere dingen in mijn leven. De mensen over wie ik schreef waren allemaal verschillend, maar mijn aanpak was meestal dezelfde: meelopen met het leven van anderen en ze schaduwen tot ik 'ze doorhad'. Pas als ik mijn notitieboekjes had volgeschreven kondigde ik mijn vertrek aan. Ik nam afscheid, ging terug naar huis en zette aan mijn bureau, omringd door mijn aantekeningen en luisterend naar hun stemmen op mijn recorder, hun projectie over in een Word-document op mijn computer. Het was nooit mijn bedoeling om de journalistiek als puur zakelijk te zien, maar toch voelde het zo. Wanneer alles gezegd was en mijn woorden gedrukt stonden, ging ik verder. Een ander verhaal zoeken. Een ander onderwerp. Een andere persoon.

En toen leerde ik Dag Aabye kennen.

In eerste instantie was het journalistieke nieuwsgierigheid waarvoor ik door drie tijdzones vloog, op zoek naar een man die in een schoolbus op een berghelling woonde en wiens naam ik voor geen meter kon uitspreken. Ik kon me toen niet voorstellen dat mijn eerste ontmoeting met de ondoorgrondelijke oude trailrunner van de Okanagan Valley zou leiden tot een zes jaar durende zoektocht waarin ik ontelbare keren terug zou keren naar die berghelling, om hem te helpen uitzoeken wie hij was en aan anderen uit te leggen waarom hij was zoals hij was. En dat hij ondertussen mij zou helpen mezelf te begrijpen en me liet zien waarom ik was zoals ik was.

Maar eerst zat ik nog in een Vietnamees restaurant in Toronto te luisteren naar vage, incomplete en onbegrijpelijke stukjes van de legende van Dag Aabye, die hun weg naar mij hadden gevonden via een fotoredacteur genaamd Myles McCutcheon. Myles was een crossfitenthousiasteling en trailrunner, en een ex-collega van me uit mijn tijd bij een sporttijdschrift. Na veel tijd doorgebracht te hebben met professionele atleten was hij niet meer zo gecharmeerd van beroemdheden en de 'celebritycultuur'. Maar hij was gefascineerd door een witharige 'Jezusfiguur' die hij zes jaar eerder had gezien op de top van een grillig gevormde, desolate berg, toen hij 75 kilometer op weg was in een 125 kilometer lange ultramarathon. Dag had zich sinds die dag in Myles' hoofd genesteld, en tegen de herfst van 2015 was Myles vastbesloten hem in mijn hoofd te stoppen.

'Waarom is deze man zo speciaal?' vroeg ik.

Hij beschreef Dag als een teruggetrokken superatleet die zijn dagen besteedde aan het trainen op met de hand gekapte paden die niemand anders kende.

'Hij is net Superman of Tarzan, als Superman of Tarzan ooit

oud zou worden en in een bus zou wonen,' zei Myles.

'Superman was een wees geworden alien,' zei ik.

'Precies.'

'En Tarzan was een verwilderd kind dat een verwilderde man werd.'

'Je hebt 'm al door.'

Ik was geïntrigeerd, en probeerde de persoon die Myles had omschreven voor me te zien, inclusief de schoolbus die in de wildernis geparkeerd stond.

'De man klinkt als een tweede Chris McCandless,' zei ik.

Ik móest wel aan McCandless denken, de jonge man die onsterfelijk was gemaakt in Jon Krakauers *Into the Wild*. In 1992 was McCandless weggelopen van zijn rijke familie en naar Alaska gelift, vervolgens de wildernis ingelopen om in een oude Fairbanks-stadsbus te wonen en daar uiteindelijk te sterven. Ik had het verhaal van McCandless bewonderd vanwege de tragische romantiek van een idealistische jonge man die probeerde volledig los van de maatschappij te leven. Maar als zovelen die Krakauers boek hadden gelezen, geloofde ik dat McCandless was gestorven als resultaat van zijn eigen naïviteit.

'Nee,' stelde Myles me gerust. 'Dit gaat veel dieper. McCandless was een jonge naïeveling. Dag is een oude goeroe.'

Myles legde uit dat Dag lang voordat hij trailrunner werd acteur en stuntman was geweest, met meerdere kleine rollen in blockbusterfilms in het Verenigd Koninkrijk. Nadat hij in het midden van de jaren zestig naar Canada was gekomen, stond hij al snel bekend als 's werelds eerste extreme skiër. Maar toen gaf hij alle roem op en trok het bos in om er te wonen en alleen af en toe op te duiken als een van de oudste langeafstandslopers ter wereld.

Hoe meer Myles vertelde, des te meer begon Dag een Forrest Gump-achtige personage te belichamen. Pierre Trudeau, The Beatles, Ursula Andress, Michael Caine – Dag had banden met hen allemaal. Voor Myles representeerde Dag echter meer een soort oermens. Door zijn levensstijl was hij een praktijkvoorbeeld van de theorie dat mensen geëvolueerd zijn om extreem lange afstanden te rennen, verder dan welk ander dier ook op aarde, maar door onze maatschappij zijn we veranderd in sedentaire wezens.

Dit was een theorie die in 2004 opkwam in de academische geschriften van de evolutionair bioloog Daniel Lieberman en bioloog Dennis Bramble. Later werd die gepopulariseerd in *Born to Run*, een boek van Christopher McDougall, die langere tijd in Mexico bij een teruggetrokken stam van inheemse superatleten genaamd de Tarahumara ('zij die snel rennen') had gewoond. Vermaard als 's werelds beste ultrarunners, staan de Tarahumara erom bekend op sandalen 320 kilometer te rennen zonder de vele voor hardlopers bekende blessures op te lopen. Myles verdedigde de 'duurloophypothese', die stelt dat mensen in staat zijn extreem lange afstanden te rennen vanwege evolutionaire aanpassingen die het mogelijk hebben gemaakt te reizen tussen dorpen, prooien in te halen en efficiënt te zoeken naar vlees als aas. Door onze hedendaagse leefgewoonten zijn we dit echter verleerd. Door het dragen van schoenen zijn de structuur van onze voeten en de manier waarop we onze voeten op de grond zetten veranderd, waardoor we eerder geblesseerd raken, terwijl onze noodzaak tot het rennen van lange afstanden geëlimineerd is door de gemakken van onze moderne wetenschap en samenleving.

Dag, echter, leefde in het wild en trainde zijn lichaam om wel 24 uur aan één stuk te kunnen rennen. Hoewel hij geen voedsel ging jagen of verzamelen, leefde hij grotendeels buiten de samenleving en rende hij om te leven en leefde hij om te rennen – 1200 uur per jaar. Myles wilde zijn verhaal vastleggen met zijn camera, maar hij had een schrijver nodig. Daar kwam ik in beeld.

'Loopt hij letterlijk 125 kilometer aan één stuk?' vroeg ik.

'Ja,' zei Myles.

'Tegen mensen die een kwart zo oud zijn?'

'Dat klopt.'

Een oude man die ons sociale begrip van veroudering en atletisch vermogen uitdaagde was interessant. Ik raakte gefascineerd door het idee dat een sjofele superatleet langzamer ouder leek te worden dan de rest van ons, waarbij hij ook nog eens een eenvoudig leven in de wildernis leidde. Als journalist ben ik op zoek naar mensen die een interessant verhaal te vertellen hebben. Ik werkte als onderzoeksjournalist bij de *Toronto Star*, waar ik mijn jaren als laattwintiger uitzat met het ontmaskeren van bedriegers en dieven, het onderzoeken van hoe mensen geneigd zijn de regels van onze samenleving te verdraaien om er, ten koste van anderen, zelf beter van te worden. Pas toen ik bij het tijdschrift *Sportsnet* ging werken werd ik meer aangetrokken tot verhalen over mensen die, hetzij door opvoeding, hetzij door aanleg, extreem getalenteerd waren in één ding, vaak ten koste van andere aspecten van hun bestaan.

Het maakte me niet uit of ik schreef over een rijzende ster in ijshockey, honkbal of zelfs schaken; de spanning zat hem erin hoe ver iemand zichzelf kon pushen, fysiek, emotioneel en mentaal, voordat ze hun top bereikten. Ik vond atleten in het midden van hun carrière interessanter, omdat zij beter beseften hoe snel sterren konden verbleken. Maar het waren de oudere, versleten atleten die, beter dan alle andere die ik ooit had gesproken, begrepen wat aftakeling emotioneel gezien met een mens kan doen. Zij waren het die de onafwendbare tragedie konden beschrijven die iedere atleet overkomt nadat het punt is bereikt waarop ze niet meer kunnen doen wat ze eerder wel konden.

Het leek erop dat de man die Myles boven op een berg had ontmoet er meer voor overhad om de grenzen van het menselijk lichaam te verleggen dan welke atleet ook over wie ik geschreven had.

De enige vraag die ik toen nog had was of Myles eigenlijk genoeg wist over Dag om hem weer te vinden. 'Het lijkt me nogal nutteloos om het vliegtuig te pakken, het hele land over te vliegen en het bos uit te kammen op zoek naar een vent die liever verborgen blijft,' zei ik. 'Weet je waar zijn schoolbus staat?'

Myles schudde zijn hoofd. 'Het zit zo,' antwoordde hij. 'In Vernon is een sportbar waar hij wel eens iets drinkt.' Myles had in die bar wekenlang berichtjes achtergelaten. Hij had nog steeds geen antwoord gekregen van Dag, maar hij wilde klaarstaan om te gaan vliegen als Dag ooit terug zou bellen. Er gingen een paar maanden voorbij voordat Myles en ik weer contact met elkaar opnamen over het project. Ondertussen had Myles een aantal telefoontjes gekregen vanaf betaaltelefoons in de Okanagan Valley. 'Op een dag kreeg ik een telefoontje uit Armstrong, Brits-Columbia,' zei Myles. 'Ik nam op en het was Dag. Ik vertelde hem wie ik was en dat ik een film wilde maken over zijn leven in de wildernis. Hij zei dat we hem mochten volgen. Het enige wat we hoeven te doen is ervoor te zorgen dat we op een donderdag over een maand om 11.00 uur 's ochtends in een sportbar aan de andere kant van het land zitten. Ik denk dat we als we niet op komen dagen nooit meer iets van hem zullen horen.'

'En wat doen we als híj niet komt opdagen?' vroeg ik.

Myles keek me even nietszeggend aan en zei toen: 'Dan moeten we een flink stuk door het bos lopen.'

Een maand later zat ik op Pearson International Airport te wachten op mijn vliegtuig. Ik had een weekendtas volgestopt met prints van alle mogelijke artikelen en online posts die ik kon vinden over Dag. Gedurende twee vluchten en twee uur tijd had ik ze allemaal gelezen. Er bestonden veel verhalen, maar weinig concrete details. Delen van zijn leven waren gepubliceerd in tijdschriften en kranten en in boeken over de geschiedenis van het moderne skiën. De verhalen hadden allemaal de neiging over de ingewikkelder en onbegrepen complexiteit van zijn leven heen te stappen, zoals waarom hij de wildernis was ingetrokken of hoe hij een competitieve ultramarathonloper werd. Er werd af en toe gewag gemaakt van familie, maar nooit werd beschreven wat die voor hem betekende of wat hij voor hen betekende. In deze verhalen was hij gewoon opgedoken in de culturele narratieven van het midden van de jaren zestig als een stuntman in Hollywood die naam had gemaakt op de ski's in een tijd dat skiën net explodeerde als een massasport. Daarna verdween hij en kwam hij pas jaren later weer bovendrijven als ultramarathonloper op een moment dat ultrarunning over de hele wereld in opkomst was.

In de meeste verhalen werd hij afgeschilderd als een kluizenaar. Maar Dag paste niet in dat keurslijf. Hij probeerde zichzelf zo ver mogelijk buiten de samenleving te plaatsen, wekenlang alleen in de wildernis te wonen zonder menselijk contact, maar dan keerde hij terug naar de beschaving op zoek naar meer dan alleen voedsel. Meestal leek hij uiteindelijk in een aftandse bar bij een sportschool te belanden, waar de vaste klanten onder gesigneerde posters van Michael Jordan en Wayne Gretzky zaten en bier dronken en patat aten. Het was op die plek dat Myles een briefje had achtergelaten bij de barman. En dat was waar ik, in die bar, op 19 november 2015 voor het eerst Dag Aabye ontmoette.

De bar zat maar voor een kwart vol, maar de mensen die er zaten waren stamgasten die samenkwamen om er de hele middag te drinken. Ik had nauwelijks een stap binnen gezet toen een man die net naar buiten wilde met één blik op mijn schippersjas concludeerde dat ik niet uit de buurt kwam.

'Jij komt zeker voor Dag,' zei hij.

'Is hij hier?' vroeg ik.

De man wees naar een paar antieke noordse ski's die naast de deur aan de muur hingen, boven een portret van een jonge skier die rond 1965 van het dak van een hotel afspringt. Ik bekeek de foto van dichterbij.

'Hij ziet er nu wel een beetje anders uit,' zei de man. 'Maar je kunt hem niet missen.' Hij liep verder naar buiten, waar de zon scheen, en ik vervolgde mijn weg naar binnen, waar de muziek van Lynyrd Skynyrd klonk.

Dag zat op een barkruk met zijn rug recht als een potlood, een Kokanee-biertje in één hand en een half opgegeten clubsandwich in de andere. Myles had een vlucht eerder genomen en had afgesproken met filmmaker Derek Frankowski, die zijn thuisbasis had in Brits-Columbia. Derek was eind dertig en had naam gemaakt met independent films over mountainbiken en natuurfilms voor de BBC. Myles en Derek bleven op hun kruk zitten toen ik hun tafeltje naderde. Dag zag me aankomen en legde zijn sandwich neer, stond op en stond met zijn borst vooruit en zijn armen langs zijn zij als een soldaat in de houding. Hij was ongeveer 1,85 en zag eruit alsof hij ongeveer 65 kilo woog. Zijn witte haar zat wild en vol klitten. Hij had een lange en scherpe neus en zijn mond ging schuil achter zijn snor en baard, die allebei zo wit als sneeuw waren. Hij droeg een fleecevest met camouflagekleuren, een hardloopbroek en hoge schoenen met ducttape aan de binnenkant van de enkel. Hij stak zijn hand uit. Zijn vingers waren scheefgegroeid en krom en zijn nagels waren geplet, gebroken of zelfs eraf na jarenlange verwaarlozing en mishandeling. We schudden elkaar de hand.

'Dit is Dag,' zei Myles.

Waar Dag oorspronkelijk vandaan kwam spraken de mensen het uit als 'Dog', maar sinds hij in Noord-Amerika was aangekomen, midden jaren zestig, noemde iedereen hem 'Dayg'.

Zijn achternaam was nog lastiger uit te spreken. Hij spelde die meestal als Aabye, hoewel het eigenlijk in het Noors Åbye was. Beide spellingswijzen waren een uitdaging voor wie niet bekend was met Scandinavische talen. Hij verbeterde eigenlijk nooit vreemden die worstelden met zijn naam, tenzij ze erom vroegen, waarna hij vertelde dat het uitgesproken werd als 'Obi, als in Obi-Wan Kenobi'.

Dag keek me aan. 'Jij bent dus diegene die naar de Mount Everest gaat?'

Ik wist niet precies wat Myles over mij verteld had.

Dag ging verder. 'Ik heb gelezen dat de route naar de top bezaaid is met dode lichamen, maar klopt het dat het pad naar het basiskamp ook bedekt is met vuilnis?'

Ik keek naar Myles, onzeker waar dit heen ging. Myles haalde zijn schouders op. Ik was bezig met een boek over een bergbeklimmer uit Montreal die meerdere keren de dood in de ogen had gekeken op een aantal van 's werelds hoogste bergen. Bovendien was ik me aan het voorbereiden op een reis naar Nepal, waar ik de psychologie wilde bestuderen van de mannen en vrouwen die ervoor kozen om in hun vrije tijd hun lichaam naar een plaats op aarde te slepen waar hun bloed veranderde in een soort drab, hun hersenen opzwollen, hun longen zich vulden met vocht en ze last kregen van congestief hartfalen.

'Dat van het vuilnis weet ik niet,' zei ik. 'Maar dat van de lichamen klopt.'

'Denk je dat er plastic ligt aan de top van de berg?'

Ik wist dat er vlaggen en vlaggenstokken stonden daarboven, en achtergelaten zuurstofflessen. Ik had zelf nog niet nagedacht over plastic. 'Waarschijnlijk wel,' zei ik.

'Dan is het nu overal.' Hij ging door terwijl hij zijn bier pakte. 'Ze zeggen dat er binnenkort meer plastic dan vis in de oceanen zwemt.'

'Dat wist ik niet,' zei ik.

Myles onderbrak ons en vroeg Dag of hij ons kon meenemen naar zijn bus. Dag schudde zijn hoofd. Daarna vroeg Myles of hij ons kon meenemen op een van zijn trainingspaden. Dat kon, zei Dag, maar we zouden ons wel moeten voorbereiden op kamperen in de kou. Myles keek naar mijn schippersjas en zuchtte. 'Dat gaat wel lukken,' zei hij.

'Oké dan,' zei Dag. 'Morgen kan ik jullie meenemen naar mijn oefenterrein.'

'Is het ver hiervandaan?' vroeg Myles.

'Het is wel een stukje trekken,' zei Dag.

'Wat is er daarboven?' vroeg Myles.

'Zesentwintig kilometer verborgen paden,' zei Dag.

'Verborgen?' vroeg Myles. 'Is er nooit iemand anders geweest daarboven?'

Dags baard bewoog mee met zijn lippen. 'Niemand heeft daar ooit naar gevraagd.'

2

DE VERHALEN DIE WE VERTELLEN

Een verhaal is nog maar half verteld als slechts
één persoon het vertelt.

HET VERHAAL VAN GRETTIR DE STERKE, IJSLANDSE SAGE

Het was koud en stil en vlak na zonsopkomst, de temperatuur kwam langzaam boven nul terwijl de zon over de bergen heen kroop. Dag zat in de passagiersstoel van Dereks Subaru, en gidste ons richting het noorden door de Okanagan Valley, naar een ongemarkeerde uitrit waar we onze klim naar Dags kamp zouden beginnen. Het pad door het bos was met opzet moeilijk begaanbaar en niet-uitnodigend, en het beginpunt zo goed verstopt dat zelfs hij af en toe moeite had om de ingang ernaartoe te vinden. Toch was het er altijd geweest. Het was een oud hertenspoor dat werd gebruikt door witstaartherten, coyotes, beren, wolven en poema's – een natuurlijke verbindingsweg die liep van het aangetaste gebied van een grindgroeve, over een beek en dan de berg op, het achterland van Brits-Columbia in.

Dag gaf aanwijzingen om van de hoofdweg af te slaan naar een grindweg. Boven ons rookte een hoop botten en kreupelhout – doodgereden dieren en afval dat door wegwerkers op een paar honderd meter afstand van de weg was opgestapeld – op een vuurhoop ter grootte van een stadsbus, net buiten het zicht van de vrachtwagenchauffeurs en dagjesmensen die de noord-zuidroute door de bevroren wijngaarden en kersenboomgaarden van de Okanagan Valley namen. We waren niet meer dan 50 meter van de weg verwijderd toen hij zei dat we de rest van de weg te voet moesten afleggen. 'Je kunt hier het best doorrijden tot bij de struiken,' zei hij. 'De auto staat hier goed zolang we weg zijn.'

Derek parkeerde de auto uit het zicht maar nog steeds dicht bij de grote weg. Onze voetstappen knerpten in de bevroren modder toen we onze spullen bij elkaar raapten en op pad gingen. We volgden Dag, die ons rond een steengroeve loodste, richting de dichte rookpluim die van het vuur omhoogwolkte. Hij liep voor ons uit, met een kettingzaag aan het eind van een stok op zijn schouder balancerend. De kettingzaag was de vervanging voor een andere, die kortgeleden in zijn trainingskamp was vernield en het bos in was gesleept door een beer op zoek naar voedsel.

'Je kunt je niet voorstellen hoeveel schade een beer kan aanrichten,' zei hij.

We passeerden de vuurhoop en trokken voorbij de grindgroeven door een veld met lang gras, vol met door de zon gebleekte ribbenkasten, ruggengraten en dierenschedels – de slachtoffers van menselijke uitstapjes in deze streek. 'Dit willen de meeste mensen niet zien,' zei Dag. De dieren waren aangereden wild dat daarnaartoe was gebracht om weg te rotten. Hij stopte naast een karkas van een vers gedode eland, het lijf gebroken door een botsing met een auto, daarna hier gedumpt, zodat het vlees verscheurd zou worden door gieren. Maden en vliegen werkten zich door wat er overbleef van het vlees, waarbij alles behalve de geur van de dood geconsumeerd werd. Die rottingsgeur, in combinatie met het dodenveld op zich, leek de perfecte afschrikking voor mensen, een natuurlijke barrière die alleen mensen die ziekelijk nieuwsgierig waren zouden willen nemen.

Dag stapte om het karkas heen en liep verder richting een oude afrastering van prikkeldraad. Hij schoof de kettingzaag er voorzichtig onderdoor. Toen duwde hij de draden met zijn handen uit elkaar als een bokser die de ring binnenstapt, en paste op dat hij de scherpe stekels niet aanraakte. Hij boog zijn rug, tilde een been langzaam over de stekels en manoeuvreerde zich erdoorheen. Toen hij aan de andere kant was, startte hij zijn stopwatch om zijn pols en wachtte tot wij ook door de afrastering heen waren.

We liepen nog tien minuten omhoog over een pad met modder dat 's nachts bevroren was. Toen stopte Dag plotseling.

Het pad naar Dags trainingskamp begon bij een brandende stapel dierenkarkassen. (Met dank aan Derek Frankowski)

'Daar is de deur,' zei hij. Hij stapte van het pad af bij een bijna niet te onderscheiden inham in de bevroren klimop die door een muur van wilde lariksbomen leidde, duwde de twijgen en takken voor zijn gezicht weg en verdween achter de bosjes.

Myles, Derek en ik keken elkaar kort aan. We waren alle drie bepakt met camera-apparatuur en alle spullen die we nodig achtten om de nacht door te brengen in Dags wereld: slaapzakken, een tent, voedsel en waterflessen. We trokken onze rugzakken strakker om de schouders en volgden Dag door de twijgen en takken het bos in. Dag reisde lichtbepakt. Op de kettingzaag na droeg hij alleen een klein rugzakje. Vlak nadat we het hertenpad ingeslagen waren, kwamen we bij een snelstromende beek die over ons pad vloeide. Er hing een fleecetrui over een gebroken tak naast de beek.

'Is die van jou?' vroeg ik.

'Schone was,' antwoordde Dag.

Hij reikte naar de trui en voelde dat hij droog was. Toen deed hij zijn rugzak af en stopte de trui erin, naast een blik bonen, een doos lucifers en wat brood dat hij de vorige dag had meegenomen toen hij in de stad was.

'Komen we al in de buurt?' vroeg ik. Er was ongeveer een halfuur voorbijgegaan sinds we de weg verlaten hadden.

'Dit is pas het begin van het pad,' antwoordde Dag.

Het volgende uur sleepten we onszelf een steile helling op, naar steun grijpend aan de dunne stammetjes van de bomen die op de helling groeiden. Een aantal zigzagweggetjes leidde ons naar een oude houthakkersweg, waarover Dag ons vertelde dat hij vroeger gebruikt werd door paarden en al tachtig jaar eerder was verlaten. De weg was overwoekerd door vijftig jaar oude bomen die waren ontsproten uit zaad van de overhangende takken van de sparren en dennen die daar geplant waren door de eerste houthakkers. Die hadden na hun komst meteen alle oude bomen weggehaald om masten en huizen en tafels en stoelen van te maken. Myles, Derek en ik stopten en leunden tegen een omgevallen boomstam om op adem te komen en wat water te drinken. Dag dronk niets. Daarna gingen we verder de oude houthakkersweg op tot die ophield en uitkwam op een ander hertenpad. Dat volgden we omhoog, 335 meter stijgend over een afstand van acht kilometer.

Het was aan het eind van de ochtend toen Dag eindelijk stopte en zei dat hij ons iets wilde laten zien. Hij leidde ons naar de rand van een diepe afgrond. De toppen van 30 meter hoge sparren spreidden zich onder ons uit tot in de Okanagan Valley, die helemaal doorloopt tot de zuidelijke horizon. Op de stikstofoxide, zwavel en koolstof brakende fabrieksschoorstenen van de stad in de verte na, had het uitzicht een schilderij van Bob Ross kunnen zijn.

'Dit is mijn uitzicht zonder raam op de beschaving,' zei hij. Daarbeneden in het dal waren duizenden mensen. Niemand kon zien wat hij zag.

Hij draaide zich om en ging weer verder bergopwaarts. We liepen al bijna de hele ochtend, en het eerste teken dat we Dags oefenterrein naderden, was dat hij naar zijn pols greep en weer op zijn stopwatch drukte. Hij had de tijd van de beklimming geklokt. Zo hield hij zijn tempo bij, de enige manier om te kijken of hij sneller was dan de vorige keer dat hij naar dit kamp was getrokken, of de keer daarvoor.

Hij onthield de tijd op zijn horloge, keek toen naar het laagje sneeuw onder onze voeten. 'Wanneer er meer sneeuw ligt, maak ik nepsporen in de buurt, voor het geval iemand mijn pad ontdekt,' zei hij.

'Heb je hier ooit iemand anders ontmoet?' vroeg Derek.

'Ik denk dat hierboven niemand meer is geweest sinds de houthakkers zijn vertrokken,' zei hij. 'Als ik berenuitwerpselen vind op mijn pad raak ik opgewonden. Als ik ooit vuilnis zou vinden, zou ik bang worden. Dan zou ik weten dat ik gevonden ben.'

'Zijn er hier veel beren?' vroeg ik.

'Ze zijn hier overal,' zei Dag. 'maar ze zijn nu waarschijnlijk in hun winterslaap. Ik ga niet naar ze op zoek. Er kwam een paar weken geleden een zwarte beer bij me op bezoek bij mijn bus. Het was vijf uur 's ochtends. Hij probeerde in te breken in mijn voedselvoorraad. Ik werd er wakker van.'

'Jezus,' zei ik.

'Ik bewaar mijn eten in een koelbox die vastgeketend zit aan de voorkant van mijn bus,' legde Dag uit. 'Ik hoorde hoe hij hem eraf probeerde te trekken. De hele bus schudde heen en weer, dus ik ging naar buiten om met hem te praten.'

Ik dacht dat hij een grapje maakte, totdat ik doorhad dat dat niet zo was.

'Hoe praat je dan met een beer?' vroeg ik.

'Je zegt: "Hé beer, hé, hé beer. Dat is mijn eten, beer."'

'En wat deed de beer?' vroeg ik.

'De beer deed wat beren doen. Hij ging op zijn achterpoten staan en maakte zichzelf heel groot en brulde luid. Ze proberen alleen maar indruk te maken, maar mij intimideren ze niet.'

Ik wachtte af, wist niet wat ik ervan moest maken.

Dag wees op een natuurlijke muur van wilde wierookceders, op ongeveer 20 meter van ons vandaan. Het waren dunne, jonge boompjes, de takken zo in elkaar verweven dat ik er niet doorheen kon kijken. 'Mijn kamp ligt vlak achter die bomen,' zei hij.

Hij leidde ons van het hoofdpad af naar een verborgen doorgang tussen de cederbomen. Het laatste stuk van het pad was een natuurlijk ommuurde gang die naar een opening leidde, aan drie kanten door heuvels afgeschermd en dicht begroeid met nog meer cederbomen en volgroeide Canadese dennen. Dit alles zorgde ervoor dat Dags kampeerplek verborgen bleef totdat we er daadwerkelijk in stonden. Ik stond letterlijk op een meter afstand van zijn vuurkuil, een simpel gegraven gat in de aarde dat verstevigd was met stenen, toen ik pas besefte dat we er al waren. Bij mijn voeten lag, onder een centimeter sneeuw, een gietijzeren rooster. Er hing een zeildoek in camouflagekleuren boven Dags tent, die eigenlijk een draagbaar schuurtje was dat hij gekocht had bij een bouwmarkt en vijf jaar eerder had meegenomen naar het bos. Hij had het opgezet naast een bank die hij had gemaakt van een boomstam met twee stronken eronder. Er stonden nog een aantal stronken die gebruikt werden als meubelstukken – een om van te eten, een om op te zitten en een om hout op te hakken. Toen ik omkeek naar het pad naar Dags kamp, zag ik dat ik vlak langs een nauwkeurig bijgehouden houtvoorraad was gelopen, gehakt en twee meter hoog opgetast, klemgezet tussen de stammen van twee grote dennenbomen.

'Welkom in mijn trainingskamp,' zei Dag, met een gebaar richting de stompen en de bank. 'Alles wat van mij is is van jullie.' En na een kleine pauze: 'Of eigenlijk is alles van de natuur.'

De tekenen van de aanval van de beer drongen zich langzaam aan mij op – een kapotte koffiemok, de vernielde kettingzaag, tand- en klauwafdrukken in een plastic sinaasappelsapverpakking. Dag liep naar zijn tent en ritste het buitenste zeildoek, dat hem afschermde van de regen, open. Hij pakte een kookstel op propaan en een paar lantaarns. Daarna gooide hij zijn rugzak naar binnen op een nest van dekens, slaapzakken en kussens die hem warm hielden in koude herfstnachten. Het was 20 november, en hoewel hij nog niet klaar was om het kamp te verlaten voor de winter, wist hij dat elk moment de sneeuw zich kon beginnen op te stapelen, en als dat gebeurde zou het te lastig worden voor iemand om deze plek in of uit te komen. Dan zou hij zich terugtrekken in zijn bus, die als hoofdresidentie dienstdeed tijdens de lange wintermaanden. Hij hield echter meer van de rust en de eenzaamheid op zijn oefenterrein dan van de rust en eenzaamheid in zijn bus, die relatief goed bereikbaar was, op slechts 500 meter wandelen vanaf het dichtstbijzijnde grindpad.

'Hierboven ben ik een vrij man,' legde hij uit. 'Ik kan dagen achtereen rennen zonder enige afleiding. Maar er zit wel een grens aan de hoeveelheid tijd die een mens alleen moet doorbrengen.' Hij zei dat hij probeerde zijn periodes van isolatie te beperken tot een maximum van twee weken per keer. 'Ik ben wel langer weggebleven, maar het doet iets met je. Het verandert je manier van denken. We zijn sociale wezens, kuddedieren. Ik heb het nodig om alleen te zijn, maar het zit niet in onze natuur om helemaal van elkaar afgesneden te zijn.'

We waren nog maar een paar minuten in het kamp toen de kou al kwam opzetten. 'We moeten in beweging blijven,' zei Dag. Hij nam ons mee het kamp uit en omhoog naar een uitkijkpost van een arend, enkele verdiepingen boven ons kamp, waar hij graag in de zon zat en zijn gedachten optekende in zijn dagboek, terwijl de roofvogels rondcirkelden in de lucht boven hem. Hij zag ze graag het bos in duiken. Vaak kwamen ze weer omhoog met iets wat in hun klauwen kronkelde. Soms, als hij heel stil zat, landde een roofvogel vlak bij hem en kon hij van dichtbij zien hoe hij met zijn snavel het vlees van zijn prooi afrukte.

Toen we halverwege waren op de terugweg naar het kamp kwamen we langs de recente pootafdrukken van een vrij groot dier.

'Waar zijn deze van?' vroeg ik.

Dag zette zijn voet naast de afdruk. 'Deze zijn te groot voor een lynx,' zei hij. 'Ik zou zeggen dat ze van een poema zijn.'

Ik wist niet veel van poema's, maar ik wist wel dat ze hun prooi vanuit een hinderlaag besprongen.

'Hoe vers zijn ze?' vroeg ik.

Hij keek er nog een keer naar. 'Verser dan de sneeuw,' zei hij. Daarna keek hij me aan en lachte.

Ik vroeg hem: 'Maakt het je bang als je weet dat er een poema in de buurt is?'

Zijn ogen volgden het spoor van de poema het bos in. Plotseling begon hij te vertellen over hoe hij op een avond, toen hij bergaf naar de weg probeerde te rennen om aan een naderende storm te ontsnappen, voelde dat hij werd achtervolgd. Hij kon horen dat er iets in de bosjes naast hem rende. Toen zag hij hem. 'Ik kon zijn ogen zien gloeien in het donker,' zei hij. 'Hij volgde me op het pad in de nacht. Je mag niet toegeven aan angst. Als je bang bent verlies je de controle over jezelf. Je moet altijd in controle blijven. Uiteindelijk is dat het enige wat je onder controle hebt.'

Het werd donker en de temperatuur was onder nul gezakt toen we terugkwamen bij zijn kamp. Dag pakte wat brandhout en legde het in de vuurkuil. Toen haalde hij een kleine jerrycan met benzine tevoorschijn, goot wat op het hout en stak een lucifer aan. Het vuur ging aan met een *woesj*. We warmden onze handen terwijl hij water kookte en de afgelegen ligging werd versterkt door de invallende duisternis. De lucht was helder, het was windstil. De enige bron van geluid op de hele berg was het knetteren van het kampvuur en de stoom die langzaam oprees uit de ketel.

Dag pookte het vuur op. 'Het is belangrijk om in verbinding te blijven met de wereld,' zei hij. 'Vooral als je zo leeft als ik.'

Dat vond ik een verbluffende opmerking voor zo'n geïsoleerd levende man.

De ketel begon te fluiten en Dag praatte door terwijl hij hem van het vuur haalde. Hij was de eenzaamheid gewend, zei hij, en was opgegroeid in een huis dat zo groot was dat er twaalf houtkachels in stonden. Hij zei dat zijn eerste herinnering er een was van urenlang op zijn kamer het vuur opstoken terwijl hij de IJslandse sagen uit zijn hoofd leerde. Hij hield ervan hoe in de verhalen geschiedenis en fantasie samenkwamen. 'Onze geschiedenissen zijn onze eigen fantasieën,' zei hij. 'Zo gaat dat met het geheugen.'

Hij vertelde dat zijn vader boer was in een dal op een paar

uur ten noordwesten van Oslo, waar de landbouwbedrijven grotendeels bebost waren en zijn vader dus ook bosbouwer was die bomen hakte om nieuwe te planten voor Dag als erfenis. 'Toen ik opgroeide zwierf ik door dat bos,' zei hij. 'De bomen waren jong, maar het woud was oeroud.' Toen hij opgroeide leerde hij, net als andere kinderen daar, dat duizenden jaren eerder Donar en Odin elkaar ontmoetten in de bossen en velden van Dags jeugd. De boerderij was te herleiden tot de tijd van de Noormannen en droeg nog steeds de noordse naam Hovlandsmoen, wat ruw vertaald hoog vlak land betekent, hoewel de etymologie uit de oude teksten het verbond aan een plaats voor aanbidding van de noordse goden. Het waren natuurlijk alleen maar noordse mythes, maar wel plaatselijke legendes die diep geworteld zaten in het land en de mensen die er woonden. Dag beschreef zijn dagen die hij rennend in het bos doorbracht, gravend naar Vikingschatten, op zoek naar trollen en spelend dat hij Donar zelf was. Het was escapisme voor een jongen die opgroeide in een oorlog. Hij was nog geen vier jaar oud toen zijn vader hem meenam naar een veld, een geweer laadde, het hem in handen gaf en hem leerde hoe hij moest richten en de trekker overhalen. Hij werd ook getraind om weg te rennen en zich te verstoppen als er soldaten aankwamen.

'Als de telefoon maar twee keer overging, was dat het teken,' zei hij. 'Zo wisten we het. Het maakte niet uit waar je was of wat je aan het doen was. Er stond altijd een ingepakte tas klaar bij de deur. Ik kan me niet veel van de oorlog herinneren, maar dat herinner ik me wel.'

De nacht werd al wat kouder. Hij haalde nog een houtblok en gooide het op het vuur, en we keken toe hoe de vlammen groter werden en de maan door de bomen scheen.

'Geen leven is perfect,' zei Dag. 'Alleen momenten.' Zijn grootmoeder had dat ooit tegen hem gezegd.

3

IN DAGS HABITAT

Caminante, no hay camino. Se hac el camino al andar.
(Reiziger, er is geen pad. Het pad wordt gemaakt door te lopen.)
ANTONIO MACHADO, GECITEERD IN DAGS DAGBOEK

Ik werd wakker van geritsel buiten mijn tent. Het bos en de lucht waren nog steeds in zwart gegoten, maar Dag was al op en stookte rusteloos het vuur aan. Ik draaide me nog een keer om in mijn slaapzak en keek op mijn iPhone. Hij was bijna leeg en had weinig ontvangst, maar was nog wel bruikbaar als klok. Het was bijna vijf uur.

Dit was vaak de tijd dat Dag ging hardlopen. Ik had er niet eerder over nagedacht hoe zijn wereld eruit zou zien midden in de nacht, tot ik in mijn slaapzak lag, uitgeput en koud. Op dat moment voelde ik tegelijkertijd respect en weerzin tegen wat het ook was dat de oude man zo veel energie gaf.

Zijn voetstappen knerpten in de sneeuw. Toen ineens het geluid van een bijl die verse houtblokken spleet voor het vuur. Ik probeerde nog een minuutje slaap te pakken en dommelde net een beetje weg, toen Dag zijn draagbare radio aanzette en naar het nieuws begon te luisteren. Het was net op het hele uur en de radiogolven gingen rond over het land, met verslaggeving over macht, beroemdheid en rampspoed voor verre oren – inclusief de kluizenaar die aan de rand van nergens woonde. Verslagen van recente verkiezingen in Argentinië vermengd met details van een terroristische aanval in Tunesië en een nieuw onderzoek dat waarschuwde dat meer dan de helft van de bomen in de Amazone gevaar liepen uit te sterven.

Ik kroop rond in mijn tent op zoek naar een hoofdlamp. Ik deed hem aan en bond hem om mijn hoofd. Ineens zag ik de rijp op het tentdoek boven me. Het was flink onder nul.

Dag leefde voor dit moment in de nacht, de vluchtige vroege ochtenduren voordat de dag geboren wordt, wanneer de nachtdieren hun domein overdragen aan de dagdieren. Hij zat bij het vuur en ademde de koude nachtelijke lucht in terwijl hij stukjes van de wereldproblemen in zich opnam en ze in zijn dagboek noteerde – de verkiezingen, de terroristische aanslag en het onteren van het regenwoud door de mens. Ik had er nog geen idee van hoeveel het hem allemaal raakte. Ik had nog geen idee van wie hij was, eigenlijk.

Ik ritste mijn tent open en kroop naar buiten in de sneeuw. Het maanlicht wierp lange schaduwen over het kamp, en de verstilling van het donker speelde spelletjes met mijn onderbewustzijn. Net als de wind die fluisterde door de ceders. Ik strekte mijn rug, keek nog nergens naar maar zag dingen in de schaduwen. Het bos had er een handje van het onbekende te verbergen. En het was dat onbekende dat me zenuwachtig maakte. Ik draaide me om naar het vuur. Daar zat Dag, zijn gezicht verlicht, een pen in zijn ene hand, zijn dagboek in de andere. Hij droeg een leesbril; het soort dat je voor 10 dollar meeneemt bij de Walmart. Hij was begonnen met het dragen van een leesbril toen hij in de veertig was en had drie decennia later nog steeds niet de moeite genomen om officieel een bril te laten aanmeten. In het vuur bij zijn voet stond een ketel. Hij was koffie aan het zetten voordat hij ging rennen.

Ik warmde mijn handen bij het vuur en vroeg of hij goed had geslapen.

'Ik heb nooit slaapproblemen gehad,' zei hij. 'Maar ik slaap ook niet een gat in de dag.'

Het gloeiende hout knapte toen Myles en Derek bij ons aan het vuur kwamen zitten. We hadden nog geen woord tegen elkaar gezegd, we lieten de radio de ruimte tussen ons opvullen. Dag mocht dan aan de rand van de samenleving wonen, hij wist beter dan wij drieën wat er gaande was in de wereld.

Hij sloot zijn dagboek, haalde de ketel van het vuur en schonk vier koppen oploskoffie in, waarna hij het laatste bezinksel in een mok goot met 'Rebel Without a Cause' erop, die hij aan een spijker had opgehangen aan een boom vlakbij. Daarna ging hij weer zitten en luisterde naar de radio.

'Een mens kan niet helemaal op zichzelf overleven,' zei hij. 'Dat kan wel voor een poosje, maar niet voor lange tijd.' Hij had dat van Henry Thoreau geleerd, een van de beroemdste loners uit de geschiedenis. In 1845 trok Thoreau een bos in in de hoop zijn leven betekenis te geven door eenvoudig, zelfvoorzienend, alleen met de natuur te zijn. Hij schreef er negen jaar later over in *Walden; or, Life in the Woods*, een boek dat het filosofische fundament legde dat generaties van romantische kluizenaars inspireerde om in de bossen te verdwijnen op zoek naar hun eigen Walden. Ik heb *Walden* nooit gelezen. Dag kende het echter goed. 'Als een man niet in de maat kan lopen met zijn medemensen, is dat misschien omdat hij een andere drummer hoort,' schreef Thoreau. 'Laat hem stappen op de muziek die hij hoort, hoe afgemeten of ver weg ook.' Thoreau hield het twee jaar, twee maanden en twee dagen vol in een blokhut bij Walden Pond in Massachusetts. Dag woonde al vijftien jaar als relatieve kluizenaar, ofwel in zijn bus ofwel in zijn kamp op de berghelling. Hij wist echter, net als Thoreau, dat hij moest samenleven met de maatschappij om alleen in de natuur te overleven.

Thoreau was nauwelijks meer dan een paar weken achter elkaar 'alleen' geweest. Dag begreep waarom. Net als Thoreau bleef Dag helder door zijn gedachten in zijn dagboeken te gieten. Dag had *Walden* gedurende zijn leven drie keer gelezen. De eerste keer was toen hij nog een jongen was op Hovlandsmoen. De tweede keer was hij in de twintig en woonde hij in Chili, waar hij terechtgekomen was met niet meer dan een rugzak en zijn ski's. De derde keer was terwijl hij in de bus woonde. Hoewel *Walden* indruk maakte op Dag toen hij jong was, begon hij pas toen hij eind vijftig was een thoreauviaans leven te leiden. Alleen in het bos omringde hij zich nu met oneindig veel boeken die hij allemaal de berg op had gesjouwd. Tientallen boeken lagen overal in zijn tent en zelfs erbuiten tussen de berijpte takjes en dennennaalden waar zijn kamp vol mee lag. Zijn lectuur was zowel compact als informatief. Bladzijden van de zondagseditie van de *New York Times* lagen op een verfomfaaid exemplaar zonder kaft van John le Carrés *Tinker, Tailor, Soldier, Spy* en een paperback van Charles Dickens' *Great Expectations*, die hij voor het gemak in tweeën had gesneden. Er lagen nog meer boeken, met passages eruit geknipt omdat ze iets voor hem betekenden. Hij plakte deze passages netjes in zijn dagboek en schreef eromheen, zodat hij zijn eigen gedachten combineerde met die van anderen.

'Het is niet makkelijk om te beschrijven wat er gebeurt met de geest als hij compleet afgesneden is van de buitenwereld,' zei hij. Daarom luisterde hij ook naar het nieuws. Maar dat deed hij ook om zichzelf eraan te herinneren waarom hij nu werkelijk het bos was ingetrokken.

'Wanneer ik hierboven het gevoel heb gek te worden,' zei hij, 'dan ren ik naar beneden naar de autoweg en neem ik de bus naar de stad. Dan stop ik bij een McDonald's en bestel ik een broodje, ga ik zitten en kijk naar de mensen, al die mensen, en niemand praat met elkaar. Ze staren alleen maar naar hun telefoon.' Hij keek me aan, vragend naar bevestiging. 'Leven de mensen tegenwoordig echt zo?'

Ik knikte.

Hij schudde zijn hoofd. 'Ik heb geen problemen met de samenleving. Ik wil er gewoon niet aan deelnemen.'

Hij dronk zijn koffie op, stapte weg van het kampvuur, deed vervolgens zijn hoofdlamp om zijn muts, klaar voor zijn ochtendrondje hardlopen. Het was bijna zes uur en hij had een bepaalde bestemming in gedachten, een waterval, die hij nog in het donker wilde bereiken. 'Het is een tochtje van een halfuur als je een goede tijd maakt,' zei hij. 'Over de bergkam en dan steil naar beneden in een geul.' Hij vertelde dat de waterval een beek voedde die zijn dichtstbijzijnde bron van water was. Ik kon me niet indenken waarom iemand zijn kamp bewust zo ver van de dichtstbijzijnde waterbron zou opzetten. Dag zei: 'Als je je leven zo opzet dat alles makkelijk is, dan hoef je nooit ergens moeite voor te doen. Als je nooit ergens moeite voor hoeft te doen, dan word je oud. De meeste mensen begrijpen dat niet.' Hij vertelde dat hij zijn leven zo had ingericht dat hij zichzelf moest uitdagen, zowel lichamelijk als mentaal.

'Als we de tocht goed timen,' voegde hij toe, 'is het uitzicht op de terugweg mooier dan wat je ooit in je leven hebt gezien.' Hij wees de duisternis in richting het oosten. 'De zon komt over twee uur op boven die heuvel. Dan schijnt de rode lucht door de bomen als licht door gebrandschilderde ramen in een kathedraal.'

Hij greep twee opvouwbare wandelstokken en keek even naar het vuur om er zeker van te zijn dat het zou blijven branden, maar zich niet zou verspreiden als hij weg was. Daarna zette hij zijn hoofdlamp aan en liep de nacht in. Derek zette zijn camera op zijn schouder en volgde vlak achter hem in een poging de essentie te vangen van een oude man die midden in de nacht door de wildernis rent. Myles rende achter Derek aan, terwijl ik met een schrijfblok achteraan kwam. Af en toe kwam ik dichtbij genoeg om een zacht, melodieus geneurie te horen van Dag die voorbij wortels en bomen rende, op liggende boomstammen klom en reikte naar stammen om zichzelf omhoog te trekken bij het stijgen of voor houvast bij een moeilijke afdaling. Het duurde even voordat ik het liedje herkende dat Dag neuriede uit 'As Time Goes By'. *Da-dai-da-dai-da-dum, da-dai-da-die-da-dum.*

Zo gingen we nog een kwartier door tot hij de heuvelkam beklom. We volgden hem toen hij over de richel van een rots rende met slechts een paar meter kunstlicht tussen hem en een levensgevaarlijke val. Dag bleef stijgen langs de richel tot hij ineens het bos weer indook richting een ander hertenspoor dat het ravijn in leidde. Hij remde af toen hij begon aan de afdaling, naar het geluid van water dat onder in het ravijn stroomde. Het pad ernaartoe was ruig en steil. Derek zette zijn camera uit en stopte hem weg, omdat hij bang was hem te beschadigen als hij zou vallen. Ik bleef vlak achter Dag. Hij kwam kwetsbaar over nu, naar bomen grijpend om de vaart eruit te halen bij de afdaling op bevroren terrein. Hij keek om en zag dat ik achteropraakte. Hij keek naar me gedurende een paar stappen. Ik slipte, greep me vast aan een laaghangende tak en kwam naast hem tot stilstand.

'Gaat het goed?' vroeg hij.

'Ja, gaat goed,' antwoordde ik.

'Iedere voetstap telt,' zei hij.

Ik stond stil en lette op hoe hij verder het ravijn in liep, ik keek nerveus toe hoe hij uitgleed over iets wat onder zijn voeten lag, glibberend op een combinatie van sneeuw en modder. Dag reageerde instinctief en stak zijn armen naar achteren om zichzelf af te zetten tegen de heuvel toen hij naar achteren viel. Hij verdeelde nu zijn gewicht tussen zijn handen, achter zich uitgestrekt, en zijn voeten onder zich, terwijl hij verder afdaalde. Hij gleed een beetje verder, drukte zichzelf dan weer op met zijn armen en greep naar een goed geplaatste spar, zichzelf behoedend voor een mogelijk levensgevaarlijke verwonding. De hachelijkheid van Dags leven was hier overduidelijk. Hij was 74, een leeftijd waarop een simpele glijpartij of val levensbedreigend kan zijn. Toch deed hij het, zich een weg banend over een donkere helling op een zoektocht van een halfuur, naar zijn versie van een waterkraan.

Dag daalde onverschrokken verder. De sneeuw was hier dikker en de grond was bedekt met grote blokken steen, waarvan er veel bedekt waren met ijs van het spattende water dat door de beek stroomde. Dag navigeerde tegen de stroom in rennend over de stenen, zigzaggend over natuurlijke bruggen van boomstammen die in de afgelopen tientallen jaren in het ravijn gevallen waren. De waterval was minstens tien meter hoog. We keken vanaf een afstandje toe hoe het water naar beneden klaterde, glinsterend in het licht van onze hoofdlampen, en over de met ijs bedekte rotsblokken boven hem joeg.

Hij gebaarde ons dichterbij te komen en vertelde dat hij dacht dat niemand anders deze waterval kende. Hij dacht niet dat de houthakkers die hier vroeger in de omgeving hadden gewerkt ooit het ravijn hadden verkend. 'De enige manier om hier te komen is zoals wij hier net kwamen,' zei hij. 'En ik denk dat er hier in geen jaren iemand zo gekomen is.'

We vulden onze waterflessen en genoten even van hoe het water naar beneden viel en kristalliseerde op de stenen. Toen zei Dag dat we beter verder konden gaan als we de zonsopkomst wilden meemaken. We gingen over hetzelfde pad terug richting zijn kamp, onderweg pauzerend op een bebost stuk van de helling dicht bij de rand van het ravijn. De lucht was rood, precies zoals Dag beschreven had, een magisch schouwspel tegen de silhouetten van de dennenbomen. Het was zondagmorgen en Dag was nu in zijn versie van een kerk. 'De meeste mensen slapen hier doorheen,' zei hij. 'Ze weten niet wat ze missen.'

Dag steekt een omgevallen boomstam over die dienstdoet als brug. Voor zonsopkomst, op een tocht naar een verborgen waterval in de buurt van zijn trainingskamp. (Met dank aan de auteur)

Halverwege de ochtend waren we terug in het kamp. De felle herfstzon scheen nu door de bomen en liet een deel van de sneeuw en het ijs rond onze tenten langzaam smelten. Dag schopte het vuur uit en stopte de ketel, lucifers en alles wat een dier zou kunnen aantrekken weg. Alles ging in een afgesloten bak. Hij verzamelde alle boeken op één na en legde ze weer in de tent en ritste die dicht. Hij pakte zijn dagboek.

'Ik denk dat iemand die een dagboek bijhoudt nooit eenzaam kan zijn,' zei hij. 'Dat heb ik geleerd van Nansen en

Amundsen.' Hij bedoelde Fridtjof Nansen, een Noorse poolreiziger en de eerste persoon die succesvol over Groenland skiede, en een andere Noor, Roald Amundsen, de eerste persoon die succesvol de Noordwestelijke Doorvaart bevoer. Dag zei: 'Als zij zich eenzaam voelden op hun expedities haalden ze hun dagboek tevoorschijn en schreven tot ze zich niet meer eenzaam voelden. Ik doe hetzelfde.'

Ik vroeg of ik in zijn dagboek mocht lezen. Hij veegde het schoon en gaf het aan mij met de woorden: 'Er staan geen geheimen in.'

Ik klapte het open. De eerste aantekening was dat dit het 72ste was in een serie van dagboeken. Dag was een week eerder in dit dagboek begonnen, nadat hij het vorige had volgeschreven. Hij zei dat het gemiddelde dagboek ongeveer een maand meeging en hoewel dit nummer 72 heette, moest het eigenlijk wel nummer 500 zijn. Hij hield al meer dan veertig jaar een dagboek bij.

'Dat zijn wel een heleboel dagboeken,' zei ik. 'Waar bewaar je ze?'

'In mijn bus,' zei hij.

Ik probeerde een bus voor me te zien met vijfhonderd dagboeken erin. Het ene in mijn hand was een notitieboekje met een harde kaft, ruim 2 centimeter dik, met 128 bladzijden, waarvan een aantal gelamineerd met helder plakband. Op de kaft zat een kindertekening in potlood van Dag op ski's. De tekening leek oud, alsof hij haar al tientallen jaren in zijn bezit had voordat hij haar op het notitieboek plakte. Op de rug had Dag twee zinnen geplakt die hij uit een tijdschrift had geknipt: 'Geef de vrede een stem. Geef eenzaamheid een plek.' Op de achterkant zat een zwart-witfoto van hemzelf boven op een berg naast een jonge Nancy Greene. De foto was grofweg vijftig jaar oud, uit de tijd van de Olympische Spelen van 1968 in Grenoble, waar Greene goud won op de reuzenslalom. Ze zag er hetzelfde uit als op de foto's die ik eerder van haar had gezien, maar Dag zag er heel anders uit. Jong, aantrekkelijk, verzorgd.

Hij zei dat hij doorgaans twee dagboeken bij zich had, één voor het nu en één van een jaar geleden. Iedere dag noteerde hij hoeveel uur hij rende. En iedere dag keek hij terug naar het vorige jaar om zijn veroudering bij te houden. Zo hield hij zijn eigen progressie en aftakeling bij, maar ook die van de wereld.

Veel dagen begon hij met een tijdcode: *3.00 uur, koffie pruttelt.* Dan legde hij het weer vast: *Heldere nacht met sterren, geeft helder perspectief op de maat van één leven.* Daarna volgde het nieuws van het uur: *Parijs is in lockdown, 120 doden. Frankrijk rouwt, zweert wraak. De eeuwige oorlogen houden nooit op. – 10 vorig jaar op deze morgen. Zware storm op komst. Klimaatverandering. Heb tonnen voedsel en acht liter water. Het zou moeten sneeuwen. Vandaag vijf uur rennen. Opstaan om 5.00 uur lukt altijd. Iedereen in A&W had zijn jas aan. Wat begrijpen ze weinig van hun lichaam. Of is er niks te begrijpen?*

Ik was nog aan het lezen toen Dag me een fragment waar ik naar keek uitlegde: 'Iedere dag kijk ik een jaar terug om te zien wat er toen gebeurde en wat ik op die dag deed. Dan weet ik wat ik moet doen om vandaag beter te maken. Te verbeteren wat ik eerder deed. Het geheim is om niet te liegen tegen het dagboek. Anders houdt het jou ook niet eerlijk.'

Zijn opgeschreven gedachten werden omringd door knipsels uit nieuwsberichten die hij op de bladzijde had geplakt. De onderwerpen varieerden, maar gingen meestal over grote sociale vraagstukken. Op één stond te lezen: *Er is een epidemie met 27 miljoen slachtoffers. Zonder zichtbare symptomen. Geloof het of niet, maar 27 miljoen Amerikanen zijn functioneel analfabeet.* Aan de knipsels waren vaak anonieme citaten toegevoegd die hij met de hand had overgeschreven – *Succes is gewoon een kans om nog meer spullen te kopen die je niet nodig hebt* – en allerlei foto's, van Michael Caine tot een oude vrouw bij een gaarkeuken.

'Wie zijn al die mensen?' vroeg ik.

'Mensen die ik ooit gekend heb,' zei hij.

Ik bladerde nog even verder voordat ik het dagboek teruggaf.

'Mensen zijn belangrijk,' zei hij.

Die opmerking zorgde ervoor dat het mysterie van zijn eenzaamheid nog onthutsender werd.

'Het lijkt erop dat je heel veel mensen kende,' zei ik.

Hij deed zijn rugzak af en stopte zijn dagboek erin. 'Ik heb mijn moeder nooit echt gekend,' zei hij. 'Ik heb een keer geprobeerd haar te vinden, maar toen was ze al weg.' Hij trok zijn rugzak over zijn schouder en zoog de koude lucht in. Even leek het alsof hij wegdroomde naar een andere plaats.

Ik vroeg wat hij bedoelde.

Hij kwam weer terug in het hier en nu. 'Ze is omgekomen bij een auto-ongeluk,' zei hij. 'Ergens in Zweden. Ik weet niet eens hoe ze eruitzag.'

Het duurde even voordat ik datgene wat hij vertelde kon rijmen met het verhaal dat hij eerder had gedeeld over zijn opvoeding op een boerderij.

'En je vader?' vroeg ik.

'Hij was een Duitse militair,' zei Dag. 'Ik heb nooit geweten hoe hij echt heette.'

Het werd al donker toen Dag ons weer voorging naar beneden, door het knekelveld en naar de autoweg waar onze trektocht de dag ervoor was begonnen. We stapten in Dereks auto, reden naar het zuiden door de Okanagan en bogen af richting het oosten, een andere berg op. Daar dirigeerde Dag ons een onverharde weg op die naar de vervallen schoolbus leidde die zijn thuis was. De weg was lang en slecht en vol met bochten en kronkels. Er was niets te zien, geen gebouwen of opritten, toen Dag zei dat we moesten stoppen. Hij zei dat we minder dan een kilometer van zijn huis in het bos verwijderd waren, maar hij stond erop dat hij de rest van de weg te voet nam. Aan de kant van de weg gaf ik hem een hand en zei dat ik hem met alle plezier zou helpen als hij ooit hulp wilde bij het zoeken naar zijn ouders. Ik krabbelde mijn telefoonnummer op een stuk papier en scheurde het uit mijn notitieboek. 'Iedereen heeft er recht op te weten waar hij vandaan komt,' zei ik.

Hij keek naar het papiertje, daarna weer naar mij. 'Waar je vandaan komt is minder belangrijk dan wie je bent,' zei hij.

Hij gooide zijn rugzak over zijn schouder en stapte van de weg af het struikgewas in. Myles, Derek en ik stapten weer in de auto en keken toe hoe hij verdween in het bos. Daarna reden we naar het vliegveld.

4

DE DEATH RACE

Mijn menselijkheid is een constante zelfoverwinning.

FRIEDRICH NIETZSCHE, GECITEERD IN DAGS DAGBOEKEN

Er gingen negen maanden voorbij voordat ik Dag weer zag.

Terug in Toronto deed ik wat ik altijd deed. Ik ging verder met mijn volgende verhaal. Ik vertrok naar de Mount Everest, maakte het boek af waaraan ik schreef en dompelde mezelf daarna onder in het ene artikel na het andere. Ik bracht mijn tijd door met rijke ondernemers die een oude chocoladefabriek hadden omgebouwd tot een enorme marihuanakwekerij. En toen ik hun verhaal had opgeschreven, vloog ik naar de andere kant van het land om een stuk te schrijven over een voormalige sluipschutter en met hem te praten over de psychologische gevolgen van het een voor een neerschieten van talibanstrijders in Afghanistan. Ik reisde naar Los Angeles en Vancouver om oud-footballspelers te ontmoeten die geloofden dat hun hersens in hun hoofd aan het wegrotten waren. Vervolgens vloog ik naar Boston om wetenschappers te interviewen die de hersens van overleden sportlieden verzamelden, in plakjes sneden en onder een microscoop bestudeerden om de impact van hersenschuddingen te onderzoeken. Ik had het druk. Maar er ging geen dag voorbij dat ik me niet afvroeg hoe het met Dag ging.

Ik had tijdens dat eerste bezoek aan zijn trainingskamp meer over hem geleerd dan van alle verhalen die er over hem geschreven waren. Hij was een extreme sporter en een wijze kluizenaar, zeker, maar hij was ook een 74 jaar oude oorlogswees die dacht dat zijn ouders een Duitse soldaat en een Noorse vrouw waren.

Ik wilde het mysterie dat om hem heen hing oplossen. Hij kwam steeds op de vreemdste momenten in mijn gedachten. Ik had regelmatig slaapproblemen, waardoor ik midden in de nacht wakker werd en niet meer in slaap kon komen. Meestal werkte het goed als ik uit bed ging en me op mijn werk stortte, al was het drie uur in de nacht. Na een uurtje was mijn hoofd zo moe dat ik weer kon slapen. Maar soms zag ik daarna mijn bed niet meer en zat ik wanneer de lucht boven de stad rood kleurde nog steeds achter mijn computer. Op die momenten dacht ik onveranderlijk aan Dag, die door het bos rende naar de uitkijkpost waar de rode lucht door de bomen scheen, en dan vroeg ik me af of hij nog wel leefde. Dan verdween ik weer in een of ander online *rabbit hole*: nazigenealogie, het verleden en heden van extreem skiën, de voordelen (en nadelen) voor de gezondheid van ultrarunning, de psychologie achter hedendaagse kluizenaars. Het ging op vele fronten heel diep. Allemaal in een poging Dag te doorgronden.

Voor mijn eerste ontmoeting met hem dacht ik dat ik gewoon een stuk zou schrijven over een superheld voor oude mensen. Ik had me Dag voorgesteld als een archetype, iemand die volgens zijn eigen regels leefde en de grenzen van wat menselijk mogelijk was oprekte om zijn onafhankelijkheid te behouden. Maar er zat nog zoveel meer achter de persoon.

Hartje zomer 2016 zat ik weer in het vliegtuig, op weg om hem te zien. Deze keer was hij niet bepaald in de buurt van zijn bus of trainingskamp. Hij was onderweg naar het noorden van Alberta, waar hij zou deelnemen aan een gruwelijk zware ultramarathon die bekendstaat als de Canadian Death Race – een 125 kilometer lange loop die de deelnemers over drie bergen aan de rand van de Grande Cache laat rennen, en alleen de fitste ultra-atleten aantrekt.

Het was al laat op een hete julidag toen ik voor de tweede keer contact kreeg met Dag. Hij had net liftend Grande Cache in Alberta bereikt, een ruig bergstadje op een hoogvlakte, en vertelde over de drie dagen durende reis van 760 kilometer. Hij had de reis in de afgelopen vijftien jaar al veertien keer gemaakt en kwam iedere keer weer meer afgemat aan. Deze keer had hij de bus genomen vanaf de Okanagan Valley, door het Monasheegebergte op weg naar Revelstoke en de gouden corridor waarlangs kariboes, wolven en toeristen Jasper en de vlaktes in het noorden van Alberta bereiken.

Vanuit de stad Hinton in Alberta ging hij te voet verder, zich een weg banend door het hoge gras in de ondiepe greppels langs de kant van de autoweg. Zo koos hij de weg van de minste weerstand, in plaats van de verharde helling. Hij kneep zijn ogen tot spleetjes tegen de zon, maar hield ze verborgen achter een zonnebril van vijf dollar die hij vijf dagen eerder op een pompstation had aangeschaft. Zijn haar was lang, woest en vol klitten en het wipte van zijn schouders omhoog als hij rende. Hij vond het prettig te rennen met alleen een zwart lycra sportbroekje aan. Over zijn armen en benen lagen kabels van spieren, die op zijn afgetrainde lichaam zo zichtbaar waren dat je iedere aan- en ontspanning onder zijn huid kon zien. Hoewel zijn haar wit was en de huid van zijn armen de bekende blauwe plekken vertoonde van iemand van zijn leeftijd, was hij wel fit. Hij kon uren achtereen rennen en dagen achter elkaar lopen zonder veel rustpauzes en zonder voedsel, op het beetje na wat hij had meegenomen in zijn rugzak die strak om zijn schouders zat gesnoerd. Bij iedereen die hij op die bergweg tegenkwam zou hij zijn opgevallen, niet alleen omdat hij de enige mens was die men in de wijde omtrek zou zien lopen, maar ook omdat hij opviel door zowel zijn kwetsbaarheid als zijn levenskracht. Het uiterlijk van zijn tot de draad versleten neon hardloopschoenen verraadde de waarheid over het aantal kilometers die ze gezien hadden, meer dan sommige van de vrachtwagens en campers die hem iedere paar minuten op de weg passeerden op de kilometerteller hadden staan. Hij schatte dat hij meer dan 10.000 kilometer had gerend met die schoenen – genoeg om in een rechte lijn in Chili terecht te komen.

Vooral oudere mannen in pick-uptrucks die naar het noorden reden remden af en boden hem een lift aan. Maar er stopten ook jonge stellen op rondreis. Hij ging er niet altijd op in. Soms rende hij gewoon verder, bewust niet zijn pas inhoudend als hij bergop liep, om nog een berg te bedwingen op zijn jaarlijkse pelgrimstocht naar de Death Race.

Voor de meeste mensen die hem meenamen in hun camper of pick-up was zijn naam net zo opmerkelijk als zijn uiterlijk, of alleen al zijn aanwezigheid op de autoweg. Het was moeilijk voor te stellen waar hij thuishoorde. Hij viel nog meer op onder de andere ultramarathonlopers die de lange reis naar Grande Cache over de Rocky Mountains maakten, of met een huurauto vanaf Edmonton International Airport.

Het was negen uur, met de avondzon vlak boven de horizon, toen hij de stad binnenliep, zijn rugzak in een camper van een bewoner van Grande Cache deponeerde en op zoek ging naar eten. Grand Cache bruiste, overal atleten en superatleten die vanuit het hele land gekomen waren en een aantal uit andere delen van de wereld. Overal in de stad checkten deelnemers in in hun hotel, hielden hun calorieëninname bij, namen lichte, makkelijk verteerbare voedingsmiddelen als energierepen en sportdrankjes tot zich, of rustten op bed, hun enkels strekkend of hun knieën rust gevend voor wat er in het verschiet lag.

Maar niet de oude man. Hij zat in zijn eentje in een pizzeria, at lasagne en dronk bier.

Het was al bijna elf uur, net na de schemering, toen hij terugkeerde naar de camper, het fornuis aanstak en water opzette. Hij opende zijn rugzak, haalde er een aantal aardappelen uit die hij op zijn rug had meegenomen en gooide ze in de pan om te koken. Daarna kroop hij onder een slaapzak, haalde zijn dagboek tevoorschijn en begon te schrijven: *Waarschuwing voor onweer morgen. Steekpartij in Frankrijk – 19 doden in Japan – de ziekte breidt zich uit.*

Het was bijna middernacht voordat hij in slaap viel.

*

Dag ging al vijftien jaar achter elkaar naar de Death Race om zijn lichaam uit te dagen. Hij rende sneller dan veel van zijn mededeelnemers, die bijna allemaal nog niet half zo oud waren. Hij had het record van zeven volbrachte races, iedere keer als de oudste deelnemer. Maar de laatste zeven jaar had hij de finish niet gehaald. Hoewel hij op zijn 75ste veel langzamer was dan op zijn 69ste, weigerde hij op te geven. Wanneer hij rende, deed hij dat voor de sport, voor zijn plezier en om te overleven.

Het had echter allemaal iets vergankelijks. Een notie dat als hij zou stoppen met rennen, hij zou ophouden te bestaan. Zoals een van de andere deelnemers zei was Dag 'een vluchtige, monnikachtige aanwezigheid' op de route. Zijn langzame maar vasthoudende stijl leek bijna spiritueel en riep vergelijkingen op met de legendarische Japanse monniken van de heilige berg Hiei die duizend marathons liepen in duizend dagen om verlichting te bereiken. Hij riep echter ook vergelijkingen op met een freak: een echte Wolverine die, net als de gekwelde mutant van de x-Men-strips, langzamer leek te verouderen en onmenselijke hoeveelheden pijn kon uitstaan en altijd maar doorging.

Hij leek zowel een geharde krijger als een wijze oude mysticus. Met name dat laatste beeld maakte hem geliefd bij de meeste mensen. Vooral als hij stopte bij een mederenner die dubbel stond van de pijn en op het punt stond in te storten. Hij zou aan hen verschijnen als een soort halfnaakte zeventigjarige messias, zijn figuur vervormd door hun door het zweet vertroebelde blik. Hij zette zijn voeten naast die van hen, legde zijn hand op hun schouder en zei iets wijs, enkele tijdloze wijze woorden.

Een van de wedstrijdlopers zou zich Dags woorden later herinneren als: 'Kijk naar beneden. Het maakt niet uit waar je voeten gisteren waren, of waar ze morgen naartoe gaan. Het gaat erom waar je voeten zijn op dit moment.'

De zon was nog niet boven de heuvels geklommen toen Dag zijn ogen opende. Hij keek op zijn horloge. Het was 5.43 uur – een vroege start van wat een van de zwaarste dagen van zijn leven zou worden. Terwijl hij water kookte voor oploskoffie, opende hij zijn dagboek en begon te schrijven: *Voel me goed op deze belangrijke ochtend. Geen saaie dagen.* Hij keek door het raam van de camper en naar de lucht. Daarna weer in zijn dagboek. *Bewolkt. Duimen dat het niet gaat regenen.*

Hij nipte van zijn koffie tot die op was. Hij stopte de gekookte aardappelen in zijn rugzak, trok zijn hardloopschoenen aan en ging op weg naar de startlijn, waar de andere Death Racers zich al snel verzamelden. Hij zocht zijn weg door de menigte van mannen en vrouwen die overal op hun benen kinesiotape hadden aangebracht. Hij hield er niet van de race ergens anders dan helemaal achteraan te beginnen. Zo kon hij in zijn eigen meditatieve ritme komen. Hij liep een eind van de startlijn vandaan en snoof het optimisme op van de nieuwelingen terwijl hij probeerde het geluid van de harde muziek uit de luidsprekers vlak bij hem te negeren. Hij luisterde liever naar zijn eigen hartslag tijdens het rennen. Twee slagen voor iedere stap, drie als hij heuvelop ging. Als hij eenmaal goed op gang was, voelde hij een synchronisatie tussen hart en geest, en dan zwoer hij zijn hartslag in zijn eigen hersenen te kunnen voelen. Dat was het moment dat de endorfine begon te werken en een runner's high creëerde, die hij zijn *gateway to clarity* noemde. Als hij eenmaal door die poort heen was, kon hij zijn tempo uren achter elkaar volhouden.

De klok telde af naar 8.00 uur, en toen drongen de jongere, meest competitieve lopers over de startlijn, beginnend aan een race die de meesten ongeveer 24 uur zou kosten om te voltooi-en. Niemand wist wat hem of haar te wachten stond, sommige lopers zouden als het donker werd onderkoeld moeten worden gered, terwijl anderen vanwege uitputting moesten worden behandeld.

Dag keek toe hoe de eerste paar honderd racers verdwenen in het bos, rennend over een modderig pad dat hen na 19 kilometer zou leiden naar een verlaten treinspoor en verder naar de voet van een 1800 meter hoge berg.

De kudde begon uit te dunnen en de race was al meerdere minuten onderweg toen hij eindelijk zijn stopwatch indrukte en in beweging kwam. Hij stak helemaal in zijn eentje de startlijn over, een oude man die nu al achterop was geraakt. Hij liep achteraan, kwam nu pas op gang.

Dag wist dat hij niet meer bewoog als vroeger, maar hij was vastbesloten zijn lichaam tot het uiterste uit te dagen, zo lang als het ging. Hij maakte zich er niet druk om dat zijn tempo lager werd. Hij wist gewoon dat zijn dagen als Death Racer op een gegeven moment voorbij zouden zijn, niet omdat hij de race niet aankon, maar omdat zijn lichaam te langzaam zou zijn om de eerste controlepost binnen de sluitingstijd te halen. Het vooruitzicht dat ze ooit tegen hem zouden zeggen dat hij überhaupt te oud was en te langzaam om te starten, liet hem koud. Omdat die dag nog ver weg leek.

De motivatie om steeds opnieuw naar de Death Race te gaan was nieuwsgierigheid en verlangen, niet zijn ego. Ondanks zijn gevorderde leeftijd was zijn beste finishtijd niet zijn eerste, maar zijn derde, toen hij, 64 jaar oud, de finish haalde na 20 uur en 56 minuten – een minuut en 54 seconden sneller dan toen hij 62 was. Waar hij met name naar verlangde was het magische gevoel dat hij vooral ervoer op de oefenpaden bij zijn bus als hij bij een herkenningspunt zijn stopwatch indrukte en hij zichzelf verraste met een snellere tijd dan hij jaren ervoor had gelopen. Hij leefde voor deze momenten, die steeds min-

Dag op 75-jarige leeftijd tijdens de 125 kilometer lange Canadian Death Race. (Met dank aan Derek Frankowski)

der vaak voorkwamen, omdat hij dan een verbinding voelde met iets bovennatuurlijks. 'Het is als het aanraken van de bron van de eeuwige jeugd,' vertelde Dag me eens. 'Juan Ponce de León zocht die op de verkeerde plek. Hij had niet naar Florida hoeven varen. Alles wat hij nodig had was een stopwatch, een dagboek en een paar hardloopschoenen.'

Acht uur later stond de zon hoog aan de hemel, maar hij was niet te zien achter een steeds dikker wordende wolkenwand die een koude grijze schaduw over het hele dal van de Sulphur River wierp. Het enige wat de 203 deelnemers van de race konden zien als ze omhoogkeken, terwijl ze zich een weg baanden door dat dal, waren de voortekenen van een onweersbui die vanuit het noorden kwam opzetten. Ze konden niets doen om de bedoelingen van de natuur te ontlopen. Dus moesten ze zichzelf voortslepen over de 125 kilometer aan modderige hellingen en uitputtende haarspeldbochten die de Death Race vormden.

Er waren grote risico's verbonden aan het lopen van zo'n lange afstand, maar niemand deed mee aan de Death Race in de verwachting te zullen sterven. Toch gaf de race, net als iedere ultramarathon, het gevoel dat je de dood tegemoetliep. Dat kwam ook door de realiteit dat het rennen van dergelijke afstanden veel meer vraagt van een mens dan de normale te verwachten slijtage aan gewrichten, spieren en banden. Er raken meerdere onderdelen van de interne functies van het lichaam verstoord, waarvan de bekendste de omleiding van bloed van de maag van de hardlopers naar hun spieren is, waardoor de spijsvertering stil komt te liggen en ze een overweldigende misselijkheid ervaren. Af en toe stonden lopers langs de route dubbel van de maagpijn of draaiden ze hun hoofd opzij om over de schouder over te geven tijdens het rennen. Anderen ervoeren tijdelijke blindheid wanneer hun hoornvlies opzwol door de vloeistof die zich daarachter ophoopt. En dan had je nog mensen die onderweg zo oververmoeid raakten dat ze begonnen te hallucineren. Deze lopers waren vaak een gevaar voor zichzelf, omdat ze onderweg dingen zagen en hoorden die niet echt waren, de wildernis in liepen en verdwaalden. Maar dat alles was niet zo zorgwekkend als het weer.

Door het koudefront dat vanaf de Noordpool aan kwam zetten was de lucht in een paar uur afgekoeld. Het was bijna 16.00 uur, en hoewel er technisch gezien nog zes uur daglicht zou zijn, was er een donker gordijn neergedaald. De wind huilde over de bergen toen de luchtdruk kelderde. Zo'n honderd lopers hadden de race al verlaten, en de deelnemers die nog steeds meedongen waren nu verspreid over 40 kilometer van de route. De meesten van hen bevonden zich laag, dicht bij de bodem van het dal. Maar men zag nog een eenzame man die puffend de helling op sjokte, een smal spoor volgend met langs de kanten edelweiss, keien en leisteen. Hij rende als een oude tractor, bestendig maar langzaam en bijna aan het eind van zijn geplande levensduur. Hij had al bijna acht uur lang op volle capaciteit gerend, zichzelf gedurende de middag de berg op werkend. Hij had onderweg al meer dan een kilometer hoogteverschil overwonnen. Hij kon het temperatuurverschil voelen tegen zijn huid, die begon te rillen van de kou. Hij kon ook zijn gewrichten voelen, die pijn begonnen te doen toen het al ontstoken weefsel in zijn knie, heupen, enkels en vingers begon uit te zetten en pijnscheuten door zijn lichaam stuurde. Hij had er veel last van, maar liet dat niet toe. Hij was moe, maar dat wist hij niet. En hij had honger, maar dat was hem niet aan te zien toen hij boven de boomgrens uitkwam richting de rotsachtige top van de Grande Mountain. Hij was meer dan 40 kilometer op weg maar had het duidelijk moeilijk door zijn leeftijd. Het was al zeven jaar geleden dat hij een Death Race had uitgelopen, en hoewel hij sindsdien bijna iedere dag had getraind, hadden de tussenliggende jaren hun tol geëist en was zijn tempo vertraagd. Hij kon nog steeds de afstand halen, maar hij was minstens tien jaar ouder dan alle andere deelnemers en liep steeds tegen de sluitingstijden van de controleposten aan.

Derek Frankowski en ik hadden Dags voortgang vanaf de zijlijn bijgehouden, door zelf een weg naar de controleposten te vinden, te voet of met de auto. We liftten een stuk de Grande Mountain op achter in een Suzuki Sidekick die op geen enkel moment uit de eerste versnelling opschakelde. De wind huilde door het dal onder ons toen we uit de truck stapten en op weg gingen naar de controlepost op de top van de Grande Mountain. We keken toe hoe Dag met slechts een paar minuten over de limiet haalde en het uitzicht in zich opnam zonder zijn pas te vertragen. Hij kon de regelmatige explosies van bliksem boven de bergen aan de horizon zien. Daarna kwam de donder. Hij telde de afstand in zijn hoofd. De regen was nog een paar kilometer verderop, maar hij wist dat als het eenmaal begon te regenen, het pad onder zijn voeten onvoorspelbaar en verraderlijk zou worden. Niet in staat zijn tempo te versnellen, liep hij aan de andere kant van de berg naar beneden.

Zijn passen waren wankel toen hij begon aan de afdaling, met een onzeker evenwicht tussen snelheid en controle terwijl hij zichzelf pushte de helling af te gaan. De afdalingen waren zwaar voor de knieën, rug en enkels van alle deelnemers, vooral voor de oudere, wier gewrichten minder smeermiddel bevatten en dunnere lagen kraakbeen hadden door de jaren van gebruik – een aspect van de vele manieren waarop een menselijk lichaam door de tijd desintegreert. De meeste toplopers bereiken hun piek tussen de 30 en 35. Daarna beginnen de spiermassa, botdichtheid en maximale zuurstofcapaciteit af te nemen. En hoewel enkele lopers op hun 50ste harder lopen dan op hun 35ste, is dat over het algemeen zo omdat ze toen ze jonger waren onder hun kunnen presteerden. Atleten die op hun top lopen zullen een geleidelijk verval ervaren vanaf hun 35ste, en als ze 50 zijn zullen ze ongeveer twee minuten en 45 seconden per jaar verliezen over een marathon van 42,2 kilometer. Na het zestigste levensjaar wordt de afname in de prestaties drastischer als de tred van de mens korter wordt en de kracht van de enkels vermindert.

Voor zover hij wist, lag de piek in Dags capaciteit als ultramarathonloper waarschijnlijk in de vroege jaren zeventig, toen hij begin dertig was. Maar hij was toen nog maar net begonnen met hardlopen en beperkte zichzelf tot eenvoudige marathons, terwijl hij ook een leven had als professioneel skiër in de winter en fulltimehouthakker in de zomer. Zijn eerste marathon liep hij in het noorden van Washington toen hij begin dertig was – met een spijkerbroek aan en zonder training. Hij eindigde net onder de vier uur, wat hem meteen bij de gemiddelde lopers van zijn leeftijdscategorie plaatste. Voordat hij vijftig was deed hij aan nog eens tien marathons mee. Aan het eind van zijn veertiger jaren waren zijn finishtijden rond de 3 uur en 20 minuten. Hij was snel genoeg om zich te kwalificeren voor de Boston Marathon, maar hij heeft nooit de moeite genomen mee te doen. Toen hij achter in de vijftig was, begon hij ook aan langlaufwedstrijden en tegen de tijd dat hij 61 werd, deed hij als wedstrijdskiër mee aan het Canadese kampioenschap en werd hij vierde in zijn leeftijdscategorie in de Masters World Cup langlaufen in Quebec, hoewel hij nooit een coach had gehad. En toen was er iemand die een flyer van de Death Race op de tafel klapte toen hij aan het eten was, en zei: 'Dit is waarschijnlijk iets waar je te oud voor bent.'

Dag was 62 toen hij naar de Grande Cache liftte en aan zijn eerste Death Race meedeed. Hij finishte na een afmattende 20 uur, 58 minuten en 16 seconden. Het jaar erna kwam hij over de finish in 23 uur en 48 seconden. Nog een jaar later, hij was 64, klokte hij zijn persoonlijke record: 20 uur en 56 minuten.

Tijdens die race rende hij een gemiddelde van zes kilometer per uur, wat betekende dat hij ongeveer 560 meter per uur meer aflegde dan in het jaar daarvoor. Dat persoonlijke record gebruikte hij als referentiepunt om zijn veroudering en achteruitgang bij te houden, tot hij in 2009 voor het laatst finishte in 23 uur, 5 minuten en 26 seconden, toen zijn tempo was teruggevallen tot ongeveer hetzelfde niveau als toen hij vijf jaar jonger was. Het was de laatste keer dat hij het hele circuit van 125 kilometer binnen de toegestane tijd van 24 uur kon afmaken.

Toch stopte hij nooit met proberen, en ieder jaar daarna dat hij niet finishte op de 125-kilometer, slaagde hij er wel in om de Near Death Marathon, een 49 kilometer lange ultraloop die al 7,8 kilometer langer was dan een reguliere marathon, uit te lopen. De Near Death Marathon was eigenlijk de eerste helft van de Death Race, met zijn eigen sluitingstijd van 9,5 uur, bedoeld om zowel de competitieve aard van de wedstrijd als de gezondheid van de deelnemers te waarborgen. In 2010 haalde Dag de Near Death Marathon met nog 45 minuten over. Die prestatie gebruikte hij als graadmeter om zijn lichaam uit te dagen toen hij de zeventig passeerde. In 2011 was hij zelfs sneller en kon hij 28 minuten van de tijd van het jaar daarvoor afhalen.

Hoewel Dag altijd de oudste persoon op de route was, raakte hij geïnspireerd door lopers die nog ouder waren dan hij en waren blijven meedingen in de traditionelere marathons over de hele wereld. Onder hen was de sikhmarathonloper Fauja Singh, die marathons op de weg liep. In 2011 werd hij tijdens de Toronto Waterfront Marathon de eerste honderdjarige die een georganiseerde marathon uitliep. Dag had over Singh gelezen in de *Globe and Mail*, het artikel uitgeknipt en ter inspiratie in een van zijn dagboeken geplakt. Singh was geboren in Brits India in 1911 en was als kind zo ondervoed dat hij tot zijn vijfde jaar niet kon lopen. Hij overleefde de opdeling van het land en de geboorte van het moderne India en was al over de gemiddelde levensverwachting heen toen hij midden jaren negentig begon met hardlopen als therapie na de dood van zijn vrouw, een zoon en een dochter. Hij deed op zijn 89ste aan zijn eerste georganiseerde marathon mee en haalde zijn persoonlijke record op zijn 92ste, toen hij meedeed aan de Flora London-marathon in 6 uur en 54 minuten.

Singh, die zijn fysieke levensduur toeschreef aan onthouding van roken en alcohol en aan een vegetarisch dieet, woonde in een buitenwijk van Londen, trainde voornamelijk op asfalt en leefde van een eenvoudig dieet van *phulka* (holle broodjes), dal, groene groenten, yoghurt en melk. Vergeleken met Dag behandelde Singh zijn lichaam als een tempel. 'Ik drink veel water en thee met gember,' vertelde hij aan een verslaggever van de *Indian Express* in 2004. 'Ik ga vroeg naar bed en denk aan de naam van mijn *Rabba* [God], want ik wil al die negatieve gedachten niet in mijn hoofd krijgen.' Net als Dag begon Singh iedere dag met een langeafstandsloop en net als voor Dag was dat voor hem bijna spiritueel. 'De eerste 30 kilometer zijn niet zo moeilijk,' zei Singh over zijn ervaringen als marathonloper. 'Tijdens de laatste 12 kilometer praat ik tijdens het rennen altijd met God.'

Dag praatte niet met God tijdens het rennen, maar hij had het wel over persoonlijke transcendentie, wat hij lastig vond te omschrijven, anders dan door te zeggen dat als hij bijna helemaal uitgeput was hij zich het dichtst bij zijn eigen sterfelijkheid voelde. 'Ik moet doorgaan tot mijn uiterste grenzen, om die grenzen te kunnen accepteren,' zei hij.

Hij zag leeftijd meer als een 'gemoedstoestand' dan als een bepaald getal. Hij had artikelen gelezen – die hij dan ook uitknipte en in zijn dagboeken plakte – over wetenschappelijke onderzoeken, volgens welke leeftijdgebonden aftakeling meer een bijwerking was van een zittende levensstijl dan van veroudering. Hij leefde volgens het geloof dat hij zijn aftakeling kon ombuigen door meer te trainen. En daarom rende hij zoals weinig anderen op deze planeet dat doen, en niemand van zijn leeftijd. Hij versleet tweeënhalf paar hardloopschoenen per jaar sinds 1978, het jaar dat hij begon dergelijke dingen bij te houden. Zo wist hij dat de Hoka's die hij droeg het vijfentachtigste paar was dat hij had gekocht in een lange reeks van schoenen die hij had gebruikt om de honderdduizenden kilometers van de afgelopen veertig jaar af te leggen.

Hoewel hij accepteerde dat hij langzamer bewoog, probeerde Dag de totale afstand die hij ieder jaar bereikte vast te houden door gewoon meer uren te trainen. Vroeger kon hij gemakkelijk 10 kilometer rennen in 40 minuten, nu doet hij er een uur over. Hij had ooit gelezen dat de gemiddelde mens zo'n 2200 kilometer per jaar loopt, wat betekende dat die in ongeveer achttien jaar tijd rond de wereld zou kunnen lopen. Dag daarentegen rende zo'n 8000 kilometer per jaar. Hij had zitten rekenen en was tot de conclusie gekomen dat hij, ondanks zijn leeftijd, iedere vijf jaar de gehele evenaar rondliep. Hij had zijn dagboeken om het te bewijzen.

Het is bijna niet te geloven, maar volgens mijn berekeningen heeft hij in zijn hele leven genoeg kilometers gemaakt om de afstand tussen de aarde en de maan te halen. Dag schudde verbijsterd zijn hoofd toen ik hem vertelde hoeveel kilometers hij had afgelegd. Toen glimlachte hij en citeerde hij vrij naar zijn jeugdheld Fridtjof Nansen, de Noorse ontdekkingsreiziger die de eerste oversteek over Groenland op ski's leidde: 'Als het moeilijk is, doe ik het zo weer. Als het onmogelijk is, duurt het wat langer.'

De tijd zit iedereen op de hielen, maar als de tijd een professionele sporter inhaalt, kan het moeilijk zijn om dat aan te zien. Daarom zie je de meeste grote namen in de sport gewoon uit de spotlights verdwijnen als ze het deelnemersveld verlaten, om buiten beeld te verouderen. En daarom staan Derek, ik en anderen op 31 juli 2016 om 17.25 uur op de 49 kilometercontrolepost van de Death Race vurig te hopen dat de oudste deelnemer vóór de tijdslimiet van 9,5 uur tevoorschijn komt. Hij was nog lang niet in zicht, maar passeerde net een begraafplaats toen de onweerswolken zich boven hem samenpakten. De huid van zijn blote benen trok samen door de kou terwijl hij zichzelf voortstuwde voorbij de begraafplaats en weer terug de stad in. Zijn schoenen hielden het niet, zijn tenen bloedden door zijn wollen sokken heen. Hij kon bij iedere stap die hij in het grind zette het vochtige bloed op zijn voeten voelen afkoelen, op de enige weg terug de Grande Cache in.

Derek en ik wachtten vlak bij het centrum van de plaats, naast een verzorgingspost waar een hardloper van middelbare leeftijd stond te bibberen onder een thermische deken. Steeds meer deelnemers vielen uit nu de temperatuur tot het vriespunt daalde. De radio van een official begon te kraken. 'Er staat een flinke wind op de top van Hamell,' zei de stem. Mount Hamell was de volgende hoge top op Dags route – een berg van 2100 meter hoog, de hoogste top van de Death Race – maar ondanks zijn prachtige aardlagen en een sensationeel uitzicht gaf hij totaal geen bescherming tegen de elementen. Op de route naar de top van de berg groeide nauwelijks iets wat hoger was dan gras. Nog een stem over de radio. Deze zei dat de organisatie zich voorbereidde op het terughalen van deelnemers die op de berghelling waren gestrand.

Een geweldig geraas van de donder echode door het dal. Een official keek op de raceklok en daarna naar de open weg. Het was 17.26 uur, 9 uur en 26 minuten na de start van de race. Er kwam net een skeletmager figuurtje over de horizon. Zijn tempo was stabiel maar langzaam – nog hetzelfde als zeven uur eerder toen ik hem langs een verlaten spoorbaan zag rennen.

Zijn voeten sjokten over het wegdek en hij neuriede weer: 'As Time Goes By'.

De raceklok wees 9:29:31 aan op het moment dat Dag de 49 kilometerpost passeerde. Hij had de limiettijd gehaald met nog 29 seconden over. Iemand bood hem water aan. Hij nam een slok, gaf het kartonnen bekertje terug en stond stil met zijn handen in zijn middel en keek naar de onweersstorm boven de Hamell. Het zou nog 21 kilometer zijn naar de volgende controlepost. Ik wist, en hij wist, net als de officials die naar hem keken, dat hij, als hij verderging met de race, bij de volgende limiet zou worden gediskwalificeerd. Hij keek terug naar de verzorgingspost.

'Ik denk dat dit wel ver genoeg is voor één dag,' zei hij.

Hij hief zijn armen, vulde zijn longen met de koude lucht, keek naar zijn tijd op de raceklok en schudde zijn hoofd. Het was de slechtste tijd die hij ooit had geklokt.

'Kijk nou,' zei hij. 'Een nieuw record om te breken.'

5

OVER OUDER WORDEN

Lijfsbehoud is het antigif tegen paniek.

DAGS DAGBOEKEN

Dag liep op en neer in een donkere en muffe stacaravan, luisterend naar de donder en naar de regen die boven hem op het dunne metalen dak kletterde. De caravan was van een inwoner van Grande Cache die hem erin liet slapen zolang hij in de stad was voor de race. Dag had een sixpack warm Kokanee-bier opgedronken en keek nu naar de bliksem die zijn spiegelbeeld in het raam weergaf. Derek en ik hadden gezien hoe hij zijn lichaam overbelast had in de race en zaten nu bij hem terwijl hij zichzelf in slaap dronk. Er waren zes uur voorbijgegaan na zijn opgave in de Death Race, wat zijn laatste zou blijken te zijn. Nog eens 120 deelnemers ondergingen hetzelfde lot – meerdere waren gered van de berghelling van de Mount Hamell toen de temperatuur ineens onder het vriespunt dook en de regen in sneeuw veranderde. Er waren nog steeds 84 lopers bezig, de storm trotserend, af en toe tijdens het rennen schreeuwend tegen de ijzel, wat ze maar nodig hadden daar om zichzelf te kunnen motiveren.

Een deel van Dag had daar nog graag bij willen zijn. Hij was naar Grande Cache gereisd met de droom te doen wat niemand anders voor mogelijk had gehouden: de volledige Death Race van 125 kilometer uitlopen op 75-jarige leeftijd. Hij had getraind om het te halen en hij had de energie ervoor. Maar de omstandigheden waren te gevaarlijk, en nu werd hij dronken.

Het was vlak voor middernacht toen Derek en ik de trailer verlieten en door de regen terug renden naar ons motel. Dag viel kort na ons vertrek in slaap. Toen hij wakker werd was het nog donker, maar het was gestopt met regenen. Hij had met zijn schoenen aan geslapen, en toen hij opstond kroop hij snel de trailer uit en ging op weg naar de finish. De race naderde zijn twintigste uur en hij wilde bij de finish zijn als de deelnemers binnen zouden komen. Bij aankomst was er al een loper binnen. Hij zat onder de modder en hield zijn borst vast om warm te blijven, terwijl verzorgers een deken over zijn schouders legden. Dag keek toe hoe een andere loper de finish naderde en ineenkromp toen hij over de lijn kwam. Vanaf nu kwam er iedere tien minuten iemand binnen; veel van hen zagen er verslagen uit, zelfs in hun triomf. Dag keek toe hoe familieleden en vrienden van de deelnemers hen warm omhelsden. Hij stond daar alleen en apart van de groep, en toen draaide hij zich weer om en begon te rennen door de straten. Zijn benen waren stijf, zijn voeten rauw. Hij voelde zich futloos, maar hij bleef zichzelf voortduwen, terwijl zijn lichaam worstelde om de alcohol van de nacht ervoor kwijt te raken. Hij stond zichzelf niet toe om zich op de pijn te richten en bleef zich in plaats daarvan focussen op de omgeving. In het oosten kwam de zon al bijna over de bergen. De dag brak aan en Dag was alweer op pad.

Tegen negenen had hij zijn rugzak opgehaald en was hij klaar voor de lange weg terug naar huis. Ik kwam hem tegen, alleen op een bank in een koffiezaakje. Hij schreef zijn ervaringen van de vorige dag in zijn dagboek.

Je kunt geen deelname aan de Death Race kopen, je moet hem ervaren, schreef hij op. *Zo ken je weer je plaats in de samenleving.* Daarna schreef hij een zin die belangrijk voor hem leek: *Middelmatigheid verteert kwaliteit.*

Hij zat helemaal over zijn pen gebogen om deze letters te laten opvallen op de bladzijde, toen ik naast hem kwam zitten, goedemorgen zei en vroeg hoe hij zich voelde.

Het effect van een ultramarathon op het menselijk lichaam kan in één woord gezegd worden: traumatisch. Een hardloper kan ruim een centimeter krimpen doordat de spieren in de rug verstrakken en de vloeistof die het lichaam nodig heeft van de tussenwervelschijven wordt weggeleid. Het kan dagen duren voordat het vochtgehalte weer op het oude niveau is en de hardloper weer op normale lengte. Alleen al de duur van de uitputting die erbij komt kijken kan schade veroorzaken aan organen als het hart, de lever en de nieren. De schade is meestal tijdelijk. Het langdurige tekort aan basisvoedingsstoffen veroorzaakt zijn eigen problemen, net als het afwisselend stijgen en dalen in deze wedstrijd, dat een verwoestende uitwerking kan hebben op de spieren van hardlopers. De meeste schade wordt vaak aangericht tijdens de afdalingen, wanneer de spieren samentrekken terwijl ze onder het gewicht van iedere stap juist lang zijn. Dat geeft een wiebelig gevoel waardoor lopers zichzelf afremmen terwijl ze tegen de zwaartekracht moeten werken. De afremmende beweging veroorzaakt miljoenen scheurtjes in de vezels van de spieren op moleculair niveau, waarbij markers voor celbeschadiging zich in het bloed ophopen. Deels hierom raden zorgverleners iedereen die zijn lichaam heeft blootgesteld aan zo'n verwoestende inspanning aan om een aantal weken uit te trekken voor herstel.

Dag moest hoesten toen hij goedemorgen zei. Hij schraapte zijn keel, kwam even op adem en hield vol dat hij zich fantastisch voelde. 'Mijn knieën waren wat stijf toen ik wakker werd, dus ik ben voor een ochtendrondje gegaan,' zei hij. Dat antwoord was Dag ten voeten uit, maar was toch moeilijk te geloven. Hij had de vorige dag bijna negenenhalf uur gerend, de schok van meer dan 75.000 stappen opgevangen, zichzelf in slaap gedronken, om voor zonsopkomst alweer op te staan en op pad te gaan.

Ik bood aan om hem een stuk op weg naar huis te brengen. We verlieten Grande Cache en reden naar de grote weg, naar het zuiden op bochtige wegen tot aan Jasper. De reis voelde definitief; een besef, bij mij tenminste, dat hij misschien nooit meer terug zou komen om mee te doen aan een Death Race. Het leek twijfelachtig dat hij ooit nog zou meedingen als hij nu al tot op een paar seconden tegen de vaststaande tijdslimieten van de race aan schurkte.

Ik vroeg hem of het hem verdriet deed te weten dat hij in wezen te oud was voor de race. Hij hief zijn kromme vingers voor zijn kin, alsof hij een concept wilde vastgrijpen dat hij met zijn artritishanden had gevormd.

'Je moet niet blijven hangen in wat voorbij is,' zei hij. 'Om te blijven leven moet je gewoon doorgaan. Je zult een dier nooit lang bij een kruispunt zien staan.'

Toen liet hij zijn handen weer zakken en deed een greep in de rugzak die hij tussen zijn voeten had vastgeklemd. Hij haalde er de weekendeditie van de *Globe and Mail* uit, pakte toen een pen uit het etui dat ook dienstdeed als portemonnee. Op de voorpagina van de krant tekende hij wat leek op de doorsnede van een neergaande trap. 'Dit is hoe ik probeer te leven,' zei hij. Elke trede was een plateau dat een periode of moment in zijn natuurlijke aftakeling representeerde. 'De piek heb ik achter me gelaten, maar de plateaus liggen nog voor me. Alle tijd die ik op zo'n plateau mag doorbrengen is een geschenk, vooral op mijn leeftijd.' Hij drukte met de pen op een van de plateaus die hij getekend had en schreef er de cijfers 9:29:31 bij. 'Dit is waar ik nu ben. Misschien sta ik aan het begin van het plateau, misschien sta ik aan het andere eind.'

'Bestaat er niet een punt waarop je denkt dat je met dit alles zult stoppen?' vroeg ik. 'Gewoon, het rustig aan doen?'

'Rustig aan doen?' antwoordde hij. 'Iedere dag mogen we kiezen tussen iets misschien wel voor de laatste keer doen of het helemaal niet te proberen. Dat is ouder worden. Misschien kan ik nooit meer doen wat ik gisteren deed, maar ik blijf het proberen,' zei hij. 'Ik kies ervoor zo te leven en niet op een bank met een afstandsbediening in mijn hand.'

Daarna zei hij iets wat me bijgebleven is.

'De tijd doet er het meest toe wanneer de tijd begint te dringen.'

*

De lucht was grijs toen we de Yellowhead Highway af reden. Dag drukte zijn hand tegen het raam. Toen deed hij het raampje open. Een luchtvlaag trok door de gehuurde Chevy. Hij ademde diep in en stak zijn hoofd naar buiten richting de gebeeldhouwde bergen die dichter bij de weg kwamen naarmate we Jasper naderden. De lucht was fris. Hij opende zijn ogen en liet de wind langs zijn gezicht waaien. Vervolgens deed hij het raam weer dicht en keek naar voren.

'Wil je het geheim van een lang leven weten?' vroeg hij.

'Zeker,' antwoordde ik.

'Vul je leven niet met dingen om je zorgen over te maken. Als je je over één ding zorgen gaat maken, ga je je over alles zorgen maken. Het weer, geld, andere mensen, je auto, je huis, het gras.'

'Denk je dat je kinderen zich zorgen maken over jou?' vroeg ik.

We hadden het in ons vorige gesprek niet over zijn kinderen gehad. Ik wist dat hij er drie had uit zijn huwelijk, maar ik wist niet of hij er ook meer had. Ik had begrepen dat slechts één van zijn kinderen nog met hem wilde spreken. De anderen spraken al jaren niet meer met hem. Ik wist niet wat de reden was van de onmin, maar ik vroeg me af of het misschien een onontkoombare consequentie was van het hebben van een oudere vader die in de wildernis woonde en alleen af en toe contact maakte als hij de stad in rende en een betaaltelefoon tegenkwam. Zijn jongste dochter was de enige met wie hij nog contact had. Ze wist nooit wanneer hij haar zou bellen, en als hij dat deed was dat meestal met een onbekend nummer. Ze had zich al lang geleden ingesteld op de mogelijkheid dat hij op een dag helemaal niet meer zou bellen, of erger nog, dat ze zou opnemen en een vreemde haar zou bellen en ze zou vernemen dat een wandelaar ergens in het bos over Dags stoffelijke overschot was gestruikeld.

Het was me niet duidelijk of Dag wel begreep hoe belastend zijn manier van leven was voor zijn kinderen. Maar het was wel duidelijk dat hij er voor hen niets aan wilde, of kon, veranderen. Zijn vrijheid was onmisbaar voor zijn gevoel van eigenwaarde, en hij kon geen reden bedenken waarom iemand bezwaar zou hebben tegen zijn manier van leven. In Dags eigen gedachtewereld was hij niet arm of dakloos. Hij had 1540 dollar op de bank staan en kon leven van de uitkering van Canada's Old Age Security-pensioen en van het Canada Pension Plan, waarvan hij elke maand 1700 dollar ontving, oftewel 20.400 dollar per jaar. Het grootste deel van dat geld besteedde hij aan eten, bier en leesvoer, en hoewel hij nooit rood stond bij de bank, kon hij zich ook geen verandering van leefstijl permitteren als hij dat zou willen.

'De gevaarlijkste plaats op aarde is de comfortzone,' zei hij tegen me. 'Daar ga je dood aan. Ik snap niet dat iemand zich zorgen maakt om mij. Sommige mensen zien mij en denken: die man heeft hulp nodig. Maar ik heb niemands hulp nodig. Ik ben onafhankelijk. Niet iedereen ziet dat, want ze zien mijn kleren of mijn haar of de stok die ik over mijn schouder draag en ze kunnen niet begrijpen waarom ik glimlach. Nou, ik lach omdat ik gelukkig ben. En ik ben gelukkig omdat ik mijn leven leef zoals ik dat wil.'

Toen vertelde hij me het verhaal van zijn adoptievader. Dat die er altijd jong uit had gezien, tot hij vijftig werd. 'Toen vertelde iedereen hem dat hij oud was,' zei Dag. 'En hij maakte de fout het te geloven.' Dag wees naar zijn eigen hart. 'Dus werd hij ook oud, vanbinnen. Onze samenleving behandelt oude mensen als kinderen. We doen neerbuigend tegen ouderen. Het is alsof de samenleving zegt dat je niet meer meetelt als je een bepaalde leeftijd hebt bereikt.'

Hij werd stil en we staarden beiden naar de weg voor ons. Ik vroeg nogmaals naar zijn kinderen. 'Heb je drie kinderen?' vroeg ik.

Hij bleef naar buiten kijken terwijl hij hun individuele successen opsomde. De oudste was getrouwd, had haar eigen kinderen en woonde op een boerderij in Saskatchewan. Hoewel hij het niet zei, had hij haar al twintig jaar niet gezien en haar kinderen nog nooit. Dag wist dat hij opa was geworden, maar wist niet hoe zijn kleinkinderen heetten. Zijn twee jongste kinderen waren een tweeling: een jongen en een meisje. Zijn zoon heette Hans. Hans was getrouwd en woonde in het zuidelijke deel van Okanagan. Dag had Hans vaker genoemd, maar hij liet nooit merken dat ze elkaar al tien jaar niet hadden gezien.

Toen deelde Dag iets onverwachts met me. Hij had nog een kind. Nog een jongen waarvan Dag niet wist hoe hij heette. Het kind was voortgekomen uit een korte relatie met een Chileense vrouw die hij had leren kennen toen hij in Santiago werkte als ski-instructeur. Hij zei dat hij vaak aan haar en hun zoon dacht, maar dat hij geen idee had hoe hij een van hen zou kunnen bereiken. Hij dacht overigens dat het sowieso geen goed idee was. Er waren al vijftig jaar voorbijgegaan sinds het kind was geboren, en voor zover hij wist, wist de jongen niet eens dat Dag zijn vader was. Dag woonde alleen in Whistler toen hij een brief bij de post vond, helemaal uit Chili. Er zat een zwart-witfoto in van een kind. Er stond geen adres in de begeleidende brief. Achter op de foto stonden twee woorden: TU HIJO stond er in het Spaans. Jouw zoon.

Het was vroeg in de middag toen we eindelijk Jasper binnenreden. Onderweg hadden we wilde steenschapen en elanden gezien en een eenzame grijze wolf die midden op de weg stilstond. Ik remde voor de wolf en keek toe hoe hij geen stap sneller liep, zijn route niet aanpaste of ook maar enigszins aangaf zich bewust van ons te zijn.

'Het lijkt wel alsof hij niet eens weet dat we hier zijn,' zei ik.

'Hij weet het,' zei Dag. We keken toe hoe de wolf langzaam verder de helling op liep het kreupelbos in. Toen gingen we weer verder. Ik parkeerde de auto en zag bij het uitstappen dat Dags arm helemaal onder het opgedroogde bloed zat. Zijn huid was papierdun en zat vol blauwe plekken, hij was tijdens de race vast ergens achter blijven haken.

'Je bent gewond,' zei ik.

Hij draaide zijn arm heen en weer en keek naar het bloed. Het zat over zijn hele elleboog en arm en leek uit zijn biceps te komen.

'De onderdelen zijn oud,' zei hij. 'Maar de machine doet het nog. Het zal weer genezen.'

6

DE VERHALEN DIE WE NIET VERTELLEN

Hoe meer identiteiten een man heeft, des te meer ze uitdrukking geven aan de persoon die ze verbergen.

JOHN LE CARRÉ, *TINKER, TAILOR, SOLDIER, SPY* (*EDELMAN, BEDELMAN, SCHUTTER, SPION*)

Ik was klaarwakker, starend in het duister op de nachtvlucht terug naar Toronto, nadat ik nog drie dagen in Dags omgeving had doorgebracht. Ik had hem tot Jasper meegenomen. We namen afscheid bij een spoorweg, waarna ik terugreed om een vliegtuig te nemen vanuit Edmonton. Toen ik hem achterliet vroeg ik me af of ik hem ooit nog terug zou zien. Ik begon Dag te zien als de meest anomale persoon die ik ooit had ontmoet. Eerder had ik mezelf ervan overtuigd dat ik de fysieke behoeften van zijn manier van leven begreep, maar de emotionele en mentale complexiteit van zijn situatie waren compleet aan me voorbijgegaan. Hij was een oude man die zijn lichaam uitputte alsof het eeuwig mee zou gaan. En hij was wat velen zouden beschouwen als een dakloze die ervoor koos in het bos te leven. Hij was een wees die niet wist waar hij vandaan kwam. Bovendien was hij een vader die niet eens al zijn kinderen kende.

Hij was niet meer alleen maar het onderwerp van een verhaal dat op mijn bureau lag. Hij begon verweven te raken met mijn eigen bewustzijn van hoe de pijn en het verdriet van de ene generatie worden doorgegeven aan de volgende.

Toen ik besloot over hem te schrijven, was ik niet van plan zelf onderdeel van het verhaal te worden. Maar hoe meer tijd ik met hem doorbracht, des te meer ik besefte dat mijn journalistieke belangstelling voor het oplossen van de mysteries die aan de basis van Dags leven lagen, werd gedreven door mijn eigen falen om enkele mysteries in de kern van het mijne op te lossen.

Voordat ik me bij Dag voegde tijdens de Death Race, was ik met mijn zeventigjarige vader een roadtrip van Dallas naar Toronto begonnen. We reden naar het noorden langs Route 66, onderweg de staten Oklahoma, Missouri en Illinois doorkruisend voordat we Chicago binnenreden, de stad van mijn grootmoeders jeugd. We vonden de weg naar het huis waar ze was opgegroeid en herstelden het contact met de oorsprong van onze familie. Daarna reden we verder naar de grens tussen de VS en Canada. Op onze laatste reisdag reden we door Brantford, Ontario, waar mijn vaders vader geboren was en waar hij al sinds november 1967 rustte onder een dennenboom. Mijn grootvader was een gewelddadige alcoholist die zichzelf van zijn hele familie had afgekeerd, inclusief mijn grootmoeder, die hem in 1966 na 32 jaar huwelijk had verlaten. Hij was gestorven aan een hartaanval in de passagiersstoel van een Mercury op de parkeerplaats van een ziekenhuis, waarna hij mijn grootmoeder, mijn vader en mijn tante liet zitten met jaren aan psychologische bagage om uit te pakken. Mijn grootvader was als halfwees geboren, nadat zijn vader een paar maanden eerder in een ziekenhuis in Buffalo, New York, was gestorven aan tuberculose. Als enige erfgenaam van het familiebezit erfde hij toen hij negentien werd een grote som geld. Maar gedurende de Grote Depressie verloor hij het grootste deel van die rijkdom op de aandelenbeurs, en tegen het midden van de jaren dertig was hij overgeplaatst naar India, samen met mijn grootmoeder, om als ingenieur te werken in Calcutta. Toen de

Tweede Wereldoorlog uitbrak was er weinig geld over van de erfenis, en toen hij na de oorlog terugkwam uit Duitsland zat hij vol met woede. Hij bracht de volgende twee decennia door met een vrouw en kinderen die leerden om bang voor hem te zijn. Mijn grootvader heeft nooit de tijd genomen om zijn zoon (mijn vader) te leren kennen voordat hij plotseling stierf op die parkeerplaats. Ik werd pas zestien jaar na zijn dood geboren, maar ik begreep vanaf zeer jonge leeftijd dat mijn eigen jeugd gevormd was door de littekens van mijn vaders opvoeding en de onverwerkte problemen die hij gedurende zijn leven had meegedragen.

Aan het eind van mijn grootmoeders leven vertelde ze mijn vader dat hij, ondanks alles wat hij dacht te weten over zichzelf, niet echt zijn ouders' eerste kind was. Ze vertelde hem dat er nog twee kinderen waren geweest maar dat die in India waren overleden. Ze vertelde hoe ze hadden geheten maar hij was te geschokt om vragen te stellen over hun leven en de omstandigheden van hun dood. Mijn vader en zijn moeder meden het onderwerp van de kinderen verder, en toen mijn grootmoeder stierf, stierf ook de enige kans op duidelijkheid. Later vroeg ik me af hoeveel invloed de dood van deze kinderen gehad had op de disfunctionele opvoeding van mijn vader en hoe zijn opvoeding weer die van mij had beïnvloed. Op zoek naar antwoorden ging ik naar Calcutta om over christelijke begraafplaatsen te dwalen, op zoek naar de graven van mijn ooms. Ik heb niets kunnen vinden.

Dit alles heeft mijn kijk op de wereld als journalist gevormd. Vaak eindigde ik een interview met mensen door te vragen naar hun jeugd en over de dingen die ze hadden geërfd van degenen die hun voor waren gegaan. Ik was me niet altijd bewust van het waarom van deze vragen, maar het leverde me een verzameling gepubliceerde verhalen op over mensen wier ingewikkelde jeugd hun leven had bepaald. Hoewel ik nog niet begreep waarom, was ik me er genoeg van bewust dat de complexe relatie met mijn vader en die met mijn vaders vader hadden bijgedragen aan mijn verlangen Dag te helpen op zijn zoektocht naar zijn afkomst.

Het duurde bijna twee jaar sinds ons afscheid in Jasper tot ik Dag weer zag. Twee jaar lang waarin ik me af en toe afvroeg of hij er nog was, dag en nacht rondrennend in de wildernis. Om de paar maanden belde ik, brandend van nieuwsgierigheid, naar de sportbar, waar zijn foto naast de deur hing en vroeg of iemand hem had gezien. Er gingen weken voorbij tot mijn telefoon onverwacht overging en ik 'Onbekend nummer' las. Soms stond ik in de rij in de supermarkt, soms in een klas vol studenten journalistiek. Meestal miste ik de oproep. Dag liet altijd een boodschap achter op mijn telefoon. De boodschappen waren meestal ongeveer hetzelfde. Hij begon zijn voicemails met uitleggen hoe hij een paar weken eerder naar de stad was gerend en mijn boodschap had gekregen in de bar. Daarna was hij weer een paar weken in het bos verdwenen en belde pas de volgende keer dat hij een betaaltelefoon tegenkwam.

In de lente van 2018 was hij 77 jaar oud en aan het bijkomen van een aantal blessures. Toen belde hij mij. Tijdens dat gesprek hadden we het uiteindelijk over wat hij wel en niet wist over waar hij vandaan kwam en het waarom. Ik bood hem opnieuw aan te helpen zoeken naar informatie over zijn biologische ouders. 'Denk je echt dat er iets te vinden is?' vroeg hij. Ik zei dat ik het niet wist, maar dat ik als hij echt wilde weten waar hij vandaan kwam, bereid was te helpen. Hij waardeerde mijn aanbod en gaf me carte blanche om contact op te nemen met al zijn familie en vrienden, als ik dacht dat dat zou helpen om meer te weten te komen over zijn ouders. 'Ik geloof niet dat je iets gaat vinden,' zei hij. 'De papieren die je zoekt werden waarschijnlijk weer meegenomen naar Berlijn en zijn al lang geleden verbrand.'

En zo begon ik met het sturen van brieven en e-mails naar Dags oude vrienden en familie, en naar ambtenaren aan de andere kant van de wereld, om navraag te doen naar een jongen die op een dag midden in de oorlog zomaar opdook op een Noorse boerderij. Het zou lange tijd duren voordat ik de details van de eerste jaren van zijn leven kon achterhalen. En het duurde nog langer voordat ik begreep hoe deze details hem hadden gevormd tot de oude man die ik had leren kennen.

Na zijn aankomst op de boerderij zou het kind dat bekend zou worden als Dag maandenlang geen woord zeggen. Niet tegen de man en de vrouw die hem hadden meegenomen uit de hoofdstad. Niet tegen de houtvester die in een van de blokhutten op het land van het echtpaar woonde en die in de bossen werkte. De bossen strekten zich uit naar het westen vanaf het dal met de rivier tot in de heuvels achter de witte houten herenboerderij, die het thuis werd voor de jongen vanaf het moment dat zijn adoptieouders hem naar binnen droegen. Tot ze hem op een dag, zes jaar later, van de vloer van zijn slaapkamer oppakten en hem voor zijn eigen veiligheid meenamen naar de andere kant van de wereld. Nee, de recentelijk omgedoopte jongen sprak met niemand.

Zijn nieuwe ouders konden maar niet begrijpen waarom hij weigerde te praten. Hij was nog maar een peuter en hij was zeer spraakzaam geweest toen ze hem hadden ontmoet in het weeshuis naast de gevangenis, midden in het door de nazi's bezette Oslo. Zijn eerste woordjes waren echter verloren gegaan in de wereld die hij had achtergelaten. De eerste jaren van zijn leven had hij samen met zijn geboortemoeder doorgebracht in een hotel in Oslo. Het hotel was een heel stratenblok breed en lag in wat een bruisende, centraal gelegen wijk van het Duitse regime was geworden. Er waren in Noorwegen tijdens de bezetting acht keer zoveel Noren als Duitsers, maar de tekenen van de bezetting waren overal. Barricades in de straten hielden een vrije doorgang van burgers tegen, er dobberden onderzeeërs in de havens naast slagkruisers en transportschepen, terwijl de Gestapo 's nachts langs de deuren ging om vijanden van het Reichskommissariat Norwegen – het Duitse civiele regime – mee te nemen om te worden ondervraagd en gemarteld. Ondertussen woonde de meedogenloze Duitse tiran Josef Terboven in weelde in de voormalige residentie van de Noorse kroonprins. Als leider van het Duitse bestuur in Noorwegen overzag Terboven alles, van moordpartijen tot concentratiekampen, tot het bestuur van Vidkun Quislings incapabele marionettenregering.

Terbovens heerschappij was berucht om de nachtelijke verdwijningen van Noorse mannen. Sommigen zouden weer ergens opduiken, niet in staat of onwillig te vertellen wat er met hen gebeurd was. Anderen werden nooit meer gezien. Zo ging het er in Oslo aan toe in de eerste jaren van Dags leven.

In de hoofdstad heerste de angst, maar de nazi's hadden zeker niet de totale macht over het land. Kort na de invasie ontstond er een georganiseerde verzetsbeweging. Eerst ging het slechts om leraren en leerlingen die paperclips op hun revers droegen om hun band met de verbannen koning uit te dragen. Daarna waren het vrouwen die patriottische sieraden maakten van Noorse munten. Aan het oog onttrokken had je echter de gewapende partizanen die zich hadden georganiseerd in wat bekend werd als het Noorse Hjemmefronten ('Thuisfront').

De mensen van het Hjemmefronten waren saboteurs en commando's die werden opgeleid door Britse officieren van de inlichtingendienst. Hun successen werden afgestraft door een aantal Duitse tegenacties die delen van Noorwegen totaal verwoest achterlieten. Nadat leden van het Hjemmefronten in een dorp in het midden van Noorwegen twee Duitse politieagenten overvielen, antwoordde Terboven met het uitroepen van het oorlogsrecht en beval de executie van tien prominente inwoners als 'verzoeningsoffer'. Dat was in oktober 1942. Zes maanden eerder hadden de Duitsers een kustplaatsje compleet met de grond gelijkgemaakt, nadat ze ontdekt hadden dat het dorp door de Britten opgeleide commando's had geholpen die Noorwegen infiltreerden aan boord van vissersboten. De represailles zorgden ervoor dat de Noorse bevolking verdeeld raakte. Aan de ene kant had je de collaborateurs die hadden gekozen voor de Duitse zaak. Aan de andere kant stonden de mensen die hadden gezworen met alle mogelijke middelen tegen de nazi's te vechten.

Ondanks alle militaire macht en autoriteit bleven de Duitsers in Noorwegen kwetsbaar, want het aantal Noorse patriotten was veel groter dan het aantal nazicollaborateurs. De grootte en reikwijdte van het verzet was een constant probleem voor de Duitsers, maar ook een bron van angst onder de collaborateurs, met name degenen die zichzelf niet makkelijk konden verdedigen. Er waren maar weinigen kwetsbaarder dan de moeders met kinderen van Duitse militairen. Het kon in Oslo gevaarlijk zijn op straat voor vrouwen van wie gedacht werd dat ze met de vijand sliepen.

Mede hierom importeerden de Duitsers het programma dat ze Lebensborn noemden naar Noorwegen. In een aantal in beslag genomen hotels kregen de geselecteerde moeders een leven dat veel minder hard was dan in de rest van Oslo, waar burgers langzaam stierven van de honger. De verontwaardiging onder de algemene bevolking groeide snel, aangezien men gedwongen was te overleven op rantsoenen van bijna de helft van hun calorie-inname van voor de oorlog. De vrouwen die kinderen kregen van nazimilitairen werden het meest veracht en uitgescholden door de Noorse patriotten. Ze werden beschouwd als opportunisten en verraders en werden nog jaren uitgemaakt voor *tyskertøser*, 'nazihoeren'.

Dit was de wereld waarin de jongen die later Dag Aabye zou worden waarschijnlijk geboren was. De eerste zeven maanden van zijn leven woonde hij met zijn moeder in een hotel. Daarna, kort voor Kerstmis 1941, gaf ze hem af bij een staatsweeshuis en liep weg. De tien maanden daarna bracht hij door in de gesloten inrichting naast de grootste gevangenis van Oslo. In die gevangenis werden Noorse patriotten naar de bewaarcellen gebracht om te worden geslagen en vergeten. Het leven in het Åkeberg kindertehuis was zo normaal als maar kon voor de eerste wezen van de oorlog. Iedere dag had hetzelfde ritme en de kinderen in het tehuis waren te jong om ten volle te beseffen wat er voor vreselijke dingen gebeurden in de bezette straten buiten de muren van het weeshuis.

Op een dag in juli 1942 ging Dags 32-jarige moeder naar het ministerie van Justitie van het Reichskommissariat om officieel afstand te doen van haar veertien maanden oude kind. Dag was te jong om zich te herinneren welke naam zijn geboortemoeder hem had gegeven. Al snel vergat hij ook haar gezicht. De daaropvolgende maanden gingen de bestuurders van het weeshuis op zoek naar ouders die geschikt waren om hem tot het eind van de oorlog, en daarna, veiligheid te bieden.

In het kindertehuis regen de dagen zich aaneen tot weken, weken tot maanden en al snel kende de jongen alleen het ledikantje dat zijn thuis was geworden, in de zaal met de hoge plafonds die vol stond met andere kinderen in andere ledikantjes. Er kwamen kinderen bij en er gingen kinderen weg. Alleen de echte pechvogels bleven lang genoeg om echt te begrijpen waar ze waren en waarom.

Op een dag kwamen er een man en een vrouw van het platteland. Ze hoefden maar een blik op de kleine blonde jongen te werpen of ze werden verliefd op hem.

Het was op woensdag 9 september 1942 dat Helga Aabye voor de eerste keer het kind vasthield dat haar enige zoon zou worden. Ze had al bedacht hoe ze hem wilde noemen zodra hij bij hen thuis zou zijn. Het zou nog zeven weken duren voordat zij en haar man Georg toestemming kregen om hem goed in te pakken en mee te nemen om bij hen op de boerderij te komen wonen. Gezien de achtergrond van het echtpaar konden ze hen moeilijk weigeren. De 33 jaar oude Helga en de 39-jarige Georg waren rijke landeigenaren die afstamden van families die sinds mensenheugenis bekend waren in Noorwegen. Ze hadden geen eigen kinderen, maar hadden daar wel de gehele dertien jaar dat ze getrouwd waren naar verlangd. Ze waren bovendien nazisympathisanten en actieve leden van de Noorse fascistische partij, de Nasjonal Samling, die de marionettenregering van Quisling had gevormd.

Op de ochtend dat ze hun nieuwe kind uit het weeshuis kwamen ophalen, overhandigden Helga en Georg 40 kronen, een staatsbelasting die aan het Reichskommissariat werd betaald in ruil voor de benodigde adoptiepapieren. Daarna haalden ze hun zoon op, zetten hem in de auto en reden de stad uit naar de heuvels en nog verder, naar het Sigdal en een groot huis op eeuwenoud boerenland dat omringd werd door bos.

Het huis waar ze hem die dag binnendroegen was stil en koud. De vijf slaapkamers stonden vol met antieke meubels en de twaalf houtkachels werden gevoed met een eindeloze voorraad hout uit het hen omringende bos, als bescherming tegen de kou die door de dikke houten muren heen drong. Helga en Georg zetten hun nieuwe zoon in de belangrijkste zitkamer, waar al snel vrienden en familie samenkwamen om hem welkom te heten.

Voor de gasten die hem die dag ontmoetten bleef zijn herkomst een mysterie. Hoewel ze wel vroegen waar hij vandaan kwam, kregen ze nooit antwoord. Niet iedereen was het eens met Georg en Helga's politieke keuzes. Sommigen waren lid van de Nasjonal Samling, terwijl anderen juist bij het verzet van de Hjemmefronten zaten. Daarom bespraken ze andere zaken en schreven ze in een gastenboek als welkom voor de jongen die net was herdoopt als Dag Skartum Åbye.

De lichtharige heeft zich netjes gedragen en maakte een goede indruk, schreef Dags adoptietante en net gekozen peetmoeder voordat ze de pen doorgaf.

Dag woonde nog maar net op het Aabye-landhuis of de geruchten over zijn afkomst begonnen al rond te gaan. Hij was terechtgekomen op een eeuwenoude boerderij in het Sigdal, dat bevolkt werd door hechte families die sinds mensenheugenis in de heuvels en bossen en op de boerderijen woonden. Zijn komst was bedoeld geweest om een ophanden zijnde crisis in de erfopvolging op te lossen. Als de oudste zoon van de Aabyes was hij de eerste in lijn om een van de meest felbegeerde boerderijen van de regio te erven. Maar er waren veel mensen in het dal die zich afvroegen of het kind stond voor meer dan op het eerste gezicht te zien was. Sommigen vroegen zich heimelijk af of hij misschien was voortgekomen uit een affaire tussen Georg en een vrouw uit de hoofdstad. Anderen vroegen zich openlijk af of hij een Lebensborn-kind was. Noorwegen zat al in het tweede jaar van de bezetting toen Dag kwam. Vele dalbewoners wisten dat de ouders van de jongen fascisten waren, maar het was nog niet echt bekend hoever de Duitsers wilden gaan om de bloedlijnen te 'zuiveren'. Ze wisten wel dat de nazi's noords bloed als een soort heilig reservoir beschouwden, volgens een niet bestaande verbinding tussen Duitsland en Noorwegen in een arische rassenmythe die zijn oorsprong eerder had in sciencefiction dan in antropologie. De nazi's geloofden dat arische mensen afkomstig waren van Atlantis en zich, nadat het eiland van de kaart was geveegd, hadden verspreid over het noorden van Europa. Ze begrepen niet dat de mensen in Noorwegen in feite grotendeels afstamden van groepen uit het neolithicum die enkele duizenden jaren eerder via Europa en Azië naar de regio waren gemigreerd vanuit Afrika.

Er stonden al meer dan tweeduizend jaar lang boerderijen in het Sigdal, overgaand van generatie op generatie. Het dal kreeg een Oudnoorse naam. Ze noemden het Sigmardalr, naar de rivier Sigma (nu Simoa), die kronkelt over de bodem van het dal. Generatieslang staan de mensen van Sigdal bekend als de Sigdøling ('zij die verwant zijn aan Sigdal'). Cultureel gezien zijn ze niet zo anders dan andere Noren die al zo lang als men zich kan herinneren aan de andere kant van de heuvels woonden, in de dichterbij gelegen fjorden en dalen. Maar net als de mensen in de naastgelegen regio's zijn de Sigdøling een exclusieve groep, met elkaar verbonden door eeuwenoude tradities en relaties die hen verbonden houden, niet alleen met het land dat ze hun thuis noemen, maar ook met elkaar. Hoewel de naam Sigdøling van het land komt, is simpelweg in Sigdal wonen niet altijd genoeg om een Sigdøling te worden. In het verleden werd wel geloofd dat je pas Sigdøling was als je de naam droeg van een van de vele boerderijen in het dal, die al generatieslang dezelfde families huisvestten.

Zelfs voor de opkomst van de moderne DNA-tests konden veel Sigdøling hun stamboom traceren tot helemaal aan de noordse boeren die, nadat ze de helft van hun bevolking hadden zien bezwijken aan de Zwarte Dood, hun lokale geschiedenis begonnen bij te houden in geschreven documenten die tot op de dag van vandaag bewaard zijn gebleven. In deze vroege verslagen kan een boerderij gevonden worden met de naam Hovlund (uit het Oudnoors *hof*, wat 'heidense tempel' of 'gebedsplaats' betekent en *lund* voor 'land'). Als een van de oudste boerderijen in de regio werd hij al genoemd in teksten van rond 1360, hoewel de boerderij zelf waarschijnlijk nog ouder is. Het was een grote boerderij, zelfs naar veertiende-eeuwse maatstaven, en in 1615 was het zuidelijke deel ervan afgesplitst en genaamd Hovlund Søre. Tegen 1882 stond Hovlund Søre bekend als Hovlandsmoen en werd het opgenomen binnen de groeiende groep bedrijven van een lokale boer wiens nakomelingen toen Dag arriveerde nog steeds de eigenaren waren.

Aan het eind van de Tweede Wereldoorlog was Dag ongeveer vier jaar oud. Het leven op Hovlandsmoen bleef moeilijk na de oorlog. (Met dank aan Dag Aabye)

Net als alle traditionele Noorse boerderijen werd Hovlandsmoen lange tijd gezien als een heilig bezit voor wie het landgoed beheerde – als een kroon doorgegeven door de generaties volgens het eerstgeboorterecht. Vanaf de tijd dat de Tudors heersten over Engeland erfde de eerstgeboren wettelijke zoon van Hovlandsmoen de boerderij. Het geboorterecht van boeren is in de Noorse samenleving zo belangrijk, dat het bezit van de boerderijen door bloedverwantschap in rechte lijn beschermd is door een oude Scandinavische wet die bekendstaat als *odelsrett*, volgens welk recht ieder lid van een boerenfamilie precies mag weten waar hij of zij staat in de lijn van erfopvolging voor al het land dat ook maar enigszins verbonden is met hun familiegeschiedenis. De odelsrett reikt zo ver, dat er maar weinig boerderijen ooit op de vrije markt terechtkomen.

In de zeldzame gevallen dat een hele bloedlijn opdroogde

en een boerderij verkocht werd, ging deze bijna altijd naar een naburige boer, die hem dan doorgaf aan zijn tweede kind. Vaak stonden tweede zonen dan hun achternaam af en namen ze die van de boerderij aan, zodat ze zichzelf voor de volgende generaties verbonden met het land.

Door zijn adoptie op Hovlandsmoen kwam Dag Skartum Aabye terecht in een rijke familie die veel boerderijen had verworven. Hij had zelf een naam gekregen die een verbinding in zich droeg tussen twee aparte stukken land: Skartum en Aabye. Het verhaal van Dags adoptiefamilie is er een van dynastieke nalatenschap die terug te voeren is tot 1838, het jaar waarin een vijftigjarige weduwnaar en rijke boer genaamd Torstein Eken zijn familieboerderij doorgaf aan zijn oudste zoon en voor zichzelf een van de oudste boerderijen in het dal kocht, 480 hectare grond met een combinatie van landbouwgrond en bos, al bekend sinds de Noormannen, die het Skartum noemden, 'een prachtige plaats'. Eken veranderde zijn naam in Skartum, hertrouwde en begon een nieuw gezin. Bij zijn dood in 1861 liet Torstein Skartum na aan de oudste nog levende zoon uit zijn tweede huwelijk, de negentienjarige Andreas. Andreas was een ijverige man die, twintig jaar later, de rijkdom van zijn familie gebruikte om een van de toentertijd, en nog steeds, meest gewilde boerderijen in het gehele dal – Hovlandsmoen – aan te schaffen. Toen Andreas in 1921 stierf, erfde zijn zoon Carl Hovlandsmoen, nadat hij in 1913 ook al Skartum had overgenomen. Tien jaar lang kon Carl ervan profiteren twee van de belangrijkste boerderijen van de regio te beheren. Toen hij op 46-jarige leeftijd stierf aan een hartaanval, liet hij vijf jonge dochters en een groot fortuin achter.

Dags adoptiemoeder Helga was de oudste van Carls dochters. Op papier erfgerechtigd op de leeftijd van 15 jaar, zocht ze een echtgenoot met een bepaalde sociale status en agrarische kennis om haar toekomst als wettelijke erfgenaam van zowel

Skartum als Hovlandsmoen veilig te stellen. In Georg Aabye vond ze de ideale echtgenoot, jongste zoon van een welgestelde boerenfamilie uit een naburig dorp. Bij hun huwelijk in 1929 gaf ze haar recht op Skartum op, om het door te geven aan een van haar zusters, en koos ervoor in plaats daarvan Hovlandsmoen te nemen, 566 hectare glooiend bos en weideland dat zich uitstrekte van de Simoa, over een heuvel in de buurt en in een heel ander dal. Hovlandsmoen omvatte meerdere blokhutten voor werklieden, twee voorraadschuren, twee schuren en twee hoeves, waarvan er één echt een prachtig wit houten landhuis was, gebouwd door Helga's vader en staand op een plateau dat uitkeek over de eenzame weg die door het dal naast de Simoa liep.

Gedurende de eerste dertien jaar van hun huwelijk werkten Helga en Georg er keihard aan om Hovlandsmoen een van de productiefste landbouwbedrijven in het dal te maken. Georg maximaliseerde de tarweproductie van hun land en oogstte maar een fractie van zijn productiehout. Hij koos er bewust voor juist jonge zaailingen op te kweken in de hoop dat ze op een dag waardevol zouden zijn voor zijn erfgenaam. Ondertussen verfraaide Helga het landhuis en vulde ze het met kostbaar antiek. Maar terwijl hun rijkdom en prestige in het dal groeide, ontbrak er iets aan hun boerderij – een kind om alles aan door te geven. Dags komst leek de gezinsproblemen te hebben opgelost. Voor een poos ging het goed met het gezin van drie. De boerderij floreerde, terwijl de rest van Noorwegen leed onder de bezetting.

Toen begon het tij in de oorlog te keren. Het werd al snel duidelijk voor iedereen in het dal dat het gezin Aabye aan de verkeerde kant van de geschiedenis stond.

7

AANGENOMEN ZONDEN

Jullie zijn niet veilig. We zullen jullie vermoorden en jullie boerderij in de brand steken en jullie verraad zal bekend worden.

ANONIEME BRIEF, OP HOVLANDSMOEN BEZORGD AAN HET EIND VAN DE TWEEDE WERELDOORLOG

De oorlog was bijna voorbij toen er soldaten bij de boerderij aankwamen. Dag was nog geen vier jaar oud, maar hij was oud genoeg om te begrijpen dat hij de mannen die op doortocht waren door het dal en in hun schuur sliepen niet voor de voeten moest lopen. Het was 26 april 1945, een koude donderdag net twee weken voor de Duitse capitulatie, toen honderd Waffen-SS-soldaten, waarvan de meesten Noorse vrijwillige tieners, net ten noorden van Sigdal werden ingezet om bij een meer te zoeken naar een geheime wapenvoorraad. Daar aangekomen liepen de soldaten in een hinderlaag, een vier uur durend gevecht met geweervuur over en weer met als resultaat een onbekend aantal doden aan beide zijden. De Slag bij Haglebu, een van de laatste van de oorlog, was een van de vele schermutselingen tussen Noorse partizanen en Noorse verraders. Een van de bij Haglebu afgevuurde schoten doodde een 21-jarig Noors Waffen-SS-lid, dat kort na zijn overgave werd geëxecuteerd door de partizanen.

Het waren de laatste dagen van de oorlog. In Duitsland

hadden een half miljoen soldaten van het Rode Leger Berlijn omsingeld en raakten ze verwikkeld in straatgevechten tegen kinderen, terwijl Hitler zich verschanste in zijn bunker. In Oslo verloor het Reichskommissariat snel aan macht. Er braken overal in Noorwegen schermutselingen uit toen de lokale verzetsstrijders hun aanvallen op nazi's en hun sympathisanten opvoerden. Op hun terugtocht door Noorwegen richting het zuiden vernielden de Duitse troepen huizen, schuren en velden om de oprukkende Sovjetsoldaten die vanuit het noorden het land in trokken te vertragen. Ongeveer vijftigduizend mensen raakten daarbij dakloos en velen van hen moesten in de winter van 1945 onderdak zoeken in hutten, grotten en mijnen.

Toen de oorlog naar het einde raasde, zag de wereld er voor Dags ouders steeds gevaarlijker uit. De Noorse bevolking was kwaad en nam wraak op alle mensen die met de Duitsers hadden gecollaboreerd.

Twee dagen na de Slag bij Haglebu kwam het nieuws uit Italië dat Mussolini en zijn minnares op een plein in Milaan waren opgehangen aan vleeshaken. Dag en zijn ouders hadden zich opgesloten op Hovlandsmoen en luisterden naar nieuwsverslagen op de radio, samen met gasten uit de stad die niet meer naar huis hadden kunnen vertrekken vanwege de groeiende dreiging in de regio.

Op de dag dat Hitler zelfmoord pleegde, gaf Liv Imerslund, die bij de Aabyes te gast was, de sfeer op Hovlandsmoen weer toen ze in het gastenboek schreef:

> Ik vraag me af wat de komende dagen en weken zullen brengen. Berlijn is verwoest, de oorlog tussen Duitsland en de geallieerden zal binnenkort waarschijnlijk tot een einde komen. Komt er hierna nog een oorlog? Hoe zal de wereld eruitzien als het voorbij is? De lucht is vol vragen, naast alle geruchten.

Op 7 mei, de officiële dag van de Duitse overgave, bleven er vierhonderdduizend Duitse soldaten gestationeerd in Noorwegen. Josef Terboven, de Reichskommissar voor Noorwegen, leek korte tijd vastbesloten om van Noorwegen het laatste bastion van het Derde Rijk te maken. Daarna beroofde hij zich van zijn leven door zijn bunker onder het Noorse koninklijke paleis op te blazen. De Duitse soldaten begonnen zich over te geven aan de Noorse ondergrondsen, terwijl Britse parachutisten in de velden buiten Oslo gedropt werden om het verzet te ondersteunen en door het hele land naziofficieren te arresteren.

Hoewel de overgave relatief vreedzaam verliep, bleef het land sterk verdeeld. Vidkun Quisling, wiens naam synoniem was geworden aan verraad, werd op 9 mei gearresteerd en onder zelfmoordbewaking geplaatst. Ondertussen verspreidden de Noorse politie en partizanen zich over het land en pakten iedereen op die de marionettenregering van Quisling had gesteund. De partizanen waren kwaad. Meer dan 44.000 Noren waren tijdens de bezetting gearresteerd, waarvan er negenduizend naar gevangenkampen buiten Noorwegen waren gestuurd. Veel van hen waren nooit teruggekeerd. De vergelding tegen Quislings aanhangers ging vlot: 28.500 collaborateurs werden snel gearresteerd en langzaam ondervraagd.

De dag na Quislings arrestatie werd er een doodsbedreiging achtergelaten op de veranda van Hovlandsmoen, geschreven in het onhandige handschrift van iemand die zijn identiteit probeert te verbergen. Het was niet de eerste keer dat de Aabyes een doodsbedreiging kregen, maar de vorige brieven waren altijd getypt en geadresseerd aan Georg, met een poststempel uit Oslo. Deze brief was anders. Deze had geen postzegel en was persoonlijk bezorgd. Er stond in dat alle verraders, nu de oorlog voorbij was, snel neergeschoten zouden worden en hun huizen afgebrand.

Dag heeft nooit van die brief geweten. Helga en Georg probeerden de bedreigingen zo goed mogelijk voor hem te verbergen, tot het moment dat ze werden gearresteerd voor verraad. Dag kon zich niet herinneren of het overdag of 's nachts was, of het koud was, of hij gehuild had toen gewapende mannen bij hun huis kwamen en eisten dat zijn moeder met hen meeging.

Het was drie dagen voor zijn vierde verjaardag en vier dagen na het einde van de oorlog. Hij herinnerde zich hoe stil alles was totdat alles heel luid werd. Dag werd vlug opgetild in de armen van een huishoudster en naar het bos achter het huis gebracht. Ze renden nog steeds toen een grote vrachtwagen de oprit op kwam rijden. Hij ronkte luid bij het beklimmen van de heuvel die naar het huis leidde. Daarna waren er ontelbaar veel stemmen, harde stemmen. Dag keek om naar het huis en keek hoe mannen met geweren de schuur binnengingen en het huis in en uit liepen.

Hij kan zich niet herinneren of hij van afstand heeft gezien hoe de mannen Helga achter in de vrachtwagen zetten en wegreden. Hij kan zich niet herinneren of de vrouw die hem het bos in droeg hem stil kon houden en of ze had uitgelegd wat er aan de hand was. Hij wist niet dat ook zijn vader, die op dat moment dieper in het bos aan het werk was, onder dreiging van een vuurwapen achter in een vrachtwagen werd weggevoerd.

Hoewel Dags naam grotendeels buiten de processen tegen zijn ouders werd gehouden, zaten de mensen die in het dal woonden erop te speculeren dat zijn adoptie onderdeel was geweest van de misdaden van de Aabyes. Niemand kon het bewijzen, maar velen dachten dat Dags vader een Duitser was. Honderd dagen lang bleven Helga en Georg in de gevangenis van elkaar gescheiden. Dag woonde al die tijd bij Helga's moeder op een boerderij in de buurt. Zijn ouders zaten nog steeds gevangen, toen Vidkun Quisling net iets meer dan vijf maanden later in Oslo werd geëxecuteerd door een vuurpeloton.

Een maand later werden Helga en Georg veroordeeld voor

verraad, maar hun levens werden gespaard. In plaats daarvan kregen ze een geldboete ter hoogte van hun nettovermogen, maar hun land mochten ze houden. Ze betaalden de boete, haalden Dag op en keerden terug naar huis.

Drie jaar lang bleven de dreigementen komen. Dag werd er helemaal buiten gehouden. Hij had zijn speelgoed en zijn fantasievriendje, en hoewel hij soms dagen alleen was op de boerderij, zonder dat hij wist waar iedereen was, voelde hij zich nooit onveilig. Hij had geen besef van wat er buiten Hovlandsmoen gebeurde, dat er veel kinderen van de oorlog doelwit waren van door de staat gedoogde represailles. Van duizenden kinderen werd het staatsburgerschap afgenomen. Sommigen werden gebrandmerkt als verstandelijk gehandicapt en weggestopt in een instituut. Anderen werden op straat mishandeld.

Hoewel Dags ouders hun geldstraf betaald hadden, bleven ze in de ogen van velen verraders. Tegen de winter van 1949 was het voor zowel Helga als Georg duidelijk dat het tijd was om Noorwegen te verlaten.

8

ARGENTINIË 1949

Iedereen is wel ergens schuldig aan, of heeft iets te verbergen. Het enige wat iemand hoeft te doen is goed kijken om te zien wat het is.
ALEKSANDR SOLZJENITSYN, CITAAT IN DAGS DAGBOEKEN

Voor de meeste mensen die Dag probeerden te leren kennen, werd het nooit helemaal duidelijk waarom bepaalde delen van zijn geschiedenis gehuld bleven in zo'n ondoordringbaar mysterie. Hij sprak bijna nooit met iemand over zijn afkomst of adoptie, en als hij dat wel deed, dan varieerden de verhalen. Soms beweerde Dag dat hij gevonden was op de trappen van een kerk. Andere keren hield hij vol dat hij was achtergelaten op de stoep van de boerderij waar hij was opgegroeid. Soms vertelde hij dat zijn vader een Duitse onderzeebootofficier was, maar meestal had hij geen achtergrondverhaal over zijn vader. Degenen die duidelijkheid zochten, raakten daardoor nog verder in de war. Zijn kinderen, zijn ex-vrouw – ze waren er geen van allen zeker van wat ze van zijn afkomst moesten denken, want het werd nooit duidelijk, zelfs niet voor zijn naasten, wat hij zelf eigenlijk wist.

Voor zover mensen dat konden beoordelen, geloofde Dag werkelijk alles wat hij zei, zelfs als de dingen die hij zei regelrecht met elkaar in tegenspraak waren. Ik bemerkte deze complexiteit onderweg naar Jasper, toen Dag het over zijn kindertijd en tienerjaren had, met name over de jaren na de oorlog in Argentinië. Hij beschreef hoe hij toen hij acht jaar was door zijn ouders werd ondergebracht bij Duitsers die in het land waren aangekomen in een tijd dat naziverstekelingen naar Argentinië vertrokken via de ontsnappingsroutes die waren opgezet door de regering van Juan Perón.

Er zat veel stof tot nadenken in wat Dag vertelde. Maar het was moeilijk, omdat ik er niet zeker van was of hij zelf begreep of accepteerde waarom zijn ouders überhaupt naar Argentinië waren geëmigreerd. Zijn uitleg was vaag en negeerde dat ze de grote exodus hadden gevolgd van nazioorlogsmisdadigers, collaborateurs en sympathisanten die hun weg naar Argentinië hadden gevonden door middel van een reeks snode diplomatieke openingen die Duitsers, Polen, Zweden, Spanjaarden, Fransen, Italianen, Kroatiërs en Noren de kans gaven om te ontsnappen aan naoorlogse strafvervolging.

Dag zegt dat zijn ouders boeren waren en dat het zware tijden waren in Noorwegen na de oorlog. Op een dag, zei hij, kwamen ze erachter dat landbouwgrond goedkoop was in Argentinië en lieten ze alles achter om aan de andere kant van de wereld een katoenplantage te kopen en opnieuw te beginnen op een stuk land dat opmerkelijk veel kleiner was dan Hovlandsmoen. In Dags versie was de katoenplantage in Argentinië zo afgelegen dat er geen school in de buurt was. Om die reden lieten zijn ouders hem achter bij een Duitse familie die in een dorp op enkele uren afstand lag.

In zijn herinnering waren er specifieke momenten die eruit sprongen, maar deze periode van zijn leven als geheel leek wat vaag. Net als ieders herinnering was Dags versie van zijn verleden een opeenstapeling van feiten en observaties, ervaren in het moment, maar aangetast door conclusies en reacties. Maar soms ontkende zijn opvatting van de waarheid onmiskenbare feiten. Ik nam aan dat het vooral iets onschuldigs was, misschien een geval van moedwillige onwetendheid – een natuurlijke methode om te voorkomen dat je met feiten te maken krijgt die niet stroken met wat je wílde dat waar was. Zijn vereenvoudigde kijk op de geschiedenis van zijn ouders leek cruciaal om het emotioneel te kunnen dragen, maar maakte het uiteindelijk onmogelijk voor andere mensen om te begrijpen wie hij was en wat er met hem gebeurd was.

Een van Dags nichten, een arts uit Kopenhagen met de naam Kari Jørgensen, die in haar jeugd meerdere zomers had doorgebracht op Hovlandsmoen en als kind verliefd was op Dag, hielp me te begrijpen hoe zijn geest werkte toen ze me vertelde: 'Er zit een bepaalde schoonheid in zijn kijk op de wereld, die hij al had zolang ik hem ken. Hij komt misschien naïef over, maar ik denk dat hij kan overleven, mentaal, door positief te denken.'

Ongeacht wat Dag wel of niet begreep van het verraad van zijn ouders, de doodsbedreigingen of de redenen voor hun plotselinge vlucht naar Argentinië, was het duidelijk voor mensen die de familie kenden dat zijn ouders in de lente van 1949 niet aan boord gingen van de ss Belgrano omdat ze akkerbouwers waren die zichzelf wilden uitdagen in de katoenproductie aan de andere kant van de planeet, maar omdat ze voor hun eigen veiligheid Noorwegen moesten verlaten.

De bijzonderheden over hun verblijf in Argentinië zijn in de loop van de tijd verloren gegaan. Veel van de papieren met betrekking tot de komst van nazi's en collaborateurs, inclusief vergunningen om aan land te gaan, werden in de late jaren negentig door de Argentijnse regering verbrand in een poging om, zoals een Duitse diplomaat het uitdrukte, 'de inspanningen van het regime-Perón om de nazi-ideologie naar Zuid-Amerikaanse grond te transplanteren' te verdoezelen.

In de periode dat de Aabyes naar Zuid-Amerika vertrokken, was het regime van Perón vastbesloten een zuidelijk blok te vormen, met Argentinië aan het hoofd, als tegenwicht voor de hegemonie van de Verenigde Staten op het westelijk halfrond. Perón, die in 1943 aan de macht kwam, werd voorzien van wapens door Spaanse schepen die Duitse munitie vervoerden. Tegen 1944, toen steeds duidelijker werd dat Duitsland de oorlog in Europa zou verliezen, kwamen de SS en de peronisten samen om te bespreken hoe ze nazimannen en -vrouwen konden redden die gedoemd waren hun misdaden met de dood te bekopen. Er werden ontsnappingsroutes bedacht via verschillende landen (inclusief Noorwegen) om een constante stroom van nazivluchtelingen naar Zuid-Amerika te kunnen overbrengen.

Op de dag dat Helga Aabye op haar veranda een doodsbedreiging van het Thuisfront stond te lezen, zette de onderzeeër U-977 zestien van zijn bemanningsleden af op een eiland bij Bergen, in het westen van Noorwegen, dook daarna weer onder om pas 99 dagen later bij de Argentijnse kust weer boven te komen. Het verhaal van die onderzeeër en dat van een andere boot die na de oorlog ontsnapte aan geallieerde waarneming bij Noorwegen en zijn weg vond naar Argentinië, hebben lange tijd complottheorieën gevoed over Hitler die Duitsland zou hebben verlaten in de laatste dagen van de oorlog. Wat er in werkelijkheid gebeurde was echter dat de meerderheid van de nazi's die naar Argentinië vluchtten dit deed door gebruik te maken van een valse naam aan boord van koopvaardijschepen en vliegtuigen, die in de vijf jaar na de capitulatie van Duitsland druppelsgewijs uit verschillende Europese havens vertrokken.

Georg en Helga zaten nog steeds in de gevangenis toen Carlos Schulz, de belangrijkste rekruteerder van de nazi's, in Scandinavië aankwam om zo veel mogelijk Duitse vluchtelingen te redden. Toen hij in Oslo was slaagde Schulz erin een vrijgeleide naar Argentinië te regelen voor nazi's en hun collaborateurs die na de oorlog gevangen waren gezet. Vervolgens ging hij naar Stockholm en Kopenhagen, om die vrijgeleide te regelen voor een groot aantal Duitse soldaten en misdadigers die in de laatste maanden van de oorlog naar Denemarken waren gevlucht om aan de oprukkende geallieerden te ontsnappen.

Tegen 1949 waren de ontsnappingsroutes al vijf jaar in gebruik als tijdelijke oplossing voor verslagen nazi's en hun sympathisanten in Europa. Hoewel de meesten er gebruik van maakten om aan vervolging te ontsnappen, werden anderen geleid door de idiote overtuiging dat ze aan de andere kant van de wereld een Vierde Rijk op konden bouwen.

Dag wist vrij veel over de ontsnappingsroutes, maar hij was er niet van overtuigd dat zijn ouders het land uit waren gesluisd via een van de kanalen die waren opgezet om nazi's en hun sympathisanten te redden. Hij geloofde echt dat ze naar Argentinië waren vertrokken om hun geluk te beproeven in de katoenteelt. Maar hij begreep ook dat de meeste mensen die hij in Argentinië leerde kennen van oorsprong Duits waren. Soms viel hij helemaal stil als ik bleef doorvragen over wat daar gebeurd was. Hij bewaarde een aangenaam glanslaagje over zijn tijd in dat land, hoewel zijn oude buren uit Sigdal zich herinnerden dat hij zich, toen hij terugkwam, in de steek gelaten had gevoeld in Argentinië.

Voor Dag en zijn ouders was de reis vanuit Noorwegen in 1949 lang en beladen, vol verwarring en onzekerheid. Ze lieten de meeste bezittingen op Hovlandsmoen achter, terwijl ze er niet zeker van waren wanneer het veilig genoeg zou zijn om terug te keren. Ze waren er echter van overtuigd dat het ooit zou zijn. Ze voeren eerst via de haven van Santa Cruz op Tenerife op de Canarische Eilanden, daarna verder naar Buenos Aires.

Daar installeerden ze zich in Tigre, een deel van de stad waar veel Duitse immigranten en vluchtelingen woonden, slechts op een paar kilometer afstand van waar Adolf Eichmann, de ontwerper van de Endlösung en de 'meest gezochte nazi van de wereld', uiteindelijk werd gearresteerd. Dag was acht en kon zich nog vaag herinneren dat zijn ouders 's avonds naar vergaderingen gingen en hem soms lange tijd alleen lieten in het appartement. Pas jaren later kwam hij erachter, toen hij las over de arrestatie van Eichmann, dat hij met zijn ouders daar in een heuse nazi-enclave binnen Buenos Aires had gezeten.

Georg had Dag al aan het begin van hun verblijf daar verteld dat hij niemand vragen mocht stellen. Dat was een goed advies, dat Dag opvolgde toen het gezin Buenos Aires verliet en verder naar het platteland verhuisde. Dags ouders besloten hem niet mee te nemen naar hun uiteindelijke bestemming en lieten hem achter bij een groep Duitsers die waren neergestreken in een eenzaam dorpje vlak bij het wilde en uitgestrekte platteland van Gran Chaco. Hij woonde daar bijna twee jaar in een pensionaat met vreemden om zich heen en geen teken van leven van zijn ouders, die 300 kilometer verderop werkten op een stuk land dat zo ruw en afgelegen was dat Georg altijd een luger aan zijn riem had. (Dag heeft nooit echt uitgelegd waarvoor hij het wapen nodig had.) Dags enige band met thuis waren de boeken die Helga en Georg achterlieten toen ze verder het platteland in trokken. Met het verstrijken van de maanden vroeg Dag zich wel eens af of zijn ouders hem vergeten waren, hoewel Helga en Georg hem wel brieven stuurden. Hij was niet het enige kind zonder ouders in dat huis, maar hij was de enige die geen Duits of Spaans sprak, hoewel hij uiteindelijk genoeg Spaans leerde om zich te kunnen redden.

Bij de zeldzame gelegenheden dat hij zijn ouders zag, namen ze hem mee naar het huis van modder en stro vlakbij waar de jungle en het droge gebied samenkwamen. Daar was hun katoenplantage. Als hij daar was, reed hij rond op een paard dat Petiso heette. Maar hij deed ook wat zijn vader hem verteld had en probeerde geen vragen te stellen. Hij hield vooral afstand van de gewapende mannen die vanuit de glooiende weidegronden die zich ten westen van de Paraguayrivier uitstrekten binnen kwamen rijden en de nacht doorbrachten in de schuur.

De boerderij van de Aabyes was klein vergeleken met Hovlandsmoen. Hun grootste uitdaging was het vrijmaken van voldoende land voor het produceren van genoeg katoen om de boerderij winstgevend te houden. Het terrein was zo ruw dat het ze een heel jaar kostte om twee hectare grond geschikt te maken voor de katoenteelt. Dag bleef nooit lang bij zijn ouders; hij werd na een paar dagen weer teruggebracht naar de Duitsers, waar hij omringd werd door kinderen uit Europese steden die hij niet eens kende.

Na twee jaar werd Noorwegen een verre herinnering. Op sommige dagen kon Dag zich niet eens meer herinneren hoe zijn leven op Hovlandsmoen was geweest. Hoe de sneeuw aan de bomen buiten zijn slaapkamerraam bleef plakken, of hoe het voelde om met zijn nagels door de ijsbloemen te krassen, of het geluid van een knapperend haardvuur in zijn slaapkamer.

Toen kwamen Helga en Georg op een dag vanuit de savanne aanrijden in hun Land Rover. Ze vertelden hem dat het tijd was om zijn spullen in te pakken omdat ze met zijn drieën terug zouden gaan naar Noorwegen. Hij had niet veel te vertellen toen ze begonnen aan de lange weg terug.

9

DE DIEPE VAL

Bewustzijn vormt realiteit.

DAGS DAGBOEKEN

Op een koude ochtend in oktober in 2016 werd Dag wakker met het vertrouwde geluid van de wind die door de takken van de ceders ruiste die boven zijn bus heen en weer wiegden. Hij zette zijn hoofdlamp aan en kroop uit het bed dat hij achter in zijn bus van multiplex en schuimrubber had gebouwd. Hij schuifelde naar zijn houtkachel die hij in het midden van de bus had geïnstalleerd en hem 's nachts warm hield. Hij pookte de kooltjes op en gooide een nieuw houtblok op het vuur. Daarna zette hij de waterketel op de kachel en zocht hij het nieuws van vier uur op. De radiogolven waren die ochtend gevuld met het voortdurende beleg in Aleppo en de groeiende onrust over een mogelijk presidentschap van Donald Trump. Dag keek toe hoe het houtblok brandde in het vuur en wachtte tot het water kookte, zodat hij een kop oploskoffie voor zichzelf kon maken. Daarna trok hij de veters van zijn wandelschoenen strak, ritste zijn jas dicht, pakte zijn muts en handschoenen en vertrok, rennend door de koude nacht met een verse laag rijp en sneeuw.

Hij maakte een goede tijd op een van zijn favoriete paden, een rondje van acht kilometer, dat hij Adele noemde, naar de vrouw van wie hij de muziek nog nooit gehoord had, maar die hij toch waardeerde vanwege de recensies die hij gelezen had in de zondagseditie van de *New York Times*.

Er waren vier maanden voorbijgegaan sinds ik er getuige van was dat hij uit de Death Race moest stappen, nadat hij in negen uur tijd 49 kilometer gerend had. Hij was alweer aan het trainen voor de volgende editie van het evenement en probeerde, zo goed hij kon, de winter in topconditie in te gaan. Hij was geïnspireerd geraakt door een verhaal dat hij had gelezen in de *Globe and Mail* over Ed Whitlock, een oud-leraar van 85 die het wereldrecord voor de snelste marathon boven de tachtig had gebroken. Hij deed dat tijdens de Toronto Waterfront-marathon eerder die maand en verdiende internationale erkenning voor zijn prestatie. Dag had een deel van de berichtgeving uitgeknipt en in zijn dagboek geplakt om zich eraan te herinneren dat hij niet alleen was in zijn pogingen om de manier te veranderen waarop de samenleving kijkt naar ouderen en wat ze kunnen. Hij had het verhaal van Whitlock goed genoeg bestudeerd om te weten dat de in Engeland geboren marathonloper graag trainde op de verharde wegen bij een begraafplaats in de buitenwijken van Toronto. Onderzoekers van de Mayo Clinic onderzochten waarom Whitlock in staat was te doen wat hij deed, waarbij een van die onderzoekers zelfs zei: 'Hij komt zo dicht bij minimale veroudering van een menselijk individu als mogelijk is.' Dag keek naar wat Whitlock had gedaan – hij had de Toronto Waterfront Marathon gelopen in 3 uur, 56 minuten en 24 seconden –, meer als iets om bewondering voor te hebben dan om na te streven. Whitlock was een verwante geest, een oude man die ervoor ging, iedere dag, kilometers maken; terwijl hij stervende was aan prostaatkanker.

De gloed van Dags hoofdlamp stuiterde door de nacht toen hij steeds verder het bos in slalomde. Hij was zo'n 30 minuten onderweg; minstens zijn afstand tot de dichtstbijzijnde mens. Hij verhoogde zijn tempo bij het maken van een bocht en was op weg naar een steile haarspeldbocht toen hij het gefladder van vleugels hoorde. Hij had een korhoen op het pad opgeschrikt. De vogel fladderde op van de grond en probeerde weg te komen, maar vloog recht in zijn gezicht. Dag had geen tijd om te reageren. Hij sloeg zijn handen voor zijn gezicht, en voordat hij het wist struikelde hij en viel naar beneden, kreeg takken tegen zijn hoofd en lichaam toen hij van het pad af raakte, over een boomstronk viel en een steile helling af tuimelde, stuiterend over wortels en stenen en met zijn lichaam tegen dood hout en stenen aan slaand. Hij voelde hoe zijn arm brak toen hij tegen de grond kwakte en hij hoorde zijn schedel kraken tegen een steen. En toen... niets.

Het bloed op zijn gezicht was koud en dik toen hij zijn ogen weer opendeed. Hij wist niet hoelang hij bewusteloos was geweest, maar het was nog donker en zijn hoofd bloedde nog. Hij had al snel door dat zijn arm was gebroken. Hij veegde zijn bebloede haar uit zijn ogen met zijn ene nog functionerende hand. De pijn was als een dolk die in zijn verwrongen schouder stak en diep in zijn oksel doordrong, toen hij zijn lichaam optrok aan de wortels en boomstronken die zijn val hadden gebroken. Terug op het pad stond hij kort stil in het maanlicht. Hij voelde zich zwakker worden. Toen begon hij weer te rennen, terug, en het bos uit. Hij wist dat hij moest blijven bewegen, maar hij had geen idee waarheen. Hij was te ernstig gewond om terug te gaan naar de bus. Dus ging hij naar beneden richting Vernon. Het zou meer dan een uur duren voordat hij de lichten van de stad kon zien.

*

Brenda Morris parkeerde haar Nissan Altima in het donker. Het was een uur voor zonsopkomst op die koude herfstochtend, en de 57-jarige serveerster stapte uit en liep naar de Rostersportbar. Ze knipte een paar lampen achter de bar aan en begon een pot koffie te zetten toen Dag het restaurant binnenliep.

Dag was soms haar eerste klant, en op andere dagen ook wel eens haar laatste. Vaak rende hij door een bos op de berghelling in de uren voordat de zon opkwam om vervolgens Vernon in het dal in te lopen en dan in de Roster te belanden. Meestal ging hij op pad met net genoeg geld voor een kop koffie en een broodje als ontbijt. Maar het kwam ook voor dat hij geen geld bij zich had. Brenda bediende hem ook dan, en als hij uitgegeten was zei hij: 'Dankjewel, uit de grond van mijn hart.' Dan prikte hij rond op zijn borst alsof hij zijn hart zocht maar het kwijt was, waarna hij weer naar buiten ging om terug te rennen, de berg op en naar zijn bus.

Ze had hem twee decennia geleden voor het eerst gezien. Hij was de bar binnengekomen, berooid en uitgeput. Hij woonde toen nog niet in de bus en leefde de hele winter al van alleen maar pannenkoeken, die hij bakte van de enige twee ingredienten die hij kon betalen: bloem en water. Blut, zwak en fysiek op instorten had hij zichzelf naar de Roster gesleept. Hij had niet meer gewoon honger, maar stond op de rand van verhongering. Hij was nauwelijks in staat oogcontact te maken met de serveerster toen hij schaapachtig vroeg of hij een kop koffie kon krijgen, op rekening. Hij wist dat hij niet kon betalen. Brenda's broer Rob, die de eigenaar was van de bar, wierp één blik op hem, schonk koffie voor hem in en gaf hem een clubsandwich.

Dag beloofde de gulheid hoe dan ook terug te betalen en was een paar weken later naar de bar teruggekeerd met een paar achttiende-eeuwse Noorse ski's op zijn schouder. Ze waren antiek en duur; ze waren van zijn moeder geweest. Hij liet ze achter bij de bar, als geschenk. De ski's hangen nu al twintig jaar aan de muur bij de deur, en sindsdien is de kroeg een van de weinige openbare plaatsen waar Dag stilzit. Zo werd het ook een van de plaatsen waar zelfs zijn kinderen soms boodschappen achterlaten en navragen of iemand hun vader de laatste tijd nog gezien heeft. Wanneer je er ook kwam, er hingen altijd wel boodschappen voor Dag achter de bar, geschreven op een post-it. Soms bleven de notities weken achter de bar hangen, soms wel maandenlang, tot Dag weer terugkwam. Op rustige dagen zat Brenda wel eens achter de bar naar een post-it van een maand oud te kijken en vroeg ze zich af of ze de oude man ooit nog zou zien. Maar altijd als ze zich begon af te vragen of hij nog leefde, dook hij weer op. Ze overhandigde hem alle boodschappen die voor hem waren achtergelaten en dan verdween hij weer. Maar deze keer was anders.

Ze keek toe hoe Dag door het restaurant naar voren strompelde. Ze merkte dat er iets aan de hand was, maar kon het niet thuisbrengen.

'Goedemorgen, Dag. Hoe gaat het met je?' vroeg ze. Hij probeerde te antwoorden, maar kon niet uit zijn woorden komen. En toen hij dichter bij het licht kwam, zag ze het bloed op zijn gezicht. Een deel ervan was al opgedroogd, maar een deel was nog vers, en hij hield zijn rechterhand dicht tegen zijn borst. Zijn lichaam zat helemaal onder de modder. 'Je bent gewond!' riep ze.

Dag kromp ineen toen ze hem liet zitten. Ze maakte meer licht en bekeek zijn verwondingen van dichterbij. Zijn rechterarm was ontwricht, en hij had een fikse jaap aan de zijkant van zijn hoofd.

Brenda maakte een geïmproviseerde mitella, die ze om zijn bungelende arm heen bond en over zijn andere schouder vastmaakte. Daarna maakte ze een doek nat en veegde het bloed van zijn gezicht. Het was niet de eerste keer dat ze hem moest oplappen na een valpartij op een trainingspad. Een paar jaar eerder had hij een aanvaring gehad met een zwarte beer. Toen was Dag van het pad af gedoken en was hij door de klap bewusteloos geraakt. Hij werd wakker met het geluid van de beer die aan zijn achterwerk snuffelde. Bij dat ongeluk had hij niets gebroken, maar hij had zijn hoofd en lichaam genoeg schade toegebracht om een paar dagen niet te kunnen trainen. Deze keer was hij echter serieus gewond.

'Je moet naar het ziekenhuis,' zei ze.

Hij schudde zijn hoofd. 'Ik heb geen dokter nodig om me te vertellen dat mijn arm gebroken is,' zei hij. 'Ze willen me toch niet behandelen. Ik heb geen zorgverzekering.' Het was moeilijk voor te stellen dat iemand van Dags leeftijd, die leefde zoals Dag leefde, het basisrecht dat er in Canada bestond zou weigeren. Maar hij had al twintig jaar geen dokter gezien, niet sinds hij midden jaren negentig aan de voet van het SilverStar-skigebied uit een 15 meter hoge dennenboom was gevallen, die hij met kerstverlichting aan het versieren was. Brenda hield vol dat ze hem naar het ziekenhuis moest brengen als hij haar hulp wilde aanvaarden. Ze hielp hem in haar auto en bracht hem naar de eerste hulp. Op de röntgenfoto ter waarde van 1300 dollar was te zien dat Dags arm zo ernstig gebroken was dat een operatie gerechtvaardigd was. Zijn schouder was uit de kom en zijn bovenarm was gebroken. Dag glimlachte toen de arts uitlegde wat de voordelen waren van een spoedoperatie van 5000 dollar. Zodra de arts uit het zicht was, liep Dag het ziekenhuis uit.

Er ging een aantal dagen voorbij, en toen hij probeerde zijn leven in zijn eentje weer op te pakken, ontdekte hij dat het onmogelijk was als kluizenaar in een bus op een berghelling te overleven met maar één arm. Hij kon niet houthakken of boodschappen het bos in of uit dragen of op afstand van zijn bus gaten graven om als latrine te gebruiken. Zelfs een eenvoudige taak als de kachel brandend houden, was praktisch onmogelijk. Hij was nog steeds bont en blauw toen hij terug naar beneden rende naar de Roster. Brenda keek naar de verse blauwe plekken op zijn lichaam en pakte de telefoon. Het enige wat ze nu kon doen was een van zijn kinderen bellen.

Dags jongste dochter was de afgelopen tien jaar zo'n beetje het enige familielid geweest dat, voor zover ik begrepen had, af en toe contact met hem zocht. Hij stond er meestal niet om te springen om te reageren. Als hij dat al deed, was dat alleen om te vragen hoe het ging met haar werk, relatie en leven. Ze woonde in een stadje met een grote houtzagerij, praktisch aan de rand van Alberta en maar 30 kilometer ten noorden van de grens met de Verenigde Staten. Het was 600 kilometer bij haar vader vandaan, maar zij was het enige contact dat Brenda van familie in de regio had.

Dags dochter was emotioneel voorbereid op elk soort telefoontje dat uit de buurt van Vernon kwam. Dit bericht kwam binnen op weg naar haar werk, en ze luisterde naar hoe Brenda de verwondingen van haar vader beschreef en vertelde dat geen enkele van de klinieken of het ziekenhuis ter plaatse hem wilde behandelen als niemand de rekening wilde betalen.

Brenda kwam meteen ter zake. 'We weten niet meer hoe we hem kunnen helpen,' zei ze. Ze keek naar Dag. Zijn arm zat nog in de mitella die ze dagen eerder voor hem gemaakt had. De winter zat eraan te komen en ze was er niet van overtuigd dat hij het in zijn eentje in de bus lang zou volhouden.

'Denk je dat hij fit genoeg is om te reizen?' vroeg zijn dochter.

'Dat is misschien wel de enige optie,' antwoordde Brenda.

Dag bleef de reis dagenlang uitstellen. Hij wilde zijn dochter niet tot last zijn. Er was bijna twintig jaar verstreken sinds ze onder één dak hadden gewoond. Ze was bij hem geweest tijdens de zwaarste periode van zijn leven, kort na de scheiding, toen ze bij hem woonde in de berghut in het skigebied. Op een dag kwam hij thuis en zag hij een bord met TE KOOP erop aan zijn huis. Kort daarna vertrok zijn dochter uit de woning. En hoeveel ze ook van hem was blijven houden, ze probeerde niet te veel aan hem te denken. Niet uit wrok, maar omdat ze altijd bezorgd was als ze aan hem dacht. Ze hadden een ingewikkelde relatie. Soms was het maar goed dat er een grote afstand tussen hen bestond die overbrugd moest worden om elkaar te zien. Maar soms ook niet. Nu zat Dag, een paar weken voor kerst, in haar keuken en zag hij er ongelofelijk kwetsbaar uit.

Ze nam hem mee naar het ziekenhuis waar ze werkte en vroeg een dokter om zijn arm te onderzoeken. Het was inmiddels enkele weken geleden dat hij gevallen was en de bovenarm begon al te helen, maar Dags arm stond niet goed ten opzichte van zijn schouder en de dokter vertelde hem dat die arm en schouder nooit meer volledig mobiel zouden worden. Dag bleef onverstoorbaar onder het nieuws. Hij zei dat hij de arm toch niet veel nodig had. Hij was al begonnen te schrijven met zijn linkerhand om de pijn te ontlopen die door zijn arm schoot als hij probeerde met zijn rechterhand een pen vast te houden. Als hij maar genoeg kracht en bewegelijkheid terug zou krijgen in de arm om een bijl te kunnen gebruiken, dan kon hij uiteindelijk wel weer terug naar het leven dat hij wilde: alleen in zijn bus. Eind december kon hij met zijn rechterhand wel weer een mok vasthouden, maar hij kon hem nog niet van tafel optillen. Hij had al twee maanden niet echt kunnen trainen. Op kerstochtend stond hij op en kon ineens nauwelijks lopen. Hij had al dagen last van zijn voet gehad maar dat tegen niemand verteld.

Het viel zijn dochter op dat hij hinkte. Hij had zijn rechtervoet een paar weken eerder opengehaald, toen hij nog in de bus woonde, en hoewel de wond leek te helen, werd zijn hele voet nu rood en te gevoelig om aan te raken. Ze bracht hem snel terug naar het ziekenhuis. Het duurde even voordat de artsen konden vaststellen wat er met hem aan de hand was. Toen ze een foto maakten van de voet waren er meerdere botbreuken te zien, allemaal al oud, waarvan er geen enkele echt goed geheeld was. Zijn voet leek wel tien keer gebroken. Dag zei echter dat hij zich niet kon herinneren dat hij ooit zijn voet gebroken had. Het waren echter niet die oude breuken die zorgden voor het zwellen van zijn voet. Hij had bloedvergiftiging opgelopen omdat hij zijn recente wond niet goed had gereinigd en verzorgd, waardoor een bacteriële infectie zo ernstig was geworden dat niet alleen zijn voet maar zijn leven in gevaar was. Zijn dochter schrok en was heel erg bezorgd.

'Weet je wel hoeveel geluk je hebt dat je nu hier bent?' vroeg ze hem.

Dag leek niet te begrijpen dat de infectie, als er geen behandeling zou volgen, zijn gehele systeem kon vergiftigen. Hij kreeg meteen antibiotica toegediend.

Het duurde een aantal dagen voordat de pijn in zijn voet overging. Toen, ruim voor zonsopgang op de laatste ochtend van het jaar, rolde hij uit bed, zette zijn voet op de grond en wachtte op de pijn. Toen het geen pijn deed, ging hij rechtop staan en liep hij naar de deur, trok zijn schoenen aan, deed zijn jas aan en rende de nacht in.

Nieuwjaarsdag kwam en ging. Januari ging langzaam voorbij. Hij rende zo lang en zo hard als hij kon langs de plattelandswegen die de stad uit liepen en vervolgens over het grote plateau dat de Rocky Mountain Trench heet. Hij voelde zichzelf met de dag en met ieder hardlooprondje sterker worden. Maar hij had sinds zijn val in oktober grotendeels stilgezeten en hij had niet meer het uithoudingsvermogen of de snelheid die hij voor het ongeluk had. Toen het februari werd kondigde hij bij zijn dochter aan dat hij snel weer naar huis wilde. Terug naar de bus. Terug naar zijn trainingspaden en zijn dagboeken en het leven dat hij had geleefd sinds de dag dat hij zijn huis kwijt was geraakt, en gedwongen was geweest zijn toevlucht te zoeken in een schoolbus die geparkeerd stond op een berghelling.

Zijn dochter wilde niet dat hij voor altijd zou blijven, maar ze aarzelde ook om hem te laten gaan. Ze wilde dat hij zou accepteren dat hij oud was en herinnerde hem aan wat hij niet wilde toegeven: dat hij als hij alleen in zijn bus was geweest waarschijnlijk was weggezakt in een septische shock en was overleden. Dat hij wel sterk en veerkrachtig was, maar ook kwetsbaar. Ze was niet de eerste vrouw die probeerde hem over te halen om het bos uit te komen en oud te worden in de relatieve luxe van een schoon huis met verwarming en voedsel. Nauwelijks een jaar eerder was zijn jeugdvriendin en adoptienicht Kari helemaal uit Kopenhagen gekomen om Dag in Vernon op te zoeken. Tegen het eind van haar bezoek vroeg ze hem of hij dacht dat hij ooit een normaal bestaan zou kunnen leiden.

'Wat is een normaal bestaan?' antwoordde hij.

De dagen lengden, de late winterzon hing al hoger aan de hemel toen Dag weer terugging naar zijn bus. Hij liet zijn tas op de grond vallen, duwde de deur naar zijn eigen wereld open en klom naar binnen. Hij maakte vuur en opende zijn dagboek waar hij gebleven was op de dag voor zijn ongeluk. Er waren meerdere maanden voorbijgegaan voordat hij weer echt kon trainen. Hij noteerde het aantal uren dat hij op de trails had doorgebracht en de afstand die hij op zijn laatste rondje had afgelegd. Daarna ging hij eropuit om te kijken hoeveel tijd hij had verloren.

10

GEESTVERWANTEN

Het eerste grote ding is jezelf vinden en daarvoor is afzondering en bezinning nodig – tenminste af en toe. Ik kan je vertellen dat je geen verlossing zult vinden in de drukke, luidruchtige centra van de beschaving. Die komt uit de eenzame plaatsen.

FRIDTJOF NANSEN

Maar waaróm? Waarom zou een 77-jarige die meerdere keren het aanbod heeft gekregen zijn oude dag door te brengen in comfort en in de nabijheid van zijn geliefden ervoor kiezen om in plaats daarvan alleen in een vervallen schoolbus op een berghelling te wonen? En waarom zou hij moeite doen om bij te blijven met de ontwikkelingen in de samenleving als hij er ook alles voor deed om zich te onttrekken aan de beperkingen die elk sociaal contract met zich meebracht? Dit waren nog maar twee van de niet te beantwoorden vragen van mijn 72-jarige moeder, bij wie ik op bezoek was toen mijn telefoon overging en het een langeafstandsgesprek bleek van een onbekend nummer.

Mijn moeder was herstellende van chemotherapie en begon net weer op te krabbelen, toen ik onze koffievisite moest onderbreken om het gesprek aan te nemen. Het was eind april 2018 en ik was me juist begonnen af te vragen of ik ooit nog iets van Dag zou horen. Hij leek van de aardbodem verdwenen.

Sinds zijn vorige val hadden we elkaar niet gesproken en ik wist niet waar hij was. Ik had gedurende de winter meerdere boodschappen achtergelaten bij Roster, maar hij was al maanden door niemand gezien. En nu belde hij ineens op een zaterdagochtend. Mijn moeder luisterde rustig mee met het gesprek, dat wel wat vreemd moest overkomen, over beren en betaaltelefoons, een schoolbus en mijn laatste ontdekkingen op het gebied van de dienstgegevens van nazisoldaten die tijdens de oorlog in Noorwegen gestationeerd waren. Ze keek toe hoe ik zocht naar een stukje papier en een datum en tijd voor over een maand opschreef om mijn beller te ontmoeten op een grindweg aan de andere kant van het land. Het enige wat ik moest doen was een vlucht boeken, een auto huren en ervoor zorgen dat ik op het juiste moment op de juiste weg stond.

Toen ik opgehangen had zat mijn moeder vol vragen en luisterde ze aandachtig toen ik de bijzonderheden van Dags leven vertelde. Wat haar het meest fascineerde waren de eenvoudige vragen van het hoe en waarom. Waarom leefde hij zo, en hoe kon hij volhouden wat hij deed? Zij was zes jaar jonger dan Dag en ze ging al bijna dertig jaar lang drie keer per week naar de sportschool. Ze was goed in vorm voor haar leeftijd tot ze dat op een dag ineens niet meer was. Ze was zeventig toen ze knieklachten kreeg. Twee jaar later kreeg ze de diagnose borstkanker.

'Iedereen die ik ken, Brett, absoluut íedereen van mijn leeftijd heeft de een of andere kwaal. We vallen uit elkaar. Slechte heupen, slechte knieën, kanker, diabetes, hartklachten... Iedereen heeft wel iets. Heeft deze man niks?'

Ik vertelde haar over zijn gebroken arm. En over de bloedvergiftiging die hij opliep na zijn voetblessure.

Ze schudde haar hoofd. 'Hij moet wel heel bijzondere genen hebben,' antwoordde ze.

Ik kromp ineen. Ik wilde het met haar op dat moment niet over alle nazidingen hebben. In plaats daarvan zei ik: 'Hij ziet leeftijd meer als een geestestoestand dan als een werkelijk getal.'

Dat vond ze goed klinken. 'Wordt hij niet gewoon net zo snel oud als wij?' vroeg ze.

'Nou, hij kan 24 uur achter elkaar rennen,' zei ik.

Ze was even stil. 'Dat doet hij toch niet echt.'

'Soms wel,' zei ik.

'Ik wist niet eens dat dat mogelijk was,' zei ze.

Ik knikte.

Dags acties hadden een precedent, realiseerde ik me nu pas: een geschiedenis van excentrieke ultramarathonlopers, onbegrepen tijdens hun leven en na hun dood herinnerd als historische curiositeit. De bekendste was een legendarische Noor met de naam Mensen Ernst, wiens ongelofelijke leven eindigde op een hete dag in januari 1843 aan de oever van de Nijl. Op die dag leunde Ernst, misschien wel de grootste hardloper ooit, tegen een palmboom, drapeerde een doek over zijn gezicht en bezweek volgens de overlevering ter plekke aan uitputting en dysenterie. Hij was waarschijnlijk 47 jaar oud en had bijna twee maanden non-stop gerend, waarbij hij 3500 kilometer had afgelegd van het oosten van Duitsland naar Jeruzalem, daarna naar het westen richting Caïro en vervolgens naar het zuiden, de Nijl volgend in de hoop de oorsprong ervan te vinden. Hij was zo ver gekomen met zeer weinig slaap – hij rustte meestal in intervallen van tien minuten, waarbij hij rechtop stond tegen een boom – en nog minder voedsel: één cracker per dag en 30 ml frambozensiroop. Als we tenminste de vermelding in de *New York Times* van 1879 daarover mogen geloven.

Volgens de overlevering stond hij nog steeds rechtop tegen de boom toen lokale dorpsbewoners hem wilden wekken. Toen zijn lichaam op de grond viel, maakten ze een gat in de grond en begroeven hem op de plaats waar hij zijn laatste stappen had gezet.

Toen Ernst nog leefde trok hij enorme menigten die hem wilden zien rennen. De *Times* schreef in 1879:

> De huidige belangstelling voor de wandelsport, die zich manifesteert door het op de been brengen van mensenmassa's die de wandel- en hardloopwedstrijden willen meemaken, was ook al zo groot in de eerste helft van de eeuw, maar was toen ontketend door de wonderbaarlijke en bijna niet te geloven prestaties van één man. Dit was Mensen Ernst.

Hij zou klein van stuk en stevig gebouwd zijn geweest en liep in een wit lang hemd en een zwarte broek en droeg een hoed met een grote pluim. Ernst was de eerste professionele ultrarunner en had zijn roeping gevonden toen hij op verlof was van de handelsmarine in Londen. Hij legde zichzelf de uitdaging op om een voetrace van Londen naar Portsmouth te winnen. Hij won de race in negen uur, schreef zich vervolgens in voor nog een race, om van Londen naar Liverpool te rennen in 32 uur.

Zo startte hij een gewoonte om naar Parijs, Berlijn, Rome, Madrid en andere steden te rennen, waar hij dan de lokale mensen uitdaagde om te wedden dat hij een of andere absurd lange afstand niet zou halen. Hij zou die weddenschappen winnen en letterlijk wegrennen met hun geld. Hij trok het meeste publiek in Parijs op 11 juni 1831, toen hij vanaf Place Vendôme naar Moskou vertrok. Hij had er persoonlijk 4000 franc op ingezet dat hij de afstand van 2800 kilometer in vijftien dagen zou afleggen. Er stond hem niemand op te wachten bij het Kremlin toen hij al na dertien dagen en achttien uur aankwam. Zijn meest onverschrokken huzarenstukje volbracht hij echter toen de Oost-Indische Compagnie hem documenten toevertrouwde die dringend vervoerd moesten worden van Constantinopel naar Calcutta, door enkele van de meest onherbergzame streken op aarde. De Oost-Indische Compagnie gaf hem acht weken de tijd om de documenten af te leveren. In plaats daarvan legde hij in die tijd de reis heen én terug af, door gemiddeld 140 kilometer per dag te rennen.

Tegen het eind van zijn leven raakte Ernst bevriend met een Saksische prins die zijn noodlottige laatste race langs de Nijl subsidieerde en met een Duitse schrijver die Gustav Rieck heette, die Ernsts leven optekende in een boek dat uitkwam terwijl de hardloper nog leefde. Riecks boek zat vol onwaarheden die mogelijk uit Ernsts eigen mond kwamen. In Riecks boek zou Ernst geboren zijn in 1799 in de schilderachtige haven van Bergen als zoon van een Britse marinekapitein en een Noorse vrouw wier stamboom terug te voeren was tot aan Erik de Rode. In de legende komen de ouders van Ernst om bij een schipbreuk op de Noordzee, waarna het rusteloze, ontwortelde kind gaat zwerven langs de fjorden, later in dienst gaat bij de Royal Navy en meevecht bij de Slag van Navarino, de laatste grote zeeslag van betekenis die werd uitgevochten met alleen zeilschepen. Alleen is niets hiervan waar, want Ernst werd geboren in 1795 in Fresvik, een dorpje aan de kust van een eilandfjord dat omringd werd door bergen. Hij verliet het dorp op vijftienjarige leeftijd om smid te worden in Bergen en vertrok later naar Kopenhagen om naar school te gaan. Hij verliet Noorwegen voorgoed in 1813 om te gaan werken op een Brits koopvaardijschip.

Net als bij Dag was het niet duidelijk waar de realiteit van Ernsts verhaal ophield en de fantasie begon. Het was onmogelijk om geen vergelijkingen te maken tussen de extreme wapenfeiten en vaak onbegrijpelijke aspecten die door de levens van beide mannen heen liepen. Er waren opvallende overeenkomsten tussen de twee, zeker ook wat betreft hun kijk op comfort en voedsel. Ernst zou flessen wijn achterover hebben geslagen en at niets als hij rende. Dag deed praktisch hetzelfde, al was bier het gif van zijn keuze. Tijdens de langere races at hij aardappelen, maar hij dronk zeer weinig water. Ernst sliep het liefst buiten op de grond, net als Dag, en beiden dachten ze dat dat beter was voor het lichaam.

Hoewel hij nu grotendeels vergeten is, stond Ernst toen hij stierf bekend als de grote wandelaar en rondtrekkende hardloper. Vandaag de dag zou hij hetzelfde etiket opgeplakt krijgen als Dag: dakloze ultrarunner.

Dag had over Ernst gehoord, maar zijn verhaal had niet zo veel indruk gemaakt als dat van twee andere veel beroemdere Noorse avonturiers, Fridtjof Nansen en Roald Amundsen. Beiden waren ook een soort extreme sporters en voor Dag van kinds af aan een inspiratie, toen hij voor het eerst hun beider memoires las. Ook als volwassene was hij nog steeds gefascineerd door beide mannen en nam hij elementen uit hun filosofie over in zijn eigen denkwijze. Ook zijn dagboeken werden geschreven naar voorbeeld van het werk van Nansen, die had vermeld dat hij in een groot deel van zijn leven verloren was geweest zonder zijn dagboeken.

Nansen werd in 1861 geboren in een buitenwijk van Oslo en was een getalenteerd skiër en gymnast, dankzij zijn lenigheid en spierkracht. Zijn grootste kracht was echter niet fysiek, maar psychologisch. Hij had meerdere keren bewezen dat hij in staat was per dag bijna 100 kilometer te langlaufen. Hij had het liefst een hond als reisgezelschap op zijn lange expedities en reisde zo licht mogelijk. Als zoöloog in opleiding bracht hij zijn studentenjaren door aan boord van een Noors zeehondenjagersschip voor de kust van Groenland, waar hij beren, zeehonden en het ijs bestudeerde, en trok hij 480 kilometer op ski's over land van Bergen naar Oslo om zijn stelling te verdedigen. Die expeditie was slechts een opwarmertje voor een veel groter project. Op zijn 27ste leidde hij wat door velen een zelfmoordexpeditie werd genoemd: dwars door Groenland skiën. Nansen vertrok bewust vanaf het onherbergzame oosten van het eiland met als enige mogelijke plaats van bestemming een klein vissersdorpje aan de andere kant van het eiland. Jaren later zette hij zijn principes uiteen. Hij geloofde dat een ontsnappingsroute een valstrik is, dat je je schepen juist achter je moet verbranden, zodat er geen andere keus is dan doorgaan. Na twee maanden op de Groenlandse uitgestrekte ijsvlakte, waar hij met een team van zes man al skiënd wel 2700 meter hoogteverschil overwon en ze temperaturen van min 45 °C overleefden, gletsjerspleten en rotspunten omzeilden en uitputting en ontberingen overwonnen, kwamen ze aan de andere kant van het eiland weer tevoorschijn.

Nansen werd in Noorwegen als een held onthaald, en verankerde zo de ski's in de noordse verbeelding. Hij inspireerde een hele generatie Noren die hun ski's onderbonden en de grenzen opzochten van wat mogelijk was op sneeuw en ijs. Onder deze protegés bevond zich een atletische jonge man met de naam Roald Amundsen.

Amundsen werd in 1872 in een buitenwijk van Oslo geboren en studeerde medicijnen voordat hij als avonturier zee koos. Hij was 25 toen hij voor het eerst de enorme muren van ijs van de Noordpool zag. Terug in Europa stelde hij een bemanning van zes man samen en schafte een eenmaster aan van 47 ton, waarvan hij de romp versterkte zodat hij door het ijs kon breken. Hij voer het Oslofjord op om geld en steun in te zamelen voor zijn uiteindelijke doel: de Noordwestelijke Doorvaart bevaren. Anders dan John Franklin, die vijftig jaar eerder omkwam in zijn poging de doorvaart te vinden met twee oorlogsschepen en 129 man, was Amundsen vastbesloten de reis te wagen met een minimale bemanning. Het duurde drie jaar voordat zijn schip in de Stille Oceaan weer tevoorschijn kwam. Amundsen en zijn bemanning keerden naar huis terug en werden de eerste helden van het Koninkrijk Noorwegen, dat zich in 1905 had afgescheiden van Zweden terwijl Amundsen op zee was.

Het was echter zijn volgende prestatie die ervoor zorgde dat hij de held werd van alle Noorse kinderen. Voortbouwend op de overlevingstechnieken die hij had geleerd, grotendeels van de Inuit in het Canadese Poolgebied, voer hij naar Antarctica en zette hij een basiskamp op dat het startpunt was van de zwaarste duurtest aller tijden: de race naar de Zuidpool. Anders dan zijn Engelse rivaal, Robert Falcon Scott, had Amundsen zich tot in de puntjes op de expeditie voorbereid. Hij had voedselvoorraden achtergelaten op het eerste deel van zijn route naar de pool en zichzelf in dierenhuiden gehuld, omdat de Inuit hem hadden laten zien dat die veel beter werkten om de kou buiten te houden dan wollen parka's, ook als ze nat waren. Bovendien kwam hij aan met een hondenspan en sleden om voorraden te vervoeren, en met ski's. Dit was waarschijnlijk het cruciale verschil tussen zijn expeditie en die van Scott, die in Antarctica aankwam met een span Siberische pony's.

Met vier metgezellen, 52 sledehonden en vier sleden ging Amundsen op weg naar de Zuidpool. Bijna twee maanden lang zochten ze hun weg met helder weer, tot ze hun bestemming bereikten op 14 december 1911. Ze plantten de Noorse vlag en bleven er vier dagen, aten een paar van de honden op om nieuwe krachten op te doen en vingen toen de terugweg naar hun kamp aan. Toen Scott de Zuidpool een maand later bereikte, zag hij de vlag en wist hij dat hij verslagen was. Scott en zijn mannen kwamen om toen ze de weg naar hun eigen basis terug probeerden te vinden.

Amundsen zou uiteindelijk verdwijnen bij een vliegtuigongeluk boven de Barentszzee in 1928, terwijl Nansen in 1930 aan een hartaanval overleed. Jaren later werden hun heldendaden nog steeds op scholen onderwezen aan ontvankelijke kinderen als Dag, en de twee mannen werden een prototype van noordse mannelijkheid en vindingrijkheid. Zij betekenden ook meer dan wie ook voor de groei van het langlaufen als sport in Noorwegen en daarbuiten. Skiën was al langere tijd de nummer één wintersport in Noorwegen, maar Nansen en Amundsen hielpen het gebruik van ski's voor langeafstandsduursporten populair te maken.

Het land zat nog midden in de oorlog toen Dag zijn eerste paar ski's kreeg, handgemaakt door de plaatselijke timmerman die houten ski's maakte in zijn werkplaats naast zijn huis. Het was het einde van een tijdperk waarin Noorse dorpen nog hun eigen skimakers hadden. Zij spleten planken uit boomstammen, staken ze met de handbeitel af tot ze de gewenste vorm en welving hadden. Daarna stoomden ze de punten en bogen ze, waarna ze de teenbanden bevestigden. Veel skimakers voegden dan nog hun eigen persoonlijke versiering toe aan de bovenkant van de ski's en verkochten ze aan hun buren.

Een van Dags vroegste herinneringen was dat hij zijn ski's naast de deur van het landhuis op Hovlandsmoen neerzette. Hartje winter kon hij alle uithoeken van het land van zijn ouders op ski's bereiken. Hij nam een lunchpakket mee op zijn rug en trok voor de hele dag het bos in, en hij zette door tot hij niet verder kon, keerde dan om en ging terug naar huis. Sommige dagen was hij zo lang weg, dat de sporen die hij bij vertrek had gemaakt verdwenen waren, bedekt door een verse laag sneeuw. Daarop ging hij naar binnen, stookte het vuur in zijn kamer op en las nog een bladzijde uit Nansens memoires van zijn overlevingstocht in het Hoge Noordpoolgebied.

Het ging om meer dan hun nationaliteit die Dag verbond met Ernst, Nansen, Amundsen en andere Noorse avonturiers uit het verleden. Hij bestudeerde Nansen en Amundsen ijverig en evenaarde hun bezetenheid in zijn behoefte aan en tevredenheid met eenzaamheid. Net als zij had hij de masochistische hebbelijkheid het avontuur te zoeken, op een manier die op verslaving begon te lijken.

Wetenschappers proberen al jaren de rol die 'nature' speelt bij de wording van extreme atleten te isoleren. Sommigen stellen dat het herleid kan worden tot een genetische marker die bekendstaat als de DRD4-receptor. Een van de DRD4-varianten, ook wel het 'avonturengen' genoemd, wordt vaak geassocieerd met risicozoekend gedrag, zoals bergbeklimmen, skydiven, autoracen en freestyleskiën. De DRD4-receptor reguleert de opname van dopamine door de hersenen, wat suggereert dat die misschien verantwoordelijk is voor het inspireren van atleten om hun leven op het spel te zetten in naam van de sport.

Onderzoekers begrijpen nu ook dat dopamine een wezenlijk onderdeel is van de 'runner's high' – een gevoel van euforie dat tijdens of na lang achter elkaar hardlopen zijn intrede doet. Het fenomeen staat bekend om het reduceren van angst en het verminderen van het vermogen van de hardloper om pijn te voelen.

Dopamine is, tenminste op biologisch niveau, een goede uitleg voor Dags risicozoekende gedrag als freestyleskiër in zijn jeugd en als obsessieve ultrarunner in zijn latere jaren. Maar het verklaart niet de overgang van het zichzelf leren skiën naar het zich ontwikkelen tot de eerste extreme skiër ter wereld. Of hoe het mogelijk was dat hij op een dag, toen hij midden in de dertig was, besloot zonder training zijn eerste marathon te lopen. Of hoe hij, bijna veertig jaar later, nog steeds persoonlijke records haalt voor het aantal uren dat hij per jaar hardloopt.

Dag had zelf weinig belangstelling voor de genetische en anatomische uitleg voor het hoe en waarom van wat hij deed. Hij geloofde ook helemaal niet dat hij sterke genen had. Hij beweerde dat hij zijn hele leven al een slechte heup had en dat zijn uithoudingsvermogen als ultrarunner niet te danken was aan zijn genen, maar aan zijn dagelijkse trainingsroutine. Hij liep dagelijks hard omdat hij zich daar goed bij voelde, en als dat kwam door een shot dopamine, teweeggebracht door een genetische receptor, het zij zo.

Hij zag zichzelf niet als een risicozoekende verslaafde. Hij geloofde helemaal niet dat hij verslaafd was aan iets. Hij liep hard omdat hij gedreven werd door een eigen filosofie die hem stimuleerde om iedere dag zijn lichaam meer en meer naar de grenzen van wat mogelijk was te drijven. Hij gaf toe dat hij iedere keer als hij een persoonlijk record haalde een kick kreeg, al was het maar voor het hoogste aantal uren volhouden om een bepaalde afstand te halen. Maar wat hem betrof was er geen beter gevoel dan het leveren van een gecombineerde persoonlijke, psychologische en fysieke prestatie. Hij kon er niet bij dat er niet meer mensen dezelfde kijk op de wereld hadden als hij. En hij kon niet begrijpen hoe en waarom zo veel mensen moeite hadden om hun telefoon lang genoeg weg te leggen om hun grenzen op te zoeken.

11

EEN LEVEN OP SKI'S

Mijn rijkdom zit niet in wat ik bezit, maar in hoe ik me voel.

DAGS DAGBOEKEN

In alle landen worden beroemde sportmensen geëerd, maar nergens worden skiërs zulke iconen als in Noorwegen. Er staan standbeelden ter ere van overwinningen en prestaties van overleden skiërs in dorpen en dalen in de wieg van de sport, van Telemark in het zuiden tot de stad Lillehammer in het oosten en het fjord van Trondheim in het noorden. Skiërs zijn in Noorwegen wat voetballers zijn in Brazilië of ijshockeyspelers in Canada. De ski staat voor iets unieks in de Noorse psyche. De ski hielp de mensheid om het land te verkennen en er te overleven. Er zijn zelfs grottekeningen die dit illustreren. Nomadische jagers die pijlen op hun prooi afschoten gebruikten prehistorische ski's om over sneeuw en ijs te glijden op jacht naar wilde dieren op het Scandinavisch Schiereiland. In de duizenden jaren sinds mensen de regio gingen bewonen, bleven ski's de aangewezen manier om zich tussen de dorpen te verplaatsen. De Noormannen baden zelfs tot een god van het skiën die ze Ullr noemden. Vanaf de primitieve gesneden planken die aan de voeten werden vastgebonden met gedraaide berkenwortels tot de moderne van composiet met bindingen op maat, hebben ski's altijd een centrale plaats gehouden in de Noorse cultuur.

Deze lange traditie komt deels voort uit de skibrigades, die hele generaties militairen opleidden om te skiën en te schieten, waaruit een van Noorwegens populairste sporten, de biatlon, ontstond. Het komt echter ook voort uit het feit dat veel Noren hun land, en met name de Telemarkregio, zien als de wieg van het moderne skiën. In de negentiende eeuw was de timmerman Sondre Norheim de eerste nationale skikampioen in een wedstrijd die een mix was van afdaling en langlaufen. Norheims uitvinding van een eigen soort binding, waarmee zowel de hiel als de teen aan de ski bevestigd kon worden, was een grote verbetering van de mogelijkheden op de ski's, waarbij hij een grotere stabiliteit verkreeg om de bochten en het steile terrein rond zijn dal te kunnen doorkruisen. Zijn Telemarkbinding was revolutionair, maar werd al snel overtroffen door het werk van een kluizenaar in Oostenrijk die een paar Noorse ski's uit elkaar haalde en verder ontwikkelde, zodat de bindingen beter geschikt waren voor de steilere hellingen van de Alpen. In de jaren twintig begonnen de bedrijven Rossignol, Völkl en Fischer met de massaproductie van ski's van hickoryhout in fabrieken in Frankrijk, Duitsland en Oostenrijk. Daarna werd het pas echt technisch, toen de Amerikaanse luchtvaartingenieur Howard Head begon met de productie van ski's uit aluminium, glasvezel en andere materialen uit de luchtvaart.

Het was uiteindelijk de Amerikaanse civiel ingenieur James Curran, die de eerste jaren van zijn carrière wijdde aan het maken van transportbanden voor het laden van bananen op schepen in Honduras, die de sport voor altijd zou veranderen toen hij die overslagtechnologie naar Sun Valley in Idaho haalde, en in 1936 de bananenhaken verving door stoeltjes. Zo zag de eerste stoeltjeslift het levenslicht. Net na de Tweede Wereldoorlog schoten de een- en tweepersoonsstoeltjesliften op berghellingen overal ter wereld als paddenstoelen uit de grond. Ineens hoefden mensen niet meer eerst de berghelling op te klimmen met hun houten ski's op hun rug om daarna één keer te kunnen afdalen. Hoe groter de sport werd in Europa en Noord-Amerika, des te minder zeggenschap hadden de Noren erover. Maar toen kwam Stein Eriksen.

Het kostte Eriksen precies twee minuten en 25 seconden om Noorwegens imago als skinatie te herstellen en 's lands eerste naoorlogse held en posterboy voor de Olympische Winterspelen van 1952 in Oslo te worden. Eriksen werd door journalisten en skihistorici als dé persoon gezien die de wereldwijde skirage van de jaren zestig had veroorzaakt. En Dag wees zelf ook Eriksen aan als degene die zijn leven vanaf zijn tiende had bepaald.

In de winter van 1952 waren er zeven lange jaren voorbijgegaan sinds het einde van de oorlog. De familie Aabye was, nadat familie en vrienden hadden aangegeven dat het veilig was om thuis te komen nadat de eerdere doodsbedreigingen waren gestopt, de zomer ervoor teruggekeerd naar Sigdal. Dag bracht de zeereis van een maand van Argentinië naar Noorwegen door in het gezelschap van de twee mensen die zichzelf zijn ouders noemden. Hij nam het ze niet kwalijk dat ze hem in Argentinië in de steek hadden gelaten, maar ze waren vreemden voor hem geworden. Hij bracht zo veel mogelijk tijd door aan dek, waarbij hij zichzelf geliefd maakte bij de bemanning door roest van het dek te verwijderen en te kijken naar de golven die tegen de boeg van het schip sloegen terwijl het voortstoomde door de schijnbaar oneindige Atlantische Oceaan. De lente ging over in de herfst toen ze de evenaar overstaken en naar het noorden afbogen, het Iberisch Schiereiland rondden, het Kanaal doorstaken en hun weg zochten door het Oslofjord. Met Kerstmis 1951 waren de Aabyes weer terug op Hovlandsmoen en zat Dag weer in zijn kamer in een hernieuwde kennismaking met het gevoel van ijsbloemen op de ruiten.

Gedurende de eerste maanden terug in het grote huis leefden ze ingetogen. Toen werd het februari en kwam de olympische fakkel aan in Oslo met de belofte dat binnenkort de beste skiërs van de wereld zouden afdalen van een skihelling van 1000 meter, niet ver van Hovlandsmoen vandaan.

Op 15 februari stond Dag met zijn moeder naast de stoeltjeslift op de top van het Norefjell-skigebied, onder de indruk van de olympische piste die op de helling van de berg was aangelegd. Er stonden drommen toeschouwers langs de kant, met slechts een eenvoudig touw als afscheiding van de olympische skiërs die zeer binnenkort met halsbrekende snelheden de berg af zouden komen flitsen.

Helga liep met haar zoon langs de zijkant van de baan, op zoek naar de perfecte plek om alles te kunnen zien. Die vond ze halverwege de helling, bij een bocht vlak voor een steil stuk. Dag had nog nooit eerder ski's gezien die niet van hout waren, of een stoeltjeslift. Hij hing in het touw en keek door de lijst met deelnemers. Een van de deelnemers herkende hij meteen: Henri Oreiller, de eerste olympische kampioen afdaling en een man die de reputatie had op ski's sneller te zijn dan de snelste auto van die tijd. De Fransman, bijgenaamd 'de dalende gek', had ervoor gezorgd dat het merk Rosignol boven aan de snelgroeiende skimarkt terechtkwam toen hij in 1948 een paar ski's van dat merk droeg bij het winnen van de eerste gouden medaille in de afdaling op de Olympische Winterspelen van St. Moritz. Oreiller begon aan de Spelen van 1952 voor velen als favoriet. Dag keek toe hoe de acrobatische Fransman wild de berg af scheurde. Dag en zijn moeder kwamen echter niet voor Oreiller. Net als duizenden anderen daar langs het touw waren de Aabyes gekomen om Stein Eriksen aan te moedigen.

Op het moment dat Eriksen in het starthokje gleed voor zijn olympische race bestond het skiën, ook wel alpineskiën, al zestig jaar als sport. Er was veel veranderd sinds Mathias Zdarsky, een Oostenrijks-Hongaarse kluizenaar van Tsjechische afkomst, in

1891 bijna verongelukte bij zijn poging een steile helling af te dalen op een paar langlaufski's, die hij in Noorwegen had besteld. Zdarsky wordt door velen gezien als de vader van het alpineskiën. Hij creëerde een heel nieuwe sport toen hij een stalen binding ontwierp, gebaseerd op de Noorse variant, om de Oostenrijkse Alpen af te dalen. Het alpineskiën had zich vanuit de leer van Zdarsky snel ontwikkeld. Hij probeerde de sport te centreren rond een reeks onhandige en primitieve technieken die hij in een periode van acht jaar eenzaamheid in een klein bergdorpje in elkaar had geflanst. Zijn belangrijkste bijdrage aan de transformatie van langlaufski's naar alpineski's was de bevestiging van een metalen plaat boven op de ski door middel van een scharnier, met banden die rond de schoen gingen en de hiel laag hielden met behulp van een gespannen veer. Aangezien hij de eerste echte alpineski's had gemaakt begon hij vast te leggen hoe ze gebruikt dienden te worden en schreef hij het eerste handboek voor alpineskiën. In plaats van twee stokken gebruikte hij één lange stok die op een scherpe punt uitliep. Deze diende zowel voor de balans als voor een soort harpoen die Zdarsky gebruikte om in de sneeuw te prikken en vervolgens een sneeuwploegbocht te maken. Hij stopte zijn boek vol gedetailleerde instructies hiervoor en keek met afschuw naar iedereen die afweek van zijn stijl.

Hij was 49 toen hij de eerste echte alpineskiwedstrijd organiseerde op 19 maart 1905. Zdarsky bepaalde de regels voor de race en ook het parcours, met poortjes in een kronkelpatroon dat de deelnemers dwong in een soort slalomstijl te skien. Zdarsky won de wedstrijd maar verdween daarna snel in de vergetelheid. Toch had hij zijn ski geplant in de geest van de bergvolkeren. Tijdens de Olympische Winterspelen in Oslo van 1952 deden de Noren hun best om het langlaufen en alpineskiën weer naar zich toe te trekken als hún sport. Daarom kwamen de Noren in groten getale opdagen om de jonge

Stein Eriksen te zien in wat een van de beroemdste races om de gouden medaille uit de geschiedenis van het skiën zou worden. Dag stond toevallig langs de lijn toe te kijken hoe het skiën de wereld veroverde.

De openingsceremonie was nauwelijks begonnen of de 24-jarige Eriksen schoot al uit het startpoortje. Hij was nog grotendeels onbekend, maar in Noorwegen werd hij al gezien als een geduchte tegenstander. Een in Oslo geboren zoon van een olympische turner die zichzelf had leren skiën en die sneller was in de afdaling dan de besten uit de bergachtige Telemarkregio, waar sinds het midden van de zestiende eeuw de beste skiërs ter wereld vandaan kwamen.

Eriksen had een ongebruikelijke stijl, hij zette zijn schouders haaks op ieder poortje en carvede zijn ski's in de tegenovergestelde richting. Hij had voornamelijk in Noorwegen getraind, terwijl de rest van het olympische veld samen in de Alpen trainde. De concurrentie tussen de naoorlogse Europese naties was hevig. Ieder land stuurde scheikundigen om te helpen de snelste skiwax samen te stellen zodat de deelnemers uit hun land de beste kans zouden hebben op de Noorse sneeuw. De Oostenrijkers en de Fransen waren favoriet en buiten Noorwegen waren er maar weinig mensen die een hoge pet ophadden van Eriksens onorthodoxe stijl, waarmee hij eruitzag alsof hij de controle helemaal kwijt was.

Dag kon het starthokje vanaf zijn plek niet zien, maar hij kon het publiek horen juichen toen Eriksen aan zijn afdaling begon. Daarna hoorde hij het geluid van de Noorse ski's die door de ijzige sneeuwkorst sneden toen Eriksen zichzelf rond het eerste en daarna het tweede poortje afzette. Hij zat al snel op 130 kilometer per uur, snel genoeg om bijna zes meter hoogteverschil per seconde te overbruggen. Op het moment dat Dag hem kon zien aankomen had hij zich uitgestrekt naar het hoogste punt van een bocht, waarbij hij het equivalent van een G-kracht van ig op de zijkanten van zijn ski's overbracht. Daarna verplaatste hij zijn gewicht en vloog hij over een heuveltje. Even hoorde Dag helemaal geen geluid van Eriksens ski's, omdat de man letterlijk door de lucht vloog. Dag kon hem niet zien landen. Hij hoorde alleen het gejuich van het publiek, gevolgd door het geluid van staal dat in het ijs lager op de helling schuurde. De hele afdaling was voorbij in twee minuten en 25 seconden. Stein Eriksen behaalde de eerste gouden medaille voor het land in de reuzenslalom en verving Oreiller als de bekendste skiër op aarde.

Die nacht zat Dag op zijn bed naar buiten te kijken. Het maanlicht weerkaatste op de sneeuw in het veld en bescheen de beboste heuvel in de verte. Hij zag de skipiste al voor zich die hij de komende ochtend door het bos zou kappen. Hij stond vroeg op, pakte zijn langlaufski's uit de schuur en ging op pad met het plan de volgende beste skiër van de wereld te worden.

De zon begon net over de heuvels uit te komen toen Dag de bossen introk om zichzelf uit te dagen op zijn eigen reuzenslalomparcours. Het kostte hem bijna een uur om naar boven te ploeteren, zijn weg zoekend tussen omgevallen bomen en zwerfkeien, tot hij een hoog punt had bereikt dat hem een goede plek leek voor de start. Hij was ver genoeg van huis om zijn ouders niet te laten merken wat hij van plan was.

Hij greep zijn stokken vast en keek naar beneden naar de zijkanten van zijn houten ski's. Er zat geen metaal aan, helemaal niets om mee in de sneeuw te snijden. Ze waren ontworpen om alleen maar rustig naar voren te bewegen. Hij wist niet veel van de sport, maar hij wist wel dat de ski's aan zijn voeten niet geschikt waren voor een afdaling, en ook niet konden wenden en keren rond bomen en stenen. Maar hij was vastberaden om te doen wat hij op de Winterspelen had gezien. Hij zette af en begon snelheid te maken, maakte succesvol een bocht om de eerste boom en daarna om de tweede. Maar ineens ging hij te snel en voordat hij er erg in had verloor hij de controle en denderde hij over keien en schuurde hij met zijn lichaam langs de ene boom na de andere, brak takken af met zijn gezicht, benen en lichaam. Hij stond nog steeds redelijk rechtop toen hij het bos uit kwam en een open plek op schoot en op volle snelheid richting een grote opening in een houten hek ging. Hij had niet veel speelruimte toen hij richting het gat vloog.

Hij ging veel te snel om in de gaten te hebben dat zijn vader bij het hek stond. Georg keek toe hoe Dag door het gat scheurde en op een haar na de palen miste, voordat hij de punten van zijn ski's kruiste en voorover in de sneeuw gekatapulteerd werd. Dag tilde zijn hoofd op uit de sneeuw en keek bewonderend om naar zijn skisporen door het hek en hogerop in het bos.

'Wil je dood of zo?' vroeg Georg.

Ze keken elkaar aan, Dag verwachtte dat zijn vader hem mee zou slepen naar huis om door Helga gestraft te worden. Dag was inmiddels bang voor zijn moeders reactie op praktisch alles wat hij deed.

'Zorg ervoor dat je moeder niet ziet dat je dit doet,' zei Georg. 'Je grootvader heeft die bomen geplant en het hek gemaakt.'

Georg liep terug naar huis en Dag trok weer het bos in om het nog een keer te proberen, en steeds weer opnieuw. Het duurde niet lang of Georg boekte een reis naar Oostenrijk om bij de Kneissl-fabriek in de Alpen een paar echte alpineski's voor Dag te kopen.

De rest van die winter besteedde Dag iedere dag meerdere uren aan zijn nieuwe ski's. Als hij niet leerde af te dalen van zijn zelfgemaakte pistes, oefende hij zijn voetenwerk vanuit stand. Daarbij deed hij de bewegingen na die hij in een kort ogenblik had gezien toen Stein Eriksen afdaalde met zijn skischoenen tegen elkaar. Toen werd het tijd om zijn eerste skisprong te oefenen. Hij had gelezen dat Eriksen iedere zondag om één uur ophield met waar hij op dat moment mee bezig was en een zogenaamde zweefduiksalto voorover uitvoerde. Eriksen kon de salto voorover er makkelijk uit laten zien, maar dat was hij niet. Dag sprong al snel van de steilste helling af die hij kon vinden, vlak naast de schuur, een paar meter van de enige weg af die door het dal liep. Auto's en bussen stopten altijd even bij de boerderij om te kijken hoe Dag zich afzette van de schuur, een steile heuvel af en dan over een sneeuwschans die hem de lucht in smeet met 20 kilometer per uur. Het vallen was keihard en spectaculair, maar dat waren de gelukte landingen ook. Hij was nog jong, maar hij was al op weg om 's werelds eerste extreme skiër te worden.

Hij hoefde alleen nog maar weg zien te komen van de boerderij.

12

LEREN HARDLOPEN

Hij was mijn vriend, we vertelden elkaar geheimen.
We begrepen elkaar beter dan wie ook. Ik was niet verbaasd
toen hij vertrok. Hij moest daar weg.

GUNHILD BAKKE, DAGS NICHT

Helga Aabye was in een slechte bui. Iedereen die haar kende wist dat Helga altijd wel een reden vond om boos te zijn op haar geadopteerde zoon. Maar op deze dag snapte niemand, zelfs Dag niet, wat hij gedaan had om haar tegen de haren in te strijken. Hij viel de keuken binnen om iets te eten te zoeken, toen ze ineens tegen hem stond te schreeuwen en hij bang werd en het tussen hen daarna nooit meer hetzelfde was.

'Jij lelijke zoon van een nazihoer,' schreeuwde ze. Dag was met stomheid geslagen en helemaal in de war. Hij stond met zijn rug tegen de keukenmuur en probeerde te begrijpen wat er net tegen hem gezegd was. Niemand had hem ooit verteld dat hij geadopteerd was. Hij had geen herinneringen aan het weeshuis in Oslo en het enige wat hij nog echt wist van de oorlog was de momenten dat hij bang was geweest. Dat de telefoon overging als waarschuwing en het gezin zich naar buiten haastte en het bos in vluchtte.

Dag sloeg zijn ogen neer toen Helga terugdeinsde en haar hand voor haar mond sloeg. Hij had op school horen praten over *tyskerunger* (Duitse rotjongens), en over hun moeders als landverraders, als tyskertøser (Duitse hoeren). Maar hij had er in werkelijkheid nog nooit een gezien. En dat wilde hij ook niet. Hij wist genoeg over de oorlog om te weten dat die kinderen gehaat werden, en hun moeders ook.

Dag stond nog steeds na te denken over wat er net gezegd was, toen Helga neerknielde, haar handen op zijn schouders legde en hem stevig vasthield. 'Het spijt me,' zei ze. 'Het spijt me zo.'

Haar woorden hielden hem dagenlang bezig. Hij voelde zich niet genoeg op zijn gemak om zijn moeder meer informatie te vragen, en zijn vader was de hele tijd van huis. Op een dag toen hij in zijn eentje aan het spelen was naast de schuur zag hij zijn oom Petter naar het huis rijden. Dag ging naar hem toe en hielp wat gereedschap uit de truck halen. Toen vertelde hij zijn oom wat Helga gezegd had.

'Hoe kan ik nu een tyskerunge zijn?' vroeg hij. 'Ik ben hier opgegroeid op de boerderij.'

Petter keek hem verbaasd aan. 'Heeft niemand je de waarheid verteld?' vroeg hij.

Dag wilde niet dat iemand anders wist wat Helga hem gezegd had. Dus begroef hij zijn vragen tegelijk met zijn gevoelens en sprak er jarenlang niet meer over. Maar vanaf het moment dat Helga tegen hem in de keuken had staan schreeuwen was hun relatie sterk veranderd. Er ontstond afstand tussen hen, die gedurende zijn tienerjaren bleef bestaan. Ze maakten ruzie over alles, over zijn vriendinnen, zijn kleding, zijn dromen en ambities en over zijn cijfers. Maar de kern van het probleem was steeds dezelfde. Ze wilde dat hij iemand was die hij niet kon zijn. En daarom voelde hij zich thuis nooit helemaal geaccepteerd. Hij liep als tiener meerdere keren weg van huis. Soms verstopte hij zich in een van de blokhutten aan de uiterste rand van Hovlandsmoen. Een keer sliep hij boven op de wasmachine bij een vriend thuis. Een andere keer nam hij de bus en reed hij urenlang door. Het was echter iedere keer een kwestie van tijd voordat hij weer kwam opdagen in het oude landhuis. Hij liep zo vaak weg, dat zijn ouders besloten om hem toen hij dertien was in te schrijven bij een privékostschool. Ze hoopten dat hij door de afstand en de strenge schoolopleiding wat meegaander zou worden. Maar nee. En ook niet door de twee jaar daarna in het Noorse leger.

Van buitenaf gezien leek het voor veel dalbewoners alsof Helga en Dag elkaar bijna haatten. Hun relatie was zo slecht dat zelfs Helga's zus zich afvroeg of Dag misschien het resultaat was van een affaire tussen Georg en een of andere vrouw. Dag leek namelijk veel op zijn adoptievader. Ze waren allebei lang en slank, met hoge jukbeenderen en ogen die leken te verdwijnen in de zon. Deze theorie verklaarde enigszins waarom Helga zich zo vaak minachtend uitliet tegen de jongen die ze beloofd had op te voeden alsof het haar eigen kind was. Ze keurde zo veel dingen van hem af, maar ze had vooral het gevoel dat hij nooit dankbaar was voor het leven dat ze hem gegeven had toen ze hem binnenliet in haar wereld.

Dags vrienden op kostschool herinneren zich hem als een stille jongen die nooit sprak over waar hij vandaan kwam en in de vakanties bijna nooit naar huis ging. Ze wisten ook nog wat hij deed op een ochtend in februari 1958 toen er niemand in de buurt was. De toen zestienjarige Dag werd wakker in de slaapzaal door het geluid van brekend glas. Hij sprong uit bed, gluurde tussen de gordijnen door en zag dat zijn school in lichterlaaie stond. Hij trok de lakens van zijn matras, knoopte ze aan elkaar en liet zichzelf uit zijn raam op de eerste verdieping zakken. Instinctief handelend rende hij naar het vuur, klom op het dak van een overkapping en gooide en schopte sneeuw van het dak op de vlammen beneden. Hij stond nog steeds op het dak toen er drie brandweerauto's arriveerden en het van hem overnamen.

Het kostte uren om het vuur te blussen. De krant van de dag erna schreef over een eenzame jongen die het vuur lang genoeg had weten te vertragen om een deel van de school te redden. De krant noemde Dag een held.

Dag had nooit goed kunnen leren, maar was van jongs af aan goed in sport. Hij liep vaak op zijn handen door de gangen van de school en kon even goed de trap op als neer op zijn handen, terwijl hij zijn tas balanceerde op zijn voeten. Hij was geobsedeerd door fitness. Thuis op Hovlandsmoen trainde hij bij de schuur met een zelfgemaakte halter, waarvan hij de uiteinden door het midden van boomstronken stak. Helga en Georg zagen het nut er niet van in. Zij vonden hem een stuurloze aansteller.

'Ze wilden dat hij iets anders werd dan hij werkelijk was,' zou zijn nicht en jeugdvriendin Gunhild Bakke zich later herinneren. 'Ze hielden wel van hem, op hun eigen manier. Maar hij was zo anders. Hoe meer ze hem onder druk zetten, des te meer afstand hij van ze nam.'

Vanaf het moment dat Dag op Hovlandsmoen aankwam was het de bedoeling van zijn adoptieouders dat hij de boerderij zou overnemen. Hij toonde echter geen enkele interesse daarin. Later stimuleerden ze hem om advocaat of arts te worden. Maar zijn cijfers waren absoluut niet hoog genoeg om naar de universiteit te gaan. Ze waren bang dat er iets met hem aan de hand was, dus lieten ze hem een vaardigheidstest maken. Hij was een intelligent kind; hij had alleen geen interesse in de dingen waarin zij geïnteresseerd waren. Wat hij tekortkwam in schoolresultaten maakte hij goed met lichamelijk talent, wat hem een plaats opleverde op een opleidingsinstituut voor lichamelijke opvoeding dicht bij de Deens-Duitse grens.

Dag was 18 jaar toen hij begon aan een van de bekendste

sportopleidingen ter wereld. Het was 1959 en iedere dag die hij in Denemarken doorbracht voelde als een buitenlands avontuur. Hij trainde zes dagen in de week, waarnaast hij studeerde, van maatschappijleer tot gewichtheffen. Soms nam hij op zijn ene vrije dag in de week de bus en stak hij de grens over naar West-Duitsland. De littekens van de oorlog waren toen al meer dan tien jaar oud en de noordelijkste deelstaat van West-Duitsland was een en al bedrijvigheid. De Britten, die het gebied in de jaren na de oorlog hadden bezet, hadden geholpen de regio weer op te bouwen, samen met de 860.000 mensen die door naoorlogse migratie gedwongen waren naar de regio te verhuizen. Maar er waren nog steeds sporen van de oorlog te zien op de gezichten van de gebroken mannen en vrouwen van de oudere generaties.

Vanaf het moment dat Helga hem een tyskerunge had genoemd, worstelde hij met de gedachte dat zijn echte vader een Duitse soldaat was geweest. Hij vroeg zich daarbij af wie hij zelf dan was. Soms vroeg hij zich af of hij het resultaat was van een nazioorlogsmisdaad of het product van een Duits-Noorse liefdesaffaire. Hij had nooit de moeite genomen om Helga vragen te stellen na die dag dat ze zo boos tegen hem had geschreeuwd. Hij nam aan dat zijn biologische vader in de oorlog was omgekomen, net als zo vele anderen. Soms vroeg hij zich af of zijn vader gevangen was genomen en gedood door het Thuisfront, neergeschoten en verbrand door het oprukkende Rode Leger, of erger: verdronken op zee in een onderzeeër. Maar hoe langer hij doorbracht aan de grens van Denemarken en Duitsland, des te meer hij zich afvroeg of zijn vader het misschien had overleefd en teruggekeerd was naar waar hij voor de oorlog vandaan kwam.

Toen het schooljaar in Denemarken afgelopen was, ging Dag terug naar Hovlandsmoen. Er was ondertussen veel veranderd. Georg was nu boven de vijftig, en hoewel hij er nog jong uitzag, voelde hij zich oud en kon hij niet wachten tot Dag op de boerderij meer verantwoordelijkheid op zich zou nemen.

Op een dag toen hij nog niet zo lang terug was, hielp Dag zijn vader met het voorbereiden van boomstammen voor het transport over de rivier. Hij zag dat zijn vader zijn werktempo vertraagde en hem vroeg: 'Aan wie moet ik dit nou allemaal nalaten in plaats van aan jou?'

'Het is jouw huis,' antwoordde Dag. 'Ik hoef het niet.'

Niet lang daarna verliet Dag opnieuw de boerderij, nu naar het Noorse leger. Hij stond uren op wacht als lid van de Koninklijke Garde en trok dagen langlaufend door het Noorse platteland als lid van de skibrigades. Hij en zijn medesoldaten stonden midden in de nacht op bij het geluid van een fluitje, waarna ze de kou in moesten en op ski's door de bossen en heuvels sprintten, richting de Zweedse grens en de opkomende zon. Dag lag voorop, wierp zijn lichaam in de sneeuw, richtte zijn vizier op een doel, zorgde dat zijn ademhaling rustig was en vuurde. Hij was beter in skiën dan in schieten. Daarna stond hij weer op en skiede terug naar de barakken. Hij wist nooit precies hoeveel sneller hij was dan de rest van de brigade, tot hij het geluid van geweerschoten achter zich hoorde.

Hij deed het goed in het leger, hoewel hij nooit verder kwam dan soldaat en nooit in actie heeft hoeven komen. Hij blonk uit door zijn kracht, flexibiliteit en uithoudingsvermogen tijdens exercities en manoeuvres. Toen het zomer werd zou Dag snel transformeren van topbiatleet naar de topselectie binnen het Noorse leger voor een internationale hindernisbaan. Algauw streed hij tegen militairen uit Zweden, klom hij over muren van vijf meter hoog, daalde af in drie meter diepe kuilen, liep over een evenwichtsbalk en kroop onder laaghangend gaas van prikkeldraad door.

Er was een soort vertrouwdheid in het leger, een verwantschap tussen de soldaten die Dag tegelijkertijd prettig en onprettig vond. Hij trainde een halfjaar met Britse speciale troepen (SAS) en diende onder een voormalige Noorse commando die bekendstond als een van de 'helden van Telemark', die in de oorlog de Duitsers hadden uitgeschakeld in de race om de eerste atoombom, door een zwaarwaterinstallatie te saboteren. 'Je bent een klootzak,' zei de officier tegen Dag. 'Maar als het oorlog wordt, wil ik je bij me hebben.'

Dag was 21 jaar oud, eervol ontslagen uit het leger en terug op de boerderij, toen hij de laatste aanvaring had met Helga. Hij had kort daarvoor zijn relatie verbroken met een meisje wier sociale status volgens Helga niet goed was. Daarna belandde hij in een vechtpartij in een hotel-restaurant aan de voet van Norefjell. Dag wist niet eens hoe hij in de ruzie terecht was gekomen. Hij wist alleen maar dat hij op het ene moment zijn lunch aan het opeten was en hij het volgende moment op zijn rug op een tafel lag met een man van middelbare leeftijd die boven hem uittorende en in zijn gezicht stond te schreeuwen. Dag had geen zin om terug te vechten. Hij zag zichzelf, ondanks twee jaar in het leger, niet als een vechter. Hij rolde gewoon van de tafel af en liep het drukke restaurant uit. Toen Helga via via lucht kreeg van de ruzie, zei ze tegen Dag dat hij een schande was voor haar familie. Ze nam niet eens de moeite om te vragen wat er nou eigenlijk gebeurd was en of het goed met hem ging. Haar reactie krenkte hem meer dan alle andere dingen die tussen hen in het verleden hadden plaatsgevonden. Dus verliet hij nu voorgoed de boerderij, zelfs zonder afscheid te nemen.

Hij had geen afscheidsbrief geschreven. Dag liet geen sporen na in de sneeuw die gevolgd konden worden. Zijn bezittingen bleven in de laden liggen van zijn bureau en de ladekast in zijn slaapkamer. Alle ski's die hij ooit bezeten had stonden nog in de schuur, net als zijn Vespa waarop hij naar Norefjell was gereden om zijn eigen skischool te runnen en kinderen die half zo oud waren als hij te leren skiën op dezelfde piste waarop hij eens Stein Eriksen olympisch goud had zien winnen.

Dag was in al die jaren zo vaak weggelopen dat het even duurde voordat Helga en Georg beseften dat hij deze keer echt niet meer terugkwam. Ze zochten hem eerst op de gebruikelijke plek: de kleine blokhut in het bos, helemaal aan de rand van Hovlandsmoen. Dat was zijn toevluchtsoord in zijn tienerjaren. Maar daar vonden ze geen aanwijzingen. Nergens een teken van leven.

Helga nam al snel contact op met het Leger des Heils, in de hoop dat de mensen daar hun netwerk zouden inzetten om haar zoon te vinden. Maar zelfs het Leger des Heils, dat bekendstond om zijn vermogen mensen bijna overal ter wereld te vinden, was niet in staat zijn gangen na te gaan. Niet dat hij zich verstopte of dat hij zijn best had gedaan om zijn sporen uit te wissen. Hij had gewoon het land verlaten zonder het tegen iemand te zeggen. Hij had alleen wat hij echt nodig had in zijn canvas rugzak gestopt, een trein genomen naar de havenstad Bergen en een veerboot gepakt het land uit, was de Noordzee overgestoken naar Newcastle om vervolgens naar het noorden te reizen naar de Schotse Hooglanden. Hij had gehoord van een bergpiek daar die ze de Cairn Gorm noemden, een winderige top die bevolkt werd door rendieren en die recentelijk een van Groot-Brittanniës weinige skioorden met een werkende stoeltjeslift was geworden. Daar aangekomen schafte Dag skispullen aan, ging naar de bijbehorende skischool en bood zijn diensten als skileraar aan. Het duurde niet lang voordat de mensen die de school leidden doorhadden dat hij de meest getalenteerde skiër op hun piste was. Ze boden hem een baan aan en hij begon met lesgeven. Hij vertelde niet veel over de wereld waar hij vandaan was gekomen. Als mensen het hem al vroegen, dan zei hij gewoon dat hij jong wees was geworden en dat hij geen echte familie had. Veel meer wilde hij niet kwijt.

13

GOLDFINGER

Je kunt niet maar stil blijven staan omdat de wereld in brand staat.

DAG AABYE

De lucht was rood en onheilspellend, ontsierd door een steeds dikker wordende sluier van rook die de zon tegenhield en alles in oranje en grijs hulde tijdens mijn rit door de Canadese Rocky's op weg naar Dag. Het achterland van Brits-Columbia stond in vuur en vlam met meer dan vijfhonderd natuurbranden. Ik hoestte slijm op en was blij met de gefilterde lucht die uit de roosters van mijn gehuurde Chevy kwam. Het was augustus 2018, bijna drie jaar na mijn eerste ontmoeting met Dag. Myles en Derek waren sindsdien verdergegaan met hun leven, maar ik had het mijne weer eens verlaten om naar de andere kant van het land te vliegen en contact te maken met de oude man in het bos.

Ik zocht hem niet meer alleen op uit journalistieke nieuwsgierigheid. Ik was naar hem op zoek omdat Dag ergens onderweg mijn vriend was geworden. Hij was veranderd van iemand die ik wilde beschrijven in iemand die ik wilde begrijpen. Zijn kijk op het leven had iets magisch dat ik wilde onderzoeken, ook als ik nooit de kans zou krijgen zijn verhaal te vertellen. Hij was niet geïnteresseerd in het uiterlijk vertoon van de moderne samenleving en was zo afgestemd op zijn plaats in de natuur dat het soms leek alsof hij meer gemeen had met de dieren in het bos dan met de rest van de mensheid. Toch was hij ook een homo universalis, op zijn eigen manier. Hij belichaamde het aspect van het renaissanceprincipe dat 'een man alles kan doen als hij dat wil'. Zijn formele opleiding mocht dan geëindigd zijn op het sportonderwijs, toch was hij een van de meest belezen mensen die ik ooit had ontmoet. Hij was een kunstenaar. Zijn trainingspaden waren zijn ezel, zijn lichaam was zijn penseel. Hij werd ondergewaardeerd door degenen die niet van zijn leefstijl hielden, maar net als elke kunstenaar van enige reputatie was het zijn talent om de perceptie van mensen op hun wereld uit te dagen. Hij was ervan overtuigd dat hij door wat hij deed ons collectieve concept van veroudering kon herdefiniëren.

Zijn levensstijl had een zekere romantiek die me aantrok, hoewel ik wist dat die voortkwam uit een persoonlijke tragedie. Ik had bewondering voor hem, want hoewel beschadigd bleef hij ongebroken. Ik was begonnen met het samenvoegen van elementen uit zijn levensreis door gesprekken met uit het oog verloren vrienden en van hem vervreemde familieleden, van wie velen hem al tientallen jaren niet hadden gezien. En toch, hoe meer ik over hem te weten kwam, met name over zijn relatie met zijn familie, zowel in Noorwegen als in Canada, des te minder ik het gevoel had dat ik ook maar iets van hem begreep. En van anderen kreeg ik ook de indruk dat eigenlijk niemand hem echt begreep.

Ik had veel moeite moeten doen voor dit specifieke bezoek. De provincie stond in brand en rookwolken strekten zich uit van de Stille Oceaan tot aan de prairies. De asgrijze lucht was het ondoordringbaarst in het midden van Brits-Columbia, waardoor vluchten werden gecanceld en passagiers honderden kilometers werden omgeleid om te landen in Edmonton en Vancouver. Ik landde in Calgary, huurde een auto en begon aan een 900 kilometer lange rit door het binnenland van Brits-Columbia. Ik had me deels zijn richting op gewaagd omdat ik me zorgen om hem maakte en deels omdat ik probeerde hem in een vliegtuig naar Noorwegen te krijgen en hem te helpen de vragen over zijn afkomst op te lossen.

De TransCanada Highway had hinder van de rook, met langzaam rijdend verkeer, waardoor ik een zuidelijke omweg moest nemen door de Crowsnest Pass, die door de Canadese Rocky's snijdt, voordat hij naar het noorden afbuigt langs de Continental Divide. Ik moest twee dagen aan één stuk rijden om mijn weg naar Dag te vinden. Iedere keer dat ik stopte om te tanken of even uitstapte om mijn benen te strekken, sloeg de geur van rook me in het gezicht en begon die mijn longen te irriteren. De autoriteiten hadden aangeraden binnen te blijven en lichamelijke inspanning in de rook te vermijden. Ik begreep heel goed waarom. Maar ik wist ook dat Dag daar was, buiten in het bos om gelijke tred te houden met zichzelf.

Twee weken daarvoor had ik voor het laatst iets van hem gehoord. Hij ging me sinds kort bellen zodra hij in de buurt van een betaaltelefoon was. Hij vond het fijn om me te vragen wat ik van het laatste wereldnieuws vond. Dan vroeg ik hem hoe het met hem ging en vertelde hij over de dieren die hij de laatste tijd had gezien op zijn paden. Vaak eindigde hij zijn verhalen met een onverwachte opmerking over een of andere blessure. Het waren er zoveel, dat ik moeite had ze bij te houden. Hij was aangereden – twee keer – sinds de laatste keer dat ik hem had gezien. De eerste keer had hij over een parkeerplaats gelopen toen hij eten ging kopen. De tweede keer was hij aan het hardlopen langs de berm van een drukke autoweg, tussen een vangrail en de weg, toen hij geraakt werd door een vrachtwagen. Hij vertelde dat hij door de klap ronddraaide en over de vangrail viel. Hij vertelde dat zijn arm weer uit de kom was en dat hij zijn koffiemok steeds vaker tijdens het drinken liet vallen omdat zijn hand niet meewerkte en hij alle kracht erin verloor. Daarna begonnen de bosbranden en kwamen er steeds minder telefoontjes. Toen besloot ik het vliegtuig te pakken om hem te zien.

Het was vier maanden geleden dat ik Dag had gezien, toen ik naar Kelowna vloog en een uur naar het noorden reed en daarna naar het oosten de SilverStar Mountain op. Ik reed naar links een grindweg in en baande me een weg naar een vuurkuil in het bos waarvan ik wist dat hij hem graag gebruikte als uitkijkpost. Maar deze keer was het anders. Het had geen zin om te zoeken naar een van zijn vuurkuilen, omdat er een stookverbod gold in Brits-Columbia. Ik had geen idee waar ik hem kon zoeken behalve bij zijn schoolbus of in de sportbars in de stad. Zijn bus had ik nog nooit gezien, ik was er bijna zeker van dat ik die niet in mijn eentje zou kunnen vinden.

Ik draaide langzaam een oude grindweg op, ongeveer een kilometer van waar ik dacht dat zijn bus geparkeerd stond, toen plotseling zijn slanke, langzaam voortbewegende figuur tevoorschijn kwam uit de rook die als een deken over de weg lag. Hij hoestte hard maar bleef doorrennen. Hij was buiten aan het hardlopen, terwijl iedereen verder binnen zat met de luiken dicht om hun longen te beschermen. Ik stopte aan de kant van de weg, stapte de auto uit en de rook in en riep hem. Hij was blij me te zien.

Een paar minuten later zaten we in de auto met de ramen dicht, terwijl de gefilterde lucht uit de roosters kwam. Dag probeerde niet te hoesten terwijl ik vertelde dat ik het hele land over was gevlogen met een hoopvol idee.

'Ik denk dat ik, als je met me meekomt naar Noorwegen, kan helpen om de graven van je biologische ouders te vinden,' zei ik.

Hij was al 26 jaar niet terug geweest naar Noorwegen en hoewel hij er meerdere keren aan had gedacht, had hij nooit genoeg geld of de juiste papieren om het werkelijk te doen.

Zijn laatste paspoort was verlopen in het begin van de jaren negentig en hij had geen geldig identiteitsbewijs met foto meer. Hij was 25 jaar eerder in Noorwegen al buiten beeld geraakt en was in Canada nooit echt in beeld gekomen. Hij bewaarde zijn oude paspoorten in een geheim vakje onder de vloer van zijn bus, tussen een berg krantenknipsels, oude fotoportretten uit de twee jaar dat hij in Londen als figurant werkte en kaarten en brieven van mensen die hij lang geleden had gekend. De al lang verlopen paspoorten, samen met zijn oude doopbewijs dat hij in een map in een plastic voorraaddoos op de bestuurdersstoel van de bus bewaarde, waren alles wat hij bezat als officiële ID. Hij had geen documenten die aantoonden dat hij legaal in Canada verbleef sinds hij door de grondleggers van Whistler Mountain was uitgenodigd om mee te werken aan het opzetten van een nieuwe skihelling in 1965. Hij kon geen bewijs van een vaste verblijfplaats leveren, met als gevolg dat hij gedurende de laatste 25 jaar door de ene na de andere ambtenaar werd gewaarschuwd dat als hij ooit het land zou verlaten, hij waarschijnlijk niet meer binnengelaten zou worden. Ondanks gebrek aan bewijs van zijn status had hij wel zijn ouderdomspensioen van de Canadese staat ontvangen en was hij verder niet in de problemen gekomen door een eenvoudig leven te leiden, grotendeels alleen en zelfvoorzienend.

'Als je in een systeem aangemerkt staat als vijftig jaar illegaal, weet ik niet wat er met je gaat gebeuren,' zei ik.

Hij luisterde en hoestte en hoestte en luisterde. Hij was zich er niet volledig van bewust in hoeverre alles geautomatiseerd was sinds de laatste keer dat hij een vliegtuig had genomen.

Hij zei dat hij de eerste paar keer op legale wijze Canada binnen was gekomen. Rond 1968 stak hij de grens een keer over in de kofferbak van een Pontiac. Maar hij zei ook dat hij vervolgens meerdere keren zonder problemen de grens was overgestoken. Hij was in de Verenigde Staten geweest voor fotoshoots voor advertenties voor Kodakfilm, Fujifilm en een paar sigarettenmerken. Hij vertelde dat hij best veel modellenwerk had gedaan in die tijd. Ik had geen idee wat ik met die informatie aanmoest, maar begon te vermoeden dat het een slecht idee was om te proberen hem mee te nemen naar Noorwegen.

We zaten in de auto naar de rode en grijze lucht aan de andere kant van de voorruit te kijken. De motorkap van mijn huurauto was bedekt met een poederige aanslag die aan de lak vastplakte terwijl ik tussen de bosbranden mijn weg zocht door de provincie. We waren niet echt aan het praten. Toen deed Dag een greep in zijn rugzakje.

'Wat heb je in je rugzak?' vroeg ik.

Hij had een paar verschoningen bij zich en een aantal voedselrantsoenen. Hij vertelde dat hij niet wist waar hij naartoe kon gaan voor schonere lucht. Op de radio had hij gehoord dat de luchtkwaliteit in het grootste deel van de provincie de slechtste op de hele planeet was geworden.

'Ze zeggen dat het nu vergelijkbaar is met het roken van meerdere pakjes sigaretten per dag,' zei hij. Zijn longen waren geïrriteerd, en zijn ogen waren licht ontstoken. Hij klaagde nergens over, maar het was duidelijk dat hij er last van had. Zijn bus zorgde voor bescherming tegen de regen en de kou, maar kon de lucht niet filteren.

'Ik wil je iets laten zien,' zei hij. Hij stapte uit en liep het bos in, in de richting van een van zijn favoriete uitkijkposten. Ik was daar op een eerder bezoek geweest, toen we op een open plek stonden op een berghelling en naar de hogere bergen in de verte keken en naar het dal beneden. Nu was er echter niets te zien, slechts een grijze muur.

'Ik heb het hier nog nooit zo erg meegemaakt,' zei hij.

Wat er nog het meest op had geleken was Londen. Hij was aangekomen aan het eind van 1962, net nadat door de beruchte Londense mist zevenhonderd mensen waren gestorven in een week met extreme smog. Die winter was de smog zo dik dat de mensen die het hadden meegemaakt vermeldden dat het had gesmaakt als metaal in hun mond. Tegen de tijd dat Dag aankwam was de mist niet meer te proeven, maar hij herinnerde zich dat het lopen door de straten van Soho aanvoelde alsof hij door soep liep. In vergelijking daarmee smaakte de lucht die we nu inademden naar turf en as. We stonden nog steeds op die uitkijkpost toen Dag begon te vertellen over zijn tijd in Londen. Hij zei dat hij verkering had met de dochter van een zetter van de *Daily Telegraph*, dat hij een leven leidde alsof Dave Brubecks 'Take Five' er de soundtrack van was en dat hij getuige was geweest van *Beatlemania* en de opkomst van de Rolling Stones.

Hij vertelde dat hij de *Fab Four* in het echt had gezien op het hoogtepunt van hun beroemdheid. Het was 6 juli 1964. Hij zat vast in het gedrang van twaalfduizend gillende tieners die langs Piccadilly Circus tot aan Leicester Square stonden voor de première van *A Hard Day's Night*, een film waarin veel van Dags collega-figuranten zaten, maar Dag zelf niet, omdat hij niet het geschikte kapsel had.

'Sommigen gilden zo hard dat ze flauwvielen,' zei hij. 'Ik kon er met geen mogelijkheid uit komen.'

Hij had het niet vaak over de beroemdheden die hij had ontmoet, tenzij hij ernaar gevraagd werd. Nu was hij er echter voor in de stemming, hoewel de verhalen die hij op weg terug naar de auto vertelde onsamenhangend waren en verloren leken in zowel tijd als plaats. Op een gegeven moment had hij het over de tijd dat Pierre Trudeau hem ongevraagd advies had gegeven in de loge van het Whistler skioord. Meteen daarna ging het over een spelletje kaarten in een opnamestudio met Ursula Andress, waarvan hij zei dat ze altijd een ochtendjas aanhad. 'Ze gaf me een praktisch advies,' zei hij. '"Je kunt beter een ster zijn in een nietszeggende film dan een coster in een grote film.

Als je te vaak een coster bent, zul je dat altijd blijven.'" Hij zei dat hij dat advies altijd had onthouden. Soms leek het luisteren naar Dag op het kijken naar *Forrest Gump*. Zijn leven leek te wemelen van de ontmoetingen met beroemde mensen en verhalen over ongelofelijke stunts, maar ze leken vaak zo onwerkelijk en van de hak op de tak dat het moeilijk was ze samen te voegen tot een soort verhaallijn. Er waren zo veel verhalen, over Enzo Ferrari en Donald Sutherland en Michael Caine, maar er leek nooit enige moraal in te zitten. Dan had je nog de verhalen over Sean Connery. 'Connery was anders dan de anderen,' zei Dag. 'Hij was geen aardige vent die een harde speelde, maar een keiharde die aardig deed.' Toen begon hij weer te hoesten en leek het even alsof hij niet meer kon stoppen.

We reden uren door de rook. Ik zat naast Dag en luisterde naar zijn levensverhaal uit de jaren zestig, waardoor ik me kon voorstellen hoe hij zich had ontwikkeld van een zwervende skileraar in Schotland tot een figurant in enkele van de grootste films die aan het begin en in het midden van de jaren zestig werden geproduceerd. Toen vertrok hij plotseling naar Chili en daarna naar Canada, waar hij bekend werd als 's werelds eerste extreme skiër. De bruggetjes van het ene naar het andere hoofdstuk van zijn leven waren de meest ongeloofwaardige details in zijn levensverhaal. Een voorbeeld: Dag liep een trap af in Green Park, net buiten Buckingham Palace, toen hij werd opgemerkt door een casting agent. Een inleiding van een van de vreemdere hoofdstukken van zijn leven. Het was 1963. Hij was net een paar uur in Londen voor een korte vakantie met een aantal van zijn collega-skileraren uit Schotland, toen hij ineens op zijn handen ging staan en een gymnastisch kunstje deed. Een filmagent die toevallig in het park was, zag van een afstandje dat Dag op zijn handen een trap afliep. De agent wachtte tot Dag beneden aanbeland was en weer op zijn voeten stond. Hij stapte op Dag af en vroeg voor de grap of hij ook de trap op kon lopen op zijn handen. Dag stond alweer op zijn handen en beklom de trap ondersteboven.

De man informeerde of hij al vertegenwoordiging had. Dag had geen idee wat hij bedoelde. De agent gaf Dag zijn kaartje en zei dat hij maar langs moest komen als hij interesse had om bij de film te werken.

De volgende dag trok Dag een overhemd en stropdas met een corduroy jasje aan en liep het kantoor binnen van Central Casting Ltd. in Soho. Ze beoordeelden hem vlot en noteerden zijn positieve kenmerken en tekortkomingen. Hij was lang, blond en gespierd. Dat waren de positieve kenmerken. Maar ze wisten niet wat ze met zijn accent aanmoesten, omdat het zo moeilijk te plaatsen was. Zo werd hij in de markt gezet als een veelzijdige figurant die veel rollen aankon, als hij maar niet hoefde te spreken.

Hij werd in een fotohokje gezet, ze maakten een paar portretfoto's van hem en voordat de week om was, stond hij op de set van zijn eerste film. Hij weet nu niet meer of het *The Yellow Rolls-Royce* was (waarin hij een butler en een hospik speelt), *Fanatic* (een body double voor Donald Sutherland) of *The Ipcress File* (een stand-in voor Michael Caine), maar hij weet nog dat hij binnen een jaar in 36 films en één tv-programma zat en had samengewerkt met een groot aantal bekende namen in de cinema van de jaren zestig. Hij speelde artsen, verplegers, butlers, soldaten, gevangenen, studenten enzovoort. Niet alle films waren de moeite waard. Van *I've Gotta Horse* (een musicalkomedie met de ster Billy Fury als zichzelf) of *Gonks Go Beat* (een sciencefiction-fantasyfilm die beschouwd wordt als de slechtste Britse film ooit gemaakt) wist hij zelfs de plot niet meer. En hij was er ook niet zeker van of hij *The Secret of Blood Island* ooit zelf gezien had; een nietszeggende film die zich afspeelt in een krijgsgevangenkamp in de Stille Zuidzee waar

Britse soldaten, waar hij er een van speelde, een vrouwelijke geheim agent proberen te verbergen voor hun Japanse bewakers. Maar hij herinnerde zich wel de namen van veel van de sterren met wie hij het doek gedeeld had: Sophia Loren, Omar Sharif, Anthony Quinn, James Coburn, Shirley MacLaine, Ingrid Bergman, Peter Cushing, Christopher Lee, Michael Redgrave en anderen. Sommige hadden meer indruk gemaakt dan andere, maar niemand meer dan Sean Connery. Dag werkte binnen een halfjaar mee aan twee films met Connery: *Goldfinger*, de derde aflevering in de serie Bondfilms, en *The Hill*, een drama dat zich afspeelde in een legergevangenis in Noord-Afrika tijdens de Tweede Wereldoorlog.

In de vroege jaren zestig woonde en werkte Dag als figurant in Londen en werd hij gecast in vele films, waaronder *The Ipcress File*, *Fanatic* en *Goldfinger*. (Met dank aan Dag Aabye)

Een van zijn minst favoriete klussen was als body double voor Donald Sutherland en stand-in voor Michael Caine. Sutherland was toen een rijzende ster. Caine stond bijna aan de top van de filmindustrie. Dag vertelde dat ze geen van beiden veel tijd overhadden voor de figuranten die op de set rondhingen.

Ik wilde graag alles geloven wat hij vertelde, maar ik vond het lastig de kloof te overbruggen tussen de solitaire bergbewoner die ik had leren kennen en de jongeman in Londen. Het was ook moeilijk te controleren wat hij zei, omdat geen van de rollen die hij gespeeld zou hebben groot genoeg waren om in de aftiteling genoemd te worden.

'Mensen vinden het vaak moeilijk te geloven als ik vertel dat ik in films heb gespeeld,' zei hij. 'Ik weet niet waarom. Ik heb nooit gedaan alsof het iets speciaals was. Het was gewoon werk. Waarschijnlijk het minst interessante werk dat ik heb gedaan.'

De helft van de films had hij niet eens gezien, hoewel hij enkele recensies bewaarde in een plakboek dat hij de laatste 55 jaar met zich had meegesleept en bij zijn oudste dagboeken bewaarde, onder de vloer van de bus.

Dag begon weer te hoesten. We zaten in de auto, maar zijn longen waren nog steeds geïrriteerd door de rook.

'Hoe kun je hier nu in hardlopen?' vroeg ik.

Het duurde even voordat hij klaar was met het schrapen van zijn keel en hij kon antwoorden. 'Je kunt niet gewoon stil blijven staan omdat de wereld in brand staat,' antwoordde hij. Toen begon hij opnieuw te hoesten.

'Laten we maar gewoon een poos blijven rijden,' stelde ik voor. 'Eens zien of we kunnen wegkomen van de rook.'

Aan het eind van de dag hadden we zo veel kilometers gemaakt, dat we dichter bij de Stille Oceaan waren dan bij zijn bus.

De lucht had nu een donkerder kleur rood tijdens het afdalen van de bergpas, het oversteken van de Fraser Valley en het opnieuw stijgen naar een andere pas. De branden waren nu een stuk verder weg, maar we konden nog niet ontsnappen aan de geur van rook. Dag had nog steeds last van zijn longen. Hij zat in de passagiersstoel en had om de zoveel tijd een hevige hoestbui terwijl ik in de rokerige avond richting de kust reed. We hadden geen bestemming in gedachten, behalve de zee. De zon ging al onder toen we van de weg afsloegen naar een motel. Dag zat buiten de kamer die ik voor hem had gehuurd. Hij had terwijl ik ons incheckte een doos bier opgehaald en schreef nu in zijn dagboek. Zo nu en dan keek hij op van de bladzijde om te kijken naar de lichtjes van een vrachtwagen die vanuit de mist opdoemde.

Ik ging naast hem zitten en nam de surreële nacht in me op. Ik kon de trucks van ver aan horen komen, maar kon ze pas zien als ze ongeveer 20 meter van ons vandaan waren. Als ze voorbij waren verdwenen ze ook meteen weer – opgeslokt door de rook. Ik keek naar Dag en naar het 12-pack bier naast hem. De helft was al leeg.

'Het zal fijn zijn als we bij de oceaan zijn,' zei ik. 'Deze hel achter ons laten.'

Hij keek me aan, toen weer terug naar de rode lichtjes die in de mist verdwenen. 'Dit heeft ook zijn schoonheid,' zei hij.

'Op een apocalyptische manier, misschien.' Ik keek nog eens naar hem. Daarna naar de lege bierblikjes aan zijn voeten. 'Hoe gaat het met je longen?'

'Fantastisch.'

Ik zat nog steeds met vragen over de films waarin hij gespeeld had. 'Was het eigenlijk je ambitie om in films te spelen?'

'Nee, nooit,' zei hij. En toen: 'Ik zal je wat vertellen over filmsterren, Brett. Ze zijn niet anders dan andere mensen. Sommige hebben tijd voor mensen, en andere niet.'

'Bijna alle verhalen die ik over jou hoor gaan over James Bond,' zei ik. 'Waarom is dat zo, denk je?'

Hij schudde zijn hoofd. '*Goldfinger* was maar een kort moment in mijn leven. Mensen zien mij en de manier waarop ik leef en kunnen het niet begrijpen. Dan horen ze dat ik in een film heb gespeeld die ze gezien hebben en denken: wow, dat is zo interessant. Het is allemaal schone schijn. Mensen willen schone schijn. Dus vertel ik ze: in die film ga ik vijf keer dood.'

'Is dat normaal?'

'Voor een figurant wel.'

'Wat ik toch niet begrijp,' zei ik, 'is waarom mensen denken dat je een stuntman was voor George Lazenby en Roger Moore.'

'Mensen denken dat ik geskied heb voor Bond in *On Her Majesty's Secret Service.* Maar ik zat niet eens in die film. Maar iemand schreef een keer dat ik al het skiwerk had gedaan voor George Lazenby en toen schreef nog iemand hetzelfde en maakte het niet meer uit dat het niet waar was, want de mensen geloofden het al.' Hij wees naar zijn dagboek. 'Het maakt niet uit wat andere mensen schrijven of van me denken. Wat wel uitmaakt is wat ik van mezelf denk. Ik weet wie er voor Bond skiede in de latere films. Het was een lange Duitse vent. Hij vond zichzelf geweldig. Ik was nooit de beste skiër. Ik was alleen maar de skiër naast wie de groten niet gezien wilden worden. Het is allemaal ego.'

'En jóuw ego dan?' vroeg ik. 'Zit dat jou niet in de weg?'

De vraag verraste hem even. Ineens moest hij lachen. 'Kijk naar me,' zei hij. Hij trok aan zijn shirt, vol met gaten, en stak zijn handen uit zodat ik zijn vingers kon zien, die krom en knokig waren door de artritis.

'Zie ik eruit alsof ik gedreven word door ego?'

'Waardoor dan wel?' vroeg ik.

We hoorden alweer een vrachtwagen aankomen door de rook. Hij bulderde voorbij en verdween weer in de duisternis. Toen de vrachtwagen uit het zicht was verdwenen, was Dag van onderwerp veranderd.

'Ik zal je iets vertellen over Stein Eriksen,' zei hij. 'Stein zorgde er altijd voor dat je achter hem skiede. Maar hij was een voorbeeld van puur zelfvertrouwen. Ik mocht met Stein skiën op een gletsjer in Noorwegen toen hij daar skileraren opleidde. Ik was net uit het leger en had mijn zinnen gezet op het skileraar worden. Enkele andere instructeurs lachten me uit vanwege mijn accent, omdat ik klonk als een jongen van het platteland. Stein sloeg toen zijn arm om me heen en zei dat ik zijn vriend was. De beste skiër ter wereld die mij zomaar hielp. Ik zag hem jaren later weer in een chalet in Vail waar hij zat te ontbijten met een oude man. Ik zag hem en stopte om gedag te zeggen en hij wist nog wie ik was en vroeg me om even te gaan zitten. Dat deed ik, en de andere man bleek Enzo Ferrari te zijn.'

'Weet je zeker dat het Ferrari was?' vroeg ik. Ik wist niet veel van Enzo Ferrari, maar ik had gehoord dat de Italiaan een extreem eigenzinnige man was die praktisch nooit ver van zijn woonplaats Modena in Noord-Italië reisde. Hij bezocht nooit Rome, nam nooit het vliegtuig of zelfs maar een lift. Het leek dus heel ongeloofwaardig dat hij de Atlantische Oceaan was overgestoken voor een skivakantie. Ik liet Dag een foto van Ferrari zien op mijn telefoon. 'Dat is hem,' hield hij vol. Hij wist zelfs nog de naam van het restaurant waar hij hem had ontmoet – Pepi's Restaurant and Bar in de Gasthof Gramshammer. Dag zei dat Ferrari naar Colorado was gereisd om met Eriksen te skiën en dat hij gefascineerd was door de kunst van het wedstrijdskiën. 'De wetenschap achter het racen is hetzelfde, of je nu op ski's staat of op een autoracebaan rijdt,' zei Dag. Het maakte niet uit wie het snelst een bocht inging. Het ging erom wie er het snelst uit kwam.

Weer ronkte er een vrachtwagen in en uit het zicht.

Nu veranderde ik van onderwerp. 'Waarom stopte je uiteindelijk met acteren?' vroeg ik.

Door het antwoord, in combinatie met zijn ontmoeting met Ferrari, maakte ik me zorgen. Hij zei dat de reden waarom hij met acteren stopte dezelfde was als waarom hij uiteindelijk Londen had verlaten. 'Ik werd gearresteerd,' zei hij. Toen begon hij met een verhaal dat net zo onbegrijpelijk als ongeloofwaardig klonk.

Hij vertelde dat hij op een dag over straat liep toen hij een man tegenkwam die draagbare radio's verkocht. Radio's waren in 1964 gewilde handelswaar, dus kocht Dag er een. Onderweg naar huis werd hij benaderd door twee politieagenten. Er was net een vrachtwagen met radio's gestolen en de politie arresteerde iedereen die ze er met eentje zagen lopen. Dag zat al snel bij Scotland Yard. Hij wist nog steeds het nummer van de cel waarin hij werd gegooid. Hij dacht nog even dat de politie hem wilde laten schrikken, maar toen opende een wachter de celdeur, riep Dag met een Indiase naam en zei dat hij werd overgeplaatst. Vervolgens was hij geboeid onderweg naar Brixton Prison. Daar werd zijn verhaal pas echt vreemd. Hij vertelde me dat je om in Brixton Prison terecht te komen een vonnis van acht jaar of meer moest hebben. Dag kon zich niet precies herinneren hoelang hij daar was – 'minstens een week' – maar hij wist nog enkele details van het leven daarbinnen. Hij zei dat de gevangenen allemaal apart in kooien werden opgesloten en dat ze alleen maar gebakken of gestoomde pasteien te eten kregen. 'Het smaakte alsof er stront in die pasteien zat,' zei hij. Hij kreeg al snel flink last van zijn maag. 'Ik had nog nooit van mijn leven last van verstopping gehad,' zei hij. 'Ze konden me in de ziekenboeg niet helpen, dus brachten ze me naar het ziekenhuis. Daar werd er in me geprikt en was het vreselijk; de wachters stonden aan de andere kant van het gordijn en praatten over voetbal. Ik keek om me heen en zag dat de dokters hun mondkapjes en jassen en mutsjes naast het bed hadden laten liggen. Dus ik pakte een groen mutsje, een mondkapje en een doktersjas en glipte het ziekenhuis uit. En zo ben ik uit Brixton Prison ontsnapt.'

'Bedenk je dit ter plekke?' vroeg ik op de man af.

Hij zwoer dat het waar was. 'Ik heb je nog niet eens het idiootste deel verteld,' zei hij. 'Later kwam ik de mannen tegen die me gearresteerd hadden en vertelde ik ze wat er was gebeurd. Ze waren zo bang dat ik met mijn verhaal naar de krant zou stappen, dat ik een excuusbrief van de secretaris van de koningin van Engeland kreeg. Ik wou dat ik hem bewaard had.'

Ik was ervan overtuigd dat hij alles wat hij mij vertelde echt geloofde, maar het leek allemaal wat te vergezocht. Ik zou dit onthouden en hem er later nog eens naar vragen om te kijken of de details zouden veranderen (maar dat deden ze niet). Toen zei ik dat ik naar bed ging. Hij knikte, opende zijn achtste biertje van de avond en bleef kijken naar de vrachtwagens die de rook uit en weer in reden, terwijl ik me terugtrok voor de nacht.

De absurditeit van Dags gevangenisverhaal hield me wakker. Na een poosje ging ik op bed zitten met mijn laptop om te zoeken naar iets wat zou kunnen bevestigen wat hij me net verteld had. Ik bekeek de lijst met films waarin hij gespeeld zou hebben en begon meerdere te downloaden. Om twee uur 's nachts was ik nog steeds wakker en spoelde versneld door oude films, op zoek naar Dag. Hij was niet altijd makkelijk te vinden, maar jawel hoor, hij zat in de films, precies zoals hij gezegd had: een soldaat in *Goldfinger*, een butler in *The Yellow Rolls-Royce* enzovoort. Tegen drieën viel ik in slaap met mijn laptop op mijn buik. Net na zevenen deed ik mijn ogen weer open. Ik trok de rolgordijnen omhoog en deed de deur open. Er lag een briefje op mijn deurmat: *Aan het hardlopen. 5.30 uur.*

De zon was al op maar de lucht zat nog zo vol met rook dat ik de horizon niet kon zien. Ik pakte mijn tas in en ging naar buiten met een kop koffie. De vuilnisbak naast Dags deur zat overvol bierblikjes. Hij had het 12-pack in zijn eentje soldaat gemaakt. Ik stond er verbaasd van dat hij zichzelf ertoe kon zetten zo vroeg te gaan hardlopen.

Pas om 8 uur kwam hij weer terug bij het motel, nadat hij

zich een weg had gebaand door de alsemstruiken in het glooiende landschap. Ik vertelde dat ik een groot deel van de nacht naar hem op zoek was geweest in oude films en nagedacht had over wat hij me allemaal verteld had.

'Ik weet niet zeker of alles wat je me gisteravond vertelde wel gebaseerd is op de werkelijkheid,' zei ik.

Hij keek me doordringend aan en ik vroeg me even af of hij teleurgesteld was vanwege mijn gebrek aan geloof. Toen vroeg hij me: 'Heb je me kunnen vinden in die films?'

'Jawel,' zei ik.

Hij knikte. 'Mijn vader heeft me één ding geleerd toen ik klein was,' zei hij. 'Als je iets niet kunt bewijzen, moet je er ook niet over praten.'

14

'S WERELDS EERSTE EXTREME SKIËR

Hij had iets tragisch mysterieus over zich. Hij had me verteld dat hij was achtergelaten op de trappen van een kerk. Pas een week voordat we gingen trouwen kwam ik erachter dat hij wel degelijk een familie had.

TONY AABYE, DAGS EX-VROUW

We reden de hele dag verder naar het westen, over bochtige wegen door van rook vergeven dalen op zoek naar schone lucht en een heldere hemel. In Vancouver troffen we die beide aan, 550 kilometer van het beginpunt van onze reis. We hadden de rook achter ons gelaten en voelden hoe we door de zeewind die over de Stille Oceaan aan kwam rollen afkoelden en onze kleren gelucht werden. De Lions Gate Bridge strekte zich uit binnen de periferie van ons uitzicht vanaf de kust van de haven van Vancouver, terwijl we terugkeken naar de weg waarlangs we gekomen waren, richting een besneeuwde bergtop die schuilging achter een wolk. We waren een paar uur eerder de stad binnengereden en liepen nu over de strandmuur, in de hoop een glimp op te vangen van een berg met twee toppen waar Dag skigeschiedenis had geschreven en waar hij vijftig jaar eerder bijna was verongelukt. Ik had het verhaal eerder gehoord. Hoe hij op 17 februari 1969 per ongeluk een lawine veroorzaakte tijdens een poging tot een soloafdaling van een van de meest verraderlijke bergen waarop nog nooit geskied was. Het was een buitengewoon stomme stunt die hem een reputatie had opgeleverd van eerste extreme skiër.

Dag wist die ochtend al voordat hij uit de helikopter stapte dat hij in levensgevaar was. Hij had twee keer eerder een lawine veroorzaakt en overleefd, een keer in Chili en een keer toen hij werkte aan een skifilm in Whistler. Beide keren had hij het geluk ervan af te komen met lichte verwondingen. Na de tweede lawine had hij gezworen dat hij nooit meer het risico zou nemen offpiste te gaan als de omstandigheden rijp waren voor een lawine. En toch ging hij ermee akkoord dat hij in zijn eentje gedropt werd aan de top van een 1500 meter hoge maagdelijke piek met scheuren in overhangende sneeuwkliffen en sneeuwwallen die klaarlagen om losgemaakt te worden van het oppervlak van de berg.

De stad Vancouver glinsterde in de ochtendzon in het dal beneden hen terwijl de helikopter opsteeg van de berghelling. De lucht was koel, de hemel helder. Er liepen meer dan een miljoen mensen rond in de drukke stad die zich onder hem uitstrekte, en hij vroeg zich af of er iemand omhoogkeek naar de Lions-pieken en het daartussen gelegen rotszadel waarop hij stond. Zichtbaar vanaf het grootste deel van de stad waren de iconische Lions, naamgenoten van de BC Lions en de Lions Gate Bridge, zo hoog dat iemand die zijn kant op keek een telescoop nodig had gehad om hem te ontwaren.

Dag keek naar beneden terwijl de helikopter boven hem bleef hangen. Hij was 27 jaar oud en stond op de rand van een rots met een verval van 60 graden. Hij klikte zijn sneeuwschoenen in de bindingen, trok zijn bril omhoog en wierp een blik over de rand van zijn ski's. Hij was bang. Niet zozeer om de verticale val als wel de algehele conditie van de sneeuw onder zijn ski's. Er was de vorige dag een halve meter poedersneeuw gevallen, die de scheuren in de ingeklonken sneeuwkorst die de onderlaag vormde aan het zicht onttrok. Het was warm geweest dat jaargetijde, waardoor er zonder waarschuwing vooraf grote stukken sneeuw en ijs van de berg waren afgebroken. De zon scheen en smolt langzaam de sneeuw op zijn ski's.

Hij zette zichzelf af van de richel en sneed zijn eerste bocht in de sneeuw. Daarna maakte hij een sprongbocht in de andere richting. Met iedere bocht maakte hij klompen sneeuw los van de berg die in sneltreinvaart naar beneden tuimelden terwijl hij in zijn ritme kwam, voorzichtig om niet te veel snelheid te maken en per ongeluk in een vrije val terecht te komen. Hij was zich bewust van de esthetiek van de sporen die hij achterliet op de berghelling. Hij voerde graag een show op, niet voor de onwetende mensenmassa beneden, maar voor de fotograaf die boven hem cirkelde in de helikopter.

Deni Eagland, fotograaf bij de *Vancouver Sun*, hield de lens van zijn camera vanbinnen in de helikopter op Dag gericht en volgde de lijn die hij tussen de keien en rotsen aansneed, afdalend op het terrein dat nog door niemand bedwongen was. Dag had nog maar vier bochten gerond en Eagland had zijn eerste filmrolletje nog niet eens volgeschoten, toen hij iets zag wat Dag niet kon zien: een gigantische scheur over de hele helling. De scheur strekte zich over ongeveer 100 meter uit. Hij kon Dag op geen enkele manier waarschuwen voor het dreigende gevaar. Dus bleef Eagland maar afdrukken.

Dag kon de berg niet horen rommelen boven het geluid van de schroef van de helikopter uit, en hij kon niet voelen hoe de sneeuw onder hem los begon te raken. Hij maakte nog één bocht. Hij zag de kloof niet aankomen die zich recht voor hem in de sneeuwkorst vormde. Het volgende moment vloog hij door de lucht, voortgestuwd door een bewegende sneeuwmuur die hem achter in zijn benen leek te stoten en hem omhoog droeg. Hij had totaal geen controle. Er was ook geen tijd om na te denken. Het enige wat door zijn hoofd ging was het besef dat hij dood zou gaan en dat hij niets kon doen om zichzelf te redden.

Persfotograaf Deni Eagland cirkelde in een helikopter boven de berghelling toen hij een foto nam van Dag op het moment dat de lawine begon. (Materiaal opnieuw gepubliceerd met spoedtoestemming van *Vancouver Sun*, onderdeel van Postmedia Network Inc.)

Hij hoorde niet dat zijn ski's doormidden braken. Zijn handschoenen, muts, skibril en ski's werden allemaal weggerukt en hij werd door de lawine meegesleurd.

Eagland keek toe hoe Dags blauwe ski-jack verdween en weer tevoorschijn kwam, om meteen weer te verdwijnen toen de sneeuwwolk de berg af rolde. De cameraman probeerde de getroffen skiër in beeld te houden binnen de steeds groter wordende lawine, maar dat was onmogelijk. Dag was nu onzichtbaar en vanaf Eaglands gezichtspunt leek het waarschijnlijk dat hij dood was.

Dag werd meegesleurd door de lawine, maar had geluk en gleed in een sneeuwput achter een spar. Hij greep een paar takken vast toen zijn lichaam in de put viel en zo kon hij zichzelf stoppen. Dag drukte zich zo hard mogelijk tegen de boom aan, die een natuurlijke buffer vormde. De boomstam deelde de sneeuw doormidden, zodat Dag kon toekijken hoe de lawine aan beide kanten van hem voorbijraasde. Daarna werd alles stil. Geen gebulder meer van de lawine. Ook geen geluid meer van de helikopter.

Het was een gevaarlijke mix van arrogantie en naïviteit die Dag daarboven op die berg had gebracht. Enkele dagen eerder had hij vanuit een kroeg in Vancouver met een verrekijker naar de Lions zitten kijken en geluisterd naar Eagland die hem lekker probeerde te maken met het idee van een uitdagende fotoreportage. Eagland was al dertien jaar nieuwsfotograaf en was een van de besten in het medialandschap van Vancouver, maar hij wilde zichzelf op de kaart zetten voor *Sports Illustrated* en TIME. Wat hij nodig had was een actieshot dat niemand ooit eerder had gezien. Daar had hij Dag voor nodig.

In de winter van 1969 was Dag een van de wildste skiërs ter wereld. Hij was drie jaar eerder aangekomen in de Canadese Rocky's en de eerste ster van het nieuw geopende Whistler skioord geworden. Hij bouwde daar een reputatie op als freestyleskiër in een tijd waarin er eigenlijk nog niet zoiets bestond als freestyleskiën. Zijn rijzende ster op de pistes ging gelijk op met de exploderende populariteit van het skiën. Bijna de helft van alle geschatte 5500 skioorden ter wereld werden in de jaren zestig ontwikkeld. In dat decennium was skiën de snelst groeiende sport in Noord-Amerika. Onderdeel van de allure van skiën was dat het een van de weinige sporten was waar beroemdheden en leden van de high society op dezelfde berg te vinden waren als toeristen uit de middenklasse en skifanaten. Brigitte Bardot, Audrey Hepburn, Grace Kelly, Hugh Hefner, Paul Newman, Robert Redford, Frank Sinatra, Hunter S. Thompson, Natalie Wood, The Beatles en Jackie Kennedy – allemaal speelden ze een rol in de skirage van dat tijdperk.

De populariteit van de sport was na de Winterspelen van 1952 snel gegroeid. Stein Eriksen, de lieveling van die Spelen en de eerste grote wereldster van de sport, was een belangrijk onderdeel van de aantrekkingskracht. Kort na de Olympische Spelen verhuisde Eriksen naar Amerika en begon hij beroemdheden en gewone Amerikanen te leren de pistes af te carven in de skiresorts in Idaho, Michigan, Vermont, Californië en Utah, voordat hij zichzelf verbond aan Aspen Snowmass in Colorado. Andere skigebieden namen vervolgens ook beroemde Europese skiërs aan om te helpen hun reputatie op te bouwen als topklasse skivakantiebestemmingen. De beste skiërs uit Europa begaven zich naar skioorden door heel Amerika, kregen een baan als professionele skiërs en dreven de prijzen op van de skipassen van de Laurentiden in Quebec tot de Sierra Nevada in Californië. Naarmate de skisport groeide, nam de kans op beroemdheid en erkenning ook toe, vooral nadat regisseurs als Warren Miller over het hele continent skifilms gingen opnemen en vertonen.

Het skiën in Noord-Amerika, van de Rocky Mountains in het westen tot de Appalachen, het Adirondackgebergte en de Laurentiden in het oosten, ontwikkelde zich langzaam na de introductie van de sport door Sondre Norheim, de Noorse skimaker en vader van het Telemarkontwerp, die in 1884 naar Minnesota emigreerde en zich vervolgens vestigde in North Dakota, waar hij naar verluidt altijd een paar ski's bij zijn deur had staan. Midden jaren zestig van de twintigste eeuw zorgden ontwikkelingen in de technologie van de stoeltjeslift voor een revolutie in de ski-industrie en gaven ze ontwikkelaars met een vooruitziende blik de middelen om buitensporig veel geld te verdienen aan skihellingen. Voormalige stadjes met kleinschalig wintertoerisme werden omgebouwd tot complete skioorden waarvan de economie volledig dreef op het aantrekken van middenklassengezinnen uit de steden, om ze te laten overnachten, eten en de nabijgelegen pistes te laten verkennen.

Met de naoorlogse groeiende welvaart in Noord-Amerika en West-Europa veranderde het alpineskiën van een tijdverdrijf voor de elite dat weinigen zich konden veroorloven in iets voor de hogere middenklasse. Net als de populariteit van sportauto's in die tijd werd skiën een manifestatie van de democratisering van luxe. Schrijver en journalist Hunter S. Thompson wist het fenomeen te vangen in *The Great Shark Hunt*, waarin hij schreef: 'Skiën is niet langer een esoterische sport voor de rijkeluiswereld, maar een fantastisch populair nieuw statusspel voor iedereen die zich kan veroorloven 500 dollar uit te geven aan een skiuitrusting.' Thompson, die tijdens het hoogtepunt van de 'ski boom' verhuisd was van San Francisco naar een klein gehucht net buiten Aspen, schreef de groei toe aan de opkomst van de sneeuwmachines en de woekering van skistadjes die ervoor nodig waren: 'Het Midden-Westen ligt vol ijzige "doordeweekse" slalompistes met verlichting, als de midgetgolfbanen in het Eisenhowertijdperk. De oorsprong van de skirage was puur gebaseerd op geld verdienen en de aantrekkingskracht van de sport zelf... niks geen rare hypes of budgetreclamecampagnes... de "money boom" van de jaren zestig zorgde voor een verwende middenklasse met veel vrije tijd, en ineens was er een enorme vraag naar dingen als golfclubs, motorboten en ski's.'

Aan het eind van de jaren zestig zorgde de sport niet alleen voor de democratisering van luxe, maar ook voor de democratisering van sensatie. Terwijl de eigenaren van skioorden de hellingen met dynamiet en graafmachines beschermden tegen lawines en andere bedreigingen voor hun clientèle, ontpopte zich een nieuw soort skiër dat aan de steeds meer gemanicuurde aard van de sport wilde ontsnappen. Zij waren de poederjunkies die liever gingen skiën in een gebied waar nog nooit een mens had geskied. Net als de bergbeklimmers van die tijd die gefixeerd waren op begrippen als een eerste beklimming, waren deze waaghalzen gefixeerd op eerste afdalingen.

Denis Eagland moest zich stevig vasthouden toen de helikopter tijdens een heftige manoeuvre wild ronddraaide in de lucht. Zowel de fotograaf als de piloot probeerde wanhopig Dag weer in het zicht te krijgen terwijl de sneeuwwolk van de lawine zijn weg naar beneden voortzette. Maar er was nergens een teken van leven van Dag.

Ondertussen was Dag op de berg nog steeds beduusd door het feit dat hij bijna zijn dood tegemoet was gestort. Hij zat nog steeds op adem te komen in de boomput die zijn val had gebroken. Hij keek op naar de hemel, uitgeput en dankbaar dat hij nog leefde.

Dag en ik hadden het in de loop van de jaren heel vaak over de lawine gehad en iedere keer dat hij over het ongeluk vertelde, bleef de journalist in mij hunkeren naar meer. Er was geen diepe openbaring die het de moeite waard had gemaakt. Geen geleerde les, geen koerswijziging. Dag bleef volhouden dat hij niet geprobeerd had een record te breken of de geschiedenisboeken in te komen met zijn eerste afdaling van de Lions. Het verhaal van de lawine was niet meer dan een levensgevaarlijke stunt die hem toevallig een poosje aan de top van de skiwereld had gezet. Ik deelde mijn gedachten hierover met hem toen we aan de haven stonden en naar de Lions opkeken.

'Misschien hebben sommige verhalen geen diepere betekenis,' antwoordde hij.

Ik wist dat hij gelijk had, maar ik wilde meer.

'Weet je wat de waarheid is?' zei hij. 'Ik was stom bezig en kwam ermee weg.'

Ik vroeg hem of hij nog wist wat er door hem heen ging toen hij na de lawine in de sneeuw op de helikopter zat te wachten die hem zou redden. Hij zei dat hij aan zijn familie thuis in

Sigdal dacht. In de vijf jaar voor het ongeluk had hij er vrede mee dat hij ze nooit meer zou zien. Hij had geen enkele brief naar Georg en Helga gestuurd. Niet dat hij een hekel had aan de mensen die hem hadden opgevoed, maar hij wist dat ze hem, als ze wisten waar hij was, onder druk zouden zetten om terug te komen naar de boerderij om de boerenzoon te worden die ze wilden hebben toen ze hem adopteerden. Dus hield hij afstand, reisde eerst naar Schotland, vervolgens naar Londen en La Parva in Chili, na een maand aan boord van een koopvaardijschip over de zuidelijke Atlantische Oceaan. Eenmaal daar aangekomen bracht hij vier maanden door met skiles geven aan de Chileense maatschappelijke bovenlaag op een grillige berg in de Andes die hoog boven de stad Santiago uitrees.

Het was daar in Chili dat hij zijn reputatie als de vader van het freerideskiën vestigde. Hij besteedde de meeste tijd offpiste in de Andes, met zijn voorkeur voor de natuurlijke, maagdelijke hellingen waar hij kon skiën zonder de regels van de aangelegde pistes waar hij alle andere mensen leerde skiën. Wanneer hij dan weer van de begaande paden afging, waagde hij zich op plaatsen waar nog niemand had geskied, en met iedere eerste afdaling die hij afrondde creëerde hij een nieuw imago voor zichzelf, volledig afgesneden van de wereld waarin hij was geboren.

Toen de sneeuw in de Andes in het najaar van 1965 begon te smelten pakte hij zijn rugzak, klom aan boord van een ander koopvaardijschip en voer terug naar Europa. Hij was uitgenodigd om les te geven in een skioord in de Oostenrijkse Alpen. Hij haalde de Alpen echter niet die winter, want er lag bij aankomst in Europa een brief op hem te wachten. Er was net een gigantisch skioord geopend in Brits-Columbia, en de eigenaren wilden Dag hebben als professionele skiër.

Lange tijd voordat de Hudson's Bay Company de berg in 1858 zou opmeten, werd de top die Dag uiteindelijk naar Canada zou halen door de Lil'wat People Cwítima/Kacwítima genoemd en door Squamish People de S_k_wi_k_w. De landmeters noemden hem toen London Mountain. De sportvissers en jagers die in het gebied actief waren hadden er echter nog een andere naam voor. Zij noemden hem Whistler, vanwege het hoge geluid dat de marmotten maakten die tussen de rotsen rondom de voet van de berg leefden.

Rond 1960 wilde Franz Wilhelmsen, een Noorse industrieel die in Vancouver gevestigd was, de berg ontwikkelen tot het grootste skioord op het Amerikaanse continent. Wilhelmsen werd in 1918 in Trondheim geboren en was kort na de Tweede Wereldoorlog geëmigreerd naar Canada. Hij was getrouwd met een erfgenaam van het Seagram-zakenimperium en wilde samen met zijn vrouw in Canada een skioord opzetten dat zou concurreren met de Californische Squaw Valley, waar de Winterspelen van 1960 gehouden waren.

Voordat Whistler's in het skiseizoen 1965/'66 opende, had Wilhelmsen Ornulf Johnsen, een volgeling van Stein Eriksen, ingehuurd om de eerste skischool op te zetten. Na één blik op Wilhelmsens creatie zei Johnsen: 'Zo'n grote berg heeft een grote skiër nodig.'

'Wie heb je dan in gedachten?' vroeg Wilhelmsen.

Dag zat op een stoomschip in het midden van de zuidelijke Atlantische Oceaan toen Johnsen hem begon te zoeken. De brief die op Dag lag te wachten kwam van hem, en er zat een enkelereisticket naar Vancouver bij. Op nieuwjaarsdag reed Dag op de bijrijdersstoel van een Volkswagenbusje over een lange en bochtige, onverharde hoofdweg van Vancouver naar Whistler.

Johnsen had Dag een paar jaar eerder voor het eerst ontmoet in Geilo, een van Noorwegens grootste skioorden. 'Ik zat in de lodge te lezen toen ik buiten een vent zag die midden op een heuvel een skischans voor zichzelf maakte en bleef proberen een zweefvluchtsalto te maken. Hij bleef maar landen op zijn hoofd. Ik bleef toekijken en ineens landde hij de ene na de andere sprong op zijn ski's. Dat was mijn kennismaking met Dag.

'Ik heb bijna overal geskied, maar heb nergens iemand gezien die kon skiën als Dag,' zei Johnsen. 'Hij was de meest atletische persoon die ik ooit had ontmoet. Hij had stijl en elegantie, zelfs als hij over een rots heen kwam, dat was zijn specialiteit. Het leek alsof het hem geen moeite kostte. Het is lastig aan te geven wat het precies was, maar hij was een klasse apart. Hij was nog beter in diepe sneeuw.'

Toen Johnsen Dag naar Whistler bracht, hoopte hij erop dat de jonge acrobatische skiër zowel de skileraren zou imponeren als bezoekers zou aantrekken voor het skioord. Johnsens baas Wilhelmsen had grote aspiraties, om met zijn skihelling mee te dingen naar de Olympische Winterspelen, maar ze wisten allebei dat Whistler tekort zou schieten om van skioorden in Lake Placid, Salt Lake City, Grenoble en Banff te winnen. Alle kleine beetjes aan publiciteit konden helpen. Daar hadden ze Dag voor nodig. Hij zou routinematig buiten de gebaande paden treden en delen van de berg verkennen waar niemand anders durfde te skiën en waar het de komende tientallen jaren niet ontwikkeld zou worden. Voordat Dag kwam had niemand geprobeerd om de ski's op de rug te binden en een halve dag te klimmen van de top van de dichtstbijzijnde lift naar de top van de berg, om vervolgens de Whistler Bowl te skiën. Op een ochtend stond Dag heel vroeg op, klom op eigen kracht naar boven en voltooide de afdaling met vlag en wimpel. Andere mensen stonden die dag op en keken vol verbazing naar zijn sporen in de sneeuw.

Tegen het eind van het openingsseizoen van Whistler werd Dag gecontracteerd om in een aantal skifilms te skiën, waarvoor hij naar verschillende bergen in Noord- en Zuid-Amerika afreisde. Op locatie in Bariloche, Argentinië, waar ze een soort Warren Miller-film opnamen, keek Dag vanaf een berghelling toe hoe de militaire helikopter die hem rond de pieken van de Andes had vervoerd hoogte verloor, neerstortte en in een vuurbal veranderde. Er kwamen vier mensen om bij dat ongeluk. Dag zag dat alleen de piloten uit het wrak konden klimmen. Vijftig jaar later had hij er nog steeds moeite mee om daarover te praten. Na het ongeluk ging hij eerst terug naar Vancouver en vandaar met een trein naar El Paso, voordat hij naar Mexico overstak en met een andere trein naar Mexico-Stad, en nog verder met de bus helemaal naar Santiago, waar hij de vorige zomer had geskied. Hij bracht de zomer van 1967 opnieuw door met lesgeven in de buurt van Santiago. Hij sprak nauwelijks over de vrouw die zwanger van hem werd die zomer, en als hij het al deed, noemde hij nooit haar naam. Hij vertelde dat ze nog niet lang samen waren toen hij weer wegging. En toen hij haar voor het laatst zag had hij er geen idee van dat ze zwanger was.

Halverwege het najaar pakte hij weer het vliegtuig terug naar Canada. Hij kreeg toen het aanbod om skiles te geven bij het Playboy Club skioord in Lake Geneva, Wisconsin. Na een paar weken al nam hij daar ontslag en liftte hij naar Colorado. Toen hij in Aspen aankwam bezat hij niet eens een overhemd. Hij liep de stad binnen met alleen maar een korte broek aan en een rugzak op en een zwerfhond die hem vanaf ergens tussen Illinois en Nebraska gezelschap hield. In Aspen sloot hij zich aan bij de entourage van Stein Eriksen, die hem een nieuwe uitrusting voor het komende skiseizoen gaf. Hij voelde zich echter nooit helemaal op zijn gemak met de mate van beroemdheid die hem en anderen in Aspen of in het nabijgelegen Vail werd toebedeeld. Hij bracht maar een paar weken van het skiseizoen van 1967/'68 afwisselend in de twee skioorden door voordat hij weer verhuisde. In de winter van 1969 was hij weer terug in Vancouver, waar hij sliep op de vloer van het appartement van een vriend van hem op Granville Island. Op dat moment kwam

Deni Eagland met het voorstel om op de Lions te gaan skiën. Het heliskiën was net in opkomst en Dag besefte dat als hij zijn plaats als uitblinker in het freestyleskiën wilde behouden, hij weer in een helikopter moest stappen. Dus dat deed hij.

Twee dagen later opende de *Vancouver Sun* met een luchtfoto van Eagland waarop bijna het exacte moment te zien was waarop de lawine begon. De kop luidde: 'Lawine komt los van extreme helling en laat waaghals Dag Aabye skiën voor zijn leven'.

Kort daarop werd het in een skitijdschrift uit de VS de meest idiote skistunt van het jaar genoemd. Olympisch skikampioen Nancy Greene had het er een jaar later nog over toen ze zei: 'Je zou kunnen zeggen dat Dag de eerste extreme skiër was.' En die bijnaam is blijven hangen.

In de maanden na de lawine stuurde Dag een brief aan zijn ouders in Sigdal met de voorpagina van de *Sun* erbij. 'Ik dacht dat ze misschien trots op me zouden zijn, maar ze waren niet trots,' herinnerde hij zich. Zijn moeder stuurde hem een kort antwoord waarin ze vroeg of hij zelfmoordneigingen had. 'Je geeft niets om je ouders,' schreef ze. 'Je geeft om niemand.' Het zou lang duren voordat hij weer contact zou zoeken.

Vijftig jaar na de lawine stond Dag er nog een keer bij stil hoeveel geluk hij had gehad. 'Als die boom er niet geweest was,' zei hij, 'dan was ik hier niet geweest.'

'Je hebt geluk gehad dat je niet bent verongelukt,' zei ik.

Hij knikte. Vervolgens herhaalde hij een citaat dat hij jaren geleden had gelezen, maar waarvan hij vergeten was wie het had geschreven. 'Solitaire bomen worden sterk, als ze de kans krijgen te groeien.'

15

BOETEDOENING

Wij zijn gijzelaars van de eeuwigheid. Gevangenen van de tijd.

BORIS PASTERNAK, CITAAT IN DAGS DAGBOEKEN

Ik stond voor het eerst in Dags bus, geconfronteerd met de volledige realiteit van zijn bestaan. In het midden van de bus gloeide een laag kooltjes in de kachel. Ik stapte om de slaapzakken, stapels kranten, een plastic margarinekuipje, wat bestek en ontelbare stapels boeken heen op weg naar de achterkant van de bus, waar Dag zijn bed had gebouwd. Er hingen twee ingelijste foto's aan een geïmproviseerd muurtje naast zijn bed. De eerste was van een jongen en een meisje, een tweeling, die naar elkaar lachen. De andere was van een poolwolf, alleen op de toendra. De eerste foto had Dag in 1978 genomen, toen hij nog een huisvader was en met vrouw en drie kinderen in een buitenwijk woonde. Hij had de foto van zijn jongste kinderen genomen met een camera die hij gekocht had toen hij gedurende een korte periode als freelancepersfotograaf werkte, omdat hij moest herstellen van een ongeluk in het houthakkerskamp. Het portret van de wolf was een cadeautje van een oude vriend. Tijdens donkere, eenzame nachten lag Dag op zijn bed met zijn hoofdlamp op naar de portretten aan de muur te kijken. Ze hingen daar al twintig jaar stof en vuil, spinnenwebben en schimmel te verzamelen.

Het was in de vroege herfst van 2018 toen Dag me eindelijk uitnodigde in zijn bus. Ik had de bus pas één keer eerder van een afstandje gezien. Het had er idyllisch en schilderachtig uitgezien, als iets uit een sprookje – verscholen in de schaduw van de ceders, rook die uit de schoorsteen kringelde. Nu ik binnen stond moest het sprookjesbeeld snel plaatsmaken voor dat van armoede. De archieven van zijn leven bewaarde hij in de bus. Zijn dagboeken, fotoalbums en oude correspondentie lagen opgestapeld tegen de muren en op stapeltjes op de vloer, en ook nog op de bestuurdersstoel en onder de houten plank die dienstdeed als bedrand. Hij was geen hamsteraar, maar de bus zat vol met sentimentele aandenkens en met vuil en afval.

Twintig jaar lang had de bus aan de rand van een stuk wild bos op privéterrein gestaan. Hij was van geen enkele weg af te zien, ook niet door een satelliet. Hij was via een steile helling naar zijn positie op een vlak stuk in het bos gesleept, waar hij ingeklemd stond tussen twee volgroeide wilde ceders, wier takken langzaam over de bus heen gegroeid waren en hem zo aan het zicht onttrokken. Vrienden en goedwillende kennissen uit een slechte periode in Dags leven, toen hij als zestigjarige rondzwierf in SilverStar Village, hadden de bus naar boven getrokken, zodat hij daar in alle rust kon wonen zonder conflicten met mensen die hem als een last voor de samenleving zagen.

Dag zei altijd dat hij genoot van de afzondering in het bos, maar het was niet altijd duidelijk of hij zich wel veilig voelde in de bus. Hij vertelde me dat hij een keer terugkeerde naar zijn bus, en dat die doorzeefd was met geweerkogels. Een andere keer zei hij dat hij bang was dat iemand hem in de brand wilde steken. En op een dag belde hij me om te vertellen dat iemand had ingebroken in de bus terwijl hij aan het hardlopen was. 'Ik wil graag dat je het weet,' zei Dag, 'zodat het is vastgelegd in het geval er iets gebeurt.'

Ik vroeg hem of hij het gevoel had dat hij in gevaar was.

Hij antwoordde niet meteen maar zei uiteindelijk nee.

Ik vond het allemaal wat verontrustend. 'Wil je dat ik je help daar weg te komen?' vroeg ik.

Wat ik kon doen om hem te helpen wist ik niet. Ik woonde 4000 kilometer van hem vandaan in de binnenstad van Toronto. Ik bood aan een van zijn kinderen op de hoogte te brengen, maar hij zei dat ik dat niet moest doen. Hij zei dat hij ze niet tot last wilde zijn. Bovendien woonden ze allemaal ver van hem vandaan.

Ik wilde niet verder aandringen. In plaats daarvan boekte ik een vlucht en zocht ik hem een maand later op. Op dat moment leek er geen gevaar te zijn, hoewel hij wel meer moeite leek te hebben met de uitdagingen van zijn zelfgekozen manier van leven. De slijtage van zijn lichaam was goed te zien, en hoewel hij nog steeds bijzonder fit was voor een man van 78, hadden zijn blessures de manier waarop hij met zijn omgeving omging veranderd. Zijn rechterarm was van steeds minder nut voor hem, wat hij compenseerde door zijn linkerarm voor bijna alles te gebruiken.

Ik had me al vaker afgevraagd hoe hij zich met zijn manier van leven redde zonder goede medische zorg voor zijn kwalen. Hij was jaren geleden door een ongeluk in een houthakkerskamp meerdere tanden kwijtgeraakt, maar was al bijna dertig jaar niet naar de tandarts geweest, en had nog steeds een paar afgebroken tanden. Hij zei zelf dat zijn tanden nog goed dienstdeden, en wanneer dat niet zo was gebruikte hij zijn handen om het eten af te breken. Zijn handen werden echter steeds krommer door artritis. Zijn schouder was nog steeds uit de kom. Alle aspecten van zijn leven werden steeds lastiger. Hij had geen toilet of stromend water. Hij waste zich met een pan water die hij verhitte op de kachel. In de jaren dat hij daar woonde had hij talloze latrines in het omliggende bos gegraven (hij zei dat hij gemiddeld drie keer per week ontlasting had) en was gewend te urineren langs de kant van zijn trainingspaden.

Dags bus was al twintig jaar niet van zijn plaats gekomen. Nadat hij de heuvel op was gesleept, werd de bus geparkeerd naast wilde ceders. Dag beschouwde de bus als zijn schuilplaats en had praktisch nooit bezoek. (Met dank aan de auteur)

Hij ging bijna nooit naar een echt toilet, al ging hij wel eens naar de openbare toiletten in de stad om gebruik te maken van de zeepdispensers om zijn handen te wassen.

Hij was in de jaren dat ik hem kende verscheidene keren gevallen, en hoewel hij het niet wilde toegeven, werd het me duidelijk dat hij het in de zomer van 2018 steeds moeilijker vond om zijn bus vanbinnen een beetje hygiënisch te houden. Ik bood aan hem te helpen met het vuilnis. Hij dacht er even over na en zei toen ja, en even later stond ik voor het eerst in de bus, met een groeiend begrip voor wat het werkelijk betekende om te leven zoals hij.

De binnenkant van de bus hield hij in eeuwige duisternis. Hij zei dat hij dat deed om 's winters de warmte binnen te houden en het 's zomers koel te houden, maar mij deed het denken aan een grotachtig hol. Er kwam geen enkel straaltje licht naar binnen. Hij had alle ramen met karton of gordijnen afgedekt. Ik deed de zaklamp van mijn telefoon aan om iets te kunnen zien en werd meteen overweldigd door de stapels boeken die niet alleen langs de muren stonden, maar zich ook verspreid hadden over de vloer. Het moeten er honderden zijn geweest. Hij zei dat hij elk woord had gelezen van elk boek dat hij mee naar zijn bus had genomen. De houtkachel was nog warm en het rook er naar een kampvuur. Ik schoof met mijn hand over de bovenkant van de kachel en veegde meteen een laag roet weg. Dag controleerde een rijtje sokken die aan een lijntje boven de kachel hingen te drogen. Ze waren bijna droog. Er was niet veel ruimte om je te bewegen met zijn tweeën, al was het een volwaardige, grote schoolbus. Er lagen overal dekens en slaapzakken als isolatie op de vloer om te voorkomen dat de hitte en de kou zijn schuilplaats binnen zouden dringen. Tussen de rommel zag ik meerdere ingelijste portretten van zijn kinderen en posters van oude skifilms. En dan nog de dagboeken – honderden. Ze lagen een meter hoog opgestapeld, verspreid over de kussens van een bank en op planken die hij aan de wanden had bevestigd.

Ik scheen met mijn telefoon op een van de stapels. 'Ik wist dat je hier veel dagboeken had, maar ik wist niet dat het er zoveel waren,' zei ik.

Hij deed een greep naar de dichtstbijzijnde stapel, pakte een aantal dagboeken van bovenaf en gaf ze aan mij. 'Hier,' zei hij. 'Deze mag jij hebben.'

Ik was verrast door het gebaar. 'Weet je het zeker?' vroeg ik.

'Als je er iets van begrijpt, kun je mij misschien een beetje begrijpen,' zei hij.

Hij liep naar een werkbank dicht bij de voorkant van de bus waar een roestvrijstalen pannetje stond met water erin. Hij spatte wat water in zijn gezicht en ging toen naar buiten. Even stond ik alleen binnen in de bus, en voelde me zowel bevoorrecht als schuldig dat ik zo diep in zijn wereld werd toegelaten. Ik scheen met mijn zaklamp de bus rond, bestudeerde de foto's en de boeken die hij had gekozen om zich mee te omringen. Onder alle schimmel, roet en stof zag ik de sentimentele aanwijzingen dat hij ooit een familieman was geweest, maar dat hij nu eenzaam was en leefde in wat de meesten je reinste armoede zouden noemen.

Ik stapte de bus uit en liep naar Dag. Hij stond op een pad vlakbij en verwijderde een paar takken die met harde wind op de grond waren gevallen. Ik keek even toe hoe hij met een tak worstelde. De tak kwam niet van zijn plek. Hij keek ernaar, daarna omhoog naar de boom waar hij van afgevallen was, en knikte tegen zichzelf.

Hij zag me staan en liep mijn kant op. Hij had stapels vuilniszakken naast de bus staan. Hij pakte een stok, reeg die door de zakken en tilde hem op zijn schouder en vroeg of ik de andere zakken wilde pakken die hij niet kon dragen. Dat deed ik en samen liepen we met een grote hoeveelheid afval door het bos en naar beneden naar mijn auto. We vulden de kofferbak, liepen terug voor meer en vulden ook de achterbank. Toen stapten we in en reden weg.

Na deze reis vertrok ik weer met een grotere waardering voor Dags manier van leven. Maar ik begreep nog steeds niet hoe hij in een bus was beland vol voorwerpen uit een leven dat hij kwijt was geraakt. Ik wendde me dus tot de enige persoon die me kon helpen bij het invullen van enkele lege plekken: Dags ex-vrouw.

Toen Tony Aabye hoorde dat ik een journalist was die bevriend was geraakt met haar voormalige echtgenoot, was ze er meteen nieuwsgierig naar of ik het mysterie had opgelost dat de kern van zijn wezen raakte. 'Heb je uitgevonden waar hij vandaan komt?' vroeg ze. 'Ik heb me altijd afgevraagd of hij achter de waarheid zou komen, maar ik ging ervan uit dat het in dit stadium van zijn leven wel niet meer zou gebeuren.'

De laatste keer dat Tony haar ex-man had gezien, zat hij Kokanee-bier te drinken en staarde hij wezenloos naar haar gezicht, niet in staat haar te plaatsen.

Ze was meer dan twintig jaar met hem getrouwd geweest. Bijna net zo veel tijd als er na de scheiding was verstreken. De eerste paar jaar nadat ze uit elkaar waren gegaan, kon hij soms zomaar weer binnenstappen in het huis in Okanagan dat ze hadden gedeeld en begon hij gewoon te praten alsof er niets tussen hen was voorgevallen. Het had Tony zeven jaar van haar leven gekost om van Dag te scheiden en hun band door te snijden. Daarna verhuisde ze 1300 kilometer naar het oosten naar Saskatchewan om een nieuw leven te beginnen.

Vijftien jaar nadat ze hem voor het laatst had gezien, kwam ze terug naar Vernon om haar zus te bezoeken. Ze was halverwege haar lunch in een restaurant toen een haar bekende figuur binnenkwam en aan de bar ging zitten. Ze herkende Dag meteen, hoewel hij in niets meer leek op de man van wie ze ooit had gehouden. Zijn kleren waren versleten, zijn haar was samengeklit en zijn baard was voller dan ze zich herinnerde. Ze at haar lunch op en keek van een afstandje naar hem. Ze overwoog gewoon te betalen en het restaurant te verlaten zonder dag te zeggen. Maar ze vermoedde dat ze hem als ze nu wegging nooit meer zou zien. Ze hadden niets meer tegen elkaar te zeggen, geen gevoelens om te uiten, maar ze wilde niet jaren later terugkijken en spijt hebben dat ze niet voor het laatst dag had gezegd tegen de man die ooit de belangrijkste persoon in haar leven was geweest. Dus liep ze langzaam naar de bar, legde haar hand naast die van hem en zei hallo.

Hij tilde zijn hoofd op en keek haar aan, maar had geen idee wie ze was of waarom ze hem aansprak.

Ze keek toe hoe hij probeerde haar gezicht te plaatsen. Het kwetste haar niet dat hij haar niet herkende, maar ze was wel verbaasd. Uiteindelijk zei ze: 'Ik weet niet of je me nog herkent,' zei ze, 'maar ik ben je ex-vrouw.'

Hij kneep zijn ogen tot spleetjes en knikte toen. 'O ja,' zei hij.

Even leek het alsof dat alles was wat hij zou zeggen. Maar toen spraken ze even met elkaar, tot Tony afscheid van hem nam en opnieuw uit zijn leven verdween.

Ze had zich de jaren daarna afgevraagd of hij wel eens terugdacht aan het leven dat ze ooit samen hadden opgebouwd. Of aan het gezin dat ze hadden gesticht en de dromen die ze hadden gedeeld. Ooit had ze hem de makkelijkste persoon gevonden om van te houden. Maar ze vond hem ook de moeilijkste persoon om te begrijpen.

Ze was 19 toen ze hem leerde kennen. Hij was 26. Zij werkte bij de skipatrouille op Mount Seymour, een skipiste net buiten Vancouver, waar ze was opgegroeid. In de winter van 1968 dook hij daar ineens op. Hij was, zonder de juiste papieren, de VS-Canadese grens over geglipt in de kofferbak van een auto, op weg naar zijn bestemming ten noorden van Aspen. Hij ging meteen werken als instructeur bij de skischool op de berg, hoewel hij meer tijd doorbracht met het trainen van andere skileraren dan met het lesgeven aan leerlingen. Ze had nog nooit van hem gehoord, tot ze elkaar op een ochtend bij een vergadering van alle skipatrouilleleden en skileraren onder aan de heuvel tegenkwam. Ze was laat en kreeg op haar lazer van hun gemeenschappelijke baas. Dag lachte naar haar. 'Hij knipoogde naar me en ik smolt gewoon,' herinnerde ze zich. 'Ik had echt nooit verwacht dat ik iets met hem zou beginnen. Ik was een mager kind en hij was, voor een skiër, wereldberoemd. Dat was de eerste keer dat ik hem zag en denk ik de eerste keer dat ik hem opviel.' Ze keek toe toen de andere leden van de skipatrouille en leraren om hem heen gingen staan alsof hij een soort skigod was. Ze leerde in eerste instantie zijn reputatie als playboy en mysterieuze figuur kennen.

In het begin waren ze gewoon goede vrienden. Daarna werd het meer. Hij had een soort kwetsbaarheid over zich die hij naarmate ze dichter naar elkaar toe groeiden steeds meer liet zien, en die ze veel aantrekkelijker vond dan al die dingen die hij kon doen op zijn ski's. Dit viel haar voor het eerst op toen ze op een avond vroeg waar hij vandaan kwam en hoe hij in Canada terecht was gekomen.

Aan het eind van de jaren zestig had Dag de reputatie een van de meest risicozoekende skiërs ter wereld te zijn, wat hem meer bekendheid opleverde dan waar hij behoefte aan had, met name in Aspen en Vail. (Cliff Fenner, met dank aan het Whistler Museum)

'Hij vertelde me dat hij was gevonden op de trappen van een kerk,' zei Tony. Ze herinnerde zich het verhaal nog levendig en ook de manier waarop hij het vertelde: hij zei dat hij midden in de oorlog was achtergelaten op de stoep van de kerk en dat de geestelijken hem hadden meegenomen in afwachting van adoptie, en dat iedereen in zijn omgeving dood was. 'Het leek gewoon zo tragisch en verdrietig,' zei ze.

Die winter en de winter daarna werden ze vrienden op de skipiste. Daarna was er de lawine op de Lions.

'Mensen zeiden dat het een stomme stunt was, maar hij was niet zo dom. Iedereen in de skiwereld had het erover, echt iedereen. Er werden paginalange artikelen over hem geschreven. Iedereen zei: "O nee, heb je gehoord wat Dag heeft gedaan?" Het was geweldig. Hij had wat er gebeurd was moeten gebruiken als opstapje, om echt dé skiër te worden die ertoe deed. Maar dat deed hij niet.'

Ze had het gevoel dat hij beschadigd was geraakt door iets wat gebeurd was voordat ze hem leerde kennen, maar ze wist niet echt wat het was. Zij dacht dat het het helikopterongeluk in Chili was, waarvan hij getuige was geweest. 'Hij vertelde me een keer dat hij alleen maar gegil kon horen,' zei ze. 'Ik denk dat ze naar de plek van het ongeluk toe gingen om te kijken of ze iemand konden redden. Ik begrijp dat het vreselijk was. Het heeft hem veranderd. Hij wilde nooit meer in een helikopter stappen.'

Kort na de lawine gingen ze samenwonen, en ze wist al snel dat ze met hem wilde trouwen. Ze herinnerde zich nog dat ze, na twee jaar samenwonen, tegen hem zei: '"Luister, of we gaan trouwen of we gaan uit elkaar. Wat wil je?" Hij zei: "Je zet me te veel onder druk." Ik zei: "Ik hou van je, ik wil graag kinderen van je." Ik ging de deur uit en toen ik thuiskwam was hij weg. Al zijn spullen waren weg. Ik vond het wel prima. Maar toen werd het maandagmorgen en was hij terug. "Laten we gaan trouwen," zei hij. Hij was naar Whistler gegaan om te zien of hij opnieuw dat leven wilde, en kwam toen terug.'

Een week voor de bruiloft wilde hij met haar praten, pakte een fotoalbum en liet haar foto's zien van Hovlandsmoen, van Georg en Helga en het leven in Noorwegen dat hij ontvlucht was. Het was de eerste keer dat hij sprak over de boerderij of over zijn adoptieouders. Daarna opende hij de brief uit Chili en liet haar de foto zien van de zoon die hij nooit had ontmoet. Hij zei dat de jongen vijf jaar oud was en dat hij niet wist hoe hij heette. Verder vertelde hij niet veel. En wat hij verzweeg, zou hij de rest van hun huwelijk ook niet vertellen.

16

VERSTOTEN VANAF DE GEBOORTE

We zullen nooit van het stigma afkomen, niet eerder dan dat we dood en begraven zijn... Ik wil niet begraven worden in een graf; Ik wil dat mijn as wordt uitgestrooid in de wind – dan word ik tenminste niet meer gepest.

PAUL HANSEN, NOORS KIND UIT DE LEBENSBORN

Dag had nooit zeker geweten welke omstandigheden tot zijn geboorte hadden geleid. Hij wist niet of hij een Lebensborn-kind was, het product van een verkrachting of het ongewenste resultaat van een korte relatie tussen een Duitse soldaat en een Noorse vrouw. Doordat er geen zekerheid over bestond, bleven represailles tegen tyskerunger – Duitse jongens – hem bespaard. Het behoedde hem echter niet voor het trauma dat de kinderen uit de oorlog met zich meedroegen.

Lang na de val van Berlijn bleven de kinderen die door de Duitse soldaten waren achtergelaten emotioneel beschadigd door hun associatie met Heinrich Himmler en het massafokexperiment van het Derde Rijk. Veel van de kinderen werden eerst door hun biologische ouders en daarna door hun adoptieouders in de steek gelaten en vervolgens geïnstitutionaliseerd. Anderen werden gedeporteerd. Alleen de kinderen die geluk hadden groeiden op zonder te weten wie ze echt waren of waarvoor ze symbool stonden. Velen van hen ontwikkelden een diepgeworteld gevoel van schaamte.

Meer dan zeventig jaar dacht Dag dat hij misschien een kind van het Lebensborn-programma was, maar hij was nooit publiekelijk als zodanig aangemerkt. Hoewel veel mensen in Sigdal vermoedden dat hij een van de kinderen was die door de nazi's waren achtergelaten, kon niemand het met zekerheid zeggen. Hij werd dan wel niet geslagen en lastiggevallen zoals zovele Lebensborn-kinderen, er waren wel mensen in zijn leven die zich afvroegen of hij emotioneel beschadigd was omdat hij ermee werd geassocieerd.

Zoals Tony tegen me zei: 'Ik voelde altijd dat de onzekerheid over wie hij was een grote invloed op hem had. Maar ik weet niet of hij het zelf ook zo zag.'

Het was niet verwonderlijk dat Dag geloofde dat hij een van de twaalfduizend kinderen was met een Duitse militair als vader. Slechts achtduizend waren officieel geregistreerd als kinderen van het Derde Rijk onder de vlag van Lebensborn. De meesten werden geadopteerd door sympathiserende gezinnen die de mythe van arische superioriteit wilden koesteren. Duizenden van de kinderen werden later door Ørnulf Ødegård, een van de belangrijkste psychiaters van Noorwegen, gebrandmerkt als geestesziek. Dit predicaat, hoewel niet officieel overgenomen door de staat, verspreidde zich onder de bevolking. De moeders hadden het niet makkelijker, zij kregen het stempel geestelijk ongeschikt van dezelfde psychiater.

Kort na de oorlog stelde de Noorse staat plannen op om de kinderen naar Duitsland te deporteren. Men zag echter af van dat plan toen de Noorse regering inzag dat ze met het naar Duitsland sturen van de kinderen duizenden peuters een humanitaire crisis in zouden sturen. Zweden was de tweede keus. Er werden officieel echter slechts dertig kinderen naar Zweden gestuurd, ontelbare anderen werden stilletjes over de grens vervoerd om represailles te ontlopen. De beroemdste van hen was Anni-Frid Lyngstad, een van de zangeressen van ABBA, die een halfjaar na het einde van de oorlog werd geboren. Lyngstads vader was een sergeant in de Wehrmacht die voor haar geboorte was teruggestuurd naar Duitsland.

In november 1945, een halfjaar na het einde van de bezetting, kwamen de autoriteiten tot een overeenkomst volgens welke negenduizend Noorse oorlogswezen naar Australië zouden worden overgeplaatst. Eind 1946 werd het plan echter onuitvoerbaar geacht en werd besloten dat de kinderen in Noorwegen opgevoed moesten worden.

Voor zover Dag wist had hij geluk gehad. Door zijn adoptie op Hovlandsmoen was hij ontsnapt aan het lot van die kinderen die uit de weeshuizen werden gehaald en naar inrichtingen voor geesteszieken werden gestuurd.

Tientallen jaren werd er nauwelijks aandacht besteed aan de ellendige omstandigheden van de Lebensborn-kinderen. Maar in de vroege jaren 2000 begon een team van Noorse historici en sociologen de getuigenissen van de kinderen die nog leefden te verzamelen. Naast vreselijke verhalen over seksueel geweld en misbruik waren er talloze verslagen van kinderen die regelmatig geslagen werden om hun afkomst. Een vrouw vertelde dat haar adoptieouders probeerden de 'Duitser in haar verrot te slaan' en dat klasgenoten regelmatig naar haar uithaalden. Ze gaf ook aan dat een tandarts haar eens met opzet in haar kaak boorde om haar te laten voelen hoe het was om gemarteld te worden. Toen ze tien jaar was had een groep dronken dorpsgenoten een hakenkruis op haar voorhoofd gebrand.

In een gesprek met de BBC in 2007 zei Bjorn Lengfelder, een Lebensborn-kind: 'In de Noorse bevolking bestond een grote haat tegen ons kinderen. Een kleine broer en zus van vijf jaar oud werden twee nachten en twee dagen in een varkensstal gehouden. Daarna werden ze in de keuken in een tobbe gezet en geschrobd met zuur tot ze geen huid meer overhadden "omdat we de nazistank van je af moeten wassen".

De meeste kinderen zochten niet naar hun biologische ouders tot ze volwassen waren, en als ze het dan deden vonden ze vaak moeders die zelf emotioneel getekend waren en vaders die of dood waren of weigerden hen te erkennen. Andere kinderen vonden echter nooit iemand. De Noorse Nationale Archieven bezitten weliswaar een verzameling Lebensborn-dossiers, maar de documenten over het nakomelingschap van een groot aantal van hen zijn verloren gegaan. In een academisch onderzoek in 2004 onder 1150 oorlogskinderen kwam naar voren dat 90 procent van hen op een gegeven moment wel getrouwd was, maar dat ze een verhoogd zelfmoord- en echtscheidingspercentage lieten zien en meer kans hadden op geestelijke gezondheidsproblemen, en vaak een minder hoge opleiding en een lager inkomen hadden. De onderzoekers concludeerden dat het trauma, de instabiliteit en isolatie in hun kindertijd zestig jaar na de oorlog nog impact op hen hadden. Zelfs degenen die in schijnbaar goed aangepaste gezinnen waren opgegroeid gaven gevoelens van vervreemding aan.

De Noorse autoriteiten hebben 25 jaar lang geworsteld met de vraag hoe ze het goed konden maken met de kinderen die het slachtoffer waren en geïsoleerd waren geraakt vanwege het bloed dat door hun aderen stroomde. In haar nieuwjaarstoespraak van 2000 sprak de Noorse premier een korte verontschuldiging uit naar de Lebensborn-overlevenden. Daarna kwamen er al snel rechtszaken tegen de regering en in 2002 legde het parlement de staat een betaling op van 30.000 euro compensatie aan de nog levende kinderen. Hoewel Dag vermoedde dat hij een van deze kinderen was, heeft hij de staat nooit om compensatie gevraagd. Hij wilde ook niets krijgen. Het enige wat hij wilde was weten wie zijn moeder en zijn vader waren.

In februari 2019 reisde ik naar het westen om Dags dagboeken terug te brengen en de gegevens met hem te delen die ik had gevonden over Lebensborn en waar hij meer informatie over zijn ouders kon vinden.

Ik kwam hem tegen toen hij aan het hardlopen was, naast een sneeuwbank op een bevroren bergweg, niet ver van zijn bus. Het was aan het eind van de ochtend en Dag liep met skistokken in zijn handen. Die gebruikte hij voor stabiliteit op de ochtenden dat er sneeuw lag. Ik liep met hem terug naar een vuurkuil in de buurt van zijn bus. Daar stonden we koffie te drinken terwijl de sneeuw op ons neerdaalde. Zijn knokkels kraakten toen hij zijn handen openvouwde en ze warmde boven de gloeiende houtskool. Hij vertelde dat hij die ochtend op de radio had gehoord dat wetenschappers bewijs hadden gevonden dat de neanderthalers 's werelds eerste kunstenaars waren en 65.000 jaar geleden op de muren van een grot in Spanje tekenden. Dit was het soort informatie die hij later aan zijn dagboek zou toevertrouwen als een van de vele betekenisvolle ontdekkingen van de dag. Hij was het grootste deel van de ochtend op de been geweest en had bijna aan één stuk gerend vanaf 4.30 uur, toen hij zijn schoenen had aangetrokken en door de hangende deken was gestapt die dienstdeed als binnenste afscheiding van zijn schuilplaats. Nu hij stilstond probeerde hij warm te blijven.

Hij gooide nog een dode dennentak op het vuur. De naalden knisperden en ploften terwijl de sneeuw in dikke, zachte vlokken bleef vallen. Ik vertelde dat ik een citaat dat hij maanden geleden met me deelde had opgezocht omdat ik benieuwd was naar de schrijver ervan.

'Solitaire bomen worden sterk, als ze de kans krijgen te groeien,' herhaalde ik. 'Het blijkt dat het geschreven is door Winston Churchill.'

'Echt waar?' antwoordde hij.

'Ik heb het gegoogeld en dit kwam eruit.'

Hij keek me aan, en ik bedacht ineens dat hij misschien niet wist wat Google was. Toen legde hij nog een tak op het vuur.

Ik had het citaat gevonden in een brief van de toen 24-jarige Churchill aan zijn moeder. Het kwam uit een boek dat hij schreef en was onderdeel van een passage over een Nubische leider die als kind wees was geworden, om later een militaire tegenstander te worden van de Engelsen in de Anglo-Egyptische verovering van Soedan tussen 1896 en 1899. Churchill, die een moeilijke relatie had met zijn eigen vader, had voor zijn moeder opgeschreven:

> Solitaire bomen worden sterk, als ze de kans krijgen te groeien: een jongen zonder zijn vaders aandacht zal, als hij zich kan ontworstelen aan de gevaren van de jeugd, onafhankelijkheid en intellectuele daadkracht ontwikkelen die later in het leven het grote verlies van vroeger dagen kunnen compenseren.

Dat was veel zwaarder dan wat Dag had onthouden.

Dag was een alleslezer. We spraken vaak over dingen die hij las, maar hij las zoveel dat we het bijna nooit lang over een onderwerp hadden. Doordat ik opnieuw over het citaat met de boom was begonnen, dacht Dag aan een douglasspar op Vancouver Island waarover hij kort daarvoor gelezen had. De boom was duizend jaar oud en twintig verdiepingen hoog en was de enige boom die overgebleven was van een oerbos. Hij had deze boom nooit gezien, maar zag in zijn jaren als houthakker voldoende bomen van deze grootte en soort om zijn kurkachtige bast, hier en daar wel 30 centimeter dik, voor zich te zien en het kenmerkende aroma van zijn stam en de aardse geur van mos en korstmossen die erop groeiden te beschrijven. Dag had bewondering voor bomen, en dat kwam niet alleen doordat een boom zijn leven had gered in een lawine. Thuis op

Hovlandsmoen had hij geleerd naar bomen te kijken als een overerfbare rijkdom die over de generaties heen werd doorgegeven. Hij waardeerde ze voor hun bijdrage aan de natuur. Maar ook voor wat ze allemaal konden worden nadat ze waren geoogst.

In de zomer van 1971 verhuisde hij naar Squamish, een houthakkersstadje tussen Whistler en Vancouver. Het skiseizoen was afgelopen en hij was op zoek naar werk. Hij had nooit houthakker willen worden, hoewel het in Noorwegen een deel van zijn opvoeding was geweest. Zijn moeder stuurde hem vaak het bos in met een zak vol gesmeerde boterhammen voor de houthakkers en de arbeiders die op het land van de familie woonden. Hij ging dan zitten en at zijn brood terwijl hij toekeek hoe de bomen die zijn grootvader had geplant omgehakt werden. Daarna zag hij hoe ze de boomstammen vastmaakten aan een span paarden en ze naar de rivier sleepten. Het was nogal ambachtelijk vergeleken met de houtkap op industriële schaal die plaatsvond in de heuvels en dalen rondom Squamish. Hij wist niet waaraan hij begon tot hij goed en wel in dat leven zat, in kampen woonde op allerlei plaatsen langs de Sunshine Coast en regelmatig naar Vancouver Island en Haida Gwaii (voorheen Koningin Charlotte-eilanden) werd gestuurd om stukken van de dichtbegroeide regenwouden die enkele van 's werelds grootste bomen herbergde leeg te kappen. In die tijd was de houtindustrie nog grotendeels ongereguleerd en werd de impact ervan op de kust van Brits-Columbia nog niet echt begrepen.

Hij had geen idee hoeveel bomen hij uit het bos had helpen slepen in de achttien jaar dat hij in de sector werkte. 'Tienduizenden,' schatte hij. 'Waarschijnlijk nog meer.'

Het grootste deel van zijn carrière was hij voorman bij het verzamelen van de stammen, diep in het bos. Hij maakte snel promotie, leerde het vak om te beginnen met het vastzetten van de kabels aan de neergehaalde boomstammen en dan hard weglopen voordat de grote machine haar motoren startte en de zware stammen optilde en versleepte vanwaar ze waren neergekomen naar het gewenste ophaalpunt. Hij had nooit de leiding gehad op het gebied van keuzes maken welke bomen omgehaald zouden worden en welke zouden overleven. Zijn werk bestond voornamelijk uit het uitzoeken hoe de omgezaagde bomen veilig uit het bos gehaald moesten worden. Af en toe werd hij echter opgeroepen om het werk van de *high rigger* te doen. Die was de koning onder de houthakkers. Het was de man die in de bomen klom om touwen vast te maken. Dag moest sporen en een tuigje aantrekken, de touwen pakken en in de stam van eeuwenoude sparren klimmen, onderweg naar boven zijtakken afzagend om een borgpen te kunnen plaatsen. Weer op de grond moest hij kabels rond de boomstronken plaatsen, het hijstuig voorbereiden, zorgen voor de verankering aan andere boomstronken verderop als voorbereiding op het wegslepen van de stammen en dan de zagen bedienen. Hij deed het allemaal even graag.

Hij had eerbied voor iedere boom waar hij ooit in klom, hoewel hij hun handelswaarde ook inzag. Een enkele spar van vijfhonderd tot duizend jaar oud kon wel twee meter in doorsnee zijn en meer dan 60 meter hoog. Eenmaal omgezet in timmerhout kon je van één boom het frame voor meerdere huizen opzetten.

Er was weinig tijd of belangstelling voor existentiële discussies tussen de mannen in het bos of in de kampen. Het was voor iedere houthakker essentieel dat ze iedereen in het team konden vertrouwen, zelfs met hun leven. 'Veel van de mensen die de houtkapindustrie haten, begrijpen niet dat het om een van de gevaarlijkste beroepen ter wereld gaat,' zei Dag. 'Tijdens het werk zijn er ontelbare manieren om te verongelukken.' Hij kon zich niet herinneren hoeveel houthakkers er waren doodgegaan in de kampen in die achttien seizoenen. Er waren er die werden verpletterd onder rollende boomstammen; anderen verongelukten door zware machinerie. Sommigen werden gedood door rondvliegende katrollen of lierkabels, die onder druk konden exploderen en met genoeg kracht door het bos vliegen om een man doormidden te snijden. 'Als je een lange, harde fluittoon hoorde, betekende dat dat er iemand gewond of dood was,' zei Dag. 'Je leerde het geluid van een fluit te haten omdat het de dood symboliseerde.'

Iedere keer als de fluit ging, keek Dag om zich heen om zijn vrienden te zoeken. Hij had in het bos veel mensen verloren die hij kende, maar niets had zo veel indruk gemaakt als de dood van een jonge man wiens naam hem in zijn latere leven zou achtervolgen – Erik Hansen. Hansen had over een gevelde boomstam gelopen om bij de top takken te verwijderen, toen een ander lid van het team een boom boven op hem liet vallen en hem verpletterde.

Gedurende zijn hele carrière in de houtkap was Dag getrouwd. Ze stapten het huwelijksbootje in op een regenachtige dag in januari 1971 in Stanley Park. Ze legden hun trouwbelofte af naast de strandmuur, met op de achtergrond de golven van de oceaan die tegen de kust sloegen. Ze zetten hun handtekening in een telefooncel vlakbij en gingen daarna lunchen in een theehuis. In hun eerste winter als getrouwd stel skieden ze samen op de hellingen van de Whistler. Dag was nog steeds befaamd op de berg; zijn roem om het overleven van de lawine was nog niet verdwenen. 'Hij was de grootste in de skiwereld,' herinnerde Tony zich. 'Het duurde even voordat dat voorbij was.'

Op zachte avonden reden ze rond in de buurt van Vancouver of Whistler in zijn Opel GT sportwagen. Maar in de zomer van 1972 was de Opel weg en moest het stel verhuizen naar een caravan in Squamish. Daar kregen Dags verleden en de mensen en dingen waarvan hij meer dan tien jaar lang was weggelopen hem alsnog in hun greep.

Tony: 'Hij kreeg van die brieven en dan zat hij in een hoekje van de caravan en huilde hij terwijl hij ze las. Ik vroeg dan wat er aan de hand was, maar hij zei alleen maar: "Ik zou niet weten waar ik moest beginnen."'

Ze had geen idee dat zijn ouders hem hadden gezocht, of hoe ze hem uiteindelijk hadden gevonden. Als ze terugdacht aan hun huwelijk als geheel, moest ze concluderen dat ze nooit echt veel over Dag had geweten. 'Er was altijd een deel van zichzelf waarover hij liever niet praatte,' zei ze. 'Die muur die hij had opgetrokken om iedereen op afstand te houden.'

Ze waren vijf jaar getrouwd geweest toen ze ontdekte dat ze zwanger was. Het was 1976 toen Dag en Tony zich voorbereidden op de geboorte van hun eerste kind, toen Helga en Georg ineens op kwamen dagen in Squamish. Ze waren gekomen in de hoop een brug te slaan naar hun zoon en zijn nieuwe gezin. Er waren dertien jaar voorbijgegaan sinds hij hen in woede had verlaten, en ze waren de halve wereld overgestoken in de hoop hem te kunnen overhalen met zijn vrouw en kind naar Sigdal terug te keren en zich voor te bereiden op het overnemen van Hovlandsmoen.

Het viel Tony op hoe weinig Dag gemeen leek te hebben met zijn adoptieouders. Helga had antieke gouden kaarsenstandaards meegenomen als housewarmingcadeau. Maar ze wierp een blik op de trailer waarin Dag en Tony woonden en merkte op dat de knechten en houthakkers die op hun boerderij in dienst waren beter woonden.

Tony wist nog hoe Helga tegelijkertijd zowel aardig als gemeen tegen Dag kon doen. Het was alsof Dag nooit iets goed kon doen bij haar.

Helga en Georg waren nog steeds bij hen toen de weeën bij Tony begonnen en hun eerste dochter werd geboren. 'Ik weet nog dat Helga een dag later bij me kwam en me zo hard kneep dat ik het uitschreeuwde. En zij zei: "Ik weet hoe het voelt om een kind te krijgen."' Tony wist niet wat ze ervan moest denken. Ze wist dat Dag geadopteerd was.

Een aantal dagen later gingen Helga en Georg weer terug naar Noorwegen. Tony heeft nooit meer iets van ze gehoord of gezien.

De daaropvolgende jaren hadden ze een rustig en eenvoudig leven in de trailer. 'We waren gelukkig,' zei Tony. 'We waren echt gelukkig. Dag was een goede vader in die vroege jaren. De problemen die hem eronder kregen waren toen nog niet zichtbaar.'

In 1978, twee jaar na de geboorte van hun dochter, beviel Tony van een tweeling, een jongetje en een meisje. In hun jeugd waren er lange periodes waarin Dag afwezig was, aan het werk in de houtkap. Maar als hij thuis was probeerde hij de verloren tijd in te halen. Hij en Tony deden wedstrijdjes wie het snelst een luier kon verwisselen bij de tweeling, en hij kookte voor het gezin van vijf personen terwijl Tony weer ging studeren en verpleegster werd. Gedurende de zomers bleef Dag aan het werk als houthakker en 's winters met losse baantjes op de plaatselijke skihellingen. Hij hielp met de voorbereiding van de piste voor wedstrijden op Whistler en gaf skiles aan kinderen op kleinere skioorden in de regio – Mount Seymour of Grouse Mountain. De naam die hij in de jaren zestig als skiër had opgebouwd was aan het eind van het decennium dat erop volgde wel zo'n beetje verbleekt.

'Hij offerde op wat hij ooit was omwille van het gezin,' zei Tony. Toen hij uiteindelijk wel weer ging skiën was hij geen ster meer. 'Tegen het begin van de jaren tachtig had de skiwereld hem ingehaald.' Extreem skiën was nog steeds een explosieve kant van de sport, maar Dag was al in de veertig en werd niet meer uitgenodigd door fotografen en filmmakers om in een helikopter te klimmen en sporen te trekken op de helling van een maagdelijke berg. Hij was nu een hardwerkende vader die een gezinsleven probeerde op te bouwen. In 1981 hadden ze genoeg geld gespaard om van het trailerpark te verhuizen naar een huis. Het leven van Dag en zijn jonge familie ging de goede kant op.

Toen ging de telefoon; het was familie uit Noorwegen. Georg was dood.

17

NAR VAN HET LOT

Vraag je niet af wie je bent maar wat je kunt worden.

DAGS DAGBOEKEN

In de jaren die volgden op de dood van Georg werd het oude landhuis op Hovlandsmoen leeg en stil, bleven de haarden een voor een koud omdat Helga niet meer in die kamers kwam, zich steeds meer beperkend tot de keuken, haar slaapkamer, de badkamer en één zitkamer, waar ze vaak zat te lezen onder een olieverfschilderij van de jongen die ze ooit had opgevoed. Ze verwelkomde een poosje de hulp van familie, met name van haar dichtbij wonende zussen, en van Gunhild, haar nichtje, die op Skartum woonde, de nabijgelegen boerderij die al meer dan een eeuw in bezit was van Helga's familie. Maar hoe langer Helga in haar eentje in het huis doorbracht, des te verbitterder, gieriger en meer paranoïde ze werd. Ze begon haar familie te wantrouwen en leek niet van plan de boerderij aan iemand te willen overlaten.

Georg was aan het eind van de zomer van 1981 op 78-jarige leeftijd aan kanker overleden. Helga was toen 73 en had nog nooit alleen gewoond. Maanden voordat Georg stierf was Gunhilds tweede zoon Bjorn Andreas naar Squamish gereisd om Dag op te zoeken en zijn gezin te ontmoeten. Georg had de jonge Bjorn Andreas, die 21 jaar jonger was dan Dag, gevraagd om te polsen of er een kans bestond dat hij naar huis zou komen om de boerderij over te nemen. Bjorn Andreas gaf de boodschap door, maar Dag was niet van plan om ooit nog op Hovlandsmoen te gaan wonen.

Toen Georgs gezondheid achteruitging, gaf de oude man het op en bedacht hij een plan om Hovlandsmoen aan Bjorn Andreas te verkopen. Maar toen hij was overleden vroeg Helga meer dan Bjorn Andreas kon betalen en ging de zaak niet door. Ondanks haar slechte gezondheid bestierde Helga zelf de boerderij, nam arbeiders aan om de velden te ploegen, te zaaien en de bomen te oogsten. In het voorjaar van 1990 was ze 82 en in slechte gezondheid. Ze had zichzelf in het huis teruggetrokken en verkoos te leven tussen haar vele stukken antiek die ze had verzameld. Tegen het einde van haar leven schreef ze steeds vaker naar Dag, maar haar brieven waren vaak geschreven uit boosheid en teleurstelling.

Dag had een moeizame relatie met zijn adoptiemoeder Helga. Het kostte haar moeite hem te accepteren zoals hij was en ze hoopte dat hij ooit Hovlandsmoen zou overnemen. (Met dank aan Dag Aabye)

Ze voelde zich al lange tijd in de steek gelaten door haar enige zoon en kon hem niet vergeven voor het feit dat hij was weggelopen van alles wat zij hem wilde nalaten. Ze probeerde hem over te halen en eraan te herinneren dat hij, hoewel hij geadopteerd was, haar zoon was, en dat ze hoopte dat hij zou terugkeren naar het familiehuis van de Aabyes om zijn plicht te doen. Maar hoe meer ze aandrong, des te meer afstand hij van haar nam.

Dag was in de laatste twintig jaar van Helga's leven slechts twee keer naar Noorwegen geweest. De eerste keer was in 1981, na het overlijden van Georg. Hij had zijn oudste dochter meegenomen op die reis en wilde Helga vragen om meer informatie over zijn afkomst, maar zag ervan af toen bleek dat zij het hem kwalijk nam dat hij er niet was geweest toen Georg ziek was. Samen met zijn dochter ging hij bij zijn familie langs, maakte opnieuw kennis met zijn neven en nichten, die hij twintig jaar niet had gezien, en zag een hele generatie voor het eerst, die geboren was sinds hij was weggelopen.

Pas zeven jaar later kwam hij weer, in september 1988. Helga was 80 en Dag zelf een man van 47. Deze keer kwam hij naar de boerderij met zijn jongste zoon, Hans, die toen negen was en graag wilde zien waar zijn vader was opgegroeid. Dag wilde vrede sluiten met de enige moeder die hij ooit had gekend.

De eerste paar dagen leek alles goed te gaan. Helga ging met haar kleinzoon om alsof hij haar eigen zoon was en vertelde hem over de familiegeschiedenis. Maar op een nacht veranderde alles. Het enige wat Hans zich herinnerde was zijn vader die tegen hem schreeuwde dat het tijd was om te vertrekken. Toen hoorde hij Helga in het donker tegen zijn slaapkamerdeur bonzen en roepen dat Dag niet weg moest gaan.

'Ze bonsde op de deur,' zei Hans. 'Ik begon te gillen. Hij zei dat we door het raam moesten springen en dat deden we. We sprongen uit het raam.'

Dag droeg Hans op de arm toen ze Gunhilds huis bereikten, vijf kilometer verderop.

'Ik weet niet wat er die nacht tussen hen is gebeurd,' vertelde Gunhild, 'maar Helga zei daarna tegen hem dat als ze doodging, er hier niets voor hem zou overblijven. Geen geld, niets.'

Dag zei tegen Helga dat hij toch al nooit geld van haar had willen hebben. De twee hebben het nooit goedgemaakt. Hovlandsmoen zette ze te koop.

De boerderij trok veel aandacht in de media vanwege haar waarde en historische betekenis. Helga kreeg het voor elkaar dat ze in het landhuis kon blijven wonen, maar de landbouwgrond en het bos verkocht ze aan een ontwikkelaar die er als de kippen bij was om een van Noorwegens oudere en historische landgoederen te kopen. Het duurde niet lang voordat ze van achter haar raam kon toekijken hoe de ene na de andere boom die Georg voor Dag geplant had werd omgehakt. Ze kreeg er meteen spijt van dat ze het land verkocht had en kwam in conflict met de ontwikkelaar. Ze zei dat hij niet het recht had de bomen te kappen, en toen hij zei dat ze van zijn land af moest gaan begon ze bij haar familie te smeken haar te helpen de verkoop terug te draaien. De vraag wie haar zou redden veroorzaakte een crisis over de erfenis die meerdere takken van haar familie meesleepte. De enige die geen last leek te hebben van de crisis was Dag, hoewel hij eigenlijk de persoon was die alles het makkelijkst had kunnen oplossen.

Toen de wrijvingen met de nieuwe eigenaar toenamen, werd Helga steeds angstiger en wanhopiger. Haar enige redding lag in het traditionele *odelsrett*. Volgens de wet hadden familieleden het recht om, zelfs als het grondbezit was verkocht aan niet-familie, het op te eisen voor de betaalde prijs. Aangezien Dag geen belangstelling had voor het landgoed, vielen de rechten op het land toe aan Carl, de oudste tantezegger van Helga. Het kostte de rechtbank langer dan een jaar om alle aanspraken door te spitten. Al die tijd sloot Helga zich op in het landhuis, toekijkend hoe de ontwikkelaar en zijn mannen de ene na de andere boom omhakten.

Rond Pasen 1990 had Carl de boerderij veilig in handen, maar voor Helga was het een hele beproeving geweest die haar zowel emotioneel als lichamelijk had uitgeput. Kort daarna kreeg ze een beroerte. Ze verliet het oude huis op Hovlandsmoen in een ambulance en kwam nooit meer terug. De laatste vier maanden van haar leven bracht ze door in een verpleegtehuis. Toen ze haar einde voelde naderen vroeg ze of iemand contact wilde opnemen met haar enige zoon. Het was haar laatste wens hem nog een keer te zien.

Dag wist dat Helga ziek was maar stelde het uit om haar te bezoeken tot hij hoorde dat er geen tijd meer te verliezen was. Hij gooide wat kleren in zijn oude canvas rugzak, reed naar Vancouver en nam een vlucht terug naar Noorwegen. Hij kwam net op tijd aan op Hovlandsmoen om een laatste gesprek te hebben met Helga voordat ze stierf. Het enige wat hij zich kon herinneren van dat gesprek was een opmerking. 'Je haar is zo lang,' zei ze. Toen was ze weg.

Voor het eerst sinds zijn jeugd was Dag alleen op Hovlandsmoen, ronddolend in de stille kamers. Hij liep de eetkamer binnen, waar hij vroeger stil had gezeten als zijn ouders gasten hadden. Hij ging naar de woonkamer, die nog steeds vol met dure antieke spullen stond, en daarna naar de werkkamer, met langs de muren op maat gemaakte boekenkasten met eerste edities en oude teksten die Helga gedurende haar leven had verzameld. Dag keek naar de titels op een aantal van de ruggen toen hij op de boekenplanken de twee kandelaars zag die Helga en Georg hem cadeau hadden willen geven toen ze hem in Canada bezochten. De kandelaars stonden naast een grote zilveren punchschaal onder een oud schilderij van Dag. Hij kon zich niet herinneren dat hij veertig jaar eerder model had gezeten. Hij staarde naar de jongen op het schilderij: niet ouder dan vijf, gekleed in een overhemd met een spencer erover en met één hand op zijn knie. Hij herkende niet veel van zichzelf in het portret.

Vervolgens ging hij naar de oude trap in het midden van het huis. De traptreden kraakten toen hij naar zijn oude slaapkamer liep, vanwaaruit hij pas twee jaar daarvoor door het raam was ontsnapt. Daarna ging hij weer naar beneden en naar buiten. Hij voelde zich nog steeds niet op zijn gemak in het huis.

De dag na het overlijden van Helga begon de zoektocht naar haar testament. Niemand wist waar het was of wat erin zou staan, vooral Dag niet, die had begrepen dat hij uit het testament was geschrapt. Hij was niet teruggekomen om iets op te eisen, hij verwachtte niets. Maar toen de dagen overgingen in weken werd duidelijk dat Helga geen testament had achtergelaten, en volgens de wet al haar bezit werd nagelaten aan Dag. Het duurde lang voordat dit tot Dag doordrong. Hij wist niet wat hij moest denken van zijn pasverworven rijkdom. Hij wist nog minder wat hij moest denken van de vrouw die het allemaal aan hem had nagelaten. Toen kwam Carl op een dag kort na de begrafenis naar Dag toe om te vertellen dat Helga, toen ze de boerderij aan de ontwikkelaar had verkocht, een stuk van zestien hectare bos met zijn oude blokhut erop van de rest van de boerderij had gescheiden. Dat was nu van Dag.

'Ze heeft de blokhut voor jou bewaard,' vertelde Carl hem.

Dag was sinds het begin van de jaren zestig niet meer naar de blokhut geweest. Helga had hem voor hem bewaard, voor als hij terug zou komen. Binnen was alles nog precies zoals hij het had achtergelaten. Zijn oude platenspeler stond nog op een tafel naast de haard. Het oude vloerkleed waarop hij vroeger muziek lag te luisteren was er nog, en ook het bed dat hij zelf gemaakt had op het kleine zoldertje boven de keuken. Zelfs de tijdschriften die hij als tiener had gelezen lagen nog naast de haard, met een aantal van zijn oude brieven.

Het nieuws dat Helga zonder een testament was gestorven verspreidde zich snel in het dal. Wat er met haar nalatenschap zou gebeuren werd onderwerp van geroddel. De Aabyes waren rijker dan de meeste mensen in het dal, en het zou niet lang duren voordat er geruchten de ronde deden over het bedrag dat Dag geërfd zou hebben. Alleen al de verkoop van de boerderij had honderdduizenden dollars aan Helga's nalatenschap toegevoegd. Maar Helga en Georg hadden ook veel spaargeld. Sommige mensen zeiden dat Helga ergens in huis honderdduizenden kronen in een verfblik had verstopt. Anderen vroegen zich af of Dag wel recht had op het bezit van Hovlandsmoen, aangezien het land al verkocht was aan een andere tak van de familie. En dan waren er nog diegenen die zich afvroegen wat er zou gebeuren met alle antieke stukken die er in iedere kamer stonden, sommige zo oud als de boerderij zelf.

Dag begreep nog steeds niet wat hij nu geërfd had, toen zijn nicht Gunhild hem een papier gaf met een telefoonnummer erop. Met Gunhild was hij goed bevriend geweest als kind, toen zij opgroeide op Skartum. Toen ze kinderen waren speelden zij en Dag uren samen in de bossen op de familielandgoederen. Maar ze had zich altijd afgevraagd waar Dag vandaan kwam. Ze had door de jaren heen het gerucht gehoord dat zijn biologische vader een Duitser was, maar Helga noch Georg noch haar eigen ouders hadden er ooit met haar over gesproken.

Ze vertelde Dag dat er in Oslo een bureau was dat de archieven beheerde van kinderen die geadopteerd waren tijdens de bezetting. De Duitsers hielden gedetailleerde rapporten bij over alle Lebensborn-kinderen, en hoewel een deel van het papierwerk verloren was gegaan aan het eind van de oorlog was het meeste bewaard gebleven. Ze zei dat hij de meeste kans zou maken antwoorden te vinden op zijn vragen als hij het nummer zou bellen dat ze hem net gegeven had.

Dag vouwde het papier op en stak het in zijn zak. Hij was vijftig jaar oud en wist niet meer wat hij wel of niet wilde weten. Hij stelde het bellen een aantal dagen uit, pakte toen de telefoon op en draaide het nummer. Hij kan zich niet herinneren hoelang hij aan de telefoon was, wie hij gesproken had of hoeveel gesprekken er waren geweest, maar op een gegeven moment sprak hij iemand die Dag kon vertellen dat hij geboren was in Oslo en gedoopt was in een oude kerk dicht bij een weeshuis in het oosten van de stad. Dag belde de kerk. Hij had al snel een secretaris van de parochie te pakken die voor hem een vijftig jaar oud kerkregister zou uitspitten op de informatie waarnaar Dag al zijn hele leven zocht.

Een aantal dagen later kreeg hij een brief van de kerk. Er stond in dat zijn biologische ouders hem Erik hadden genoemd en dat zijn achternaam Hansen was. Dag moest meteen terugdenken aan de bossen ten noorden van Squamish. Hij had een andere Erik Hansen gekend. Hij zag nog steeds voor zich op welke gruwelijke wijze die Erik aan zijn einde kwam.

Dag las verder in de brief, waarin stond dat zijn moeder volgens de kerkboeken Heda Hansen heette. Ze was ongetrouwd toen Dag geboren werd. De kerk kon geen informatie vinden over de vader. Er stond wel een naam in het kerkboek, maar er was niet met zekerheid te zeggen of die echt was. In de brief stond dat gedurende de oorlog de vader soms een valse naam opgaf om te verbergen dat hij Duits was.

De brief eindigde met het advies om meer informatie te zoeken via een ander bureau, dat speciaal opgezet was om Noorse oorlogswezen te helpen informatie te vinden over hun ouders. Dag zat al snel weer aan de telefoon. Hij kwam erachter dat zijn moeder in de maanden voor en na zijn geboorte gezien was in het gezelschap van een Duitse onderzeebootofficier, tot de onderzeeër op een dag de haven uit voer en de officier nooit meer terugkeerde. Niemand had zijn moeder na de oorlog nog gezien, maar men dacht dat ze naar Zweden was gevlucht, waar ze later gestorven zou zijn bij een auto-ongeluk.

Toen kreeg Dag nog een laatste stukje informatie: het telefoonnummer van iemand die mogelijk familie was van Heda Hansen. Dag schreef het nummer op en moest even moed verzamelen om te bellen. Hij was nerveus toen de telefoon overging. Zijn geboortemoeder was in zijn hoofd altijd slechts een schaduw geweest, een vrouw zonder gezicht. Zonder verhaal. Nu hij haar naam kende wilde hij meer weten. Maar bovenal wilde hij een foto zien. Iets om vast te houden en te bestuderen.

De telefoon werd aan de andere kant opgenomen door een man. Hij was misschien wel Dags broer, wie zou het zeggen. Dag had veel vragen, maar hij kreeg geen enkel antwoord.

'Ze wilden niks met me te maken hebben,' zei Dag later. 'Ik vertelde wie ik was en zij zeiden gewoon: "Is dit een grap?" Toen hingen ze op.'

Hij heeft nooit meer geprobeerd te bellen, en toen de tijd verstreek en zijn leven uiteenviel verloor hij het telefoonnummer.

Dag bleef nog enkele weken in Sigdal rondhangen. Terug op Hovlandsmoen bleef hij worstelen met zijn nieuwe rijkdom. Hij wist zich geen raad met zo veel geld. Hij voelde zich niet op zijn gemak in het huis, daarom bracht hij zijn dagen buiten door en dwaalde wat over de boerderij en in het bos, en als het donker was ging hij op bezoek bij een van zijn oude vrienden en familieleden die hij had in het dal.

Op een dag ging hij naar het postkantoor en ontdekte dat er een anonieme brief op hem lag te wachten. Hij was in een naastgelegen dal gepost. Er stond in dat hij beter het land kon verlaten met het geld dat hij had geërfd. Dag las de brief meerdere keren. Hij had geen idee wie hem gestuurd had en waarom. Hij dacht aan zijn gezin thuis in Canada, zijn drie kinderen en Tony. Hij had ze al heel lang niet gezien. Daarna dacht hij aan Bjorn Andreas, Gunhilds zoon, aan wie Georg de boerderij kort voor zijn dood had willen nalaten. En hij dacht aan Carl, die ervoor gevochten had om de boerderij terug in de familie te krijgen nadat Helga hem uit nijd verkocht had. Dag wilde beide mannen tegemoetkomen. De volgende dag zocht hij Bjorn Andreas op en overhandigde hem een deel van de opbrengst van Helga's nalatenschap. Daarna ging hij op bezoek bij Carl. 'Het huis is voor jou,' zei Dag tegen hem. 'Ik vraag je alleen het te houden zoals het nu is. Het laten zoals zij het heeft achtergelaten.'

Daarna vertrok hij naar het vliegveld.

18

ONDERGANG

Het is de taak van het heden om de stemmen van het verleden door te geven aan de oren van de toekomst.

ANONIEM CITAAT IN DAGS DAGBOEKEN

Dags jongste dochter kan zich nog de dag herinneren dat haar moeder Dag uit haar leven sneed. Het was op de ochtend van zijn 53ste verjaardag. Zijn dochter liep de keuken binnen en zag hen aan tafel zitten, starend naar een stapel papieren die voor hen lag.

'Gefeliciteerd, papa!' zei ze.

Hij antwoordde niet.

Nou was hij altijd een soort van afwezig, maar ze had hem nog nooit zo verdwaald in zijn eigen hoofd gezien. Ze leunde over de tafel. 'Wat is dit?' vroeg ze.

De scheidingspapieren waren eerder die ochtend aan Dag betekend door een advocaat. Jaren later zou Tony mij verschillende redenen geven voor het mislukken van hun huwelijk, inclusief alcoholisme en haar overtuiging dat Dag een onbekend groot geldbedrag had verkwist of weggegeven en op weg was het hele gezin in armoede te storten.

Het was drie jaar na de dood van Helga. Dag was naar Canada teruggekomen met een aantal olieverfschilderijen, een paar antieke ski's en meer geld dan hij in zijn hele leven bij elkaar verdiend had. Maar in het voorjaar van 1994 was bijna al het geld op en zat Dag zonder werk. Volgens Tony dronk hij te veel en functioneerde hij niet meer als echtgenoot en vader. Hij zat lange avonden alleen aan de bar en haalde stapels geld tevoorschijn die hij uitdeelde aan vreemden. Hij zag zijn erfenis als een dode huid, die hij moest zien kwijt te raken. Tony vertelde dat hij zowel fysiek, emotioneel als financieel langzaam van zijn gezin wegdreef.

Terugkijkend naar die periode in zijn leven, zei Dags zoon Hans: 'Zodra we dat geld erfden was het gebeurd met de zuinigheid. Hij wilde het helemaal niet hebben, en hij begon het gewoon weg te geven. Als hij kon zou hij je alles geven. Hij is de enige die weet hoeveel ze wel niet van hem hebben afgepakt.'

Op het moment dat Tony de scheiding aanvroeg, was het geld al op en betaalde Dag zijn rekening bij de bar met de antieke schilderen die hij had meegenomen uit Noorwegen.

Niemand van zijn familie of vriendenkring wist wat er met hem aan de hand was of hoe ze hem konden helpen. Tony vertelde hoe moeilijk het was om toe te kijken hoe hij zo'n groot deel van zijn erfenis weggaf. Ze zei dat Dag voor Helga's dood een heel goede band had met al zijn kinderen. 'Hij was een goede vader,' zei ze. 'Hij gaf ze toen ze nog baby waren midden in de nacht de fles. Op sommige dagen was hij zo moe. Hij werkte vaak twaalf uur per dag in de houtkap, daarna kwam hij thuis en had hij tijd en aandacht voor de kinderen.' Als hij niet in de houtkap werkte, zette hij de kinderen op de achterbank van zijn rode Firebird, bracht Tony naar haar werk en ging dan naar de oceaan of nam de kinderen mee op een lange wandeling. 'Hij was heel goed met de kinderen toen ze jong waren,' zei Tony. 'Hij kwam vaak helemaal uitgeput en vreselijk vies terug uit het bos. Dan nam hij een bad, at zijn avondeten en las de kinderen voor. Dat was de beste tijd van mijn leven. Zijn leven had toen echt een doel.' Nadat Helga was overleden begon het te veranderen. Het leek voor Tony alsof Dag er niets meer om gaf te behouden wat hem gegeven was. Hij wist ook niet wat hij met zichzelf aanmoest.

Terwijl een nieuwe generatie extreme sporters nieuwe manieren bedacht om met ski's hun sporen achter te laten in *The Guinness Book of World Records*, begon Dags plaats in de legende van de sport te vervagen. In de jaren tachtig was Dag nauwelijks meer bezig met skiën. Hij woonde met zijn gezin aan de Squamishrivier in een huis van twee verdiepingen en een carport. Hij had zijn Firebird ingeruild voor een GMC Vandura-busje, dat hij gebruikte om zijn gezin overal naartoe te rijden. Als hij niet bij zijn gezin was, dan was hij meestal ergens aan het houthakken. Alle tijd die hij nog overhad om te sporten besteedde hij aan hardlopen.

Hoewel hij was opgegroeid met het rennen van lange afstanden op de paden die in de bossen op Hovlandsmoen waren gekapt, deed hij niet mee aan georganiseerde hardloopwedstrijden tot hij begin dertig was, toen hij zijn eerste marathon finishte in een spijkerbroek. Op dat moment begon hij ook met het dagelijks bijhouden van een dagboek. Oorspronkelijk was het een middel om zijn trainingstijden bij te houden. Maar dat veranderde snel in het optekenen van zijn dagelijkse leven.

'Toen ik begon met hardlopen keken de mensen me aan alsof ik gek was,' zei Dag. 'Mensen gingen toen niet gewoon een rondje rennen. Het stelde nog niks voor. De meeste mensen hadden niet eens hardloopschoenen. Heel anders dan tegenwoordig.' Net zoals het skiën in de jaren zestig een grote groei doormaakte, kwam het hardlopen op aan het eind van de jaren zeventig. Eerder begrepen de mensen in Noord-Amerika de voordelen voor de gezondheid van het joggen niet. In de daaropvolgende jaren begonnen ongeveer 20 miljoen Amerikanen hard te lopen voor hun gezondheid en plezier. Er werden door heel Amerika al snel marathons en wedstrijden van

Dag liep zijn eerste marathon in spijkerbroek. Toen hij ouder werd nam hij het hardlopen serieuzer en focuste hij meer op finishtijden, die hem hielpen met het bijhouden van zijn eigen veroudering. In de vroege jaren tachtig deed hij mee aan meerdere duurtests, inclusief een die skiën en hardlopen met elkaar combineerde. (Whistler Question Collection, met dank aan het Whistler Museum)

verschillende afstanden georganiseerd. Fabrikanten van hardloopschoenen als Reebok, Nike en New Balance (die in 1972 slechts zes werknemers had die dertig paar schoenen per dag produceerden) explodeerden door de vraag en werden multinationals.

In 1980 was hardlopen net zo'n groot deel van Dags leven als skiën eerst was. Hij was een fanatiekeling. Hij hield dwangmatig zijn afstanden en tijden bij in tabellen, die hij bewaarde in mappen die zich met de jaren begonnen op te stapelen. Op de straten van Squamish, maar ook op het ruige bergterrein rond de stad, werd zijn ontblote bovenlijf een bekend beeld. Met gouden haren en een grote snor leek het wel alsof hij het gezicht van Hulk Hogan had getransplanteerd op het lichaam van Patrick Swayze. De meeste mensen letten niet op hem als ze hem passeerden, maar degenen die dat wel deden stopten vaak om te vragen of hij een lift nodig had. Na verloop van tijd begon Dags aanwezigheid in de straten anderen te inspireren, en gingen sommige plaatsgenoten met hem mee rennen, al was het maar één of twee kilometer. Tussen deze eerste bekeerlingen zat een immigrant uit Zuid-Afrika, Mabel 'Mae' Palm, die 37 was toen ze uit haar huis kwam en achter Dag in de pas begon te lopen. Mabels moeder had haar toen ze 16 was met net genoeg geld om het één week vol te houden op een vliegtuig naar Londen gezet om haar uit de apartheid van het land te redden. Nadat ze met Dag mee ging doen, werd zij ook een bekende figuur in het hardlopen en liep ze gedurende dertig jaar meer dan honderd marathons uit, deed ze een aantal triatlons, dertien Iron Man-triatlons en meerdere ultralopen. Ze noemde Dag altijd als haar inspiratie om te beginnen met hardlopen.

Eind jaren tachtig begon Dag in de omgeving van de stad zijn eigen paden te kappen door de oerbossen. Hij voelde zich op zijn best als hij alleen was in de natuur zonder ook maar een ander mens in de buurt. Toch genoot hij als jonge vader ook van de momenten dat hij zijn kinderen meenam het bos in om daar samen te rennen.

Terugkijkend op zijn jeugd, zou Dags zoon Hans opmerken dat ze datgene wat hen in Squamish met elkaar verbond als gezin hadden kunnen vasthouden, als ze de tijd daar hadden kunnen stilzetten. 'Mijn vader zei altijd: "Geluk is maar een moment in de tijd." Daar zit wel wat in.'

Voor zijn gezin was het nooit duidelijk geworden of Dag nou na achttien jaar in de houtkapindustrie zelf zijn contract had opgezegd of was ontslagen. Ze gingen er wel allemaal van uit dat hij in die tijd al veel dronk, maar hij had nog niet het geld geërfd dat hem in een neerwaartse spiraal zou storten. In de zomer van 1989 was hij net werkloos geworden, toen hij en Tony het erover hadden om uit Squamish te verhuizen. Het was niet meer nodig om in de buurt van de houthakkerskampen langs de kust van Brits-Columbia te blijven en ze brachten ook steeds minder tijd door op Whistler. Het skioord groeide snel en was in een concurrentiestrijd verwikkeld om toeristen met Blackcomb, die als rivaliserende skihelling in 1980 was geopend met steun van de Aspen Skiing Company. Hoe meer mensen er op het skioord afkwamen, des te minder zin had Dag om daar te zijn.

Tony en hij hadden aan het begin van de jaren tachtig samen de hypotheek op hun huis afbetaald en konden zich in 1985 de trotse eigenaren ervan noemen. Maar toen kwam er abrupt een einde aan Dags tijd als houthakker. Hij had niet veel gespaard om te kunnen stoppen en moest blijven werken om geld in de gezinspot in te brengen. Daarom werd hij zelfstandige als *tree topper*, hoewel hij niet veel moeite deed om klanten te werven. Toen besloot het stel met het hele gezin te verhuizen naar de Okanagan Valley, verder het binnenland in. Ze verkochten hun huis in Squamish en kochten een bungalow op een heuvel in Oyama met een prachtig uitzicht op een meer en omringd door perzik- en kersenboomgaarden. 'Ik heb nooit begrepen waarom we gingen verhuizen,' zei Hans. 'Het leek zo impulsief. Squamish was een geweldige plaats om in op te groeien. Ik was niet blij met de verhuizing, maar we hadden geen keus. In Oyama was niks te doen. Ik ging van een klas in Squamish met dertig kinderen naar een klas met tien in Oyama. Ik zat in de zesde klas. Dat was niet makkelijk.'

De afgelopen twintig jaar had Hans Aabye vaak nagedacht over de factoren die leidden tot de scheiding van zijn ouders, het langzaam uit elkaar vallen van hun gezin en de armoedige leefomstandigheden van zijn vader. Hans is terughoudend als hij met vreemden spreekt over het effect dat zijn vaders leven heeft op dat van hem. Zelf is hij een wedstrijdmarathonloper met veel van dezelfde fysieke eigenschappen als zijn vader. Hij is lang en slank en heeft een aangeboren vermogen om extreem lange afstanden te lopen. Tot jaren na de scheiding was hij voor zijn vader een soort trainingsmaatje. Hij spreekt tegen anderen liefhebbend over zijn vader, maar hij heeft er tegenwoordig moeite mee met de man zelf te communiceren. De pijn die hij voelt als zoon van Dag toont hij niet in zijn woorden, maar in zijn intonatie. Zijn stem breekt als hij probeert uit te leggen waarom het oké is als hij nooit meer iets hoort of ziet van zijn vader.

'Hij is nog steeds mijn vader, maar door de omstandigheden heb ik hem los moeten laten,' zei Hans tegen me. 'Ik heb hem al tien jaar niet gezien.'

Het had een poos geduurd voordat Hans had begrepen dat het geld dat zijn vader had geërfd hun gezin meer kwaad dan goed had gedaan. Op het moment dat hij dat door begon te krijgen, woonden zijn ouders al in twee aparte huizen en spraken ze nauwelijks met elkaar.

Korte tijd nadat Dag naar Canada was teruggekeerd als onverwachte erfgenaam van Helga's enorme fortuin, reden hij en Tony naar het noorden vanuit hun nieuwe huis naar SilverStar Mountain, de locatie van een Okanaganskioord met een rustieke charme. Ze waren de jaren daarvoor regelmatig samen naar de berg geweest om hun gedeelde liefde voor het skiën nieuw leven in te blazen, op een plaats met aanzienlijk minder mensen dan op Whistler. Deze keer zagen ze een blokhut te koop staan onder aan het skioord en besloten een deel van Dags erfenis te gebruiken om die te kopen. Het houten A-framehuis was niet groot of luxueus, maar het was het perfecte vakantiehuisje voor het gezin. Gunstig gelegen zodat Dag, Tony en hun drie tienerkinderen vanuit hun voordeur naar de belangrijkste skilift konden skiën of lopen.

De berg had bij lange na niet hetzelfde hoogteverschil als Whistler, maar wat er ontbrak aan hoogte werd goedgemaakt door de sneeuwval van gemiddeld zeven meter per jaar. Hoewel er al sinds de jaren dertig werd geskied op SilverStar, bleven de voorzieningen tot in de jaren tachtig eenvoudig. Toen begon een bedrijvengroep met aan het hoofd Judd Buchanan, een voormalig minister in het kabinet van Pierre Trudeau, de berg te veranderen in een toeristische trekpleister met een ander publiek dan op Whistler. Als Whistler en Aspen het Parijs waren van de skihellingen, dan was SilverStar Resort eerder Dawson City. De *New York Times* beschreef het in een recensie als het 'dorp met maar één straat, houten trottoirs en victoriaanse winkelpuien en een sprookjesachtige uitstraling' en 'afgewerkt als ware het een mijnstadje uit het begin van de twintigste eeuw'.

Het huisje was voor een korte tijd een fijne plek voor het hele gezin Aabye, de poort naar een winterwonderland op nauwelijks een uur rijden van de boomgaarden die rondom hun huis in Oyama stonden. Op een gegeven moment ging Dag echter helemaal niet meer terug naar Oyama. De rest van het gezin ging aan het eind van de weekenden weer naar huis om naar school en werk te gaan, maar Dag bleef achter op de berg. Het huisje werd een altaar voor de man die hij ooit was. De muren hingen vol met souvenirs van zijn skicarrière. Zwart-witfoto's van zijn tijd in Geilo, La Parva en Whistler hingen naast uitgeknipte advertenties van zijn modellentijd voor sigaretten in Zuid-Amerika, Fujifilm in de VS en skikleding voor Eaton's in Canada. Skiposters voor *Ski West*, *Four Faces of Garibaldi* en andere films waarin hij speelde vulden ook de muren. Er hingen rugnummers aan de muur naast artikelen uit tijdschriften en kranten over de *Father of Freeride* en de *world's first* extreme skiër.

Tony dacht eerst nog dat Dag wilde ontspannen en skiën. Ze had niet door hoeveel dagen hij in zijn eentje aan alle bars zat die op loopafstand van het huisje stonden. De mensen die woonden en werkten aan de voet van de berg herinneren zich Dag als een man die veel dronk, daarna een stapel geld tevoorschijn haalde en zijn rekening betaalde. Als er nog andere mensen in de bar waren, betaalde hij ook hun rekening. Volgens de mensen die hem geregeld in de bars tegenkwamen, was hij een vrijgevige, maar zelfdestructieve man, die een onuitputtelijke voorraad geld leek te hebben, maar ook een drankprobleem. Het duurde een poosje voordat Tony doorhad dat er geld verdween van hun rekening. In korte tijd was er meer dan 100.000 dollar verdwenen. 'Hij liet het gewoon wegslinken,' zei ze. Daarna lukte het hem een paar van zijn drankrekeningen met olieverfschilderijen en andere aandenkens te betalen, en toen hij die ook niet meer als betaalmiddel kon inzetten begon hij van het geld af te snoepen dat Tony inbracht als ziekenverzorgende. Ze kon het zien verdwijnen van de bankrekening. 'Ik was aan het werk en hij gaf gewoon geld uit,' zei ze. 'Hij gaf op een avond aan de bar zo 250 dollar uit. En ik kon er niets tegen doen.'

Nadat ze meer dan een jaar lang een apart leven leidde van Dag en haar inkomen zag verdwijnen, ging ze naar een advocaat. 'Op een gegeven moment was het zo erg dat ik niet meer wist hoeveel geld ik had,' zei ze, 'omdat ik geld verdiende en hij het opmaakte. Ik dacht gewoon: zo kan het niet langer. Ik zocht rechtsbijstand en begon het scheidingsproces. Het enige wat ik wilde was alles verdelen. We hadden een huis en een vakantiehuisje – ze waren evenveel waard. Ik dacht dat het eenvoudig zou zijn. We konden gewoon alles fiftyfifty verdelen.'

De scheiding zorgde voor een tweedeling in het gezin. Hun oudste dochter bleef bij Tony in Oyama wonen, maakte haar school af en heeft sindsdien nauwelijks nog met Dag gesproken. De tweeling was vergevingsgezinder. Hans probeerde nog een poos met beide ouders goed contact te houden. Hij bleef ook in het huis in Oyama wonen, maar ging in de weekends naar het vakantiehuisje om zijn vader op te zoeken. Ze hielden nog tot tien jaar na de scheiding een goede band. Dags jongste dochter was de enige die na de scheiding bij hem woonde. Ze trok bij hem in en zag haar vader voor haar ogen afglijden in financiële problemen. Zonder werk en ogenschijnlijk midden in een soort persoonlijke crisis, was hij al snel niet meer in staat de verwarming en elektriciteit te betalen. Dag zei dat ze zich geen zorgen hoefde te maken, dat hij nog steeds voor warmte en eten kon zorgen. Het enige wat hij nodig had was de houtkachel. Dagen achter elkaar probeerde hij hen beiden te voeden met een steeds kleinere hoeveelheid pannenkoeken. Ze wilde hem niet alleen laten. Ze was nog jong, maar oud genoeg om te weten dat ze meer begeleiding nodig had dan hij kon geven.

Ze bleef bij hem zolang ze kon. Maar toen hij het huisje verloor, moest ze weg.

19

DE PSYCHOLOGIE VAN DE TRANSFORMATIE

Als we geloven dat iets mooi is, dan is dat zo.

DAGS DAGBOEKEN

Naarmate ik meer wist over Dags gezinsleven, kwam ik erachter dat zijn hele woudloperbestaan ten koste ging van zijn gezin en het resultaat was van zijn eigen zelfdestructieve neigingen. Zijn vrouw had hem verlaten, twee van hun kinderen spraken niet meer met hem en het was onduidelijk of zijn oudste kind, dat geboren werd uit een korte romance in Chili, ook maar van zijn bestaan afwist. Hij had geen van zijn kleinkinderen ooit gezien, en ik verwachtte eigenlijk ook dat hij ze nooit meer zou zien. Hij had maar weinig bezittingen, op wat sentimentele spullen na die hij in zijn bus kwijt kon. Het was soms moeilijk om zijn situatie anders dan als tragisch te beschouwen. En toch hield Dag vol dat hij de rijkste, gelukkigste man op aarde was. Hij wilde geen medelijden. En ook geen liefdadigheid.

'Ik verdoe mijn tijd niet met zelfmedelijden,' zei hij. 'Mensen kijken naar me en zeggen: "Arme man, je hebt helemaal niets." Maar de belangrijkste dingen in het leven zijn helemaal geen dingen. Alles wat ik nodig heb is hier. Ik heb wind, ik heb regen, ik heb sneeuw, ik heb zon. Wat maakt het uit dat ik geen groot huis heb en een grote auto? Ik ken veel mensen die die dingen wel hebben en nog niet gelukkig zijn.

Als mensen zich meer zouden concentreren op wie ze echt zijn en waarom ze zijn zoals ze zijn, dan zouden ze het niet nodig vinden medelijden met zichzelf te hebben of met iemand anders. De belangrijkste persoon om te begrijpen in dit leven, dat ben je zelf. Je kunt anderen niet begrijpen als je jezelf niet eens begrijpt.'

Hoeveel Dag ook praatte over zijn eigen tevredenheid met het alleen wonen in een bus in het bos, zijn woorden maakten het toch niet makkelijker te verenigen met wat anderen me vertelden: dat zijn eenzaamheid en armoede het resultaat waren van ongecontroleerd alcoholgebruik en een knagend trauma uit zijn kindertijd. Hoe meer tijd ik met hem doorbracht, des te meer ik begon in te zien hoe en waarom zijn gezinsleden de keuze hadden gemaakt om bij hem weg te gaan. En toch bleef ik me tot hem aangetrokken voelen. Dat wil zeggen, tot de onveranderd positieve manier waarop hij naar de wereld keek.

Zijn gezinsleden vertelden dat het drinken steeds problematischer werd na het overlijden van Helga. Maar Dag accepteerde dat niet. Hij zei dat hij graag bier dronk, maar dat hij niet geloofde dat hij een drankprobleem had of dat zijn alcoholgebruik schade had toegebracht aan zijn relatie met zijn vrouw of met zijn kinderen. Ook geloofde hij niet dat hij zijn erfenis weggegooid had. Hij zei dat hij grote hoeveelheden geld had weggegeven omdat hij het eigenlijk toch niet wilde hebben. Hij begreep niet dat iemand hem dat kwalijk nam. Volgens Dags uitleg van de gebeurtenissen hadden alcohol en schoonouders wel een rol gespeeld bij de scheiding, maar waren zowel zijn drankgebruik als zijn ouders niet de oorzaak van het uiteenvallen van het gezin. Hij nam het Tony niet kwalijk dat ze hem verliet. Hij begreep dat zij moest doen wat ze dacht dat het beste voor haar was. Maar hij kon niet echt accepteren dat zijn kinderen van hem verwijderd waren geraakt na de scheiding. Hij bleef herhalen hoe belangrijk het was dat zijn kinderen zich niet voor hem zouden schamen. Het was mij nooit helemaal duidelijk of hij wel doorhad dat zijn oudste dochter niets meer met hem te maken wilde hebben of dat zijn zoon al meer dan tien jaar niet meer met hem gesproken had. Altijd als hij het over een van hen had, klonk het alsof hij ze kort daarvoor nog had gesproken. De eerste paar jaar dat ik hem kende, dacht ik ook werkelijk dat hij nog contact had met hen beiden. Maar toen realiseerde ik me dat de verhalen die hij vertelde al tien of twintig jaar oud waren. Hij weigerde in te zien dat geen van hen de afgelopen jaren contact had gezocht, en hij kon of wilde niet toegeven dat zijn omstandigheden tot die onenigheid hadden geleid. Ik heb er in meerdere interviews bij hem op aangedrongen, maar hij sprak er liever niet over of negeerde gewoon de vraag. Hij was trots op wat zijn kinderen bereikt hadden en liet nooit merken dat er iets was misgegaan tussen hen. Hij was immer optimistisch over alles. Zelfs als we het over zijn eigen verdriet en tegenslag hadden.

Toen we een keer samen in het bos bij het kampvuur zaten, vertelde hij dat kort nadat Tony hem had verlaten zijn Vandura-busje was opengebroken en gestolen. Hij bekeek de diefstal als een zegen. Hij had toch geen geld om het busje te verzekeren, onderhouden of benzine te betalen. Tegen de tijd dat hij merkte dat het weg was, kon hij zich niet eens meer herinneren wanneer hij het voor het laatst gezien had, laat staan erin had gereden. Hij vond het zelfs niet nodig om aangifte te doen van de diefstal.

Toen hij me dit verhaal vertelde kwam het eruit als een parabel. Het had een moraal aan het eind, een les om te leren. Hij zei: 'Nadat het busje was gestolen, stond ik op de parkeerplaats en zei, "Dankjewel, dief!"'

'Waarom zou je de dief bedanken?'

Hij antwoordde: 'Omdat degene die het busje had gestolen mij had bevrijd van nog een ding dat ik niet wilde of nodig had.'

Veel van Dags verhalen gingen zo. Hij vertelde over iets slechts dat hem was overkomen zonder enig verdriet of enige boosheid. Ik dacht bij mezelf dat ik de wereld ook wel zou willen bekijken zoals Dag dat deed, want hij zag schoonheid in alles. Zoals Sarah, een van zijn vrienden, een buschauffeur die hem had leren kennen als de stille, oude passagier die vaak de bus instapte aan de rand van een bos en meereed tot de rand van een ander bos, me uitlegde: 'Dag is een meester in neuroplasticiteit. Zijn geest heeft dat ongelofelijke vermogen dingen om te vormen die jij en ik als negatief zien en ze in plaats daarvan als een soort van positief te beschouwen.'

Sarah had Dag een jaar eerder leren kennen dan ik. Ze begon een praatje met hem nadat hij op een dag bij haar in de bus had gezeten. 'Ik was vanaf de eerste keer dat ik hem oppikte nieuwsgierig naar hem,' zei ze. 'Hij was uniek en mysterieus. Ik vroeg me altijd af waar hij vandaan kwam en waar hij naartoe ging.' Ze kon via de achteruitkijkspiegel alles zien wat er in de bus gebeurde. Ze zag keer op keer dat andere passagiers de bus instapten, een blik op Dag wierpen en met een wijde boog om hem heen een zitplaats kozen aan de andere kant van de bus. Ze kon zien dat mensen hem liefst vermeden om hoe hij eruitzag. Dat vond ze moeilijk om te zien, al had hij er zelf duidelijk geen moeite mee. Op een dag, toen hij de enige passagier was, liep ze naar achteren, ging naast hem zitten en vroeg hem hoe hij heette. Kort daarna gingen ze samen op trektocht, en voor een poosje was zij zijn beste vriendin. Ze vergezelde hem op lange trektochten naar de top van rotsen en samen zetten ze dan een tentje op en overnachtten daar, om de zon te zien opkomen boven het dal onder hen. Hij was 77 en zij vele jaren jonger. Ze liet boodschappen voor hem achter langs zijn paden en ze ontmoetten elkaar bij een van de vuurkuilen en praatten hele nachten lang. Maar op een dag stopte ze met het achterlaten van berichtjes en kwam ze niet meer naar hem toe. Hij miste haar, maar hij begreep dat ze niet meer bij hem wilde zijn. Dus bleef hij in zijn eentje hardlopen en rondtrekken en kamperen in het bos.

Ik bezocht hem kort nadat Sarah hem verlaten had. Hij was onaangedaan door het verlies, en toen ik hem vroeg hoe hij zich voelde, zei hij dat alles in het leven een zegen kan zijn als je er op de juiste wijze tegenaan kijkt. Daarna sprong hij naar weer een parabel over de tijd dat hij, nadat Tony hem had verlaten, zo ver achterliep met het betalen van gas en licht in het vakantiehuisje dat het elektriciteitsbedrijf de stroom afsloot. 'Ik leerde iets over mezelf toen het licht uitging,' zei hij. 'Ik leerde dat ik eigenlijk liever op open vuur kook.'

Hij kon aan de verwarring op mijn gezicht zien dat ik er moeite mee had de moraal van dit verhaal te vinden, dus legde hij het nog eens uit. 'Iedere keer als je iets verliest, krijg je er iets anders voor terug,' zei hij. 'Misschien is het vrijheid. Misschien kennis. Maar als je altijd maar focust op wat je verloren hebt, dan kun je nooit waarderen wat je hebt.'

Hij pauzeerde even terwijl ik de hersengymnastiek afrondde die nodig was om zijn gedachtekronkel te volgen. Daarna vertelde hij verder, over hoe hij toen de elektriciteit was afgesloten en het winter werd moest overleven op niets anders dan pannenkoeken. Hij raakte zo ver achterop met het betalen van vermogensbelasting en alimentatie aan Tony, dat ze naar de rechtbank ging en het vakantiehuis waarin hij woonde verkocht. Dit was voor het eerst dat ik open en eerlijk van hem hoorde dat zijn eigen acties tot zijn eigen verarming hadden geleid, en dat hij in mijn aanwezigheid iets wat in de buurt kwam van kritiek had op zijn ex-vrouw.

'Heb je spijt van wat er met je gebeurd is?' vroeg ik.

'Hoe kan dat nou?' antwoordde hij. 'Kijk hoe ik nu leef. Er is schoonheid in alles. Je hoeft het alleen maar te vinden.'

Het verhaal van hoe Dag uiteindelijk in een bus ging wonen – het echte verhaal, zonder negatieve gebeurtenissen positief te maken – is een diepzinnig verhaal over naastenliefde, vergeving en toeval. Het gaat over meerdere sleutelfiguren in de gemeenschap van SilverStar die samenkwamen om een dertig jaar oude gele Bluebird International-schoolbus het bos in te slepen zodat Dag zijn laatste dagen in relatieve rust kon wonen, weg van de kritische blik van de bewoners die hem als een zwerver beschouwden.

Zijn vrienden van SilverStar hadden verbijsterd toegekeken als Dag 's avonds uren achtereen zat te drinken in de bars van het dorp om hem vervolgens bij zonsopkomst schijnbaar nuchter als eerste in de rij te zien staan voor de stoeltjeslift. Dag trok altijd veel aandacht bij zijn afdaling. Soms omdat hij maar één ski aanhad. Andere keren omdat hij de helling afging op langlaufski's zonder scherpe randen. Hij had het record voor de meeste zwarte pistes in een dag (31) en bleef over rotsen en onder stoeltjesliften door skiën op plaatsen waar niemand anders durfde te skiën. Uiteindelijk besloot de leiding van het skioord een van de moeilijkste pistes Aabye Road te noemen. In de begindagen van SilverStar probeerde hij zich te bekwamen in het speedskiën, als een raket de helling af met 140 kilometer per uur in een luchtdicht rubberen pak, om te kijken of hij het kon maken in een sport die te gevaarlijk werd geacht voor de Olympische Winterspelen.

Zodra de sneeuw begon te smelten, begon Dag met mountainbiken, waarmee hij drie opeenvolgende jaren een 24-uurs estafettewedstrijd finishte als solorijder, één keer zelfs met zijn arm in het gips. Het speedskiën en mountainbiken zette hem weer terug op de kaart van de extremesportgemeenschap. De kranten en skitijdschriften van ver en dichtbij schreven weer verhalen over de terugkeer van de Father of Freeride. Maar in die verhalen stond niets over het feit dat Dags leven op instorten stond, ook niet in die waarvoor de verslaggevers echt naar SilverStar waren afgereisd om hem te ontmoeten.

Midden jaren negentig kon Dag zich geen liftpas of eigen uitrusting meer veroorloven. Hij was minder aanwezig op de pistes en in de bars, en tegen de winter van 1996 overleefde hij op een dieet van meel en water, die hij mengde en bakte op een open vuur buiten zijn huisje.

Een van de eerste mensen die hun zorgen over hem uitspraken was Brian James, een voormalige skileraar die Dag had ontmoet in Banffs Sunshine Village in 1968. Midden jaren negentig runde Brian een skiwinkel aan de voet van SilverStar. Hij keek toe hoe een steeds magerder wordende Dag onophoudelijk trainde voor langlaufwedstrijden en vervolgens aan de start verscheen met antieke of kapotte uitrusting. Iedere keer had Brian medelijden met Dag en voelde aan dat de trainingen voor zijn oude vriend een laatste houvast waren om te overleven. 'Ik denk dat het trainen deels een ontsnapping aan de werkelijkheid was,' zei hij. Brian vond het triest om te zien hoe Dag zo hard trainde voor wedstrijden maar dan in de race zelf in de problemen kwam omdat hij geen goede uitrusting kon betalen. 'Dag was een heel trotse man,' haalde Brian herinneringen op. 'Ik kon hem dus niet zomaar nieuwe spullen geven. Dat wilde hij niet. Ik liet hem dan dingen voor mij "testen" om hem op betere ski's te krijgen zodat hij tenminste op zijn niveau kon meedingen.'

Met Brian als leverancier van zijn skiuitrusting lukte het Dag om zichzelf opnieuw uit te vinden als Canadese langlaufkampioen. Hij was nog steeds mager en ondervoed toen hij zich op 61-jarige leeftijd kwalificeerde voor het wereldkampioenschap in Quebec City. In februari 2002 vloog hij met steun van zijn vrienden van SilverStar met zijn ski's, skischoenen, stokken en een tas vol kleding naar de andere kant van het land. Toen hij in Quebec aankwam nam hij een jeugdherberg. Daar waxte hij zijn ski's voordat hij op weg ging naar de race tegen langlaufers van over de hele wereld. Hij werd vierde in zijn leeftijdscategorie en vloog daarna weer naar huis.

Toen hij weer in SilverStar aankwam, richtte hij zich op het op peil houden van zijn uithoudingsvermogen voor behoud van zijn onafhankelijkheid. Hij rende dagelijks 25 kilometer van het dorp SilverStar naar beneden tot Vernon, keerde daar om en rende terug. 'Hij zou nooit zijn duim ophouden,' wist Brian nog. 'Hij was altijd volledig mobiel.

Ik denk dat hij zo de bekende hardloper werd, deels uit noodzaak, deels uit de behoefte zo onafhankelijk mogelijk te blijven onder zijn omstandigheden en deels uit de wens niet te verouderen. Als je in de skiwereld hebt gezeten kun je op twee manieren oud worden. Of je blijft fit, en dat houdt je mobiel, of je verliest langzaam de beweeglijkheid en de lenigheid en kracht om het vol te houden. Ergens in die tijd, toen hij 55 of 60 was, ik weet niet of hij echt helemaal aan de bodem zat, maar toen ontwikkelde hij de filosofie dat het een voorrecht was om te kunnen doen wat hij deed. Te kunnen skiën en hardlopen en te genieten van de natuur, vergeleken met iemand die in een auto springt en anderhalf uur moet rijden om aan een bureau te zitten. Hij maakte er echt een punt van om de natuur in zijn leven te waarderen.

Sommige mensen zien in hem een simpele ziel. Ik zie hem als iemand die op een bepaald moment een beslissing heeft genomen, misschien toen hij al zijn bezittingen verloor, misschien was het toen dat hij zei: "Ik heb al dat uiterlijk vertoon niet nodig, ik ga gewoon voor mezelf zorgen en hardlopen waar ik wil en mijn tijd doorbrengen met de mensen die tijd willen doorbrengen met mij. En als niemand dat wil, dan breng ik de tijd wel door met mezelf."'

Terwijl Brian Dag van spullen voorzag om op wedstrijdniveau te kunnen blijven skiën, werkten de eigenaren van een broodjeszaak onder aan de berg samen om Dag te redden. In 1997 huurden Denys Lawrence en zijn vrouw Monika Dag in als afwasser. Dit baantje was een opstapje voor Dag, die later bij een plaatselijke voedselbank zou gaan werken en genoeg verdiende tot hij 65 werd en een ouderdomsuitkering kreeg.

Dag was een bijzondere afwashulp, met de neiging lange gesprekken aan te gaan met mensen die de zaak of de voedselbank binnenkwamen voor een broodje. Hoewel hij eerlijk werk deed, hield hij zich niet aan de normale maatschappelijke normen. Hij betaalde zijn onroerendgoedbelasting niet (wat een van de redenen was voor het verliezen van het vakantiehuisje), betaalde geen kinderalimentatie (Tony had het voor elkaar gekregen om voor korte tijd beslag te laten leggen op zijn salaris toen hij als bomenplanter werkte, voordat hij de baan bij de broodjeszaak aannam), liet zijn rijbewijs, ziektekostenverzekering en alle andere ID-bewijzen vanuit de overheid verlopen, en kwam maar één keer opdagen op een hoorzitting gedurende de zeven jaar dat het kostte om de scheiding rond te krijgen.

'Het leek alsof er iets ontbrak in Dag,' merkte Denys op. 'Hij leek nooit het gevoel te hebben dat hij iemand iets schuldig was.'

Toen Dag zijn huisje kwijtraakte leek het erop dat hij op straat terecht zou komen. Hij sliep een poosje in de wasruimte van het hotel waar de broodjeszaak ook deel van uitmaakte. Denys wist dat Dag geen financiële uitweg kon of wilde zoeken en begon zich zorgen te maken toen het winter werd in Silver-Star.

Op een dag hoorde Denys dat een rondtrekkende bomenplanter in het dal zijn schoolbus verkocht die hij had omgebouwd tot een soort camper. De bus zou Dags nieuwe thuis worden en kwam in Brits-Columbia aan via Quebec, waar hij gedurende de jaren zeventig zijn oorspronkelijke doel had gediend, voordat hij verkocht werd aan een jonge nomade genaamd Scotty, die de banken eruit sloopte en er een bed en kitchenette in maakte en er daarna mee door het hele land reisde. Toen Scotty in Okanagan aankwam, parkeerde hij de bus in het dal en trok daarna de heuvels in om bomen te planten. Toen de jongeman besloot dat hij verder wilde reizen naar Azië, begon hij om zich heen te kijken naar iemand om de bus aan te verkopen. Als vervoermiddel was de bus bijna aan het eind van zijn leven. Chassis en carrosserie begonnen door te roesten en de motor moest gereviseerd worden. Maar als onderdak had hij nog genoeg potentie. Denys bood Scotty 3000 dollar en reed de bus naar SilverStar, waar hij de sleutels aan Dag overhandigde.

Dag liet de bus op een parkeerplaats aan de voet van de skihelling staan. Een aantal weken lang reed hij de stad in en uit. Toen stopte de motor ermee en had hij geen geld voor een reparatie. Wat hij verdiende met afwassen gaf hij uit aan multiplex en timmerhout, waarmee hij de binnenkant transformeerde in wat vanaf dat moment zijn huis zou worden. Er zat al een houtkachel in, maar de bus was niet geïsoleerd en had een nieuwe schoorsteen nodig. Dag zaagde een gat in het dak, plaatste een schoorsteen, timmerde een slaapkamer achterin en bekleedde de stalen wanden en vloer van de bus met hout voor extra isolatie. Daarna bouwde hij een muurtje achter de bestuurdersstoel en nog een keukentje. Hoewel hij al zijn meubels tegelijk met het huisje was kwijtgeraakt, had hij zijn oude dagboeken en de portretten van zijn kinderen en ingelijste foto's van zijn dagen in Whistler, Parva en andere plaatsen kunnen redden. Hij hing ze op aan de wanden van de bus.

Twee jaar lang stond de bus op een van de grootste parkeerplaatsen van het skioord. Skiërs reden de parkeerplaats op en parkeerden hun auto naast de verroeste gele bus waar vaak rook uit de schoorsteen kwam. Soms zat Dag binnen te lezen, lag hij te slapen of schreef hij zijn belevenissen van de dag op in een van zijn boekjes. De meeste dagen trok hij het liefst het bos in voordat de grootste mensenmassa's arriveerden. De constante aanwezigheid van een afgeleefde oude schoolbus met een rokende schoorsteen op de parkeerplaats en Dag die het bos in en uit liep om zijn behoefte te doen, waren op een gegeven moment onhoudbaar. In het voorjaar van 2001 werd het skioord verkocht en wilden de nieuwe eigenaren zo snel mogelijk af van zowel Dag als zijn gele sta-in-de-weg.

Het kon de nieuwe eigenaren niets schelen dat er pistes op de berghelling naar Dag vernoemd waren. Of dat hij twee jaar lang met de hand een 12 kilometer lang prachtig meanderend pad door het bos had gehakt, waarlangs voetgangers vanaf het dorp naar de top konden wandelen. Het pad verbond routes van dieren met routes van mijnwerkers van lang geleden; het werd uiteindelijk ook vastgelegd op de pistekaart van het skioord.

De nieuwe eigenaren dreigden ermee de bus weg te slepen, met of zonder Dag erin. Hij verzette zich niet tegen de verbanning, maar hij wist ook niet waar hij dan heen moest. Toen zei een van de pistebullychauffeurs, die 12 hectare oerbos bezat halverwege de berg, dat als hij een manier kon vinden om de bus naar zijn land te slepen, Dag daar ongezien kon blijven wonen in een deel van het bos waar niemand hem zou lastigvallen.

Dag zette zijn spullen zo goed mogelijk vast binnen in de bus. Daarna keek hij toe hoe een zware sleepwagen zijn huis van de grond takelde en de berg af vervoerde, daarna een grindweg opreed en de oude bus zo diep mogelijk het bos in bracht. En toen hij dacht dat de sleepwagen de bus niet verder kon krijgen, zag hij dat de bestuurder een lier aan de achterkant van de bus bevestigde, rond een boomstam verder weg in het bos heen slingerde en de bus naar zijn laatste rustplaats naast een bosje kleine wilde ceders sleepte.

Het was vroeg in het voorjaar en hij zat nu helemaal alleen in de bus halverwege tussen de stad Vernon en het dorp aan de voet van SilverStar. Buiten begon de sneeuw te smelten. De wilde dieren ritselden in het bos. Dag stapte zijn bus uit met een kettingzaag over zijn schouder en begon een pad te kappen naar niets en nergens in het bijzonder.

20

NEVER DIE EASY

Wat zijn er veel dingen die ik niet nodig heb.

SOCRATES, CITAAT IN DAGS DAGBOEKEN

Om te begrijpen waarvoor Dag als persoon uiteindelijk stond, in online verslaggeving en in de gedachten van mensen, moet je voor jezelf beslissen wie hij om te beginnen werkelijk was. En daarvoor moet je voor jezelf bepalen of je meer geloof hecht aan Dags versie van zijn leven, aan hoe de media hem afschilderden of aan hoe zijn naasten hem begrepen. Hoe dan ook blijf je zitten met een tegenstrijdige melange van archetypes die allemaal samenkomen in één persoon. Vogelvrije. Wijsgeer. Ontdekkingsreiziger. Simpele ziel. Er is Dag de mythologische kluizenaar – een wijze oude man die in een heuse berggrot ver in het bos woont. Maar je hebt ook de onschuldige dwaas, niet echt als bij Shakespeare, maar meer als de dwaas in een pak tarotkaarten – onconventioneel en onorthodox, gespeend van remmingen of verplichtingen.

En dan heb je Dag de getormenteerde tragische held uit de Griekse traditie, een onvolkomen mens, overvallen door de zware tegenslagen die het gevolg zijn van zijn eigen daden. Hij is Brontës Heathcliff. Hij is Marvels Wolverine. Hij is Spielbergs gestrande alien. Hij is Dag van het bos. Zoon van geheimen. Father of Freeride. Alle archetypen zijn er – maar het geheel zal altijd minder zijn dan de som van zijn delen. Omdat tussen deze onderdelen onmogelijk te negeren feiten gemengd zijn. Hoe meer tijd ik met Dag doorbracht, des te meer de verschillen me opvielen tussen hoe hij keek naar zichzelf en naar wat hij deed op deze aarde, en hoe alle mensen om hem heen naar hem keken.

Ik vroeg me af of dat wat zijn vriendin Sarah had gelabeld als zijn 'neuroplasticiteit' niet eigenlijk meer leek op wat Marlene Steinberg, een psychiater en onderzoeker op Yale University, beschrijft als dissociatie – *een adaptief verdedigingsmechanisme als reactie op trauma met veel stress, gekenmerkt door geheugenverlies en een gevoel van loskoppeling van zichzelf of zijn omgeving.* En ik vroeg me af of zijn onwil om zijn geest te laten breken door iets uiteindelijk niet een belangrijkere vaardigheid was dan zijn fysieke kracht.

Maar meestal wilde ik de wereld gewoon meer kunnen zien zoals Dag hem zag. Hij had geen ruimte voor medelijden, spijt of verdriet. Geen tijd voor woede of rancune ook. Het leek alsof hij een manier had gevonden om dergelijke emoties uit zijn limbische systeem te verwijderen. Op andere momenten stond Dags kijk op de wereld echter zo ver af van die van anderen, dat niet duidelijk was of hij het leven wel op dezelfde manier ervoer als ieder van ons. Hij leek nog het meest losgekoppeld van zijn realiteit als hij over zijn kinderen sprak alsof hij ze net nog gezien had, terwijl er sinds hun laatste ontmoeting jaren voorbij waren gegaan.

'Het belangrijkste voor een ouder is dat je je kinderen nooit tot last wordt.' Het was een zin die hij keer op keer herhaalde in de loop van onze vriendschap. Het deed mij altijd denken aan iets wat Hans me een keer vertelde toen ik hem zag.

'Mijn vaders onafhankelijkheid is zijn grootste kracht,' zei Hans. 'Maar het is ook zijn grootste zwakte. Als het zover is, geloof ik niet dat hij een van ons zal vragen om hem te helpen.

Ik denk dat hij ergens heen gaat, alleen, om niet gevonden te worden. En dan gaat hij dood.'

Ondanks alle focus van Dag op het zo onafhankelijk mogelijk leven, serieus te trainen, bergen zonder naam te beklimmen om daar aan de rand van de samenleving alleen te zitten, een lift te weigeren vanaf de stad en zichzelf te distantiëren van praktisch alle verplichtingen aan de mensheid, niet te vergeten aan zijn familie (zowel zijn adoptiefamilie in Noorwegen als het gezin dat hij had gesticht in Canada), was hij nooit echt volledig onafhankelijk.

Hij had twintig jaar lang in de bus gewoond, vrij van huur, op het land van iemand anders. Dag was 75 jaar oud toen de man er genoeg van kreeg om hem en zijn bus op zijn land te hebben staan en hem vertelde dat het tijd was om een andere plek te zoeken. Hun relatie verslechterde gedurende de vijf jaar die volgden, toen duidelijk werd dat Dag niet zou vertrekken, en niet alleen maar omdat de bus niet meer reed, maar ook omdat hij geen andere plek had om naartoe te gaan. Hij stelde zijn eigen uitzetting uit door te weigeren toe te geven dat hij en zijn bus technisch gezien op privéterrein stonden waar hij niet langer welkom was. De bus kon niet makkelijk verplaatst worden en hij daarom ook niet. Dat waren de feiten van Dags situatie, maar Dag hield vol dat de waarheid was dat hij vrij was. In zijn verbeelding verschafte zijn gebrek aan materiële bezittingen hem meer vrijheid dan de meeste mensen hadden. Hij noemde de bus niet zijn huis. Hij zei dat het bos zijn huis was, en de bus slechts zijn favoriete schuilplaats. Hij zag het letterlijk als een hol of een grot. Zo kon hij zichzelf meer als een nomade beschouwen in plaats van als dakloze. Met het verstrijken van de tijd begon ik te begrijpen dat anderen hem misschien zagen als een gevangene van de omstandigheden, gebonden door zijn economische tegenspoed, maar hoe hij zichzelf zag was eigenlijk het enige wat telde.

Hij weigerde medelijden met zichzelf te hebben en koesterde geen wrok tegen mensen voor wat er met hem was gebeurd. Toen ik hem vroeg of hij niet verbolgen was over het feit dat hij het bos in werd gesleept omdat mensen hem niet meer op de parkeerplaats wilden zien, draaide Dag de vraag om door het antwoord minder over de mensen te laten gaan die hem hadden verdreven en meer over een parabel van vergeving en natuur. 'Mensen zeggen dat de natuur meedogenloos is,' zei hij. 'Maar het is mijn thuis met het meeste mededogen dat ik ooit heb gekend.'

Dags naïviteit, zij het bewust of onbewust, maakte hem een van de moeilijkste onderwerpen om over te schrijven. Hij kwam op mij altijd intens eerlijk over, zelfs wanneer hij verhalen vertelde die niet helemaal geloofwaardig leken. Tony drukte dit kort maar krachtig uit, toen ze tegen me zei: 'Dag heeft de onschuldigste geest die ik ooit heb gekend.' Maar hij bezat zoveel meer dan naïviteit. Ik hield altijd in mijn achterhoofd dat een persoon met mindere kwaliteiten gebroken zou zijn door de omstandigheden van Dags leven, en toch kon Dag niet eens iets slechts over iets of iemand zeggen. Niet over zijn gezinsleden die hem hadden verstoten in zijn volwassen leven, noch over degenen die hem hadden mishandeld en verlaten als kind, noch de ontelbare leden van de samenleving die hem bekeken als niets meer dan een zwerver. Van jongs af aan was het voor Dag al onmogelijk om uiting te geven aan woede, jaloezie, kleinzieligheid of welke gewone negatieve karaktereigenschap dan ook die een mens in heftige tijden kan overvallen.

Dag mag dan een complexe man zijn, de versimpelde legende van Dag als de mysterieuze oude trailrunner en bergbewoner, was wat filmmakers en journalisten als ik naar de Okanagan liet vliegen om het bos in te trekken en naar hem op zoek te gaan.

Het leek voor ons allemaal alsof Dag onbewust die legendarische figuur was geworden. Hij had zichzelf getransformeerd van ouder wordende skiprofessional naar leeftijdsloze ultramarathonloper omdat hij actief moest blijven, eenvoudigweg om te overleven in zijn fysieke realiteit. Hij was er helemaal niet op uit geweest iets te bereiken wat de aandacht zou trekken toen hij begon te trainen voor zijn eerste Death Race.

Hij herinnerde zich de dag nog goed dat die transformatie begon. Het was in 2003 en Dag stond aan het begin van zijn twintigjarige kluizenaarschap. Het was nog net geen lente en er lag nog sneeuw in de schaduw van de spar en de ceder en de hoge witte den, toen zijn zoon Hans bij hem langskwam met een flyer in zijn hand. Hans had gehoord van een 125 kilometer lange ultramarathon in het noorden van Alberta, waarvan hij dacht dat hij hem zelf wilde proberen te lopen, en die voor zijn vader nogal een uitdaging zou zijn. 'Hiervoor ben je waarschijnlijk te oud,' zei Hans. Hij gaf Dag de flyer. 'Ze noemen het de Death Race,' zei Hans. 'Het is zo'n beetje de meest extreme duurloop in Canada.' Dag bekeek de flyer en nam de details goed in zich op. Hij had er nooit met zijn zoon over gesproken hoe veeleisend de voorgaande paar jaar voor hem waren geweest. Hij dacht niet dat Hans al die saaie details over zijn dagelijkse leven hoefde te weten.

Toen Hans weer vertrok, begon Dag aan zijn eerste trainingsdag voor een evenement dat de daaropvolgende twee decennia van zijn leven zou bepalen. In de jaren daarna was hij zich er niet echt van bewust dat zijn verschijning in de Death Race zou uitgroeien tot een heuse legende, door online posts en foto's van deze mysterieuze oude man die leefde om hard te lopen en hardliep om te leven. In de ogen van de mensen die hem niet kenden, was hij een superatleet die onder de radar leefde en weigerde oud te worden.

Naarmate de jaren voorbijgingen, was het minst interessante detail over Dag dat hij ooit in een James Bondfilm had gespeeld. Als journalisten naar hem op zoek waren, zochten ze naar een man die ze later zouden beschrijven als de oudste extreme atleet ter wereld. Hun verhalen zouden allemaal vertellen over een beroemde Noorse skiër die veranderde in een Hollywoodstuntman en uiteindelijk een dakloze trailrunner zou worden. Soms werd Dag door de journalisten bekeken als een soort wild dier, dat je het best kon observeren in zijn natuurlijke habitat. Andere keren behandelden ze hem als een verlichte, oude mysticus. Dag lette niet zo op de verslaggeving tot er niet meer aan de verhalen viel te ontsnappen.

In de meer dan twintig jaar dat Dag in zijn oude bus op de helling van een berg had gewoond, zou hij voor heel veel mensen symbool staan voor veel verschillende zaken, met name nadat in het voorjaar van 2018 een video van hem viral ging. De film was de zomer ervoor opgenomen. Dag werd, toen 76 jaar oud, gevolgd door twee filmmakers uit Vancouver die een drone over zijn trails lieten vliegen en hem in beeld kregen bij de bus. Toen ze weer vertrokken vervolgde hij zijn training voor de Death Race van dat jaar. Wat meer dan 1,7 miljoen mensen over hem wisten, was gefilterd door de lens van die veertien minuten durende video, waardoor hij het etiket 'de meest ongrijpbare man in Noord-Amerika' opgeplakt kreeg. De film toonde maar een fractie van wie hij was en gaf een beeld van Dag door aan de wereld waarin maar weinig mensen die hem echt kenden hem zouden herkennen. Wat de film wel vastlegde was dat Dag een menselijk enigma was wiens legende steeds groter werd naarmate hij langer leefde, en hardliep, in de relatieve eenzaamheid van het achterland van Brits-Columbia.

Naarmate de zomer van 2017 vorderde, braken over de hele provincie bosbranden uit die het lastig voor hem maakten om naar Grand Cache te reizen. Voor het eerst in vijftien jaar lukte het hem niet om naar de wedstrijd te komen. Toen kwam de herfst waarin het korhoen op zijn pad hem liet schrikken en hij viel, waarbij hij zijn schouder verpestte, gevolgd door de bloedvergiftiging tijdens zijn herstel in de kersttijd. In februari 2018 woonde hij weer in de bus en probeerde hij terug te krijgen wat hij had verloren. Hij was onzeker over wat zijn lichaam aankon. Hij kon nog wel uren achtereen zonder uit te rusten rennen op zijn paden, maar hij was langzamer dan eerst en maakte beduidend minder kilometers.

Het kostte hem moeite om weer op snelheid te komen, en ondertussen hadden dezelfde filmmakers die hem maanden eerder met een drone hadden gevolgd hun korte film op internet geüpload. De beelden van Dag die buiten zat bij zijn bus en over zijn paden rende, werden al snel over de hele wereld gedeeld. Hij had er geen idee van wat er gaande was, tot hij merkte dat vreemden hem begonnen na te wijzen als hij naar de stad rende. Hij wist van het bestaan van internet, maar was zelf nog nooit online gegaan en had geen idee wat het betekende om 'viral te gaan'. Hij wist van het bestaan van sociale media, omdat hij er met de jaren over had gelezen, maar kon niet volledig begrijpen en waarderen dat, terwijl hij zich steeds meer losmaakte van de wereld, de wereld steeds meer verbonden raakte. Voor hem was dat heel abstract.

Hij was net naar de stad gerend en wachtte op een bus die hem naar een ander trainingsterrein zou brengen, toen een man en een vrouw die langsliepen zijn naam riepen. Dag keek wat afwezig naar de twee vreemden die naar hem staarden.

'Jij bent die man van de video,' zei de vrouw. Toen haalde ze haar telefoon tevoorschijn en nam een foto van hem zoals hij daar verward aan de kant van de weg stond.

De filmmakers hadden hun korte film *Never Die Easy* genoemd, naar de woorden op een koffiemok die Dag in zijn bus had. De eerste acht minuten werd de reis van twee jonge mannen gevolgd die eropuit waren Dag te vinden, midden in het achterland van Brits-Columbia. Ze zetten hem neer als een complete eenling, als iemand van een stam in de Amazone die nog nooit contact heeft gehad met de buitenwereld. Meer dan een miljoen mensen hadden de film binnen enkele dagen na plaatsing al bekeken. Op het moment dat Dag zich bewust werd van het bestaan ervan, was de video al overal gedeeld op Facebook, Twitter en andere socialemediasites. De tijdschriften *The Atlantic*, *Men's Journal* en *Outside* hadden een link naar de film, deelden hem op hun website en hielden zo het beeld van Dag als ongrijpbare kluizenaar in stand. 'Aabye is een zeldzaam soort mens die zijn eigen pad heeft gevolgd en de perceptie van hoe het leven hoort te zijn aan de kant heeft gesmeten,' verklaarde *Men's Journal*.

In de film vat een wild uitziende Dag samen wat een periode van bijna tien jaar in een bus wonen met zijn mindset heeft gedaan. 'Het leven is een geschenk,' zei hij tegen de camera. 'Voor mij bestaat leeftijd niet, maar gewoon het leven. Weet je, leeftijd is iets wat andere mensen op je willen plakken... Wat mij betreft heb ik geen leeftijd.

Ik ben perfect imperfect,' concludeert hij. 'Morgen wil ik een betere persoon zijn dan ik vandaag ben. Je kunt altijd aan jezelf werken. En als je aan jezelf werkt, dan heb je geen tijd om te praten over andere mensen of je druk te maken over andere mensen... Ik probeer andere mensen niet te begrijpen... De enige persoon die je moet willen begrijpen is jezelf, eigenlijk.'

Door de film raakten de kijkers zowel gepolariseerd als gefascineerd. Mensen van over de hele wereld reageerden op Dags manier van leven. Sommigen vonden de film goedkoop. Anderen vonden Dag belachelijk. De meesten vonden zijn manier van leven echter inspirerend. Plaatselijke bewoners die hij nog nooit had ontmoet probeerden zijn bus te vinden. Een brouwerij in de Okanagan haakte aan bij het verhaal en noemde een bier naar Dag, terwijl de organisatoren van meerdere ultramarathons in de Verenigde Staten hem uitnodigingen stuurden om als eregast mee te dingen in hun wedstrijd.

De video deed al een maand lang de ronde toen iemand hem doorstuurde naar mijn moeder. Zij had net haar eerste reeks chemotherapiebehandelingen achter de rug. Ze belde me meteen en vroeg of dit dezelfde man was die me had gebeld vanaf een betaaltelefoon op de parkeerplaats van een Walmart-winkel, toen ik een keer bij haar op bezoek was.

'Een en dezelfde,' zei ik.

'Heb je zijn moeder nog gevonden?' vroeg ze.

'Nog niet,' zei ik.

'Ik zou maar opschieten,' zei ze. 'De tijd haalt iedereen een keer in. Hij zal op deze manier niet lang meer leven.'

Mijn moeder was op dat moment 72 jaar oud en had net een borstoperatie ondergaan voor een agressieve kanker die zich, zonder dat ze het wist, al had uitgezaaid naar haar hersenen. Ondanks de kanker had ze best een goede conditie voor iemand van haar leeftijd en bleef ze lichamelijk actief, hoewel ze leed aan een degeneratieve aandoening in een tussenwervelschijf in de onderrug, karpaaltunnelsyndroom in haar polsen en osteoartritis in één knie. Ze had toen ze 70 was een knieoperatie ondergaan zodat ze weer zonder pijn lange wandelingen kon maken zoals ze gewend was, maar net toen ze ervan hersteld was ontdekte ze een knobbeltje in haar borst. Sinds haar kankerdiagnose spraken we bijna iedere dag met elkaar. We hadden het over het leven, over familie en over het verhaal waar ik op dat moment aan werkte. Ze was altijd gefascineerd door de mensen waarover ik schreef. Ze bestookte me met vragen over hun motivatie en de mijne. Wat was de aantrekkingskracht voor mij? Waarom stelden ze hun leven open voor een journalist als ik? Meestal was ze er tevreden mee als ik probeerde uit te leggen waarom ze deden wat ze deden, leefden waar ze leefden en hielden van datgene waarvan ze hielden. Maar wat Dag betreft bleef er één ding bij haar hangen toen ik zijn verhaal vertelde. Het was de manier waarop hij erin slaagde alles in zijn leven om te vormen tot iets positiefs. Hij had me een keer verteld dat het geheim om zelfs de ergste beproeving te overleven was dat je moest leven volgens het motto van 'Geen slechte dagen'. Ik deelde dat met mijn moeder aan het begin van haar chemotherapie. Ze herhaalde het twee weken later, toen ze te ziek was om zelfs maar uit bed te komen. 'Geen slechte dagen,' zei ze. Daarna vroeg ze me naar mijn 'leeftijdsloze vriend die in een bus woont'.

'Ik hoop dat je hem kunt helpen vinden wat hij zoekt,' zei ze.

'Dat hoop ik ook,' antwoordde ik.

Ik had er toen nog geen idee van dat ik een groot deel van het jaar daarna zou besteden aan het helpen vinden van zijn moeder. Of dat ik toen ik daarmee bezig was mijn eigen moeder zou verliezen.

21

VERBORGEN IN HET VERLEDEN

Het zijn de zwarte vlekken op je leven die je in het donker achtervolgen.

ANONIEM CITAAT IN DAGS DAGBOEKEN

Door decennia aan dagboeken van Dag door te bladeren, begon ik te begrijpen wat het betekent om naar zijn leven te kijken zoals hij het zag. Zijn dagboeken waren zeer grondig in het vastleggen van momenten die zowel een dag als een leven maken. Hij nam de tijd, iedere dag, om te reflecteren op de schoonheid achter de gewoonste dingen. Iedere kop koffie, iedere zonsopkomst, iedere zonsondergang. Iedere regenachtige ochtend, iedere nacht met sneeuw. Iedere eenzame, meditatieve training. Iedere aardige groet, ieder lang afscheid, ieder bewust gebaar van een vreemde. Hij gebruikte zijn dagboek om te reflecteren op dat alles. Als iemand hem een broodje gaf onderweg, schreef hij dat op, en beschreef hij alles van de smaak tot de gevoelens die zo'n eenvoudige handeling opriepen. Hoe meer ik las, des te meer ik besefte hoe makkelijk je de momenten die een dag bepalen uit het oog verliest, laat staan de dagen die een jaar maken of de jaren die een leven maken.

Mijn rijkdom zit niet in wat ik heb maar in hoe ik me voel. Die zin had hij geschreven op een koude, stille ochtend in maart 2018, tussen de details van de sterrenhemel die hij om 4.30 uur had gezien toen hij hout haalde om het vuur brandende te houden dat hem voor zonsopkomst behoedde voor bevriezing. Op die zin volgde een andere: *De eerste dag van de rest van mijn leven*, had hij geschreven. *Weer een prachtige dag komt eraan... Ik heb maar geluk dat ik hier woon.* Dag na dag waren de dagboeken gevuld met dezelfde positiviteit die hij altijd liet zien in gesprekken.

Toen ik Dag voor het eerst ontmoette, hoopte ik na verloop van tijd zijn verhaal te kunnen vertellen door de tragische complexiteit en de ups en downs van zijn leven te volgen, en te begrijpen hoe alles van begin tot eind in elkaar paste. Ik dacht dat ik het kon opschrijven van geboorte tot heden, een verhaallijn kon ontdekken, de realiteit van fantasie kon scheiden, zonder de natuurlijke verbeelding van zijn geheugen te verstoren. Maar naarmate ik zijn dagboeken uitgebreider ging bestuderen en ik hem beter leerde kennen, ontdekte ik dat Dag zijn leven nooit door zo'n gestructureerde lens bekeek. Zijn leven was, net als de passages in zijn dagboeken, doorspekt met een samenraapsel aan herinneringen met hun eigen kleine moraal. Hij had er een gewoonte van gemaakt te proberen alles op te tekenen wat er met hem gebeurde, maar hij probeerde geen verbanden te leggen tussen de ene en de andere gebeurtenis. Een andere regel uit een ander dagboek: *Soms betekent het 't meest als je accepteert dat sommige dingen geen betekenis hebben.* Hij had niet veel oog voor consequenties en ik vroeg me af door welke karaktereigenschap dat veroorzaakt werd. Hij was zo gefocust op zijn eigen onafhankelijkheid dat hij zich er niet van bewust leek hoe afhankelijk hij eigenlijk was van andere mensen, of hoeveel invloed (positieve of negatieve) hij had op het leven van de mensen die gedurende zijn leven het meest van hem hadden gehouden. Hij was er altijd op gebrand niets van wie dan ook nodig te hebben en ik vroeg me af in hoeverre dat veroorzaakt werd door het feit dat hij als kind wees werd.

Vanaf het moment dat ik hem eind 2015 voor het eerst had ontmoet, probeerde ik Dag te helpen met het oplossen van het mysterie dat aan de basis lag van zijn bestaan – zijn oorsprong, de identiteit van zijn ouders. Hij was geïntrigeerd toen ik hem vertelde dat ik dacht dat ik hem kon helpen. Hij vertelde in een van onze eerste gesprekken dat hij dacht dat zijn moeder een jonge Noorse was die in Oslo woonde toen de Duitsers binnenvielen. Drie maanden later was ze zwanger. Hij vermoedde, maar hij wist het niet zeker, dat hij een van de ongeveer achtduizend officiële Lebensborn-baby's was. Maar hij dacht ook dat hij een van de geschatte vierduizend andere, ongedocumenteerde kinderen van Duitse militairen kon zijn. Hij zei ook dat wat hij het allerliefst zou willen hebben in zijn leven een foto was van zijn biologische moeder. Iets om vast te kunnen houden. Een beeld om zich mee te identificeren, een gezicht om te bestuderen, iets wat hem eraan herinnerde dat hij niet zomaar ergens vandaan kwam, maar uit íemand.

Met de nieuwe gegevens die Dag me gegeven had, begon ik online bronnen te doorzoeken, met genealogen en archiefmedewerkers in Noorwegen, Zweden en Duitsland te corresponderen en te proberen een profiel op te bouwen van een man en een vrouw die tot dan toe slechts bestonden in een kerkboek. Het was niet veel, maar ik wist dat als hun namen klopten, ze tevoorschijn zouden komen in andere archieven – volkstellingen, geboortebewijzen, huwelijksaktes, immigratiepapieren, krantenartikelen en overlijdensaktes.

Om te beginnen keek ik of Dag een officieel kind van het Lebensborn-project was. Net als in de meeste nazi-instituten was de administratie van Lebensborn nauwkeurig bijgehouden. Kinderen kregen bij hun geboorte een nummer en een dossier. In alle dossiers stond informatie over de ouders van het kind, een pseudowetenschappelijk register van arische bloedlijnen. Veel van deze dossiers waren bewaard gebleven en ondergebracht in het Noorse Nationale Archief. Helaas hadden ze geen dossier van Dag Aabye of Erik Hansen. Het eerste bewijs van een officieel Lebensborn-kind in Noorwegen was van 24 augustus 1941, drie maanden nadat Dag was geboren. Het was echter niet duidelijk of dat werkelijk het eerste kind was, of slechts het vroegste met bewaard gebleven papieren.

Ik ging op zoek naar meer aanwijzingen, in navolging van andere Lebensborn-kinderen die het moeizame proces van het uitzoeken van hun afkomst hadden doorlopen. De meesten van hen hadden hun dossiers gevonden tussen 1990 en 2005. Al snel had ik contact met meerdere kantoren van de Noorse overheid, maar geen van hen leek gegevens van Dag of zijn geboorteouders te hebben. Hoe meer ik vruchteloos zat te zoeken, des te vasthoudender ik werd in mijn zoektocht. Men had Dag 27 jaar eerder, in een brief van de kerk waar hij gedoopt was, verteld dat de naam die vermeld stond als vader waarschijnlijk vals was, waarna hij de naam niet had onthouden. De naam die de kerk voor de moeder gaf was Heda Hansen, en die bleek even moeilijk te vinden. Er woonden vele Heda Hansens in Noorwegen tijdens de oorlog, maar voor zover ik kon zien had geen een van hen ooit een zoon met de naam Erik laten registreren.

Dus ik was weer terug bij af, waar Dag 27 jaar eerder was begonnen, en ik belde de kerk in Oslo waar hij was gedoopt. Het duurde even voordat de vrouw daar de tweeregelige aantekening van Dags doop vond in een 77 jaar oud register, en toen maakte ze er een foto van en stuurde die per e-mail. Ik keek naar de handgeschreven notitie en zag meteen waarom ik geen spoor had kunnen vinden van Dags moeder. Hij had op de verkeerde naam gezocht. Zijn moeders naam was volgens het kerkboek Hedvig Marie Hansen. Het was me niet duidelijk of de kerk hem een onjuiste naam had gegeven of dat hij hem gewoon niet goed had onthouden.

Ik begon rond te bellen en e-mails te sturen naar meerdere contacten in Oslo, terwijl ik online databases uitkamde naar aanwijzingen naar waar Hedvig vandaan kwam en waar ze naartoe was gegaan nadat ze Dag had opgegeven voor adoptie. Over de tijd voor de Duitse invasie was weinig te vinden toen ze, volgens Dags doopcertificaat, in een hotel in Oslo woonde. Voor zover ik kon zien was dat hotel al vroeg tijdens de bezetting geconfisqueerd door het Duitse leger. Dat was nog geen bewijs dat zijn vader een nazimilitair was, maar het leek allemaal wel te kloppen. Ik keek nog een keer naar de gegevens die de kerk in Oslo me had gestuurd. Naast Dags moeders naam stond de naam waarvan Dag te horen had gekregen dat die waarschijnlijk vals was, om de identiteit van de vader te maskeren. In het kerkboek stond als zijn vaders naam Johan Nielsen, geboren in 1892.

Volgens het boek was Dags moeder 32 en zijn vader 49 tijdens zijn geboorte. Ik ging op zoek in de historische volkstellingen voor zowel Hedvig Marie Hansen als Johan Nielsen. Dags vader was nergens te vinden. Dags moeder wel. Ze was geboren in 1909 in een klein dorpje aan de zuidwestkust van Noorwegen genaamd Kragerø. Ineens wist ik meer over haar dan Dag ooit had geweten.

Uit de volkstelling kon ik opmaken dat ze was opgegroeid in een wit houten huis met uitzicht op zee. Voor zover ik kon zien stond het huis er nog steeds. Ik ontdekte ook dat haar vader zeeman was en uit een eerdere volkstelling dat haar vaders vader ook zeeman was geweest.

Ik belde de kerk in Kragerø waar Dags moeder 109 jaar eerder was gedoopt om te zien of zij nog andere gegevens of foto's van vroeger in de kerkgemeente hadden. Het was niet duidelijk hoe oud Hedvig was toen ze Kragerø verliet en of ze nog broers en zusters had. In de laatste gegevens die ik over haar kon ontdekken, werd vermeld dat ze enig kind was en woonde in een bescheiden huis dat gedeeld werd met andere gezinnen. Aan de hand van alle puzzelstukjes leek het er niet op dat de familie van Dags moeder rijk was. Later ontdekte ik nog dat Hedvigs jeugd overschaduwd werd door een eigen tragedie. Toen ze pas zeven jaar oud was werd haar vader vermist op zee. Hij was 39 jaar oud en diende als stuurman op een Noors vrachtschip dat met een lading steenkool van Engeland naar Denemarken op het hoogtepunt van de Eerste Wereldoorlog door vijandige wateren voer en vermist raakte. Geen van de veertien bemanningsleden werd ooit gevonden.

Het kostte me weken voordat ik Dag te pakken kon krijgen en hem mijn bevindingen kon doorgeven. Hij stond weer op een parkeerplaats van Walmart bij de betaaltelefoon toen ik hem vertelde dat hij zijn moeders naam niet goed had vermeld en dat de vrouw van wie hij dacht dat ze zijn moeder was en die in Zweden was omgekomen bij een auto-ongeluk heel iemand anders was. Hij luisterde rustig toen ik het verhaal dat hij over haar dacht te kennen herschreef. Ik had er niet bij stilgestaan dat ik door het delen van de waarheid onbedoeld ook dat kleine beetje dat hij van zijn moeder dacht te weten van hem afnam. Het duurde even voordat ik doorhad wat ik net had gedaan.

Ik deelde alles met hem wat ik over haar jeugd had uitgevonden en over waar ze woonde toen de Tweede Wereldoorlog uitbrak. Na een heel verhaal van mij stelde hij een vraag die zijn oorsprong vond in wat er ooit tegen hem gezegd was over zijn moeder.

'Was ze een prostituee?'

'Dat weet ik niet,' zei ik.

'Geen probleem,' zei Dag. 'En mijn vader?'

'Ik heb een naam gevonden,' zei ik. 'Johan Olav Nielsen. Geboren in 1892.'

'Johan,' zei Dag zachtjes. Het leek erop dat hij de naam voor het eerst hoorde. Het was voor ons beiden niet duidelijk of hij de naam 27 jaar eerder ook had gehoord. 'En is hij omgekomen in de oorlog?' vroeg Dag.

Ik zei dat ik dat niet wist, maar dat ik probeerde zijn militaire documenten te vinden bij de Duitse overheid. 'Ik ben nog steeds bezig uit te zoeken wat er met je moeder is gebeurd na de oorlog,' zei ik.

Er was in Noorwegen nergens bewijs te vinden dat Hedvig Marie Hansen daar begraven was. Daarom begon ik te zoeken naar archieven buiten Noorwegen, om te beginnen in Zweden. Ik zat thuis in Toronto aan mijn bureau, omringd door Dags dagboeken, toen ik zijn moeders naam intypte in een database die het Zweeds Dodenboek heette. Ik kreeg een positieve match en keek onverwacht naar een document dat vermeldde dat Dags moeder op 62-jarige leeftijd aan een maagzweer was overleden in een appartement in Gotenburg. Ik begon dieper te graven.

Het register van sterfgevallen en begrafenissen in de Örgrytekerkgemeente in Göteborg leverde nog wat meer informatie, maar het was niet veel. Er stond dat Hedvig 23 dagen na haar overlijden was begraven, maar er stond geen locatie van het graf vermeld en geen verdere informatie behalve twee eenvoudige woorden: *Ongetrouwde vrouw*. Rond de tijd van haar dood woonde ze in een oud appartementengebouw in een van Göteborgs ruigere buurten. Het was niet duidelijk hoelang ze daar gewoond had en of ze alleen woonde. Wel was duidelijk dat ze op 7 april 1946 naar Zweden was verhuisd, elf maanden na de Duitse capitulatie. Ze was op 36-jarige leeftijd alleen aangekomen en had werk als afwasser aangenomen in een historisch restaurant aan de kust dat uitkeek over het Kattegat en het schiereiland Jutland. Ze woonde een tijdje in het logement boven het restaurant.

Dags vermoeden dat zijn moeder kort na de oorlog het land had verlaten klopte dus. Hoewel er geen schriftelijk bewijs was dat ze zich bedreigd had gevoeld in Oslo nadat de Duitsers zich hadden overgegeven, suggereerde de tijd van aankomst in Zweden dat ze mogelijk probeerde te ontsnappen aan represailles die vrouwen te beurt vielen die in werkelijkheid, of alleen volgens de geruchten, een relatie zouden hebben gehad met Duitsers. In Göteborg zou Dags moeder ver weg zijn van de woedende massa's die Noorse vrouwen in Oslo op straat staande hielden en in het openbaar kaalschoren zodat ze makkelijk konden worden herkend, uitgescholden en lastiggevallen. Als het waar was dat ze om deze reden naar Zweden was gevlucht, dan was ze net op tijd uit Noorwegen vertrokken. Tegen het eind van 1946 nam men van veel van deze vrouwen die ervan beschuldigd werden met de vijand te hebben geslapen het Noorse staatsburgerschap af en stopte ze vervolgens in speciale interneringskampen. Sommigen werden uiteindelijk gedeporteerd naar Duitsland, anderen werden in psychiatrische instellingen opgesloten.

Het was een week na Dags 77ste verjaardag, in 2018, toen ik hem tegenkwam op een grindpad in de buurt van de bus. Ik parkeerde mijn gehuurde Dodge en volgde hem naar een kampvuur in het bos. Toen we daar naar de knisperende vlammen zaten te luisteren, vertelde ik hem dat ik de plaatsen had gevonden waar zijn moeder was geboren en gestorven.

'Ik weet niet welke familie jij aan de telefoon hebt gehad in 1990,' zei ik, 'maar ik geloof niet dat je de juiste had gevonden. Je opa was een zeeman in een kustplaatsje in Telemark. En je overgrootvader was ook zeeman.'

'Werd ze aan zee geboren?'

Ik knikte.

Hij keek me aan alsof hij met zijn gedachten ergens anders was. Ik had niet veel meer kunnen ontdekken dan het beroep en hun geboorte- en sterfdatum, maar voor Dag had ik hem een levensverhaal gegeven van de mensen die hem waren voorgegaan.

'Stierf mijn moeder alleen?' vroeg hij.

'Dat weet ik niet,' zei ik.

Ik haalde een kopie van de overlijdensakte tevoorschijn die ik opgestuurd had gekregen van een archief in Zweden. Hij las hem door en dacht na over de datum: 3 oktober 1971.

Ik kon zien dat hij in zijn gedachten wilde achterhalen waar hij was op die dag.

'Ik was net getrouwd,' zei hij. 'Aan de andere kant van de wereld.'

We waren allebei stil en lieten dat besef even bezinken. Toen verbrak ik de stilte. 'Ik heb geen foto van haar kunnen vinden,' zei ik. 'Maar ik weet wel waar ze is begraven.'

'In Noorwegen?' vroeg hij.

'Nee, in Zweden,' zei ik. 'Zou je het willen zien?'

Hij keek me vertwijfeld aan. 'Ik denk niet dat ik zo ver kan rennen.'

22

EEN VERLOREN ZOON

Tijd is niet het belangrijkste. Het is het enige.

MILES DAVIS, CITAAT IN DAGS DAGBOEK

Het kostte maanden voordat Dag de benodigde papieren voor zijn reis bij elkaar had. Een Noors spoedpaspoort was niet zo moeilijk, maar het krijgen van documenten die bewezen dat hij al een halve eeuw legaal in Canada verbleef was een stuk lastiger. Zonder een geldige permanente verblijfsvergunning was niet gegarandeerd dat hij na vertrek terug het land in zou mogen. Ik wilde voorkomen dat ik een situatie creëerde waarin hij zou stranden op een of andere internationale luchthaven, zonder terug te kunnen naar het bos en de berg die hij zijn thuis noemde. Dag was 78 jaar oud op dat moment, en hoewel hij volledig capabel was zijn eigen beslissingen te nemen, dacht ik dat ik eerst contact op moest nemen met een van zijn kinderen om te laten weten wat we aan het doen waren. Dus belde ik zijn jongste dochter. Ik vertelde haar dat ik had uitgezocht waar het graf van haar grootmoeder in Zweden was en dat ik nu ook probeerde de laatste rustplaats van haar grootvader te vinden. Ze was nieuwsgierig naar een inkijkje in haar familiegeschiedenis en luisterde toen ik de risico's voor haar vader schetste, als hij reisde zonder bewijs van verblijf in Canada. Ik had aangenomen dat ze er niet zo happig op zou zijn dat ik hem het land uit zou meenemen. Maar ze zei iets wat me is bijgebleven.

'Als je hem naar Noorwegen terug kunt brengen is het misschien zelfs beter voor hem om daar te blijven.' Het was een trieste opmerking, maar ook ongelofelijk goed bedoeld en eerlijk, en ik begreep precies wat ze bedoelde.

Door de dienst Citizenship and Immigration Canada was ik gewaarschuwd dat het vanwege complexiteiten rond Dags zaak meer dan een jaar kon duren om zijn permanente verblijfsvergunning erdoor te krijgen. Uiteindelijk was het een 69 jaar oude skifan en parttime Noorse ereconsul in Calgary die kon helpen het proces te versnellen.

Egil Bjørnsen was nog maar enkele maanden verwijderd van zijn verplichte pensioen toen hij mijn telefoontje kreeg. Hij zei dat Dags consulaire casus misschien wel de ongewoonste en persoonlijkste was waaraan hij in zijn dertig jaar als ereconsul had gewerkt. Het verhaal van een man die het einde van zijn leven naderde zonder het begin te kennen was wat Egil werkelijk trof. Hij was vastbesloten Dag te helpen om zijn immigratiepapieren op orde te krijgen, al was dat het laatste dat hij als ereconsul zou doen. Het kostte Egil vier maanden, een vlucht en twee autoreizen van 16 uur door de Canadese Rocky Mountains tussen Calgary en Vernon, maar 51 jaar en 10 maanden na aankomst in Canada had Dag eindelijk zijn permanente verblijfsvergunning. Dagen later ontving Egil Dags noodpaspoort van de Noorse ambassade in Ottawa. En zo had Dag ineens alle papieren voor de reis naar Noorwegen en terug.

Ik nam afscheid van mijn zwangere vrouw, nam een vliegtuig vanaf Ottawa en vloog vier uur in westelijke richting naar Calgary, waar ik een jeep huurde en nog acht uur Brits-Columbia inreed om Dag op te halen. Hij dwaalde wat rond op het grindpad bij de bus toen ik hem vond. Hij was opgewonden om terug te gaan naar Noorwegen, maar voelde zich er ook ongemakkelijk bij dat hij niets zelf kon betalen.

'Ik weet niet hoe ik je terug moet betalen voor alles,' zei hij.

'Dat hoeft niet,' zei ik.

Nadat hij een paar dingen uit de bus had opgehaald (een extra set kleding en een jas die hij in zijn rugzak propte die met ducttape aan elkaar hing) begonnen we aan de lange rit terug naar Calgary om een vlucht naar Amsterdam te nemen en vandaar naar Oslo.

Ik had al maandenlang contact gehad met familieleden van Dag om ze te laten weten dat ik met hem naar Noorwegen zou reizen om familie te bezoeken en te praten over zijn verleden. Niet iedereen had er vertrouwen in dat ik werkelijk met Dag in Sigdal zou komen opdagen. Zoals zijn nicht Gunhild Bakke, de 78-jarige matriarch van een tak van de Skartum-kant van de familie, tegen me zei in een van de vele telefoongesprekken die aan onze aankomst voorafgingen: 'Dag is al zo lang weg, we dachten niet dat we hem ooit nog zouden zien. Er zijn hier veel mensen die hem willen zien of ontmoeten.'

Ik vroeg op een dag aan Gunhild of zij of iemand anders in Georgs en Helga's familie iets over Dags biologische ouders wist.

'Dag was altijd een mysterie voor ons,' zei ze. 'Helga en Georg hebben nooit aan iemand verteld waar hij vandaan kwam. Hij was er gewoon op een dag en dat was dat.' Ze zei dat ze sceptisch was geworden over de verhalen over Dag die door de jaren heen in de media waren verschenen en over de mensen die ze vertelden. Veel van wat ze had gezien en gelezen slaagde er niet in het verhaal van de jongen met wie ze was opgegroeid en de man die ze kende goed weer te geven. 'Ik hoop dat jij anders bent,' zei ze.

Ik begreep van Gunhild dat veel mensen in het dorp enthousiast waren over Dags terugkeer, maar ik had niet verwacht dat ze met tientallen samen zouden komen om hem bij zijn aankomst te ontmoeten. Of dat ze zelfs vanuit Denemarken zouden komen voor de gelegenheid om hem voor een laatste keer te zien.

Van alle mensen die hem in Europa ooit hadden gekend, was er niemand zo ingenomen bij het vooruitzicht hem weer te zien als Kari Jørgensen. Ik had haar telefoonnummer gevonden achter op een van Dags dagboeken en me afgevraagd wie ze was. Kari was tien jaar jonger dan Dag. Als dochter van Helga's jongste zus kende ze Dag al zolang ze zich kon herinneren. Ze bracht in de jaren vijftig haar zomers door op Hovlandsmoen. Later werkte ze in Kopenhagen als arts, maar nu was ze met pensioen, gescheiden, herstellende van een beroerte en zich bewust van de beperkte tijd die ze nog had op deze wereld. Ze was later in haar leven verliefd geworden op een gepensioneerde brandweerman, en samen reden ze de 650 kilometer van Kopenhagen naar Oslo om ons op het vliegveld op te pikken.

We waren net door de douanecontrole op vliegveld Gardermoen in Oslo toen Kari Dag herkende en met open armen op hem af kwam lopen. Ze had van hem gehouden vanaf hun kindertijd en tegen hem opgekeken als tegen een oudere broer, truien voor hem gebreid en vol bewondering naar hem gekeken als hij op zijn handen door het dorp liep met boodschappentassen aan zijn voeten bungelend. Drie jaar eerder was Kari vanuit Kopenhagen naar Vernon gevlogen om hem te zien op zijn 75ste verjaardag, want ze werd ouder en hij was ouder, en ze was bang dat als ze op dat moment de reis niet zou ondernemen, ze niet meer de kans zou hebben hem te zien voordat ze beiden te oud zouden zijn om te reizen. Ze had net als hij moeite met afscheid nemen bij die reis, en toen ze zich voorbereidde op het vertrek, vroeg ze hem of hij de bus wilde achterlaten en met haar terug wilde gaan naar Europa. Hij had toen geantwoord dat hij geloofde dat hij niet meer in een echt huis zou kunnen wonen, laat staan in een huis in een Europese hoofdstad. Ook geloofde hij dat hij voor niemand goed gezelschap zou zijn. 'Mijn thuis,' zei hij tegen haar, 'is in mijn eentje op mijn bospaden.'

Achter in Kari's nieuwe Mercedes keek Dag uit het raam terwijl we op weg waren langs de heuvelachtige kustlijn van de meren in het binnenland waarmee het platteland tussen de hoofdstad en de vallei van Sigdal is bezaaid. Aan het begin van de middag kwamen we aan op een boerderij die vroeger van Helga's oudste zus Anna was geweest, maar die sindsdien was doorgegeven aan Anna's oudste zoon Carl. Carl was boer en leefde het leven dat Dag lang geleden had afgezworen. Het was ook Carl die Helga aan het eind van haar leven had geholpen om Hovlandsmoen terug te vorderen voor zijn tak van de familie, nadat Dag geen aanspraak wilde maken op het land. Carl had Hovlandsmoen inmiddels doorgegeven aan zijn eigen zoon Hans-Ole, en bleef zelf werken op de velden en in de bossen van de boerderij waarop hij was opgegroeid. Nu stond Carl in de deuropening van zijn huis waarin hij 68 jaar had gewoond en ons nu welkom heette.

We zaten al snel rond de eettafel en aten een traditionele Noorse pap van zure room. Ik luisterde terwijl Kari, Carl en zijn vrouw met Dag herinneringen ophaalden, van dingen waarvan hij dacht dat hij ze vergeten was. Ze hadden het over Helga en Georg en brachten Dag op de hoogte van alle details van de wereld die hij had achtergelaten. En zij vroegen hem over het leven dat hij voor zichzelf had vormgegeven in Canada. Ze hadden allemaal de video van Dag op YouTube gezien, maar wat ze echt wilden weten was wat er gebeurd was met zijn gezin. Dag sprak over zijn kinderen en kleinkinderen zoals hij altijd deed, alsof hij ze de week ervoor nog had gezien. Daarna ging het over de reden van onze reis.

'Wat hoop je hier te vinden?' vroeg Carl.

Ik vertelde hem dat ik het niet precies wist, maar dat ik Dags adoptiepapieren had gevonden en dat er een dossier met Dags naam erop in Oslo lag te wachten.

Carls vrouw keek me nieuwsgierig aan. 'Dat dossier in Oslo,' zei ze. 'Hoeveel staat daarin over zijn ouders?'

'Ik weet het niet,' zei ik.

'Hoeveel wíl je weten?' vroeg ze.

'Alles wat er is,' zei Dag.

Die nacht sliepen we in het oude huis op Carls boerderij. Ik kon Dag horen rommelen in de nacht toen hij naar buiten ging om in de kou te gaan hardlopen. Ik lag slaapdronken van de jetlag in bed. Het was vlak na zonsopkomst en de zon scheen al door de dennen en sparren buiten voor mijn raam toen ik de voordeur hoorde open- en dichtgaan toen Dag weer terugkwam van zijn hardlooprondje. Ik zocht mijn notitieboeken bij elkaar en liep door het krakende huis naar beneden om hem in de eetkamer te spreken. Kort daarna gingen we weer op weg met de Mercedes, om in Oslo het dossier op te halen met daarin de enige bekende gegevens over Dags adoptie.

Het kantoor van de Noorse Raad voor Kinderen, Jeugd en Familiezaken in Oslo is een nietszeggend gebouw van zes verdiepingen dat tussen andere standaardkantoorgebouwen staat, in een gemengde commerciële/industriële zone naast een grote autoweg in het oosten van de stad. Dag nam het gebouw behoedzaam in zich op voordat we ons bij de beveiliging meldden en plaatsnamen in een wachtkamer naast een koffieautomaat en een waterkoeler, waar voor ons talloze andere volwassenen hadden gezeten. Terwijl we wachtten tot iemand van de Noorse bureaucratie met de lift naar beneden kwam met de geheimen van Dags bestaan, had ik geen idee wat we konden verwachten, maar ik hoopte dat al onze inspanningen het waard zouden zijn.

Toen ik de eerste keer e-mails uitwisselde met een hogere

adviseur van de raad, een aantal weken eerder, legde zij uit dat Dags dossier niet helemaal compleet was. Er leken documenten te ontbreken. Onderdelen die misschien ooit foto's van zijn ouders hadden bevat waren verloren gegaan of vernietigd, of werden misschien nog ergens in de regionale archieven in het grotere Noorse geheel van archieven bewaard. Het was niet mogelijk meer te weten te komen zonder significant meer tijd en energie te steken in deze ene, afzonderlijke casus, waarvoor niemand in het kantoor genoeg tijd kon uittrekken.

Het belletje van de lift klonk en Bente Hoseth stapte de foyer binnen, schudde Dags hand en vertelde hem wat hij al wist: dat hij van ver was gekomen en dat ze hoopte dat datgene wat ze hem te bieden had de moeite waard zou zijn. 'Alles wat we hebben zit in dit dossier,' zei ze, en ze overhandigde hem een witte envelop. Dag bedankte haar en hield de envelop even in zijn hand voordat hij hem op zijn schoot openmaakte. Toen bladerde hij door het stapeltje van zeven bladzijden. Hoseth kwam naast ons zitten.

Op de eerste pagina stond *Informatie over biologische ouders*. 'In het Centrale Adoptieregister,' vertaalde Dag voor mij terwijl hij las, 'staat vermeld dat Georg Johnsen Aabye en Helga Aabye, née Skartum, op 27 oktober 1942 toestemming kregen van het ministerie van Justitie om Erik, geboren in Oslo op 15 mei 1941, te adopteren. Tegelijkertijd werd er toestemming gegeven de naam van het kind te veranderen in Dag Skartum Aabye. Bijgevoegd zit een kopie van de documenten van de adoptiezaak in ons archief.'

Dag keek op van het papier. 'Ik heb nooit geweten dat ik een tweede naam had,' zei hij. Helga en Georg hadden hem de naam van het oude Skartum-familiebedrijf gegeven, de oorspronkelijke bron van Helga's familiefortuin. Het was de noordse naam voor de boerderij van Helga's voorouders vanwege de overeenkomst met 'een mooie plaats'.

Hij pakte een ander papier op en begon een getypte brief voor te lezen die gedicteerd was door zijn biologische moeder. 'Het tehuis van het adoptiekantoor van de gezondheidsraad van Oslo kan mijn zoon Erik krijgen, geboren in Oslo op 15 mei 1941. De adoptieouder zal het kind opvoeden als zijn eigen en ondergetekende gaat ermee akkoord dat het kind wordt geadopteerd. Ik ga ermee akkoord dat de adoptievergunning bepaalt dat de erfrechtelijke relatie tussen het adoptiekind en zijn of haar adoptieouders hetzelfde zal zijn als tussen echte ouders en hun erfgenamen... Ik verklaar dat ik nooit zal eisen te weten waar het kind heen gaat.'

Dag las de datum hardop – 7 juli 1942 – gevolgd door haar handtekening in een net, zwierig schoonschrift: Hedvig Marie Hansen. Hij drukte met zijn vinger op de handtekening. 'Ik was 15 maanden oud toen ze dit ondertekende,' zei hij.

Het document droeg de handtekeningen van twee andere getuigen, beiden toezichthouder van de afdeling gezondheid van de stad.

Toen Dag verder bladerde naar nog een brief, was deze van zijn biologische vader. Hij las de brief hardop. Hij was gelijk aan de brief die door zijn moeder was ondertekend. Toen kwam hij aan bij de plaats waar zijn vaders naam geschreven stond.

'Zijn naam is hier anders,' zei ik.

'Wat?' vroeg Dag.

Ik wees naar de naam. 'Hier staat Johan Olav Nilsen. In het kerkboek was het Nielsen.'

'Dat ziet er verdacht uit, vind je niet?' vroeg ik. De ambtenaar van de raad zei helemaal niets. Het leek me vreemd dat de naam van Dags vader op twee manieren gespeld zou zijn op de enige twee documenten die we van hem hadden gezien. Ik had bij al mijn zoekacties in archieven de spelling uit het kerkboek gebruikt. 'Misschien kon ik daarom niets over hem vinden,' zei ik. 'Het kan zijn dat ik naar de verkeerde naam heb gezocht.'

De brief van Dags vader was enkele weken eerder gedateerd dan die van zijn moeder. Er stonden geen andere handtekeningen op, geen getuigen, alleen een adres van een gebouw in het noorden van de stad.

Dag sloeg nog een bladzijde om en begon een brief voor te lezen van Georg en Helga Aabye aan Justitie, hun zaak voor zijn adoptie bepleitend. Die was gedateerd op 9 september 1942. De brief werd vergezeld door een brief van een dominee in Sigdal die instond voor de vermogens van de adoptieouders om voor een kind te zorgen. 'Ik ken de boer Georg Aabye en zijn vrouw Helga al jaren,' schreef de dominee. 'Ze zijn beiden serieuze en gezagsgetrouwe mensen. Naar mijn stellige overtuiging zou het in het voordeel van ieder kind zijn om geadopteerd te worden door dit echtpaar.'

Het laatste document in het dossier was een ontvangstbewijs voor 40 kronen, betaald aan de Gezondheidsraad van Oslo. Het was de vergoeding die Helga en Georg moesten betalen voor het formeel maken van de adoptie. Dag bladerde nog eens door de papieren. Daarna ging hij terug naar het blad met zijn moeders handtekening en hield het even vast.

'Ik heb nog nooit eerder haar handschrift gezien,' zei hij.

De adviseur van de raad keek hem aan, verontschuldigde zich voor het feit dat ze hem niet meer te bieden had, en liet hem achter met het dossier.

We liepen terug en zaten een paar minuten stil in de auto. Geen van beiden waren we er zeker van wat we nu eigenlijk gelezen hadden.

Toen was het Dag die als eerste sprak. 'Ik zou wel willen zien waar mijn moeder heeft gewoond.'

Ik haalde mijn telefoon tevoorschijn en typte het adres in van het oude hotel dat Hedvig had opgegeven als haar verblijfplaats op de dag van Dags doop. We reden naar het gebouw van rode bakstenen, dicht bij een van Oslo's drukkere autovrije straten. Dag stapte uit en liep in zijn eentje naar het gebouw. Toen hij bij de zijkant aankwam gleed hij met zijn hand langs de bakstenen en liep hij om het hele gebouw met drie verdiepingen heen. Toen hij terugkwam haalde hij een wegwerpcamera uit zijn zak – het soort dat je bij de drogist kunt kopen. Hij draaide aan het wieltje met zijn duim en maakte een aantal foto's. Toen hij weer thuis was zou hij ze in zijn dagboeken plakken.

We reden toen dieper Oslo in, naar de plaats waar het weeshuis stond waar Dag bijna een jaar van zijn vroegste leven had doorgebracht, net voorbij de versterkte muren van de gevangenis van Oslo. We zagen al snel een wit gestuct gebouw dat er meer dan honderd jaar had gestaan. Ik las wat er op het bord aan de buitenkant van het gebouw stond: Åkeberg kindergarten.

'Dit is het,' zei ik. 'Dag, dit is het weeshuis.'

Er liep een laag hek rond het gebouw. Er stonden fietsjes en buggy's in nette rekken binnen het hek. Ik remde af en bleef voor het gebouw stilstaan.

'Hier heeft je moeder jou achtergelaten en hebben Georg en Helga je opgehaald,' zei ik. Ik maakte mijn veiligheidsgordel los.

Dag staarde uit het raam van de auto. Hij keek toe hoe een vader, net buiten het hek, zijn zoon hielp met het opzetten van zijn fietshelm. Daarna fietste het jongetje weg op zijn driewieler, door het hek en het oude weeshuisplein op.

Ik wilde mijn deur openmaken, maar Dag hield me tegen.

'Het is oké zo,' zei hij. 'Ik heb genoeg gezien.'

23

HEDVIGS LOT

Jonge Noorse meisjes en vrouwen die een relatie hadden met een Duitse militair of daarvan werden verdacht waren slachtoffers, ze werden onwaardig behandeld. Onze conclusie is dat de Noorse autoriteiten het fundamentele principe hebben geschonden dat geen enkele burger gestraft kan worden zonder proces of veroordeeld zonder rechtspraak. Voor velen was dit slechts een tienerliefde, voor sommigen de liefde van hun leven met een vijandige soldaat of een onschuldige flirt die zijn sporen heeft achtergelaten voor de rest van hun leven. Vandaag wil ik, in naam van de regering, mijn verontschuldigingen aanbieden.

NOORSE PREMIER ERNA SOLBERG, GESPROKEN OP EEN BIJEENKOMST TER HERINNERING AAN DE ZEVENTIGSTE VERJAARDAG VAN DE UNIVERSELE VERKLARING VAN DE RECHTEN VAN DE MENS VAN DE VN, OP 17 OKTOBER 2018

Dag trok zijn muts over zijn hoofd en stapte de duisternis in. Ik ritste mijn jas dicht en volgde. Zes dagen waren er voorbijgegaan sinds we naar Oslo waren gereden om zijn adoptiepapieren op te halen. Het was net na 5 uur 's ochtends. Op weg naar onze gehuurde Citroën kraakten onze voeten op de wit bevroren grond.

Dag ademde hoorbaar uit toen we liepen. Zijn adem bleef een moment in de lucht hangen. Hij keek toe hoe die zich verspreidde in de duisternis. 'Ik hou van deze tijd van de ochtend,' zei hij.

Ik rilde toen ik de auto openmaakte en instapte aan de bestuurderskant. Dag bleef buiten in het donker rondlopen tot ik de auto had opgewarmd. Hij liet wat opgekropte energie los in voorbereiding op de tien uur lange rit die we gingen ondernemen. Hij leek gespannen, hoewel hij het er niet over had toen we op weg gingen naar Zweden en Göteborg, naar de plaats waar zijn moeder had gewerkt en waar ze was gestorven.

Dag ging op de passagiersstoel zitten. Ik deed het groot licht aan en begon te rijden over de landweg die dwars door Skartum liep. We hadden de vijf dagen daarvoor met Dags adoptienicht Gunhild en haar man doorgebracht. Avond na avond kwam de hele familie, inclusief haar zoons en dochter en kleinkinderen, op bezoek om zo veel mogelijk tijd door te brengen met Dag, want ze wisten dat als hij eenmaal weer vertrokken was, ze hem waarschijnlijk nooit meer zouden zien. De ontvangst was overal in Sigdal net zo overweldigend geweest, vooral nadat zijn aanwezigheid in het dal op de voorpagina van de plaatselijke krant had gestaan.

Dag tuurde uit het raam naar het donkere dal terwijl we langs de rivier slingerden, richting het zuiden naar Oslo en de zee. De boerderijen rolden aan beide kanten aan ons voorbij, net buiten bereik van onze koplampen en toch zichtbaar in het heldere maanlicht. Elk wit landhuis met een rode houten schuur dat we passeerden leek op een ansichtkaart. We waren pas tien minuten onderweg toen we langs Hovlandsmoen kwamen. Een eenzame lamp scheen door een van de bovenste ramen. Dag hield zijn ogen gericht op het huis waarin hij was opgegroeid terwijl we dichterbij kwamen. Eerder waren we binnen geweest in het landhuis, eregasten aan de dis bij Dags achterneef Hans-Ole, zoon van Carl. Er waren twintig gasten die avond, waaronder een aantal mensen die er niet meer bin-

Dag voor het oude huis op Hovlandsmoen waar hij opgroeide. (Met dank aan de auteur)

nen waren geweest sinds Helga was overleden.

Niets van wat Dag me ooit vertelde wees erop dat hij erkende of doorhad wat voor effect zijn vertrek had gehad op de rest van zijn adoptiefamilie. Enkele leden van de familie hadden elkaar nauwelijks gesproken in 28 jaar, tot ze ineens tegenover elkaar zaten aan tafel bij het diner op Hovlandsmoen ter ere van Dag.

We hadden daar gezeten en gegeten van mooi porselein, en daarna, toen de maaltijd voorbij was en de gasten gingen rondlopen in de woonkamer met koffie en desserts, nam Hans-Oles vrouw Jeanette Dag en mij even apart en vertelde ons over de dingen die ze in het huis had gevonden kort nadat ze er waren ingetrokken.

'Helga had een aantal prachtige dingen,' zei ze, 'maar we vonden ook wat enge dingen in dit huis.' Ze had het over potten met ingemaakte slangen en hagedissen onder de trap, souvenirs die waren meegenomen uit Argentinië.

Toen liet ze ons een groot boek met harde kaft zien dat ze had gevonden onder een dikke laag stof. Ze zei dat het het oude gastenboek van de Aabyes was. Ieder diner was opgetekend, iedere logé, iedere familieverjaardag. Meer dan de helft van de bladzijden was nog leeg toen ze het vond, dus had ze het op een salontafeltje gelegd om het ook te gebruiken als gastenboek van haar gezin.

Ik bladerde naar de eerste aantekening. Die was gedateerd op 24 september 1942. De boodschap in het Noors luidde: *Hartelijk dank voor de ontvangst en gefeliciteerd met Dag.* Ik keek naar de handtekening. Ik had die enkele dagen eerder gezien in Dags adoptiepapieren, op een brief van de Gezondheidsraad in Oslo aan Justitie d.d. 12 september 1942. En hier ineens weer.

Dag probeerde de naam te ontcijferen, maar dat lukte niet. Daarna sloeg hij de bladzijde om. De volgende aantekening in het gastenboek was gedateerd op 28 oktober, de dag nadat Helga en Georg toestemming hadden gekregen om hem te adopteren. Dag las de woorden hardop: 'Veel geluk met Dag.'

Ik keek weer naar het boek in mijn handen. Het was in leer gebonden en had enkele honderden pagina's. 'Dit was oorspronkelijk niet het gastenboek voor de boerderij,' zei ik. 'Het begint met jouw aankomst hier.' Dag bladerde nog een aantal pagina's verder. Ze waren allemaal gevuld met boodschappen van vrienden en familie die Helga en Georg hadden uitgenodigd naar de boerderij te komen in de eerste dagen na zijn adoptie. Pas na meerdere dagen gingen de boodschappen ook af en toe over andere dingen dan Dag.

'Ik denk dat dit boek oorspronkelijk bedoeld was om het verhaal van jouw leven te vertellen,' vertelde ik hem.

Dag keek naar Jeanette.

'Ik had geen idee,' zei ze.

Dag las nog een paar passages, gaf toen het boek aan mij terug en zat even alleen met zijn gedachten. Ik bladerde door het boek toen een van Dags oude buren me apart nam.

'Ik weet niet zeker hoeveel hij zich herinnert van wat hij allemaal moest doorstaan in dit huis,' zei de buurvrouw tegen me. 'Ze lieten hem verhongeren en kwelden hem. Hij kwam bij ons op de boerderij om melk en eten vragen omdat hij dat hier niet kreeg. Toen hij vier jaar oud was, nam zijn moeder hem mee naar buiten in het donker en liet hem zelf de weg vinden naar de buiten-wc en weer terug naar de deur. Hij was doodsbang en als hij gillend naar het huis terugkwam, zei ze gewoon tegen hem: "Er is niets in het donker wat er niet is in het licht."

Hij was hier compleet getraumatiseerd als kind,' ging de buurvrouw verder. 'Helga heeft hem heel slecht behandeld.'

'Waarom deed ze dat?' vroeg ik.

Ze schudde haar hoofd. 'We hebben nooit geweten waarom,' zei ze. 'Sommige mensen dachten dat hij Georgs zoon was en niet die van haar. Maar niemand van ons wist het echt zeker.'

Deze ontboezeming liet me achter met meer vragen dan antwoorden. Waarom had Helga al haar vrienden uitgenodigd om Dag welkom te heten op de boerderij op de dag dat hij werd geadopteerd? En waarom had ze een olieverfschilderij laten maken van de jonge Dag, dat ze aan de muur liet hangen, lang nadat hij was weggelopen? En waarom wilde ze uiteindelijk zo graag zijn blokhut voor hem beschikbaar houden?

Het klopte gewoon niet.

Hovlandsmoen verdween tegelijk met het maanlicht uit zicht in de achteruitkijkspiegel toen Dag en ik verder in stilte het dal uit reden.

De nacht maakte plaats voor een grijze morgen op het moment dat we de Zweedse grens naderden en door een nattesneeuwstorm verder reden langs de kust richting Göteborg. Er was druk verkeer in de tweede stad van Zweden toen we halverwege de ochtend aankwamen. We reden al snel boven de stad en keken neer op cruise- en vrachtschepen terwijl we een stalen brug over de rivier de Göta overstaken en de tramlijnen volgden naar het centrum. We waren op zoek naar de plaats waar Dags moeder de laatste 25 jaar van haar leven had doorgebracht. Waar ze woonde nadat ze hem ter adoptie had opgegeven en waar ze was gestorven. Ze was begraven in een naamloos graf dicht bij het stadscentrum.

Onze reis viel samen met het moment dat de Noorse samenleving rekenschap gaf van de onrechtvaardige behandeling van de vrouwen die een relatie hadden gehad met Duitse militairen tijdens de oorlog. Acht dagen voordat we naar Göteborg gingen, had de Noorse premier een openbare verontschuldiging uitgesproken aan deze vrouwen uit naam van het land, ook al waren de meeste vrouwen niet meer in leven. We dachten allebei aan deze verontschuldiging toen we door de buurt reden waar Dags moeder tot haar sterfdag had gewoond. De natte sneeuw ging over in harde regen, die op de voorruit kletterde, terwijl we langzaam over een hobbelige klinkerweg reden langs vervallen gebouwen met dichtgetimmerde ramen en deuren die aan kapotte scharnieren hingen. Ik stopte en las het nummer boven de kapotte deur op een van de meest vervallen gebouwen in de straat.

'Daar is het,' zei ik. 'Daar woonde ze.'

Dag maakte zijn gordel los en stapte uit.

'Wil je dat ik met je meega?' vroeg ik door het raampje terwijl hij in de stromende regen op straat stond.

'Ik weet het niet,' zei hij.

Een auto toeterde. Dag stak zijn hand op, stak toen over, duwde de kapotte deur open en verdween naar binnen. Ik wachtte een paar minuten in de auto voordat ik de knipperlichten aanzette en hem volgde.

Het gebouw was vanbinnen nog bouwvalliger dan vanbuiten. Een hoop bladeren die door de wind naar binnen waren geblazen lag op de vloer naast een trap. Het pleisterwerk op de muren was afgebladderd en zat vol schimmel. Ik liep de trap op, op zoek naar Dag. Ik riep hem, maar hoorde niets. Ik bleef omhooglopen tot ik hem vond, staand voor een open raam dat uitkeek op een parkeerplaats achter het gebouw. Hij leek in shock.

'Ze moet ontelbare keren deze trappen op hebben gelopen,' zei hij. 'Ik had niet verwacht dat ik haar zo echt zou voelen.'

Dags biologische moeder had in een klein appartement in dit gebouw gewoond, in een oud deel van Göteborg. (Met dank aan de auteur)

*

We reden naar de begraafplaats. Toen we er aankwamen regende het nog harder. Een jonge vrouw in het kantoor keek toe terwijl we uitstapten en door de regen naar haar toe renden. Ze ging meteen de administratie van de begraafplaats uitpluizen op zoek naar de locatie van het ongemarkeerde graf.

'Ik denk niet dat uw moeder ooit een grafsteen heeft gehad,' zei ze tegen Dag.

'Is dat normaal?' vroeg ik.

'Als er geen familie was om een steen te kopen, dan is er geen markering,' legde de vrouw uit.

'Een armeluisgraf,' zei Dag.

Ze haalde een plattegrond tevoorschijn en wees een plaats aan waar een gemeenschappelijk graf lag dat gereserveerd was voor de armen. Dag keek en luisterde terwijl de vrouw door een raam wees naar een heuveltje met gras zonder grafmonumenten erop, niet ver van waar we geparkeerd stonden. 'Ze ligt ergens onder die heuvel. Het spijt me dat ik het niet preciezer kan aangeven.'

We liepen weer de regen in, naar het heuveltje, tot we aan de rand van het gras stonden.

'Ik vraag me af of er ooit iemand anders naar haar heeft gezocht,' zei Dag. Hij zetten één stap op het gras en stopte toen.

'Het spijt me dat er hier niet meer is om je aan vast te houden,' zei ik.

We renden door de stromende regen terug naar de auto. We bleven even gewoon zitten wachten tot de auto warmer werd. Ondertussen kletterde de regen tegen de voorruit aan. Dag keek nog steeds naar de plaats waar zijn moeder begraven lag. Ik reikte naar achteren om op de achterbank de envelop te pakken en begon tussen de papieren te zoeken naar het adres waar zijn moeder had gewoond en gewerkt toen ze net uit Noorwegen was aangekomen. Ik typte het in op mijn telefoon. Daarna keek ik naar Dag, die nog steeds uit het raam staarde.

'Gaat het?' vroeg ik. 'We kunnen ook nog even hier blijven zitten als je dat wilt.'

'Ik begrijp het,' zei hij. 'Ik ben klaar om verder te gaan.'

Ik reed langzaam van de parkeerplaats bij de begraafplaats af en begon de rit naar onze laatste bestemming.

Toen stonden we voor een van Göteborgs luxere restaurants. Dag stond op een rotsachtige pier die richting het zuiden uitkeek over het Kattegat. Ik keek mijn aantekeningen over het negentiende-eeuwse restaurant en herberg waar zijn moeder had gewerkt na. Het oorspronkelijke gebouw was in de jaren daarna afgebroken en vervangen door een modern bouwwerk met dezelfde naam.

Het was gestopt met regenen. Een koele mist kwam van zee aanrollen en bevochtigde de kust. Dag keek naar het luxueuze restaurant en naar de jachten die vlak bij het terras aangemeerd lagen.

'Dit is een chique tent,' zei ik.

'Wat deed mijn moeder hier?' vroeg Dag.

'Ze werkte hier als afwasser,' zei ik.

'Als afwasser?'

'Ja,' zei ik.

'Net als ik,' zei Dag. Hij nam nog een paar stappen richting de kust, maar staarde toen weer wezenloos naar de zee. 'Meer hoef je me niet te laten zien,' zei hij. 'Je hebt me meer gegeven dan je doorhebt.'

24

ALLES WAT WE ACHTERLATEN

De enige constante is verandering.

HERACLITUS, CITAAT IN DAGS DAGBOEKEN

Een paar dagen later nam Dag afscheid van Sigdal. Ik keek rustig toe toen hij Gunhild een knuffel gaf en beloofde dat hij snel terug zou komen om haar weer te zien. Het was duidelijk, door de manier waarop ze zijn gezicht vasthield voordat hij vertrok, dat ze wist dat dit hun laatste afscheid zou zijn.

En toen reden we voor zonsopkomst door een sneeuwstorm naar de luchthaven. Het kostte ons 18 uur en vier vluchten om terug te komen in Dags grot aan de andere kant van de planeet. Het was donker toen onze eerste vlucht opsteeg vanuit Oslo en het was weer donker toen onze laatste vlucht landde in Kelowna. Het was bijna middernacht toen ik weer een andere gehuurde Chevrolet parkeerde op de grindweg bij een kettingversperring die het einde van de weg aangaf en het begin van de voetpaden naar Dags bus.

We waren weer terug op de plaats waar we jaren eerder voor het eerst afscheid van elkaar hadden genomen. Precies hier had Dag zich in mijn geest genesteld met zijn woorden: 'Ik werd in gevangenschap geboren. In de natuur werd ik vrij.' Ik had hem hier over de jaren meer dan tien keer achtergelaten. Ik was eraan gewend de lamp op zijn voorhoofd in de duisternis van het bos te zien verdwijnen. Iedere keer vertrok ik met de gedachte dat ik hem misschien nooit meer zou zien. En dan begon ik aan de lange weg terug door Canada, naar mijn eigen huis.

Maar deze keer voelde het definitiever dan de vorige keren. Ik wist dat het nog lang zou duren voordat ik terug kon komen om hem te zien. Mijn vrouw was vijf maanden zwanger van ons eerste kind en ik wist dat mijn leven aanzienlijk zou veranderen. Ik kon moeilijk voorspellen wanneer ik weer in de gelegenheid zou zijn om het hele land te doorkruisen om met Dag in de wildernis te kunnen ronddwalen. Maar er drukte meer op me dan mijn eigen aanstaande ouderschap.

We hadden net tien dagen doorgebracht met de vrienden en familie uit zijn jeugd, terwijl we op zoek waren naar zijn biologische ouders. Het was een intense ervaring voor Dag, die de laatste twintig jaar van zijn leven in relatieve afzondering had geleefd. Er waren tijdens de reis momenten geweest waarop ik me afvroeg waarom hij überhaupt met me mee terug wilde naar Canada. Ik had een paar keer teruggedacht aan wat zijn dochter had gezegd toen we voor vertrek naar Noorwegen met elkaar belden. Dat ze dacht dat het misschien beter was dat hij daar zou blijven, als dat mogelijk was. Hij had niet veel om naar terug te keren. Maar hij was wel teruggekomen, en nu leverde ik hem af op een donker pad in een donker bos met niet veel meer dan een rottende bus vol met vuilnis en beschimmelde boeken en foto's en dagboeken. Toen we bijna bij onze eindbestemming waren aangekomen, kon ik me niet aan de indruk onttrekken dat ik Dag op de een of andere manier een slechte dienst had bewezen. Ik had hem uit deze plaats meegenomen op een ontdekkingsreis, en nu we weer terug waren bij het begin kon ik niet zien of het het wel waard was geweest.

Ik parkeerde de auto en zette de motor uit terwijl hij in zijn rugzak rommelde, op zoek naar zijn hoofdlamp.

'Het spijt me dat er daar niet meer voor je was,' zei ik.

Hij vroeg me wat ik bedoelde.

'Ik weet het niet,' zei ik.

Hij stopte even met grabbelen. 'Ik snap het al,' zei hij. 'Je wilde mijn verhaal een happy end geven.'

Ik keek hem met stomheid geslagen aan.

Hij wees naar zijn hoofd en naar zijn borst. 'Geluk zit hier,' zei hij. Daarna wees hij door het raam. 'Het is aan ons om het naar buiten te brengen. We zullen het niet zomaar ergens vinden.'

Hij klikte zijn hoofdlamp aan en tilde zijn rugzak van de vloer van de auto, keek me opnieuw aan en vroeg: 'Wat ga jij doen als je weer thuis bent bij je familie?'

Ik glimlachte. 'Ik denk dat ik gewoon verderga met mijn leven,' zei ik. 'En begin met het opschrijven van dat van jou.'

'O,' zei hij. 'Begrijp je genoeg van mijn leven?'

'Ik weet niet of dat mogelijk is,' zei ik.

'Denk erom dat je ook de tijd neemt om je eigen leven te begrijpen.'

Ik lachte en keek de duisternis in.

'Red je het wel?' vroeg ik.

'Ik red me altijd,' zei hij. Toen stapte hij de auto uit de nacht in en leunde nog even naar binnen voordat hij het portier sloot. 'Ik ga gewoon tot het einde door met mezelf pushen, zo hard ik kan,' zei hij.

Ik deed de autolichten aan om hem te helpen zijn weg te vinden. 'Zorg goed voor jezelf,' zei ik.

Hij keek naar het licht dat het bos bescheen, toen weer naar mij. 'Er is niets in de duisternis wat er niet is in het licht,' zei hij.

Toen ging hij op pad, het bos in.

Ik keek hem na tot het licht van zijn hoofdlamp uit het zicht was verdwenen.

*

Twee dagen later was ik thuis nog bezig te landen in mijn eigen leven toen mijn telefoon ging. Het was mijn moeder. Ze was gefascineerd door Dag sinds ik haar voor het eerst over hem had verteld. Ze wilde weten of ik had gevonden waar we naar op zoek waren.

Ik vertelde haar dat ik dacht dat hij vond dat hij gevonden had wat hij zocht, maar dat ik nog een paar dingen probeerde uit te vogelen. Ik vertelde haar over het graf van zijn biologische moeder en over hoe weinig ik had kunnen vinden over haar leven. Er was zoveel rond haar leven en wat zich tussen hen had afgespeeld wat een raadsel bleef en ik geloofde niet dat ik, of iemand anders, kon helpen om dat op te lossen.

Ze vroeg hoe het met hem ging toen ik hem achterliet en ik vertelde haar wat hij had gezegd over het zichzelf zo hard mogelijk proberen te pushen tot het einde. Ze vond zijn visie inspirerend. 'Ik denk dat dat hem in leven houdt,' zei ze. Daarna vroeg ik hoe het met haar ging. Ze vertelde me dat ze zich zorgen had gemaakt omdat ze moeite had om op woorden te komen, en dat ze er zo veel last van had dat ze naar haar dokter was gegaan om zich te laten testen. Ze wachtte nog op de uitslag.

We zeiden gedag en ik ging terug naar mijn bureau om verder te graven in online archieven en databases, in de hoop iets te vinden wat de hiaten zou opvullen in mijn kennis van wie Dags moeder was geweest. Het was nog niet in me opgekomen dat Dag me met zijn afscheidswoorden een belangrijke raad had willen geven, of dat ik door ze weg te lachen hem niet echt gehoord had.

Maar het drong snel tot me door, toen de telefoon ging en het weer mijn moeder was. Ze had de uitslag gekregen van haar laatste scan. De kankercellen in haar borst waartegen ze gestreden had waren uitgezaaid naar haar hersenen. Ze zou binnen enkele weken een spoedoperatie ondergaan om twee tumoren weg te laten halen. Maar de kankercellen bleven zich verspreiden, naar haar longen, haar buik en weer naar haar hersenen. Ze wist dat ze niet lang meer te leven had, maar was vastbesloten het vol te houden om mijn eerste dochter te kunnen zien. De vijf maanden tussen het moment dat ze had gehoord dat ze ongeneeslijk ziek was en haar dood waren slopend. Zowel mentaal, emotioneel als lichamelijk. Ondertussen voelde ze zich gesterkt door haar spiritualiteit en haar eigen doorzettingsvermogen.

Naarmate de ziekte zich door haar lichaam verspreidde, verloor ze het vermogen te lezen en vroeg ze mij in plaats daarvan voor te lezen. Eigenlijk wilde ze alleen maar de woorden horen die ik probeerde te schrijven over Dag. Avond na avond las ik haar pagina's voor over het leven van de oude man, en als ik geen pagina's meer had om voor te lezen probeerde ik de hiaten in te vullen tijdens onze gesprekken aan haar bed. 'Ik weet niet echt hoe het eindigt,' gaf ik toe. 'Of wat het sterkste stuk is.' Ik vertelde haar dat ik dacht dat er een universele les zat in het verhaal van een oude man die jarenlang alleen in de wildernis kan overleven door de lichamelijke grenzen van zijn eigen achteruitgang te verleggen. Maar ik kon me steeds moeilijker verzoenen met een aantal verhalen uit Dags leven, met name het verhaal van het verweesde kind dat was geadopteerd in een gezin waarin hij zich nooit helemaal thuis voelde en die zichzelf later zou afkeren van het gezin dat hij als volwassene had opgebouwd.

'Zijn filosofie is zijn sterkste kant,' zei ze. Daarna herhaalde ze enkele van zijn woorden. 'De tijd doet er het meest toe wanneer de tijd begint te dringen.'

Mijn moeder had in die woorden zingeving gevonden toen ze geleidelijk aan het vermogen verloor om te lopen, lachen, spreken en uiteindelijk te eten. De zeldzame keren dat ze zich goed genoeg voelde om op te staan en in een rolstoel te zitten, vroeg ze me om haar naar de fysiotherapieruimte te brengen op haar afdeling voor palliatieve zorg, waar ze met de verplegers aan haar mobiliteit en kracht werkte. Iedere keer dat ze oefeningen deed om eenvoudige dingen als knijpen in een rubberen bal, haar handen tegen elkaar drukken of haar enkel ronddraaien te trainen, vond ze het frustrerend en pijnlijk. Toch bleef ze het doen, omdat ze wist dat als ze die dingen nu niet deed, ze ze nooit meer zou kunnen doen.

Tijdens de laatste stadia van haar ziekte werd ik als ik bij haar zat en haar hand vasthield af en toe gebeld vanaf een onbekend nummer. Als mijn moeder wakker was vertelde ik haar dat het Dag was en dan knikte ze en liep ik even de kamer uit. Op een gegeven moment belde hij niet meer om wat van zich te laten horen, maar begon hij te bellen om te horen of het wel goed met mij ging. 'Koester wat je op dit moment hebt,' zei hij een keer, 'omdat het er op een dag niet meer zal zijn en je niet terug wilt kijken met spijt.' Ik bedankte hem voor de wijze raad en ging weer naar mijn moeder.

En toen de winter plaatsmaakte voor de lente en mijn vrouw weeën kreeg, liep ik de afdeling voor palliatieve zorg van het ene ziekenhuis uit en de kraamafdeling van een ander ziekenhuis in. Uren voordat mijn dochter geboren werd, net toen ik even in een ziekenhuisstoel neerzakte, belde Dag. Ik dook de kamer uit en nam het gesprek aan. Hij stond op de parkeerplaats van de Walmart – dezelfde als van waar hij me al zo vaak had gebeld – terwijl de sneeuw om hem heen viel, sneeuw die het zonder twijfel een stuk lastiger voor hem maakte om terug te komen bij zijn bus. En toch was hij daar en luisterde hij naar wat ik hem vertelde over wat er in mijn leven gebeurde. Ik vertelde dat het nog maar enkele uren zou duren voordat ik vader werd en nog enkele dagen voordat ik mijn moeder zou verliezen.

'We zijn er nooit klaar voor om een ouder te verliezen,' zei hij. 'Je hebt maar één moeder. En je moeder is de belangrijkste persoon in je leven.' Daarna zei hij nog iets waaraan ik in de dagen die volgden nog vaak zou denken: 'Als er niks verandert nadat je een kind hebt gekregen, dan doe je het niet goed.'

Ik bedankte hem daarvoor en zei dat ik erover na zou denken.

'Geniet van de tijd die je hebt zoals die komt,' zei hij.

De dagen na mijn moeders dood bracht ik dolend en doelloos in mijn huis door. Iedere keer als ik ging zitten om een stuk van Dags verhaal op te schrijven, kwamen er herinneringen in me op over het lezen en schrijven van bladzijdes over zijn leven terwijl ik op de palliatieve afdeling zat. Het trauma hield maandenlang aan. Ik weet niet hoeveel keer mijn telefoon in die tijd wel niet overging vanaf een onbekend nummer. Of hoeveel berichten Dag wel niet achterliet op mijn telefoon. Ik waardeerde ze allemaal. Zijn vriendschap en zijn verhaal betekenden iets voor me, maar ik wist niet meer waarom iets wat ik had gedaan voordat mijn dochter was geboren of voordat mijn moeder was overleden er iets toe deed.

Het was een onverwachte e-mail van een onwaarschijnlijke afzender die me eraan hielp herinneren waaraan ik had zitten werken en waarom. De e-mail was een verlate reactie van een archivaris in Oslo die antwoordde op een informatieverzoek dat ik kort na terugkomst uit Noorwegen had verstuurd. Ik had contact gezocht met de archieven met vragen over het kindertehuis waaruit Dag werd geadopteerd. Het was niet een van de twaalf Lebensborn-instituten die waren opgezet in het land, maar ik wilde weten of er enig bewijs was dat Lebensborn-kinderen toch binnen die muren hadden gewoond. Ik had ook gevraagd naar het hotel dat Dags moeder had opgegeven als haar verblijfplaats toen ze haar rechten op haar zoon had opgegeven.

Dag en ik hadden afzonderlijk van elkaar te horen gekregen dat het hotel dat zij tijdens de oorlog haar thuis noemde een ontmoetingsplaats was voor nazisoldaten en -officieren. Toch had ik in de archieven geen enkel verband gevonden tussen Lebensborn en het Åkeberg-kindertehuis. Noch had ik enig officieel bewijsmateriaal gevonden dat Dag verbond met het Lebensborn-project. Hoe dieper ik erin dook, des te meer ik besefte dat Dags eigen gedachten over zijn afkomst gevormd waren door de woorden die Helga in haar woede over zijn biologische moeder had geschreeuwd. Het feit dat zijn adoptieouders met de nazi's sympathiseerden, dat zijn biologische moeder meteen na de oorlog Noorwegen was ontvlucht, dat iemand ooit tegen hem had gezegd dat zijn vader een onderzeebootofficier was, dat zijn adoptieouders naar Argentinië waren gevlucht: het wees er allemaal op dat Dag óf een Lebensbornkind was óf een Duitser als vader had die gedurende de oorlog in Noorwegen zat.

Toen opende ik de e-mail van de archivaris uit Oslo en werd alles wat ik dacht te weten over de aanleiding voor Dags moeder om hem af te staan compleet op zijn kop gezet.

De archiefmedewerker schreef dat het Åkeberg-kindertehuis 'in 1921 werd aangeschaft door het netwerk in Oslo van de Nationale Associatie voor Tuberculose en na een verbouwing beschikbaar gesteld aan de gemeente als tehuis voor jonge kinderen met tuberculosegevaar'.

Ik stelde een vervolgvraag aan de archiefmedewerker: 'Betekent dit dat een kind dat in die periode in dat tehuis verbleef ouders had die leden aan tuberculose?'

'Ja,' kwam er als antwoord. 'Om te kunnen voorzien in de behoefte aan zo'n tehuis voor kinderen van vijf tot zes jaar, werd het in 1930 uitgebreid en konden er zeventig kinderen worden ondergebracht. In het gemeentelijke jaarboek van 1940 staat vermeld dat "het tehuis wordt opengesteld als tijdelijk tehuis voor jonge kinderen buiten hun eigen huis, waar de moeder of een ander gezinslid lijdt aan open tuberculose"'.

Ik keek weg van mijn laptop en naar de stapel dagboeken van Dag die op mijn bureau lag. Daarna naar de stapel papieren die te maken hadden met het onderzoek naar zijn ouders. Dags adoptie kwam ineens in een heel ander licht te staan.

Een aantal dagen later kwam er nog een e-mail, deze keer van het Duitse Federale Archief. Daar had men het archief van de Kriegsmarine, de Wehrmacht en de Luftwaffe doorzocht en geen verwijzingen gevonden naar een soldaat met de naam Johan Olav Nielsen of Nilsen.

Er gingen weken voorbij voordat Dag weer belde, maar toen kon ik hem vertellen dat ik nieuwe informatie had over zijn ouders.

'Ik denk dat je ouders jou hebben afgestaan omdat een van hen of beiden ziek waren,' vertelde ik.

'Wat bedoel je?' vroeg hij.

'Het kindertehuis vanwaar je geadopteerd werd, was speciaal opgezet voor kinderen van wie de ouders leden aan tuberculose.'

Daarna vertelde ik hem dat de Duitsers geen enkel dossier leken te bezitten over zijn vader.

'Maar mijn vader was een Duitse soldaat,' zei Dag.

'Ik ben daar niet zo zeker meer van,' zei ik.

'Maar wie was hij dan?' vroeg Dag.

25

FLESSENPOST

Van alle manieren waarop je jezelf beperkingen kunt opleggen, is de manier waarop je jezelf definieert de krachtigste.

ANONIEM CITAAT IN DAGS DAGBOEKEN

Dag drukte een plastic buisje tegen zijn mond en spuugde. Daarna likte hij zijn lippen, liet me het buisje zien en vroeg: 'Is dat genoeg?'

Ik keek in de handleiding op de AncestryDNA-testkit. 'Ik denk dat je nog wat meer speeksel moet produceren,' zei ik. Hij zette het buisje weer aan zijn mond en spuugde opnieuw, gaf het toen weer aan mij. Ik deed het dopje op het buisje, hield het op zijn kop en liet de stabilisatievloeistof mengen met zijn speeksel om zijn genetische code te conserveren voor de lange reis naar het laboratorium in Ierland.

'Denk je dat het gaat werken?' vroeg hij.

Ik stopte het kleine buisje in een postpakketje voor retourzending. 'Ik hoop het,' zei ik.

'En als ik dan misschien broers of zussen heb, of neven en nichten, dan kun jij ze vinden?' vroeg hij.

'Dat is de bedoeling,' zei ik. 'We sturen dit naar Ierland, waar ze jouw genetische code analyseren om te zien of er matches zijn met anderen in hun database.' Ik reikte naar de achterbank van de auto en haalde nog een pakketje tevoorschijn, deze keer van 23andMe. 'Deze werkt een beetje anders,' zei ik. 'Ze gebruiken verschillende databases en geven wat meer informatie over je gezondheid en genetische achtergrond. Bijvoorbeeld hoelang jouw persoonlijke DNA-lijn al in Noorwegen voorkomt en hoe die daar gekomen is en waar vandaan. Ze kunnen markers in je DNA opsporen die honderden generaties teruggaan en in veel gevallen kunnen ze je verbinden aan een bepaalde man of vrouw die duizenden jaren geleden uit Afrika migreerde.'

Dag opende het tweede buisje, spuugde erin en gaf het aan mij terug om het te stabiliseren en te verzegelen.

Het was augustus 2019. Het was acht maanden sinds onze reis naar Noorwegen. Acht maanden nadat Dag op het gras stond van een begraafplaats in Göteborg en keek naar waar zijn moeders ongemarkeerde graf ongeveer was en zich afvroeg of er ooit iemand anders naar haar had gezocht.

'Er bestaat een kans dat dit helemaal niks aantoont,' zei ik. 'Maar ik denk dat dit de enige manier is om iets over je vader te weten te komen.'

'Dan is het het waard.'

Toen Dag me in het begin van ons contact het mysterie rond zijn afkomst uitlegde, had ik helemaal niet aan DNA-onderzoek gedacht om Dags genealogie te onderzoeken. Ik was er ook niet helemaal van overtuigd dat het wel een eerlijke ruil was om je DNA – voor altijd – aan een bedrijf te geven in ruil voor wat aan jouw persoon gekoppelde informatie die het had verzameld uit een doorsnede van de mensheid. Ik was er ook niet zeker van of Dag dat prettig zou vinden. Maar ik had even geen beter idee waar ik moest zoeken naar informatie over zijn vader, en ik kon geen andere manier bedenken om verre verwanten aan beide kanten van zijn familie op te sporen die misschien iets wisten over zijn ouders. Ik had het gevoel dat ik alle andere opties had uitgeput. Als hij werkelijk wilde weten of hij nog andere familie had, dan zou hij in een flesje moeten spugen en een of ander internetbedrijf zijn genetische code moeten toevertrouwen. Toen hij ermee akkoord ging, kocht ik twee DNA-tests zodat hij kon zien wat de laboranten zouden afleiden uit een geschatte 700.000 nucleotide polymorfismen, piepkleine variaties in zijn genoom, gevangen in één speekselmonster.

Er zaten voor- en nadelen aan het toevoegen van zijn code aan deze databases, legde ik aan Dag uit. Hij had door de jaren heen meerdere nieuwsartikelen gelezen over mensen die zo'n onderzoek hadden gedaan en ontdekten dat hun ouders niet hun echte ouders waren. Hij zei dat hij ervoor openstond het te proberen, omdat hij had begrepen dat het vergelijken van de inhoud van zijn speeksel met de inhoud van dat van honderden en duizenden andere mensen misschien wel de beste kans gaf op, onder andere, de identiteit van zijn vader.

'Er is nog één ding waarvan je je bewust moet zijn voordat we dit pad volgen,' zei ik.

Hij keek me aan.

'De kans bestaat,' legde ik uit, 'dat als jouw zoon in Chili ook een van deze tests heeft gedaan, hij jou kan vinden via een van de databases. Ik weet niet of dat een risico inhoudt of slechts een neutraal gegeven.'

Dag keek naar de pakketjes in zijn handen en daarna door het raam naar buiten naar de uitkijkpost waar hij ontelbare dagen alleen had doorgebracht.

'Je hoeft het niet te doen,' zei ik.

Hij gaf me de pakketjes terug. 'Laten we maar eens zien wat het oplevert,' zei hij.

Het was op een vreselijk hete maandag in augustus dat Dag me de buisjes met zijn speeksel overhandigde. We zaten in een huurauto langs de kant van de Okanagan Highway en keken uit over de berghelling die al twintig jaar zijn trainingsterrein was. Het was de eerste keer dat ik hem zag nadat mijn moeder was overleden en ik zelf vader was geworden. Hij was nog een paar keer gevallen tijdens de afgelopen maanden en was nauwelijks in staat zijn rechterarm te gebruiken vanwege de schouder die uit de kom lag. Ondanks de complicaties maakte hij meer trainingsuren dan ooit en lag hij op schema om zijn eigen record te breken voor het aantal uren hardlopen in een jaar. Hij was erop gebrand terug te gaan naar zijn oude hoge uitkijkpost waar hij Derek, Myles en mij mee naartoe had genomen toen we elkaar voor het eerst hadden ontmoet, maar het was hem al jaren niet meer gelukt daar in zijn eentje te komen. De plek was veel verder dan zijn bus en oneindig veel lastiger te bereiken. Ik was er niet zeker van of hij nog in staat zou zijn om de top van de heuvel te bereiken. Het vergde een wandeltocht van drie uur vanaf de autoweg, door het knekelveld en over een verlaten houthakkersweg op de ruige berghelling. Hij was er al drie jaar niet meer geweest en als ik zag hoe hij erbij liep was ik er niet zeker van dat hij de steile helling naar het kamp nog aankon. Maar hij stond erop dat we het probeerden.

We reden via de autoweg naar de steengroeve in de buurt van het knekelveld. Ik ging van de weg af en parkeerde de auto naast een alsemstruik, pakte mijn rugzak vol flessen water en volgde Dag een steile zandheuvel op, over een veld vol rottende hertenkarkassen tot we bij een afrastering van prikkeldraad aankwamen. Ik keek toe hoe Dag zijn goede arm gebruikte om een draad van de afrastering op te tillen om een ruimte te creëren die net groot genoeg voor hem was om tussendoor te kruipen zonder zijn naakte huid eraan open te halen. Ik probeerde hetzelfde te doen maar haalde mijn arm open aan een roestige stekel en maakte een jaap van 8 centimeter aan de zijkant van mijn biceps. Het bloed kwam door mijn T-shirt heen. De snee was pijnlijk en diep. Dag keek naar mijn wond en vroeg of ik terug wilde gaan. Ik keek ook naar het bloed dat uit mijn arm stroomde. Ik wond er een bandana omheen om het bloeden te stelpen en gaf aan dat ik klaar was om verder te gaan.

We klommen twee uur achtereen, te vergelijken met de hoogte van een gebouw van 77 verdiepingen, toen we een beek moesten oversteken die ooit dienst had gedaan als wasplaats voor Dags kleren, voorbij de oude houthakkersweg en daarna de steile helling op die naar de uitkijkpost leidde. Ik sloeg mijn gewonde arm om boomstammen heen en greep naar gevallen takken om mezelf op te trekken over de steilste stukken van de tocht. Dag gaf het tempo aan. Hij had veel kracht en mobiliteit verloren aan zijn rechterarm, dus hield hij zich in evenwicht met een stok die hij van de grond had opgeraapt. Hij hield hem stevig in zijn linkerhand vast en stak hem in de aarde wanneer hij zich extra wilde optrekken of afzetten, waarna hij zijn lichaam vooroverboog tijdens het klimmen. Hij pauzeerde even na een bijzonder moeilijk stuk van het pad dat zo steil was dat de stenen en aarde losraakten onder onze voeten en naar beneden rolden tot we ze niet meer konden zien.

'Ik kan me niet voorstellen hoe je dit doet met maar één arm,' zei ik tegen hem.

Hij keek naar mijn bebloede arm en zei niets. Het was aan het begin van de middag, het heetst van de dag, toen we de bedrieglijke muur van ceders bereikten die zijn kamp voor de wereld schuilhield. We zagen al snel dat iemand of iets het kamp had geplunderd. De oude tentconstructie waarin hij ooit overnachtte was helemaal kapotgetrokken, en het schuimrubberen matras was verscheurd in ontelbare stukjes die overal over de grond verspreid lagen. De jerrycan voor Dags kettingzaag zag eruit alsof hij door het bos was gesleept. Zijn koffiemok was kapot en de blikken met eten zagen eruit alsof ze tegen een steen aan geslagen waren, net als de plastic opbergdoos waarin hij ooit het grootste deel van zijn bezittingen had bewaard. Bijna alles wat Dag had achtergelaten was vernield en uit elkaar gerukt.

‘Wat is hier gebeurd?’ vroeg ik.

‘Ik denk dat beren dit gedaan hebben,’ zei Dag.

Ik keek om me heen naar de ravage. ‘Ze zijn echt overal doorheen gegaan,’ zei ik.

‘Ik kan het niet zo achterlaten,’ antwoordde hij.

‘Het is te veel voor jou en mij om het naar de weg te brengen,’ zei ik.

Hij liep doelloos rond, pakte hier en daar onderdelen van zijn voormalige kamp op en legde ze op een hoop naast de vuurplaats. Ik keek even toe hoe hij de dingen die hij had meegebracht naar deze plek wat opruimde om een minder opvallend litteken op de helling achter te laten. Toen bukte ik en haalde wat oude boeken uit de aarde die, nadat ik ze wat had afgeveegd, zo intens door de zon verbleekt waren dat de woorden bijna verdwenen waren van de kaft. Ik werd herinnerd aan zijn eclectische smaak in boeken. Toen ik zo naar de overblijfselen van zijn kamp keek, realiseerde ik me dat wat er hier gebeurd was ook het lot zou zijn van zijn bus. Dat hij op een dag zou komen te overlijden en de beren zouden binnenkomen en zijn kleine zelfgemaakte hol zouden plunderen.

Dag liet een handvol lege blikjes naast de vuurplaats vallen. ‘Ik moet terugkomen en alles begraven,’ zei hij.

‘Ik denk niet dat je nog een keer kunt opbouwen wat hier was,’ zei ik.

‘Het zal nog beter worden,’ zei hij, ‘als dit allemaal weg is.’

*

Na deze trektocht verliet ik Dag en keerde naar huis terug met de twee buisjes met zijn speeksel. Ik deed ze op de post en dacht er vervolgens een paar weken niet aan. Toen verscheen op een dag een bericht in mijn inbox van een vrouw op Hawaï. Ze nam contact op via AncestryDNA. Ze gebruikte de site al jaren omdat ze bezig was met de stamboom van haar familie, toen Dags naam daar ineens in tevoorschijn kwam. Het systeem had de conclusie getrokken dat Dags DNA en dat van haar genoeg overeenkomsten bevatte om achterneef en -nicht te kunnen zijn. Ze vertelde dat ze uit haar eigen tak kon opmaken dat Dag verwant was aan óf haar vader, Ernest Earl Jansen, een veteraan van de Amerikaanse marine die geboren was in Wisconsin in 1925 en gestorven in 1980 in een buitenwijk van Chicago, óf haar grootmoeder van vaderskant, Borghild Astrid Nilsen, die was geboren in Oslo in 1886 en gestorven in 1926, kort na de geboorte van haar derde kind in een klein stadje in noordelijk Wisconsin. De vrouw vroeg of ik wist wie Dags ouders waren en liet een link achter naar haar stamboom.

Ik opende de stamboom op mijn computer en begon te zoeken naar de genetische band. Dat duurde niet lang. Daar, op de Ancestry.com-pagina van deze Hawaïaanse vreemdeling, stond een foto van een vrouw die Dags biologische tante bleek te zijn: Borghild Astrid Nilsen. Hoewel Borghild 96 jaar eerder was overleden, deelde ze de achternaam van Dags biologische vader op zijn adoptiepapieren en was zij de oudste zus van Dags vader. Verborgen in de stamboom van een vreemde lag het bewijs dat Dags vader ook in Oslo was geboren.

Het monster met de genetische code uit Dags speeksel had bewezen dat hij toch geen Duitser was. Johan Olav Nilsen was een Noor. Degene die tegen Dag had gezegd dat het een valse naam was geweest voor een nazisoldaat had tegen hem gelogen of was onjuist geïnformeerd geweest.

Ik klikte op Borghilds profiel en begon te lezen. Ze was geboren in Oslo en had haar vroege jeugd met het gezin vlak bij de kerk gewoond waar Dag was gedoopt. Een handjevol documenten beschreven haar levensloop: een doopbewijs, immigratiepapieren, twee volkstellingen, een huwelijksakte en een overlijdensakte. In een handgeschreven volkstelling uit 1900 ontdekte ik een vermelding van haar toen negen jaar oude broer Johan Olav. Ik vergeleek de informatie met die uit het oude kerkboek. Er was een kleine discrepantie. In de volkstelling was het geboortejaar van Dags vader 1891. In het kerkboek was het 1892. Dat was een veelvoorkomende fout, maar die verklaarde ook waarom ik hem nergens anders had kunnen vinden.

Met een klein beetje spuug was alles wat Dag van kleins af aan te horen had gekregen over zijn afkomst weerlegd. De piepkleine mutaties in zijn DNA-monster kwamen overeen met de piepkleine mutaties in het DNA-monster dat zijn achternicht in Hawaï had ingeleverd. Nu kon ik in haar stamboom zien dat Dags vader geboren was op 27 maart 1891, als vierde van zes kinderen die opgroeiden in een klein huis in het centrum van Oslo. Ik had snel weer contact met Dags achternicht en hoorde wat er was gebeurd met Dags grootouders en zijn ooms en tantes. Hij had zowel neven en nichten als achterneven en -nichten in Wisconsin, Boston, New York en het noorden van Indiana. Ik verzamelde alle informatie die er was en maakte een dossier aan om aan Dag te laten zien, de volgende keer dat ik naar hem toe zou gaan. Ik keek goed naar alle biologische verwanten op de site. Het waren er tientallen aan zijn vaders kant, maar geen enkele dichtbij genoeg om inzicht te verschaffen in het leven van Johan Olav Nilsen. Het enige wat Dags achternicht en ik konden ontdekken, was dat hij in de tijd tussen de volkstellingen van 1900 en 1910 bij zijn ouders woonde en toen leek te verdwijnen. Het eerstvolgende officiële document dat ik kon vinden met zijn naam erop was Dags doopbewijs, van 1941. Johan was toen 50 jaar oud en had geen adres. Niemand van de nog levende familie had enig idee wat er met hem gebeurd was. Niemand wist wanneer hij gestorven was of waar hij begraven was. Niemand wist wat hij had gedaan voor de kost.

Het zou weken duren voordat ik Dag weer kon bereiken om te vertellen wat ik ontdekt had door zijn DNA. Hij leek moeite te hebben het te bevatten. Hij had het grootste deel van zijn leven geloofd dat hij het product was van een eugenetisch experiment van de nazi's. Ik twijfelde eraan of het horen van de waarheid op 78-jarige leeftijd nog iets voor hem zou veranderen.

Ik wachtte nog steeds op een bericht van Dag toen ik een e-mail ontving van 23andMe. Hun database had hem verbonden aan veel van dezelfde mensen als die van Ancestry. Zijn laboratoriumresultaten markeerden hem als 90,3 procent Scandinavisch, en hoewel ze geen directe verwanten hadden geïdentificeerd, hadden ze zijn DNA langs zijn moeders kant helemaal terug gevolgd naar een vrouw die ongeveer 150.000 jaar geleden in het oosten van Afrika had geleefd. Zijn moeders tak had 60.000 jaar geleden Afrika verlaten en de Rode Zee overgestoken en tot het einde van de laatste IJstijd rond de Middellandse Zee en in het Midden-Oosten geleefd voordat ze richting het Iberisch Schiereiland trokken en langs de Atlantische kust naar het noorden naar de Britse Eilanden en uiteindelijk naar Scandinavië trokken rond 4000 v.Chr. Dit was wel echt macro-informatie en verre historie, maar Dags moeder had ineens een achtergrondverhaal, hoewel veel langer dan waar Dag naar gezocht had.

De DNA-ketens van Dags vader vertelden een soortgelijk verhaal. Zoals meer dan 10 procent van de Europeanen in Scandinavië, de Balkan en Oost-Europa, stamde Dag af van een aantal van de eerste *Homo sapiens* die zo'n dertigduizend jaar geleden Europa bevolkten. Jagers-verzamelaars die uit Afrika migreerden, naar het noorden trokken via het Midden-Oosten, door Duitsland en de Baltische regio, tot ze weer naar het zuiden werden gedreven door de oprukkende ijstijd. Er waren sporen van Dags voorouders te vinden over het geheel van het huidige Spanje, Italië en de Balkan. Toen het ijs zich terugtrok rond twaalfduizend jaar geleden, kwam een deel van Dags voorouders weer terug naar wat later Denemarken, delen van Zweden en Noorwegen werden. Dit waren de mensen die tekenden op de wanden van noordse grotten, op elanden en herten joegen met pijl-en-boog en hun ski's begroeven in veenmoerassen om ze te bewaren gedurende de zomermaanden. De onbekende bekenden die in de mutaties van Dags speeksel begraven lagen waren fascinerend en onthullend.

Ik had de resultaten van Dags DNA-tests al bijna een maand binnen toen ik weer iets van hem hoorde. Zodra hij belde vertelde ik hem dat ik vond dat hij meteen de waarheid moest horen: dat hij niet het resultaat was van een duister geheim van een verre oorlog. Daarna maakte ik plannen om hem op een bepaalde datum op een bepaalde plaats op de grindweg bij de bus te ontmoeten. Eind november 2019 kwam ik weer in Kelowna aan en stapte ik weer in een huurauto. Er viel een nieuwe laag sneeuw toen ik de bochtige weg door de Okanagan Valley reed, waarna ik afsloeg richting het westen de SilverStar Mountain Road op en vervolgens weer naar het noorden langs de grindweg die naar Dags bus leidde. Ik reed langzaam, met een map vol papieren op de passagiersstoel, inclusief een uitdraai van zijn stamboom en de e-mails die ik had uitgewisseld met verre verwanten van wier bestaan hij niet afwist. Ik nam alles voor hem mee, omdat ik er niet zeker van was dat ik ooit nog terug zou komen om hem te zien. Hij was met de jaren steeds vaker gevallen en had zich vaak verwond, maar het leek er niet op dat hij rustiger aan deed op zijn trainingspaden. Hij had een week eerder weer een confrontatie met een zwarte beer gehad. Zowel hijzelf als de beer was geschrokken waardoor hij van het pad af sprong en met zijn borst vooruit op een boomstronk viel en buiten bewustzijn raakte. Toen hij weer bijkwam was de beer vertrokken. Dag had moeite met ademhalen toen hij naar zijn bus terug strompelde, op zijn matras rolde, zijn ogen sloot en de pijn probeerde te dragen.

De sneeuw kwam in dikke, vochtige vlokken naar beneden toen ik naast onze afgesproken ontmoetingsplaats stopte. Ik keek op het klokje op het dashboard: ik was een uur te laat. Aan de sporen op het pad kon ik zien dat Dag hier al geweest was. Hij had langs de weg heen en weer gelopen in de kou en was zo te zien teruggekeerd het bos in. Ik ging in de auto zitten wachten en keek toe hoe de laag sneeuw op de voorruit steeds dikker werd. Ik nam maar aan dat hij was gaan hardlopen om zichzelf op te warmen. Ik wist dat hij terug zou komen, alleen wist ik niet wanneer. Er ging een uur voorbij. De sneeuw viel steeds dichter.

Toen zag ik hem door de achteruitkijkspiegel, een magere figuur die tussen de bomen door bewoog, met een bundel over zijn schouder en een canvas rugzak die achter zijn hoofd heen en weer bewoog. Ik stapte uit en zwaaide naar hem.

Hij droeg de rugzak helemaal tot aan de auto, zette hem toen in de sneeuw, tussen ons in. 'Deze heb ik voor jou meegenomen,' zei hij.

Ik deed een greep in de rugzak. Hij zat vol met nog meer van zijn dagboeken. Ik haalde die welke bovenop lag eruit en opende het. Binnenin zat een foto van vijf jaar geleden van ons tweeën in Jasper, toen ik hem een stuk op weg naar huis had gebracht nadat hij voor het laatst de Death Race had gelopen. Hij had de foto gelamineerd met plakband en in het dagboek geplakt.

'Ik hoop dat deze je zullen helpen bij wat je aan het doen bent,' zei hij. 'Voor mij waren ze van onschatbare waarde.'

'Dankjewel,' zei ik.

Ik pakte de map die ik voor hem had samengesteld van de passagiersstoel. 'Ik heb een stapel informatie voor je meegenomen naar aanleiding van je DNA-test,' zei ik.

Hij keek naar de map in mijn hand en vroeg: 'Had ik broers en zussen?'

Ik schudde mijn hoofd.
'Maakt niet uit,' zei hij.
'Ik heb veel te vertellen,' zei ik.
'Ik ken een lang pad,' zei hij. 'We kunnen onderweg praten.'

We stapten in en ik begon te rijden volgens Dags aanwijzingen, de sneeuw achter ons latend en het dal in, dan richting het noorden naar de voet van een 600 meter hoge rots waar een 15 kilometer lang pad omheen liep tot aan de top. Het was 40 minuten rijden naar de voet van de rots, en ik vertelde hem tijdens de rit door het dal alles wat ik door zijn DNA te weten was gekomen. Over zijn ouders, zijn grootouders. Zijn afkomst.

Hij luisterde stil terwijl hij naar de weg voor ons keek, en ik vroeg me af of er überhaupt iets zou veranderen door deze informatie. Het was moeilijk te zeggen hoeveel van zijn leven gevormd was door leugens of fouten van iemand anders. Hij

Dag loopt bij de top van de Enderby Cliffs. (Met dank aan de auteur)

had daar ook nooit een probleem van gemaakt en ik begon eindelijk te begrijpen waarom.

'Ik denk dat iets wat je lang genoeg gelooft een eigen soort waarheid wordt,' zei ik. 'Zelfs als het eigenlijk het onbekende is.'

'Dat wat we weten en wat we geloven zijn slechts een deel van wat we ten diepste begrijpen,' zei hij. Toen voegde hij er nog aan toe: 'Uiteindelijk moeten we in het heden leven, niet in het verleden.'

We zwegen een poosje. Daarna maakte ik de laatste bocht naar de voet van de rots, remde af en parkeerde de auto. 'Einde van de weg,' zei ik.

'Nee,' antwoordde hij. 'Het is pas het begin van het pad.'

EPILOOG

HET LAATSTE PLATEAU

Maar ik heb beloftes die ik moet nakomen,
En kilometers te gaan voordat ik slaap

ROBERT FROST, CITAAT IN DAGS DAGBOEKEN

Nog maanden na dat bezoek bleef Dag me om de paar weken bellen vanaf een betaaltelefoon. Ondanks de geografische afstand tussen ons was ik een van de mensen met wie hij het vaakst contact had. Hij sloot 2019 af met meer dan duizend geregistreerde uren op zijn bospaden, wat een gemiddelde betekende van bijna drie uur hardlopen per dag, ondanks het feit dat hij steeds meer blessures had. Hij ging 2020 in met het doel zijn persoonlijke record van uren hardlopen per maand te breken.

Maar toen brak de COVID-19-pandemie uit en ging de wereld op slot, en werden zijn telefoontjes minder frequent. Maar hij was er nog steeds, dag en nacht rennend en zijn leven van relatieve eenzaamheid levend in zijn bus. Hij kwam de berg af en rende de stad in om eten en andere benodigdheden te kopen, maar trof de stad in lockdown en verlaten aan. Hij was overal van op de hoogte omdat hij het nieuws volgde op de radio, maar omdat hij zo buiten de maatschappij leefde, voelde het voor hem alsof de pandemie zich afspeelde bij mensen op een andere planeet. Hij had pas door dat het impact op zijn eigen leven had toen de betaaltelefoons die hij gebruikte werden afgesloten, en hoewel hij niet precies wist waarom, nam hij aan dat het was vanwege voorzorgsmaatregelen voor de volksgezondheid.

Sinds het begin van de pandemie hoorde ik slechts af en toe iets van hem. Het voorjaar ging over in de zomer en de zomer in de herfst en ineens was het 31 oktober 2020 en trilde mijn telefoon: een bericht van zijn jongste dochter. Ze vertelde dat Dag weer was gevallen en dat hij deze keer ernstig gewond was geraakt. Iemand had hem naar het ziekenhuis gebracht, waar de artsen dachten dat hij zijn heup had gebroken. Hij had echter het ziekenhuis verlaten en was niet van plan terug te gaan, en nu waren de artsen naar hem op zoek en wist zij niet waar hij was of waar ze moest zoeken. Ik dacht terug aan wat hij mij een keer verteld had: dat hij, als het zover was, gewoon zou gaan liggen in het bos en zou sterven. Het duurde dagen voordat ik hoorde wat er echt was gebeurd.

*

Dat jaar in oktober was de sneeuw al vroeg ingezet. Dag had een rugzak vol met eten op zijn rug toen hij de helling opliep langs dezelfde grindweg waar ik hem zo vaak had afgezet en afscheid van hem had genomen. Hij was alleen toen hij zijn evenwicht verloor, uitgleed in de sneeuw en op de grond viel, recht op zijn heup. Hij had niet door dat hij gewond was tot hij probeerde op te staan. Door de pijn in zijn heup moest hij zich weer op de grond laten zakken, nu op zijn zij. Een ogenblik lag hij daar in de sneeuw, zijn gezicht vertrokken van de pijn. Hij kon niet om hulp roepen en kon niet meer op zijn benen staan, dus kroop hij het bos in en bleef de heuvel op kruipen tot hij bij zijn bus was. De houtkachel was al afgekoeld toen hij eindelijk thuis was.

Hij stak het vuur weer aan met het hout dat hij al binnen had gehaald, sleepte zichzelf naar zijn bed, sloot zijn ogen en zakte weg. Toen hij weer wakker werd was het vuur weer uit en was het koud in de bus. Hij stapte uit bed, maar viel meteen weer op de vloer. Hij kroop naar zijn houtstapel, maakte vuur en ging bij de kachel zitten om op te warmen. Twee dagen lang verliet hij de bus niet. De dagen waren lang, de nachten koud. Toen raakte het brandhout op. Hij maakte van wat touw en zijn skistokken een paar krukken en verliet de bus. Hij was al drie uur bezig om een stapel hout de heuvel op naar zijn bus te slepen toen iemand die in de buurt woonde en in het bos aan het wandelen was hem zag worstelen en hem naar het ziekenhuis bracht. De artsen zeiden dat hij naar alle waarschijnlijkheid zijn heup had gebroken, maar Dag beweerde dat hij alleen maar wat gekneusd had. Ze gaven hem echte krukken, zodat hij rechtop kon staan. Hij gebruikte ze om het ziekenhuis uit te lopen.

Zes weken later was hij nog steeds herstellende van die val toen ik hem eindelijk weer zag. Hij was weer op de been, liep over zijn paden en bereidde zich voor, voor zover dat ging, op de lange winter die eraan kwam. Hij bewoog langzamer dan normaal op de met sneeuw bedekte weg, onderweg naar de stad om voorraad in te slaan, toen ik hem tegenkwam. Ik stapte uit en begroette hem, waarna we naar de stad reden, wat blikken eten, doosjes lucifers en extra batterijen voor zijn hoofdlamp haalden. Voordat we teruggingen naar zijn bus vroeg hij me of ik met hem nog een tocht wilde lopen. Hij zei dat onder in het dal een verlaten spoorlijn lag die rond een meer slingerde, niet ver van het huis dat ooit van hem en Tony was, toen hij nog huisvader was. Hij zei dat het een lang en bochtig pad was, en heel mooi, en dat het fijn was om dat met een vriend te delen. Even later liepen we langs die oude spoorbaan en spraken we over zijn training en de eindeloze kilometers die hij nog hoopte te halen nadat hij tachtig zou zijn geworden.

'Ik heb je verhaal opgeschreven,' vertelde ik hem.

Hij vertraagde zijn pas en keek me aan. 'Hoe eindigt het?' vroeg hij.

'Zeg jij het maar,' zei ik.

Hij keek naar de kiezelstenen onder zijn voeten, daarna weer naar mij. 'Laat me maar lopen op een pad als dit,' zei hij. 'In beweging.'

WOORD VAN DANK

Toen ik met het schrijven van dit boek begon, wist ik niet goed waar ik aan begon. De weg van het allereerste begin tot de voltooiing was lang, maar nooit eenzaam. Ik ben dankbaarder dan ik hier ooit op een paar pagina's kwijt kan. Dank, in de eerste plaats aan mijn vrouw Corina, die me meerdere keren heeft gestimuleerd tijdens het werk aan deze tekst en me aanmoedigde om het tot het eind vol te houden. Ontelbare ochtenden heb jij me in het donker naar het vliegveld gebracht, zodat ik naar een ontmoeting met Dag kon vliegen. Dank aan mijn dochter Mischa, die op mijn schoot en op mijn schouders zat terwijl ik door de eerste versies van deze tekst heen ploeterde. En aan mijn zoon Niko, die naast mij slaapt nu ik deze laatste woorden schrijf. Ik ben ook mijn ouders eeuwig dankbaar. Mijn vader die me heeft geleerd dat ik voor het vinden van betekenis soms terug in de tijd moet kijken. En mijn moeder die me heeft geholpen om dit boek te visualiseren, hoewel zij het zelf nooit in het echt heeft kunnen zien.

Dank aan mijn onvermoeibare agent Rick Broadhead. Jouw vriendschap betekent heel veel voor me. Dank aan het complete team van HarperCollins Canada voor de ruimte en tijd die ik kreeg om weer op gang te komen nadat mijn leven halverwege het schrijfproces op zijn kop stond. Ik ben Kate Cassaday dankbaar omdat ze me de kans gaf dit verhaal te schrijven, nadat ze me had aangehoord over deze fascinerende man die ik had ontmoet en die in een bus op een berghelling woonde. Dank je, Janice Zawerbny, voor je hulp met het richting geven aan het project, toen ik halverwege vastzat, en dank je, Jim Gifford, voor de hulp bij het tot een goed einde brengen van het boek. Jullie redactionele begeleiding was cruciaal voor het vormen van de tekst tot wat het nu is. En dank aan Shaun Oakey voor het nauwgezet persklaar maken van deze pagina's, en aan Natalie Meditsky, die het tijdschema in de gaten hield. Ook dank aan de Ontario Arts Counsil voor het verlenen van aanvullende financiële steun voor het schrijven van dit verhaal, in het kader van het Recommender Grants for Writers-programma, en aan de Faculty of Public Affairs van de Carleton University voor financiële hulp bij het factchecken voor deze tekst.

Veel dank aan Myles McCutcheon, die me in 2015 voorstelde aan Dag Aabye. En aan Derek Frankowski, met wie ik deze reis begon.

Aan het Whistler Museum, het Nationale Archief van Noorwegen en het Nationale Archief van Zweden voor hun hulp bij het aan elkaar puzzelen van de afzonderlijke informatielijnen waaruit ik Dags achtergrondverhaal kon samenstellen. Aan Tina Knezevic, die me hielp met het controleren van grote delen van de tekst, en aan Egil Bjørnsen, de voormalige Noorse ereconsul, aan de Koninklijke Noorse ambassade in Ottawa en aan Dirk Sigalet in Vernon, die onmisbaar waren in het proces om Dag terug naar Noorwegen te kunnen laten gaan. Aan al Dags vrienden in Canada en Noorwegen die ik voor dit project gesproken heb en die me geholpen hebben het opmerkelijke leven van de man waar het in dit boek om draait te begrijpen. En aan alle familieleden van Dag, zowel dichtbij als ver weg in Canada en Noorwegen.

En aan Dag. Ik zal me jouw wijsheid en vriendschap voor

de rest van mijn leven herinneren, in het bijzonder een aantal afscheidswoorden die je uitsprak toen we elkaar voor het laatst zagen. 'Zoek inspiratie, vind de kern. Onthoud dat het altijd vandaag is.'